Der letzte Kaiser

Der letzte Kaiser

Band 1

Wüste

Von

Victoria Grace

TWENTYSIX
Eine Marke der Books on Demand GmbH

Herstellung und Verlag:
BoD – Books on Demand, Norderstedt.

ISBN: 9783740768317

Prolog

Ich möchte euch eine Geschichte erzählen. Sie mag euch seltsam erscheinen, doch ihr könnt mir vertrauen. Ich war dabei. Sie beginnt in einem friedlichen Vorort einer großen Stadt. Sie beginnt mitten im Krieg. Sie beginnt mit ihr.

Der Wind strich durch die Gärten mit ihren Blumen und den beschnittenen Bäumen wie er es immer tat. Er war angenehm warm. Einzelne Blätter riss er von den Bäumen und nahm sie weit fort. Kaleya genoss es dass er ihre Haare zerzauste und über ihre Haut strich. Genauso zerrte er an dem großen Baum im Garten gegenüber und zerstörte die Ordnung, die über dem Grundstück gelegen hatte. Ein Schatten fiel auf die Straße neben sie, sie drehte sich zu seinem Verursacher. Ihr Vater blickte lächelnd auf sie herab. Tiefe Sorgenfalten zeichneten sein sonst stets gelöstes Gesicht. Was war los? Er ging vor ihr auf die Knie, nun waren sie auf Augenhöhe.

„Kaleya Kleines, ich muss mit der reden", sagte er. Sein Ton war sonst nicht so ernst gewesen. Es machte ihr Angst. Ein Blick in seine dunklen Augen, es waren vertraute Augen, verjagte ihre Sorgen. „Ich werde fort gehen."

„Darf ich mit?", fragte sie. Noch nie hatte er sie zurückgelassen. Er lachte.

„Nein, das geht nicht. Es ist zu gefährlich."

„Es ist Krieg Kaleya", sagte ihr Onkel, der ebenfalls aus der Tür getreten war. „Kleine Kinder haben in einem Krieg nichts verloren." Der Onkel musste immer alles verderben.

„Es wird nicht lange dauern", sagte ihr Vater. Er versuchte sie abzulenken, das spürte sie. Er sollte nicht gehen. Nicht für kurz und erst recht nicht für länger.

„Wann kommst du wieder?", fragte sie.

„Das weiß ich nicht genau. Aber sehr bald", versprach er.

„In einer Woche?"

Ihr Vater seufzte. „Nein, nicht in einer Woche."

„Eher in einem Jahr", bemerkte ihr Onkel. Kaleya erschrak.

Sie sah den bösen Blick nicht, den ihr Vater seinem Bruder zuwarf. Sie sah nur, dass ihre Welt drohte, auseinander zu brechen. Sie sah ihre Mutter im Türrahmen stehen, und begriff, dass ihr Onkel die Wahrheit sagte.

Mutter trug eine Reisetasche über der Schulter. Eine prall gefüllte Tasche, die ihr Vater nun an sich nahm. Würde er gleich gehen? Er küsste sie, erst Kaleya auf die Stirn dann ihre Mutter.

„Ich werde wiederkommen", schwor er noch einmal.

`Das will ich dir auch geraten haben, sonst hol ich dich´

So dachte Kaleya, und die beiden Männer zogen aus, doch zurückkommen sollte nur einer.

1. Ein Schatten an der Wand

Seit diesem Tag sind neun Jahre vergangen. Vieles hatte sich geändert. Nichts war gleichgeblieben. Der Krieg war vorbei. Doch war es kein Gewinn. Weder für die Verlierer noch die Sieger.

Ein heißerer Schrei weckte Kaleya. Keuchend und verschwitzt setzte sie sich im Bett auf. Es war nur ein Traum. Ein Albtraum. Langsam schlich sich die Realität zurück ins Zimmer. Sie musste sich beruhigen. Die Dunkelheit schien greifbar, dicht und brutal. Sie tastete nach der Nachttischlampe. Das Licht vertrieb die Schatten und die Überreste des Traumes. Sie barg das Gesicht in den Händen. Tief durchatmen.

Etwas berührte ihren Ellbogen. Kühl, aber sanft. Sie zuckte zusammen. Ein Glück, es war nur Seth. All diese Angst. Diese furchtbare Angst, die ihr die Kehle zuschnürte und ihren Puls rasen ließ.

„Was ist?", fragte Seth. Er klang verschlafen.

„Albtraum." Es war mehr ein Keuchen als ein richtiges Wort.

Seth atmete tief durch. Sie sah seine genervte Miene und bekam ein schlechtes Gewissen. Viel zu oft waren es ihre Albträume, die ihn weckten. Es tat ihr leid. Wirklich.

„Schlaf weiter", sagte Seth während er sich auf die Seite rollte. Schlafen? Wohl kaum. Sie musste aufstehen.

Ihre Schuhe standen neben der Tür und ihre Jacke hing an einem Hacken daneben. Sie verzichtete aufs Schuhe binden. Die Jacke war ihr viel zu groß. Es war nicht ihre. Sie gehörte Seth. Egal. Ein letzter Blick über die Schulter. Seth schlief schon wieder und seine schwarzen Haare standen, wie immer, in alle Himmelsrichtungen ab. Niemals würde es einen vertrauteren Anblick geben als diesen.

Sie trat auf den Gang. Das Flackern des Lichtes brannte in ihren Augen und warf Schatten an die kalten trostlosen Wände. War das schon immer so gewesen? Sie passierte fünf Türen, dann bog sie links ab und gelangte an eine Treppe, die hinausführte. Fort von dem flackernden Licht, in eine Welt die nur von Mond und Sternen beschienen war.

„Schicker Mantel“, sagte eine vertraute Stimme. Sie war wohl nicht der einzige Nachtschwärmer.

„Hey Edward. Das ist Seths Jacke. Ich habe die falsche genommen.“ Sie strich eine Falte glatt.

„Steht dir.“ Edward beugte sich herunter, um sie auf die Wange zu küssen. Nahe der Tür lagen große Felsbrocken. Trümmer aus einer anderen Zeit.

Mochten die Menschen auch behaupten es sei eine bessere Zeit gewesen, so dienten diese Trümmer nun einem viel höherem Zweck. Sie verbargen etwas Verletzliches, Kostbares. Etwas das es wert war beschützt zu werden. Und sollte dieser Schatz je von den falschen Menschen gefunden werden… nun ja, vielleicht erfahrt ihr es noch.

Wenn Kaleya sich des Nachts auf diese Trümmer setzte, dann konnte sie sich fast vorstellen, sie säße daheim, auf der Steinbank, in diesem ordentlichen Garten. Wie verwildert er wohl schon sein musste? Die Vorstellung behagte ihr. All die Unordnung und niemand war da, um sie zu bändigen.

Mit der Zeit wurde es kalt. So heiß es Tagsüber auch werden konnte, die Nächte hier waren immer kalt. Immer verlassen. Immer still. Aber so war das mit dem Tod. Er brachte Kälte, Stille, und Einsamkeit. Und Kaleya war sehr einsam seit ein Wahnsinniger ihre ganze Familie abgeschlachtet hatte.

Zurück im Bunker, der allem Stand zu halten schien, verabschiedete sie sich von Edward. Er ging seinen Weg, sie ihren. Er würde nicht Fragen, sie ebenso wenig. Denn obwohl sie ihn zu ihren engsten Freunden zählte konnte sie ihm nicht verraten was sie quälte. Ob es ihn störte? Wahrscheinlich nicht. Er vertraute sich ihr ja auch nicht an.

Seth lag noch genau da wo sie ihn zurückgelassen hatte. Zumindest fast. „Seth du hast meine Decke“, sagte sie leise. Er rührte sich nicht. Sie musste lächeln. Das war alles so normal. So menschlich. Nein. Dieser Mann könnte nicht mal einer Fliege was zu Leide tun. Geschweige denn einem Menschen.

„Seth!“

Er schreckte hoch. Seine Augen suchten den Raum ab. Immer auf der Hut. Immer bereit loszustürmen und jeden Feind zu bekämpfen.

„Was ist?", fragte er mit einem gehetzten Blick.

„Du hast meine Decke", murmelte Kaleya mit quengelnder Stimme. Seth verdrehte die Augen. Dann gab er die Decke frei.

„Geh doch in dein eigenes Bett, wenn es dich stört", brummte er genervt.

„Ich kann auch bei Edward schlafen. Hab ihn eben draußen getroffen", erwiderte sie. Dieser Vorschlag würde ihm gar nicht behagen. Sie setzte auf seinen Beschützerinstinkt und gewann.

„Schlaf endlich", sagte Seth. Er klang genervt. Das Thema Edward nervte ihn immer.

Er verhielt sich wie ihr großer Bruder, obwohl er es nicht war. Auch nicht ihr Partner, wie man vielleicht annehmen konnte. Er war ihr Cousin. Nahegestanden hatten sie sich aber schon immer. Und immer wollte er sie vor allem beschützen. Dafür würde er alles geben. Selbst sein Leben.

Kaleya drehte sich im Halbschlaf und fand das Bett neben sich verlassen. Das war es was sie weckte. Ins grelle Licht blinzelnd sah sie sich um. Seth war wach, angezogen, und bereit aufzubrechen. Wohin auch immer er eben musste. Er begutachtete einen Dolch mit leicht gebogener Klinge und dann ein Messer mit einklappbarer Klinge. Das Messer steckte er ein, den Dolch ließ er liegen.

„Wohin gehst du?", fragte Kaleya. Sie bekam immer ein ungutes Gefühl, wenn sie ihn mit Waffen sah. Aber natürlich hatte er Einsätze. Natürlich kämpfte er. Er war wie geschaffen dafür. Er sah nicht nur aus wie ein Krieger. Er war ein Krieger. Und dennoch zitterte sie. Was wenn er einmal nicht wiederkäme?

„Ich geh nur schnell zu Pain", erklärte er.

„Und dafür brauchst du Waffen?", fragte sie weiter und stand auf. „Du gehst nur ein paar Zimmer weiter."

„Du solltest dich umziehen. Dich will er auch noch sehen", erklärte Seth. Das war ungewöhnlich. Sie hatte mit den anderen gelernt. Hatte mit ihnen trainiert. War sogar einmal mit Seth zu einem Einsatz gegangen, aber niemals verlangte Pain nach ihr. Er war genauso darauf aus sie zu schützen wie Seth. Sie ließ sich ihre Überraschung nicht anmerken und mimte die Genervte.

„Ich bin noch total fertig wegen heute Nacht!", maulte sie. Seth strich sich die schwarzen Haare aus dem Gesicht. Seine dunklen Augen fixierten sie über den Spiegel, der über der Kommode hing. Es waren dieselben Augen wie ihr Vater sie gehabt hatte.

„Versuchs doch mal mit schlafen", schlug Seth munter vor.

„Vielleicht hat Pain ja Mitleid mit mir, wenn er dich gesehen hat. Du hast schon wieder deine Sarkastische Phase", murmelte Kaleya.

„Ich bin doch nicht sarkastisch." Sein Widerspruch klang wenig überzeugend.

„Oh doch und wie du das bist!", widersprach Kaleya und deutete energisch mit einem Finger auf ihn.

„Krieg dich wieder ein Kaleya. Komm einfach nach", waren seine letzten Worte und schon war er weg.

„Krieg dich wieder ein Kaleya!" Sie konnte nicht wiederstehen. Sie musste ihn einfach nachäffen. Jetzt da er weg war ließ sich das Grinsen einfach nicht mehr verbergen. Würde sie endlich hier rauskommen? Jeder der Jungen hier wurde mit 16 zum aktiven Dienst berufen. Sie zogen aus in die Reiche und erledigten die Aufträge die Pain ihnen gab. Sie nicht. Insgeheim war Kaleya frustriert deswegen. Sie sehnte sich nach neuen Orten, fremden Menschen und Abenteuern. Sie lief über den Gang in ihr Zimmer. Ja, sie hatte tatsächlich ein eigenes. Sie zog sich um. Putzte sich die Zähne. Bürstete sich die Haare. Sie war müde, doch das dämpfte ihre Freude nicht. Das blasse Gesicht, das ihr aus dem Spiegel entgegenblickte, strahlte vor Aufregung. Ihre grauen Augen leuchteten und das schwarze Haar glänzte. Sie war bereit. Nein mehr als das! Sie brannte förmlich darauf. Endlich würde sie hier wegkommen!

Wohin würde Pain sie schicken? Was sollte sie tun? Sie kehrte zurück auf den Flur. Lief die vertrauten Gänge entlang. Kein Sonnenlicht flutete durch die nicht vorhandenen Fenster. Hier unten war immer Nacht. Manchmal ertrug sie das kaum. Sie brauchte die Sonne und die Wärme.

Während sie ging versuchte sie sich ins Gedächtnis zu rufen was Pain ihr über diesen Ort erzählt hatte.

„Hier gab es früher eine große Stadt Kaleya. Sie wurde zerstört als die Kaiser begannen gegen die Rebellen zu kämpfen. Dieser Bunker ist das einzige, das dem Angriff standgehalten hat." Ödes Geschichtswissen. Sie hatte sich überhaupt nur wenige Details über den Krieg gemerkt. Die Kaiser glaubten sie hätten gesiegt. Doch die Rebellen agierten im Untergrund weiter und in dieser zerstörten Stadt war ihr Vater gestorben. Es fühlte sich richtig an hier zu sein. Manchmal erschien er ihr noch immer nahe. Besonders wenn sie Seth sah. Dieselben vertrauten Augen.

Vor Pains Büro standen zwei Rebellen wache. Das war neu.

Sie ging einfach an ihnen vorbei. Keiner würde es wagen sie aufzuhalten. Sie war kaum eingetreten da hatte sie bereits eine Tasse in der Hand, aus der es wohlig dampfte. Sie nahm einen Schluck. Hmm heiße Schokolade. Einer der größeren Vorzüge der Steppe.

„Guten Morgen Kaleya", sagte Pain und lächelte sie freundlich an. Sie nickte ihm kurz zu und setzte sich dann auf seinen Bürostuhl. Ihm blieb jetzt nichts anderes übrig als sich neben Seth auf das Sofa zu setzten. Seth passte perfekt hier her. Kaleya nicht. Sie fühlte sich unwohl in beengten Räumen, wenn sie den Himmel nicht sehen konnte. Die Sonne nicht fühlen konnte.

„Du wolltest mich sehen?", fragte sie ohne Umschweife.

„Willst du vielleicht erst etwas Frühstücken?", wollte Pain wissen.

„Lenk nicht ab. Was ist los?", bohrte Kaleya nach.

„Seth und ich haben uns unterhalten und wir sind uns einige, dass wir… Also wir glaube es wäre Zeit"

„Er schickt dich auf eine Auslandsmission", unterbrach Seth barsch. Kaleya war ihm dankbar. Dieses Gestammel hielt doch keiner aus!

„Welches Ausland und zu welchem Zweck?", fragte Kaleya.

„Du gehst in die Wüste, um ein Bündnis auszuhandeln", erklärte Pain. Er wusste, dass es sinnlos war, noch weiter drum herum zu reden.

„Reicht dir die Steppe nicht mehr?", scherzte Kaleya. In der Steppe war mehr als genug Platz.

„Der Herrscherwechsel in der Wüste ist eine passende Gelegenheit, um einen Fuß in die Tür zu bekommen." Pain sprach sehr ernst.

„Herrscherwechsel? Was habe ich jetzt schon wieder verpasst?", fragte Kaleya.

„Ich hatte es dir erzählt. Vor kurzem erst. Wir waren spazieren und… Ach, vergiss es." Pain schüttelte den Kopf. Er war eindeutig genervt. Kaleya grinste vor sich hin. Wie amüsant. Pain ließ sich so leicht ärgern.

„Der Kaiser ist vor etwa einem halben Jahr umgekommen. Man vermutet, dass er von einem seiner eigenen Männer ermordet wurde", sprang Seth ein. Er wollte es wohl schnell hinter sich bringen.

„Und wer Regiert die Wüste jetzt?"

„Sein Sohn. Also, einer seiner Söhne. Er war Kriegsherr und wurde vom Volk gewählt", erklärte Pain.

„Die gewählten Vertreter sind meistens etwas humaner", bemerkte Seth. „Stell dir den Steppenkaiser in Jung vor."

Sie versuchte sich an den Steppenkaiser zu erinnern. Dallas war… ihr fiel einfach nichts Nettes ein. Außer dass er sein Volk nicht versklavte wie andere Kaiser es zu tun pflegten.

„Ich mag Dallas nicht", sagte sie.

„Ich weiß ja." Pain machte eine besorgte Miene. Glaubte er sie würde abspringen? „Aber dieser Junge wäre ein ausgezeichneter Verbündeter."

„Junge? Wie jung kann er schon sein, wenn er Kriegsherr war. Wie alt muss man dafür nochmal sein?", fragte Kaleya. Da gab es doch bestimmt irgendwelche Vorschriften.

„In der Wüste? 16, wenn man es richtig macht", antwortete Seth.

„Eher 16, wenn man es falsch macht", korrigierte Pain. „Er ist zwei Jahre älter als du."

„Du willst mich wohl veräppeln! Welches Volk wählt freiwillig einen 19-jährigen zum Kaiser?", stieß sie hervor. Das war doch wirklich nicht zu fassen! Ein 19-jähriger!

„Sag Bescheid, wenn dir ein guter Grund einfällt. Ich weiß nämlich keinen", murmelte Seth und vermied es dabei Pain anzusehen, sondern schaute demonstrativ zur Seite.

„Ach sei still Seth. Es ist besser so. Nicht nur für uns, sondern für alle." Pain stand auf. Er zog ein Foto aus einer Schublade unter seinem Schreibtisch und reichte es Kaleya. Sie musterte es argwöhnisch. Lindgrüne, von dunklen Wimpern umrahmte Augen blickten ihr aus einem schmalen Gesicht entgegen. Seine Haut war dunkler als ihre, doch für einen Bewohner der Wüste eigentlich zu hell. Er hatte ein sehr ernstes Gesicht. Sie wollte diese Lippen lächeln sehen. Um jeden Preis.

„Okay, ich mach es", sagte sie lächelnd.

„Gut, über die Einzelheiten Reden wir später", sagte Pain, nun schon deutlich gelassener.

„Fein. Und jetzt erklär mir mal bitte wieso vor deiner Türe Wachen postiert sind." Das war so verrückt, sie musste es einfach wissen.

„Weil, dein Cousin einen Sicherheitswahn hat", erklärte Pain wenig überzeugend.

„Den hatte er schon immer." Sie verwarf seine Aussage mit einer flotten Handbewegung. „Warum stehen Wachen vor deiner Tür?" Pains Blick huschte zu Seth. Irgendwas verschwiegen sie ihr. Das spürte sie ganz genau. Sie kannte diese Mienen bis ins letzte Detail.

„Hammar ist mit zwei Seiner Leute zu Besuch", gab Pain schließlich nach. Seth schnaubte sichtlich gereizt. Stand auf. Verließ das Büro.

„Hammar hat eine Kooperationsgruppe vorgeschlagen. Ich ziehe es in Erwägung, aber Seth… Naja du weißt ja wie er zu Hammar steht."

„Das liegt nicht an Seth. Hammar ist ein Arsch und wenn du mich in diese Gruppe steckst muss ich dich leider im Schlaf erdolchen", zischte sie, doch die Drohung verfehlte ihre Wirkung. Pain lachte leise.

„Ich finde es nicht gut wie ihr über meinen kleinen Bruder redet", bemerkte Pain. Doch richtig übel nahm er es ihr wohl nicht.

„Erstens ist er nicht dein echter Bruder, dein Vater hat ihn nur aufgenommen und Zweitens hat er es sich doch selbst zuzuschreiben. Nur seinetwegen sind die Rebellen gespalten", sagte Kaleya. Sie biss die Zähne zusammen.

„Manche Menschen verfolgen eben andere Interessen", sagte Pain. Er wollte sie wohl besänftigen, doch der Versuch schlug fehl.

„Seine Interessen kosten andere Menschen ihr Leben. Ich werde nicht mit einem von seinen Killern zusammenarbeiten! Ich dachte du willst ein Bündnis! Wenn du dich mit Hammar zusammen tust unterschreibst du das Todesurteil dieses Jungen!" Ihr Puls überschlug sich. Was sollte das? Sonst war Pain doch auch nicht so leichtgläubig! Aber immer, wenn es um seinen Pflegebruder ging wurde er sentimental. Kaleya hätte würgen können, so sehr verabscheute sie Hammar.

„Kaleya beruhige dich!"

„Ich beruhige mich erst wenn du von diesem Wahnsinn ablässt!" Sie schrie schon fast. Dafür hatte sie eindeutig nicht genug Selbstbeherrschung.

„Hör sofort auf! Du wirst dir anhören was er zu sagen hat und objektiv entscheiden ob du dabei bist oder nicht." Pain schaltete auf den Anführer-Modus um. „Du wirst dem Ganzen eine Chance geben. Außerdem glaube ich, dass deine Partnerin dir gefallen wird. Ihr seid euch sehr ähnlich." Das blieb abzuwarten, doch etwas anderes blieb ihr ja wohl kaum übrig.

Vor der Tür wartete Seth. Er grinste auf eine unbestimmte Art, was Kaleya verriet, dass er ihren Wutausbruch mitbekommen hatte und zufrieden war. „Kann ich erwarten, dass ihr beide euch zusammenreißt?", fragte Pain ernst.

„Nein", antworteten Seth und Kaleya wie aus einem Mund.

„Von mir aus. Dann tut wenigstens so als wärt ihr mit meiner Entscheidung einverstanden", murmelte Pain. Er fuhr sich mit einer Hand durch die braunen Haare.

„Oh das würde ich wirklich gerne. Aber meine guten Taten für diesen Monat sind aufgebraucht", sagte Kaleya, mit einem bittersüßen Lächeln im Gesicht.

„Kaleya, ich warne dich nur noch einmal." Jetzt wurde Pain böse. Sie hielt den Mund. Schweigend trottete sie hinter dem Anführer der Rebellen her. Sie gingen in einen abgelegenen Teil des Bunkers, in dem es keinerlei Privaträume gab. Pain machte sich also doch Sorgen. Sonst hätte er Hammar in seinem Büro empfangen. Vor einer Tür, die sich nicht von den anderen unterschied, außer darin dass sie halb offen stand, blieben sie stehen. Pain ließ Kaleya den Vortritt.

„Vergiss es! Ich mach das nicht!", ertönte eine Stimme aus dem Raum. Die Stimme klang kalt und unheimlich boshaft. Kaleya zögerte. Sie blickte zu Pain. Er sah aus als hätte er in eine Zitrone gebissen. Sollte das etwa…?

„Aber Miss Duvessa!" Diese Stimme gehörte Hammar. Kaleya erinnerte sich nicht genau an ihr letztes Treffen, doch diese Stimme hätte sie überall rausgehört. Sie klang als hätte jemand ein Ölfass umgekippt. Triefend und schleimig.

„Schieb dir dein `Miss Duvessa´ sonst wo hin!", keifte wieder die kalte Stimme. Sie gehörte zu einer Frau.

„Das ist eine einmalige Chance." Hammar versuchte anscheinend sie zu beruhigen. Ähnlich erfolgreich wie wenn Pain es bei Kaleya versuchte.

„Und wenn es die Rettung der Welt wäre! Ich arbeite mit niemandem zusammen! Erst recht nicht mit so einem Kind!", blaffte die Frau.

„Manchmal braucht man Hilfe", schaltete eine dritte Stimme sich ein. Noch ein Mann. Sein Einmischen blieb nicht lange unbemerkt und wurde mit einem abfälligen Schnauben kommentiert, dass vor Selbstbewusstsein nur so troff.

„Das gilt vielleicht für dich, aber nicht jeder von uns ist so ein feiges Arschgesicht!" Es blieb kurz still und Kaleya hoffte es wäre nun vorbei, doch zu früh gefreut. Polternd flog der Körper eines Mannes, nicht Hammar, in ihr Blickfeld. Eine schlanke Hand lag um seine Kehle und drückte ganz gemächlich immer weiter zu. Der Mann versuchte sich zu befreien, indem er mit beiden Händen versuchte, den Griff zu lösen. Kaleya wich erschrocken zurück.

„Ich arbeite allein", betonte die Frau noch einmal ihr Anliegen und ließ den Mann los. Keuchend ging er zu Boden. Und dieses Monster sollte ihr ähnlich sein? Kaleya war manchmal aufbrausend aber im Grunde friedlich. Diese Frau war einfach nur brutal.

Sie sah Pain an. Schüttelte den Kopf. Pain stieß einen leisen Seufzer aus. So hatte er sich das Aufeinandertreffen nicht vorgestellt, das war Kaleya klar. Aber sie war nicht bereit jemandem eine Chance zu geben der selbst seinen eigenen Leuten gegenüber solch ein Verhalten an den Tag legte.

Sie drehte sich um und ging zurück zum belebten Teil des Bunkers. Seth folgte ihr. Sie hörte es an seinen leichten Schritten. Pain blieb hinter ihnen zurück. Sollte das Monster ihn doch attackieren! Vielleicht würde er dann endlich seine Lektion lernen.

So begegnete Kaleya zum ersten Mal Kim. Und wie nicht anders zu erwarten, sollte es nicht bei diesem einen Treffen bleiben.

2. Wie ein Kaiser

Eine weiter entscheidende Rolle in dieser Geschichte spielt Enrico Malek, der Kaiser der Wüste. Was im Wüstenvolk vorging, als sie ihn zum Kaiser wählten, kann wohl kaum jemand nachvollziehen. Es gab etliche Gründe, die dagegensprachen. Aber seht selbst...
Rico stand vor der angelehnten Tür zum Besprechungsraum und lauschte auf das Gespräch, das im Inneren geführt wurde.

„Die Sonnenreflektoren sind wieder von Sand verschüttet worden. Wir müssen sie irgendwie besser schützen", sagte einer seiner sechs Berater.

„Das ist eine gute Möglichkeit den Kleinen los zu werden bis wir das neue Steuergesetzt vorbereitet haben", bemerkte eine schleimige Stimme. Sie gehörte Talib. Seltsam, dass es immer Talib war, der auf eine Steuererhöhung bestand. Was wollte er denn mit dem ganzen überschüssigen Geld? Rico lehnte sich an den Türrahmen. Sein Ältestenrat, den er gezwungenermaßen unverändert von seinem Vater übernommen hatte, war schwer beschäftigt. Sie planten die Arbeit für die kommende Woche, wie sie es immer taten, ohne ihn. Wann sie ihn wohl bemerken würden?

„Schon wieder eine Steuererhöhung?", fragte eine ruhige Stimme neben Rico. Sie war angenehm vertraut. Marek, das sechste Mitglied des Rates, war zu spät zur Sitzung. Das störte Rico nicht. Den Rest des Rates auch nicht. Marek war noch nicht lange Teil des Beraterstammes und im Gegensatz zu den anderen, Rico treu ergeben.

„Ist eine Erhöhung der Steuern denn notwendig?" Die Stimme war aus dem Sitzungsraum gekommen. Enes, das absolute Gegenteil von Talib. Ihn hätte Rico auch ohne die Regelung behalten.

„Wir haben erhebliche Kosten zu bewältigen. Eine Einrichtung wie diese ist sehr kostspielig", schnaubte Talib.

„Das Gehalt dieser Schnösel ist auch ziemlich kostspielig", bemerkte Marek. Da hatte er wohl Recht. Ein Glück, das die Frist bald abgelaufen war und Rico sich seinen Rat dann selbst zusammenstellen konnte. Um zu große Umschwünge nach dem Abtreten eines Kaisers zu verhindern, musste der Ältestenrat für volle sechs Monate genauso belassen werden, wie er war. Rico strich sein Hemd glatt und betrat den Raum. Sofort verstummte die Unterhaltung.

„Was gibt's neues?", fragte er, als ob er nicht jedes einzelne Wort gehört hätte.

„Die Sonnenreflektoren sind", begann einer.

„Voller Sand", beendete Rico das Ratsmitglied. „Das habe ich schon gehört. Was noch?" Er saß sich um. Talib und Enes schauten ihn offen an. Die anderen drei wichen seinem Blick aus, wie kleine Kinder, die bei einem Streich ertappt worden waren.

„Wir müssen die Steuern erhöhen." Talib sprach mit der Arroganz eines Mannes, dem noch nie widersprochen worden war.

„Wozu?", fragte Rico. Welche Ausrede würde Talib ihm dieses Mal auftischen?

„Um die steigenden Kosten zu decken", erklärte Talib im Brustton der Überzeugung.

„Ich wüsste nicht, dass wir mehr Ausgaben hatten als sonst", bemerkte Rico ruhig.

„Mit Verlaub mein Kaiser", setzte Talib an.

„Mit Verlaub Ältester, rechne lieber nochmal nach."

„Selbstverständlich." Talib biss die Zähne zusammen. Es passte ihm nicht, dass ausgerechnet Rico Kaiser geworden war. Talib hatte ihn noch nie leiden können.

„Verzeihung mein Kaiser", begann nun wieder der andere Rat. „Aber die Reflektoren müssen umgehend gereinigt werden."

„Überlegt euch lieber eine dauerhafte Lösung. Ich bin euer Kaiser, kein Reinigungspersonal."

„Selbstverständlich. Natürlich nicht. Also ich meine…"

„Die Schüler aus dem Waldreich kommen heute Mittag an", unterbrach Enes das nervöse Gestammel. Dieses Thema war auch nicht sehr viel besser.

„Wie lange bleiben die noch gleich?", fragte Rico. Er hatte wichtigeres zu tun, als sich um irgendwelche Schüler zu kümmern. Selbst wenn sie aus einem verbündeten Reich kamen.

„Zwei Wochen dann ziehen sie weiter an die Küste", sagte Enes.

„Na schön. Sorgt dafür, dass sie nett empfangen werden." Rico hob eine Hand zum Gruß und wollte eben wieder gehen. Ein Räuspern. Er drehte sich um. „Ja Enes?"

„Nun da der Neffe der Kaiserin dabei ist… Wir sind der Meinung es wäre nur angemessen, wenn der Kaiser sie persönlich abholt."

„Jannik?", wollte Rico wissen. Doch die Frage war eigentlich hinfällig. Die Kaiserin hatte nur einen Neffen.

„Ich weiß nicht wie er heißt. Verzeih", sagte Enes mit einem kleinen Schulterzucken.

„Na gut. Dann werde ich das übernehmen. Kümmert euch um die Reflektoren. Ich will nicht, dass es einen Stromausfall gibt." Es fühlte sich toll an Anweisungen zu geben und zu wissen, dass sie befolgte werden würden.

„Natürlich", sagte Enes beflissen. Diesmal wurde Rico von niemandem aufgehalten als er ging. Marek folgte pflichtbewusst. Damit war er aber auch der Einzige.

„Sie nennen mich Kleiner", brummte Rico.

„Talib nennt dich Kleiner. Aber das hat er doch schon immer gemacht", entgegnete Marek. Damit hatte er leider recht.

„Wenn ich mit diesem Idioten nicht verwandt wäre würde ich ihn umgehend rauswerfen. Er ist so nutzlos."

„Talib mag vielleicht den gleichen Namen tragen wie du, aber das ist schon alles. Er stammt nicht aus der gleichen Linie. Wenn du mich fragst war es damals reine Höflichkeit von deiner Großmutter ihn im Rat zuzulassen", bemerkte Marek mit einem Schulterzucken. Wie auch immer es zu Talibs Mitgliedschaft im Rat gekommen war, Rico hatte ihn jetzt jedenfalls am Hals.

„Ich habe sechs Räte, von denen ich nur zweien Vertrauen kann. Du ahnst gar nicht wie froh ich bin, dass die sechs Monate bald vorbei sind", sagte Rico. Mit Mühe unterdrückte er ein genervtes Stöhnen. Er musste

Haltung bewahren. Es gab schon genug Zweifler, da sollte er wenigstens versuchen ernst und ruhig zu wirken.

„Ich denke es wird der Regierung guttun, wenn der Rat neu aufgebaut wird", sagte Marek in einem ruhigen Ton. Er meinte es ernst.

„Schön, dass wenigstens du das so siehst." Die breite Treppe in den ersten Stock lag nun vor ihnen. Sie blieben am Fuß der Stufen stehen.

„Vergiss die Schüler nicht. Die Wachen am Tor werden Bescheid geben sobald sie die Stadt betreten dann wirst du rechtzeitig vorgewarnt", sagte Marek.

„Okay. Danke." Marek verließ die Residenz. Rico ging die Treppe nach oben. Die glatten Steinstufen waren ihm so vertraut, dass er das Gefühl hatte darüber zu schweben.

Er war schon auf halbem Weg zur nächsten Treppe.

„Rico!", rief eine helle Stimme. So ein Mist. Genau das hatte er befürchtet. „Rico warte mal! Wie ist es gelaufen?" Er drehte sich um. Etwas anderes blieb ihm ja wohl kaum übrig.

Terra. Schwester. Aufpasser. Nervensäge. Der wichtigste Mensch in seinem Leben. Terra war hochgewachsen wie ihr Vater es gewesen war und hatte braune Augen. Sonst hatte sie nicht viel mit dem alten Kaiser gemein. Immer wieder hatte Rico gehört, dass Terra wie ein Abbild ihrer Mutter war. Nicht, dass er das beurteilen konnte. Ihre Mutter war bei seiner Geburt gestorben, also hatte er sie nie kennengelernt. Ganz offensichtlich hatte sie aber zumindest ihre helle Haut und die blonden Haare an Terra weitergegeben.

„Die Reflektoren sind wieder voll Sand. Aber der Rat überlegt sich was", sagte Rico.

„Das meinte ich nicht", entgegnete Terra. Natürlich nicht. Sie begnügte sich nie mit einfachen Antworten.

„Ach nein?" Er hob eine Augenbraue.

„Du gehst mir aus dem Weg, das wird aber nicht ewig funktionieren." Tadelte sie ihn etwa?

„Okay, alles klar Terra. Ich muss noch ein paar Sachen erledigen", sagte Rico. Er musste sie doch irgendwie los werden.

„Was zum Beispiel?", hakte sie nach, wohl wissend, dass er nur nach einer Ausrede suchte. Andererseits hatte er jetzt die perfekte Ausrede.

„Die Schüler aus dem Waldreich kommen heute an", erklärte er.

„Und?"

„Jannik ist dabei also werde ich sie persönlich begrüßen", ergänzte er und setzte ein falsches Lächeln auf.

„WOW das ist ja richtig nett von dir." Sie klang überrascht.

„Ja, nett. So kann man es auch nennen", murmelte Rico.

Er musste weg hier. Bevor sie sich noch weiter unnötig sorgen konnte.

„Ich muss jetzt wirklich los." Er drehte sich um.

„Rico!", rief sie ihm noch nach. Er ignorierte sie und stieg zielstrebig die Treppe hoch. Wie im Schlaf ging er den Weg zu seinem Büro. Es war so vertraut und doch fühlte es sich fremd an. Die Tür zu öffnen, ohne vorher klopfen zu müssen. Nicht dieses verhasste Gesicht hinter dem Schreibtisch vorzufinden, sondern nur einen leeren Stuhl. All diese Kleinigkeiten die sich geändert hatten. Rico blieb vor dem Schreibtisch stehen. So viel zu tun. So wenig Zeit. Das Ostviertel der Stadt war noch immer ein einziges Trümmerfeld. Der Markt kam nur langsam wieder auf die Beine. Die Regenzeit verspätete sich offensichtlich. In der Palastküche fehlten zwei Gehilfen. Mehr als genug Probleme und ein Ältestenrat der all diese Probleme guten Gewissens übersah.

Die Gehilfen. Das war leicht zu bewältigen. Es gab ein halbes Dutzend Bewerbungen. Arbeit war Mangelware und die Arbeit im Palast versprach besondere Sicherheit. Wenn man denn mit den Arbeitsbedingungen zurechtkam. Rico nahm die Formulare und setzte sich. Nicht an den Schreibtisch. Nein. Das Sofa war um einiges Gemütlicher und von der Tür nicht direkt einsehbar. Perfekt.

Alle Bewerber waren Frauen. Alle etwa in seinem Alter. Alle würden sich sehr freuen angenommen zu werden. Das entnahm er den Bewerbungen. Das sie nicht trieften war ein Wunder, so wie sich hier eingeschleimt wurde. Ob sie sich auch noch so sehr um die Stellen bemühen würden, wenn sie wüssten weshalb die letzten Beiden hatten gehen müssen?

„Kleiner Bruder? Wo…? Ach, da steckst du!“, sagte eine laute durchdringende Stimme. Aufblicken musste Rico nicht. Sein Bruder Kahn war unverkennbar.

„Ich ersetze gerade deinen Verschleiß“, bemerkte Rico. Eigentlich hatte er wirklich besseres zu tun, als hinter den Liebschaften seines Bruders herzuräumen. Kahn lachte leise. Vermutlich sah er die beiden jungen Frauen gerade genau vor sich. Rico erinnerte sich nicht mal an ihre Namen, geschweige denn ihre Gesichter.

„Jemand interessantes unter den Bewerbern?“, fragte Kahn. Wie scheinheilig. Wie unbedarft. So lebte ein Kronprinz eben. Doch was blieb von jenem Kronprinzen, wenn er nicht Herrschen durfte? Ob Kahn es ihm übelnahm, dass Rico zum Kaiser gewählt wurde und nicht er?

„Für dich oder für mich?“, hakte Rico nach.

„Was ist für dich an Mädchen bitte interessant?“, scherzte Kahn lachend.

„Wenn ich sie nicht nach einem Monat wieder ersetzen muss. Das wäre interessant“, erklärte Rico und blickte auf. Kahn sah aus wie immer. Größer als Rico. Muskulöser als Rico. Beschwingter als Rico. Wenn Terra nach ihrer Mutter kam, dann war Kahn das Ebenbild ihres Vaters. Dunkle Haut, braune Augen und braune Haare, die er eben mit einer Hand zerzauste. Er grinste, bereut wohl gar nichts.

„Ach Rico, ich gebe mir ja Mühe, aber ich bin nicht derjenige der zu ihnen geht. Sie kommen zu mir“, erklärte Kahn und zwinkerte ihm zu. Skeptisch zog Rico eine Augenbraue hoch. Er konnte sich einfach nicht zügeln. Diese freche Ader seines Bruders war beinahe lästig. „Sie würden auch zu dir kommen, wenn du nicht so verschlossen wärst. Wenn sie fragen sage ich du bist schüchtern“, bemerkte Kahn schmunzelnd. Themawechsel! Das war zutiefst unangenehm.

„Such dir doch einfach selbst zwei aus“, sagte Rico und reichte ihm die Bewerbungen. Das war vermutlich der einfachste Weg. Kahn sah ihn irritiert an.

„Im Ernst jetzt?“

„Nein nur zum Spaß. Natürlich ernst!“, maulte Rico. Manchmal war sein Bruder echt schwer von Begriff. Er stand auf. „Dir müssen sie gefallen, mir ist es gleich, solang sie ihre Arbeit machen.“

„Ach Rico! Jetzt sei doch nicht so!“, rief Kahn aus. Es klopfte an der Tür. Na endlich, seine Rettung!

„Herein!“, rief Rico über den Protest seines Bruders hinweg. Ein Soldat streckte den Kopf zur Tür herein.

„Rico? Unsere Gäste treffen in zehn Minuten am Haupttor ein. Marek hat mich gebeten dich zu begleiten“, erklärte der Soldat mit ruhiger Stimme.

„Gut. Gehen wir.“

„Was ist mit den Bewerbungen?“, fragte Kahn.

„Such dir einfach zwei aus“, rief Rico noch über die Schulter zurück. Dann verließ er das Büro.

Der Soldat, er war um die Dreißig Jahre alt, war ein erfahrener Kämpfer. Von Rico mal abgesehen, gehörte er zu den Jüngsten Soldaten, die es in der Wüste aktuell gab. Sie hatten oft Seite an Seite gestanden, wenn die Kämpfe begannen. Marek hatte ihm vertraut und Rico traute Marek. So einfach war es längst nicht mehr. Der Weg vom Palast zum Haupttor nahm kaum eine viertel Stunde in Anspruch. Rico versuchte die nervösen Blicke der Leute zu ignorieren. Viel zu leicht könnte er vergessen, dass er jetzt ihr Kaiser war. Wann würde er sich endlich daran gewöhnen? Marek wartete am Tor. Das würde sich wohl nie ändern.

„Rico! Bist du gut hergekommen?“, fragte Marek mild lächelnd.

„Ich brauch keinen Geleitschutz“, stellte Rico klar. Der Soldat, der ihn begleitet hatte, zuckte mit den Schultern und zog sich zurück.

„Natürlich nicht. Es macht nur einen besseren Eindruck.“, sagte Marek. So ein Blödsinn. Marek ertrug es nur nicht, wenn Rico allein unterwegs war.

„Wo sind die Schüler?“, fragte Rico. Weit und breit war niemand in Sicht.

„Vor dem Tor. Der Lehrer wollte noch etwas Stadtgeschichte mit ihnen Pauken bevor sie sich ausruhen dürfen. Ein echter Sklaventreiber, wenn du mich fragst", bemerkte Marek. Sein Lächeln wurde breiter. Es sollte wohl lustig sein, doch Rico konnte nicht darüber lachen.

„Wohl kaum", murmelte Rico. Er ging durch das Tor. Die Wachen deuteten eine knappe Verneigung an, aber das war auch nicht mehr als sie früher schon getan hatten. Früher, als Rico noch ihr Anführer gewesen war. Auf der anderen Seite der Mauer stand eine Gruppe von nicht ganz 30 jungen Erwachsenen. Rico hätte einer von ihnen sein können, wäre er nicht als Prinz auf die Welt gekommen. Besser wäre er nicht als Enrico Malek auf die Welt gekommen.

Der Lehrer erzählte etwas über die jüngste Geschichte der Wüste. Sprach vom Bruderkrieg und der Rebellion. Nun ja, zumindest über den offiziellen Teil wusste er bestens Bescheid. Ricos Vater und dessen Bruder hatten sich darüber verstritten wer die Wüste beherrschen sollte. In einem heftigen Krieg, der viele Opfer forderte, spaltete sich das Land. Rebellen, die gegen Ricos Vater waren, schlugen sich auf die Seite seines Onkels. Soweit wussten alle Bescheid. Doch was hinter den Kulissen geschehen war, dass würde die Mauern dieser Stadt nie verlassen.

Rico steckte die Hände in die Taschen seiner Hose und lauschte dem Bericht des Lehrers. Vielleicht könnte er ja noch etwas über seine eigene Geschichte dazu lernen. Aus der Masse der Schüler heraus traf ihn ein Blick aus himmelblauen Augen. Fröhliche Augen. Augen eines Freundes.

„Rico!", rief der junge Mann erfreut aus. Jannik löste sich von der Gruppe und kam eilig auf ihn zu. Es war lange her das Rico ihn das letzte Mal gesehen hatte. Zuletzt vor rund sieben Jahren. Doch sein Anblick war vertraut. Die blonden Haare die ihm ins Gesicht hingen. Die leicht gebräunte Haut. Das aufrichtige Lächeln. Er freute sich wirklich.

„Jannik." Rico nickte ihm knapp zu. „Wie ist es dir ergangen die letzten Jahre?", fragte er, mehr aus Höflichkeit, denn aus Interesse.

„Musste ein Jahr in der Schule wiederholen und du?", erkundigte Jannik sich.

„Hab einen Krieg geführt", antwortete Rico mit einem Schulterzucken. Mehr musste Jannik im Moment nicht wissen.

„Das übertrifft meine Geschichte ja wohl um Längen", sagte Jannik grinsend. Mittlerweile ruhten die Blicke aller Schüler und des Lehrers auf ihnen.

„Was meinst du? Ist die Geschichtsstunde vorbei? Meine Leute sehen es nicht so gerne, wenn ich außerhalb der Mauern bin", erklärte Rico und nickte zu Marek, der mit besorgtem Gesicht zu ihnen herüberschaute.

„Ach, da hört eh keiner hin", winkte Jannik ab. Sein grinsen erlosch. „Klingt ja als hätten sie dich in einen goldenen Käfig gesteckt."

„Die wollen bloß vermeiden, dass Kahn durch einen blöden Unfall zum Kaiser wird", sagte Rico Schulterzuckend. Das war nicht mal ganz gelogen.

„Weißt du Rico, ich war mir nicht sicher, ob du immer noch der gleiche sein würdest, wie damals. Du ahnst gar nicht wie erleichtert ich bin dich jetzt hier stehen zu sehen." Jannik umarmte ihn. Oh nein! Einatmen, ausatmen. Bald würde es vorbei sein. Jannik ließ ihn wieder los. Ein Glück!

Seht ihr? Nicht gerade eine passende Wahl für einen Kaiser.

3. Kim und Silas

Wenn es einen Menschen gab, den man nicht zum Feind haben wollte, dann war es Kimberly-Ann Duvessa. Man hörte nicht viel Gutes über sie. Und doch... Mir erschien sie nie wie das Monster, das alle in ihr sahen.

Schritte erklangen auf dem Gang. Kim riss den Kopf herum. Die Tür stand einen Spalt breit offen. Noch mehr Schritte, Schritte die sich eilig entfernten. Sie ließ den Mann los. Hustend und keuchend sank er zu Boden. Er gehörte zu den Forschern. Widerwärtig. Warum er überhaupt mitgekommen war blieb ein Rätsel. Eines dass es sich nicht lohnte zu lösen. Die Tür wurde aufgeschoben. Das leise knirschende Geräusch, das dabei entstand, klang unnatürlich laut in der plötzlichen Stille. Der Mann, der eintrat war groß, schlank und doch muskulös. Sie erkannte das markante Kinn, die braunen Haare und die klugen braunen Augen sofort wieder. Pain. Eigentlich hatte sie ihn immer gemocht. Schade eigentlich. Jetzt war er ihr Feind. Aber das wusste er noch nicht.
„Und?", fragte Hammar.
„Sie ist gänzlich abgeneigt", antwortete Pain und fuhr sich mit einer Hand durch die Haare. Hammar lächelte. Es war absehbar gewesen. Keiner würde je freiwillig mit Kim zusammenarbeiten. Sie grinste. Gut so.
„Miss Duvessa auch. Wie man sieht." Hammar wies mir einer Hand auf den Mann, der am Boden saß und röchelnd ein und ausatmete. Fast hätte sie ihn vergessen. Dämlicher Schwächling.
„Schade", murmelte Pain. Was auch immer die beiden sich erhofft hatten, sie bekamen es nicht.
Was nicht ungewöhnlich war. Zumindest auf Hammars Seite. Kim vermied es grundsätzlich ihm zu geben was er wollte.
„Okay, stellen wir ein neues Team zusammen. Vielleicht klappt das besser", schlug Pain vor. Das klang vernünftig. Solange Kim nicht in dieses neue Team musste.

„Ich würde nur einen anderen deiner Leute akzeptieren und wir wissen beide, dass ich ihn nicht bekomme", sagte Hammar ein bisschen nasal. Als wäre er schwer beleidigt.

„Das hast du dir selbst zuzuschreiben. Du benimmst dich ja immer wie ein Arsch, wenn du ihn triffst", entgegnete Pain spitz. Diese Diskussion war zweifellos das Sinnfreiste seit sie angekommen waren. Kim gähnt mit einer Hand vor dem Mund. Wie langweilig.

„Ich werde Kim alleine losschicken", sagte Hammar. Sie horchte auf. Er nannte sie nur beim Vornamen, wenn er fest entschlossen war.

„Ich denke, es ist besser, wenn wir mein Mädchen gehen lassen", bemerkte Pain.

„Blödsinn! Miss Duvessa ist präzise und schnell. Der Junge wird gar nicht wissen wie ihm geschieht bis er seinen letzten Atemzug tut!", rief Hammar aus. Wie Recht er damit doch hatte. Keiner konnte Kim in Punkto Meuchelmord das Wasser reichen.

„Wir waren uns doch einig ihn nicht zu töten!", stieß Pain seufzend hervor. Als wäre er die Diskussion leid. Kim verstand ihn gut. Sie war es auch leid.

„Falsch! Du warst dir einig. Ich habe nie zugestimmt", entgegnete Hammar. Jetzt ging das schon wieder los.

„Hammar, ich werde ihn nicht ans Messer liefern, wenn die Chance besteht das"

„Die Chance auf was? Ein Bündnis? Die Kaiser wissen doch nicht mal, dass es uns gibt! Und wenn sie es wüssten, glaubst du wirklich sie würde uns nicht jagen und einen nach dem anderen Hinrichten, wie sie deinen Vater hingerichtet haben?!", rief Hammar aus. Er wand sich ab. Zweifellos um sein vor Aufregung rotes Gesicht zu verbergen. Er war so leicht zu durchschauen. Seine Schultern zitterten vor unterdrückter Wut und Anspannung. Ein Blick zu Pain und Kim erkannte das er zutiefst betroffen war.

„Wir müssen es wenigstens versuchen." Pain ließ seine Stimme extra sanft klingen, sprach bedächtig, beruhigend. „Lass es mich versuchen", flehte er leise.

„Und wenn du Recht hast? Mal angenommen er wäre an einem Bündnis interessiert. Wie willst du ihn an uns binden? Mit einem Vertrag? Eine Unterschrift auf Papier ist nichts wert und das weist du genauso gut wie ich", flüsterte Hammar. Das er nicht laut schniefte war ein Wunder.

„Wollte ich einen Vertrag auf Papier würde ich wohl kaum Kaleya schicken." Pains Stimme klang als hätte das Hammar klar sein müssen.

„Also? Sind wir uns einig? Wir versuchen es erst auf meine Weise?", hakte Pain vorsichtig nach.

„Von mir aus", sagte Hammar und nickte.

„Gut. Ich nehme an ihr findet alleine nach draußen? Ich muss unbedingt nach Kaleya sehen. Du hast ihr einen ganz schönen Schrecken eingejagt Kim", sagte Pain und zwinkerte ihr zu. Wie bedauerlich. Ja sie hatte ihn wirklich immer sehr gemocht.

Der Weg zurück zur Basis war kurz und sie legten ihn schweigend zurück. So nah die beiden Einrichtungen nebeneinander lagen hätte man eigentlich erwarten müssen, dass sie sich ständig über den Weg liefen. Doch dem war nicht so. Pain hatte ich verdammt gut versteckt und Hammar legte keinen Wert darauf, seinem Bruder häufiger als unbedingt nötig zu begegnen. Sie stiegen durch eine Falltür hinunter in das unterirdische Tunnelsystem. Die schwüle Luft und das schummrige Licht waren ihr so vertraut wie ihr eigener Körper.

„Versuch heute zum Training zu gehen", sagte Hammar.

„Ich gehe immer zum Training", entgegnete sie mit einem bösen Lächeln.

„Lüg nicht. Ich weiß, dass du die letzten drei Einheiten verpasst hast. Wenn es sich wenigstens auf dich beschränken würde, aber du ziehst Silas jedes Mal mit rein." Er straffte die Schulter und hob das Kinn an. Ein kläglicher Versuch Autorität auszustrahlen.

„Silas zieht sich selbst mit rein. Ich kann nichts dafür", bemerkte sie kühl. Sie hatte wirklich keine Schuld daran.

„Bitte, bitte, bitte, geh zum Training!" Wirklich hinreißend wie er flehte. Kim seufzte.

„Ist ja schon gut. Ich geh ja", murrte sie und bog in einen anderen Gang ein. Ihre Schritte klangen hohl an den kahlen Wänden. Training war gar keine so schlechte Idee. Es täte ihr gut. Endlich wieder etwas Dampf ablassen. Wie lange hatte sie Rin schon nicht mehr gesehen? Eine Woche? Zwei? Zu lange für ihren Geschmack. Das könnte amüsant werden.

„Dieses fiese Grinsen heißt nichts Gutes", flüsterte jemand ganz nahe neben ihr. Warme Hände hielten sie an den Hüften fest. Die Sanfte, tiefe Stimme schmeichelte ihren Ohren. Sie erschauderte. Sie spürte ihn in ihrem Rücken. Unnachgiebig und stark. Warm und vertraut. Sie drehte den Kopf leicht zur Seite. Ein sanfter Kuss streifte ihren Mundwinkel.

„Ich habe kein fieses Grinsen", wiedersprach sie. Sie lächelte. Liebevoll diesmal.

„Oh doch und wie." Ein Arm wurde um ihre Schulter gelegt. Sie hob den Kopf. Silas bedachte sie mit einem wissenden Blick. Kichernd legte sie einen Arm um seine Taille.

„Wohin gehst du?", fragte er. Oh nein, es war gar nicht gut, wenn er so anfing. Dann konnte sie sich kaum beherrschen.

„Hammar hat mich dazu verdonnert mich heute beim Training blicken zu lassen", sagte sie seufzend.

„So ein Pech. Und das wo ich dich gerade zum Schwimmen abholen wollte." Sein bedauerndes Lächeln täuschte sie nicht. Nicht eine einzige Minute. Zumindest war das der Beweis. Sie war wirklich nicht daran schuld, wenn Silas fehlte!

„Hm später vielleicht. Jetzt treffe ich mich erst mal mit Rin", sagte sie, doch ihre Selbstbeherrschung bröckelte bereits.

„Immer musst du dich mit den großen Jungs anlegen. Kannst du dir nicht ein Kätzchen besorgen und damit spielen?", fragte Silas leise.

„Schenkst du mir ein Kätzchen?", fragte sie sanft zurück.

„Niemals! Ich kann die Viecher nicht leiden. Die erinnern mich immer an Hammar", stieß er hervor. Sie lachte über seinen angewiderten Gesichtsausdruck.

„Erst vor kurzem hat er wieder bewiesen, dass er unseren Hass durchaus wert ist." Kim ging dazu über sich die Haare zu einem Zopf zu flechten. Rin würde keine Rücksicht nehmen. Sie genauso wenig.

„Also gut. Ich muss dann auch mal los. Kommst du vorbei, wenn du mit Rin fertig bist?", fragte Silas.

„Na klar doch." Sie stelle sich auf die Zehenspitzen und drückte ihm einen raschen Kuss auf die Lippen. Er lächelte auf diese unvergleichliche Weise. Absolut erotisch. Ihr Herz machte einen wilden Hüpfer. Oh ja, sie würde Rin besiegen und dann würde sie sich ganz und gar ihm widmen. Silas folgte einem Gang, weg von ihr. Oh, wie sie ihn liebte. Sein geschmeidiger Gang. Die harten Muskeln. Das pechschwarze Haar. Der Traum aller Frauen und er gehörte ihr ganz allein.

Die Tür zur Trainingshalle quietschte leise. Das Geräusch lenkte die Blicke aller Anwesenden auf sie. Unter den bekannten Gesichtern befanden sich drei Neue. Jungen, jünger noch als Kim selbst, die vor Aufregung unruhig auf und ab liefen. Wie Tiger im Käfig. Angespannt, bereit zuzuschlagen. Sie hielten sich für unverwundbar, weil sie Hammars abartigen Auswahltest bestanden hatten. Sie würden den nötigen Respekt schon noch lernen. Spätestens wenn sie mit Rin zusammentrafen.

„Miss Duvessa! Schön, dass du dich mal wieder blicken lässt", ließ eine strenge Stimme sich verlauten. Kasim. Er war Lehrer und Mentor gleichermaßen. Und außerdem das einzige Akzeptable Vorbild in dieser verfluchten Höhle. Kasim war schon immer hier. Er war hier gewesen als Kim begonnen hatte und er war hier gewesen als Rin begonnen hatte. Kasim war älter als Hammar. Soweit Kim wusste hatte Kasim unter Hammars und Pains Vater gedient. Warum er dann ausgerechnet hier her gekommen war wusste niemand so genau und sie fragten auch nicht nach.

„Ich war bedauerlicherweise verhindert", erwiderte Kim. Sie vollführte einen eleganten Knicks und erhob sich mit einem spöttischen Grinsen wieder.

„Ich habe da so was gehört ja", bestätigte Kasim wenig nachsichtig und deutete mit der Hand auf die anderen Teilnehmer. „Sitz."

„Ich bin kein Hund", murrte Kim.

„Sicher?" Er gab sich überrascht. Es war ein allzu vertrautes Spiel.

„Wo ist Rin?", wollte sie wissen. Sie stand immer noch abseits. Diese Genugtuung würde sie Kasim nicht bieten.

„Hinter dir Süße", ertönte Rins Bass-Stimme. Er schlang die Arme um sie und riss sie in eine Knochenzertrümmernde Umarmung.

„Rin! Luft!", japste sie. Er warf sie sich über die Schulter und trug sie zu den anderen.

„Wirst du jetzt ein braves Mädchen sein?", fragte er mit tadelnder Stimme.

„Niemals!", rief sie. Doch sie wussten alle, dass es nur ein Spiel war. Schwungvoll setzte er sie auf dem Boden ab. Sie verschränkte die Arme vor der Brust und sah demonstrativ weg.

„Gut da wir jetzt alle versammelt sind, habt ihr sicher bemerkt, dass wir drei Neuzugänge haben. Bevor wir mit dem Training beginnen, wollen wir doch mal sehen, ob wir sie beeindrucken können."

„Bitte nicht ich, bitte nicht ich, bitte nicht ich", flüsterte Kim mehr zu sich selbst als zu irgendjemand sonst. Doch das murmeln brachte nichts.

„Rin? Kim? Wollt ihr uns vielleicht etwas vorführen?", fragte Kasim nun mit sanfterer Stimme. Er wollte es diesen Jungen also wirklich zeigen. Na schön. Wenn er es unbedingt haben wollte. Die Jungen kicherten. Sie zweifelten an ihr. Weil sie ein Mädchen war. Die würden noch ein Wunder erleben.

„Ich will nicht das Rin schon wieder zum Arzt muss", sagte Kim. Kasim sollte nicht glauben, dass sie einfach so nachgab.

„Und ich befürchte, dass Kim sich etwas brechen könnte. Das letzte Mal ist doch schon ein Weilchen her", fügte Rin hinzu. Auch er ließ sich nicht gerne für Machtdemonstrationen gebrauchen. Was er aber durchaus gerne tat und was Kim auch gerne tat, war kämpfen.

„Keine Ausreden ihr beiden. Ab in den Ring", befahl Kasim streng. Kim grinste Rin an und stand auf. Sie kletterte in den Ring. Rin folgte ihr.

Er stand noch nicht mal wieder aufrecht, da schlug sie zu. Der rechte Hacken saß perfekt und riss seinen Kopf nach hinten. Sie nutzte die Gelegenheit für einen Schlag in Nierengegend und wollte ihm eben mitten ins Gesicht schlagen, doch da kam Rin wieder zu sich. Er fing ihre Hand ab und bog sie nach hinten bis ihr Handgelenk beinahe brach. Sie drehte sich und er musste den Griff lösen. Ein Sprung, ein Tritt. Rin taumelte. Er zog sie am Handgelenk mit und schlang einen Arm um ihren Hals.

Die Luftzufuhr war augenblicklich blockiert. Sie hatte nicht viel Zeit, um seinen Griff zu lösen, sonst hätte sie verloren. Wie ein kleines Kind trat sie ihm gegen das Schienbein. Es wirkte. Ein Hauch von Luft stahl sie ihre Kehle hinab in die Lungen. Mit dem freien Ellbogen boxte sie ihm in die Seite. Noch ein Atemzug. Sie schob eine Hand unter seinen Arm, tastete sich bis zum Handgelenk, ergriff seine Hand und zog. Ein wütendes Brüllen entfuhr Rin als er den Griff lösen musste. Kim stieß sich ab, machte einen Salto und landete in Kauerstellung vor ihm.

Jubelrufe waren vom Rand zu hören. Kim genoss sie, denn sie galten ihr.

„Gibst du auf?", fragte sie grinsend.

„Wir fangen doch gerade erst an." Er lächelte breit und stürzte sich auf sie. Kim schoss vom Boden hoch.

Es endete wie meistens in einem rasenden Wirrwarr von Körperteilen und mit einer gebrochenen Nase. Rins Nase. Und einer ausgekugelten Schulter. Kims Schulter.

Rin lag am Boden und hielt sich die Nase. Sein Atem kam stoßweise. Kim versuchte mit dem unverletzten Arm ihre Schulter zu stabilisieren. Sie stand noch. Gewonnen!

„Kann einer bitte Rin zum Arzt bringen?", rief Kasim in die Runde während er zum Ring kam. Er bot Kim die Hand an und half ihr sorgsam auf den Boden. „Alles okay?" Er klang besorgt. Sein Blick ruhte auf ihrer Schulter.

„Ich werde es überleben", sagte Kim. So eine Ausgekugelte Schulter war schmerzhaft, aber kein ernstes Problem. Das wäre gleich wieder behoben. Außerdem hätte sie dann eine Ausrede, um die nächsten Tage nicht ins Training zu müssen. Selbst Hammar würde das verstehen.

„Soll dich jemand zum Arzt begleiten?", fragte Kasim.

„Nein, ich komm schon klar", antwortete sie wahrheitsgemäß.

„Gut." Kasim entließ sie. Sie spürte die Blicke der Neuen in ihrem Rücken als sie ging. Mühsam schob sie die schwere Tür auf. Silas. Er konnte ihre Schulter einrenken. So konnte sie ihn aus dem Training entführen.

Na schön, sie war ein Monster. Absolut tödlich. Aber wie die meisten anderen hatte sie wohl kaum eine andere Wahl. Und wie die meisten anderen machte sie das Beste daraus.

4. Autoritätspersonen

*Trotz seiner offensichtlichen Unfähigkeit war Enrico nicht grundlos
zum Kaiser gewählt worden. Denn obwohl das Volk Angst vor seinen
Fähigkeiten hatte, erkannten die Menschen dahinter eine Chance. Sie
hofften auf ein besseres Leben, ohne einen Tyrannen an ihrer Spitze.*

Jannik ging mit weit auf gerissenen Augen neben Rico her. Staunend.
Kaum nachvollziehbar. Es war alles so gewohnt. Die einfachen Häuser.
Der Sand. Die karge Vegetation aufgrund des konstanten Wassermangels. Wasser! Er musste dringend nach den Wasservorräten sehen.
Wenn der Regen noch länger auf sich warten ließ musste das Wasser
rationiert werden. Nicht schon wieder. Nochmal so ein Jahr wie damals
und das Volk würde endgültig zerbrechen.

„Woran denkst du?", fragte Jannik. Er klang genauso wie Terra. Noch
jemand der sich um ihn sorgte. Na wunderbar. Sah Rico wirklich so zerbrechlich aus?

„Ich muss nachsehen wie lange der Wasservorrat noch reicht. Der Regen ist spät dran dieses Jahr", erklärte Rico.

„Was passiert, wenn es gar nicht regnet?", hakte Jannik weiter nach.
Krankheit. Tod. Leid. Rebellion. Vieles was passieren konnte. Nichts davon würde er Jannik sagen.

„Dann muss ich das Wasser rationieren. Wir haben schon mal ein Jahr
ohne Regen geschafft. Das schaffen wir wieder." Rico erinnerte sich nur
ungern an dieses Jahr.

„Muss ziemlich anstrengend sein, all diese Verantwortung", bemerkte
Jannik und seufzte, als wäre allein die Vorstellung schlimm genug.

„Die Verantwortung ist weniger mein Problem", entgegnete Rico. Nein
das war es wirklich nicht. Mit Verantwortung kam er klar.

„Sondern?", fragte Jannik und sah ihn verblüfft an.

„Dass ich jetzt alles auf diplomatischem Weg regeln muss", erklärte Rico
und versuchte es mit einem Grinsen. Es funktionierte. Jannik lachte.

„Ja das kann ich mir vorstellen. In einen Moment ist man Heerführer
und dann soll man plötzlich brav hinter einen Schreibtisch sitzen." Jannik schüttelte sich. Die Vorstellung behagte ihm wohl gar nicht. Er
ahnte nicht mal ansatzweise wie es Rico damit ging.

*Rico wurde plötzlich klar, dass Jannik ebenso ein Kronprinz war wie
Kahn. Was für ein leichtes Leben er führte, das er nichts von den Prob-
lemen oder Sorgen verstand, die ein Kaiser im Allgemeinen und Rico im
Besonderen zu bewältigen hatte.*

Im Palast angekommen übernahm einer der Soldaten die Zimmerver-
teilung und die Führung durch den Palast. Einzig der Lehrer blieb zurück.

„Von außen sieht der Palast viel kleiner aus", sagte der Lehrer. Er lächelte, doch es erreichte seine Augen nicht.

„Was sie gesehen haben ist nur ein kleiner Teil. Am Anfang lebte das
gesamt Wüstenvolk im Gebirge. Deswegen liegen die ältesten Häuser so
nah am Fuß des Berges. Mehr als zwei Drittel des Palastes und ein Großteil der ursprünglichen Stadt ist in den Felsen geschlagen worden. Irgendwann wurde der Platz zu eng und man begann auch außerhalb der
Berge zu bauen. Mein Urgroßvater hat das hier errichtet", erklärte Rico.
Terra hätte sicher gewollt, dass er den Lehrer bei Laune hielt.

„Sieh einer an, man lernt wohl nie aus. Er ist ein wahres Kunstwerk,
dieser Ort", sagte der Lehrer. Er sah sich interessiert um. Ein Kunstwerk? Sicher. Eine Leinwand bemalt mit Schlamm, Dreck, Sand und
Blut.

„Falls das dann alles wäre? Ich habe noch zu tun", versuchte Rico ihn
loszuwerden. Schultern straffen. Kopf aufrecht. Irgendwie versuchen
Autorität auszustrahlen. Seine neueste tägliche Übung.

„Ich hatte mich ehrlichgesagt gefragt ob ich wohl einmal einem Kaiser
bei der Arbeit über die Schulter blicken dürfte." Der Lehrer lächelte immer noch. Rico hatte kein gutes Gefühl dabei. Er wusste wie die anderen
Kaiser zu ihm standen. Was, wenn dieser Mann den heimlichen Auftrag
hatte ihn und seine Arbeit zu beurteilen? Andererseits, Lehrer waren
angesehene Leute. Nicht selten wurden sie als Berater hinzugezogen. Er
sollte ihn abweisen. Es wäre besser so.

„Natürlich. Allerdings befürchte ich, dass es heute nichts allzu interessantes mehr zu tun geben wird", sagte Rico stattdessen. Blöde Diplomatie!

Rico führte den Lehrer in den zweiten Stock des Palastest und auf direktem Weg zu seinem Büro. Er ließ ihn eintreten.

„Der Ausblick ist fantastisch", bemerkte der Lehrer und zum ersten Mal seit sie sich begegnet waren klang es nach aufrichtiger Freude.

„Ja, das ist er wohl." Rico warf einen flüchtigen Blick aus dem Fenster. Das Ostviertel war eine echte Trümmerlandschaft. Darum musste er sich dringend kümmern. Er musste die betroffenen Familien vorladen. Das Bauvorhaben mit dem Rat besprechen. Die Finanziellen Mittel prüfen. Bauarbeiten engagieren. Vermutlich würde es sowieso am Rat scheitern. Kein Geld? Von wegen! Die Staatskasse war prall gefüllt. Darauf hatte Ricos Vater stets penibel geachtet. Aber auch das ignorierten die Ratsmitglieder wohl weißlich. So wie alles andere.

„Verzeiht, aber es ist ungewohnt einen so jungen Kaiser… Ich meine ihr könntet mein Schüler sein." Der Lehrer schmunzelte und rückte seine Brille zurecht.

„Ein ganz ähnlicher Gedanke kam mir heute auch schon", murmelte Rico.

„Ach herrje! Was machen die denn da?" Aufgeregt winkte der Lehrer ihn zum Fenster. Rico seufzte. Das würde ein langer Tag werden. Er blickte in die Richtung, in die der Lehrer gedeutet hatte. Die Sonnenreflektoren. Zumindest das von ihnen was nicht unter Sandmassen begraben lag. Ein paar Männer schaufelten den Sand beiseite. Wenigstens das hatte der Rat hinbekommen.

„Die Sonnenreflektoren sind verschüttet worden. Das passiert manchmal. Jetzt müssen sie wieder frei gelegt werden damit es keinen Stromausfall gibt", erklärte Rico.

„Ich habe der Kaiserin schon häufiger vorgeschlagen die Sonnenenergie zu nutzen. Bedauerlicherweise ist das Wetter bei uns dafür zu unstet", sagte der Lehrer und schniefte leise.

„Liefern die Windräder nicht mehr genug Energie?", fragte Rico. Im Waldreich gab es riesige Windräder, die dort den Strom erzeugten, so wie es hier die Reflektoren taten. Das hatte er gesehen, als er vor einigen Jahren einmal zu Besuch im Waldreich gewesen war.

„Die Stadt wächst und wir brauchen immer mehr Strom. Um diesem Wachstum gerecht zu werden müssen wir immer neue Windräder bauen und dafür müssen wir den Wald roden. Man nennt uns das Waldreich, doch wenn es so weiter geht gibt es bald keinen Wald mehr", antwortete der Lehrer. Okay das war jetzt eindeutig ein Seufzer des Bedauerns, den der Mann da von sich gegeben hatte. Rico wand den Blick, von den Arbeitern, ab. Es war unglaublich heiß da draußen. Wenn man körperlich arbeitete nur umso mehr.

„Ach die Armen. Bei dieser Hitze! Ich habe richtig Mitleid mit ihnen", murmelte der Lehrer.

„Man gewöhnt sich daran", erwiderte Rico. Falls der Lehrer gehofft hatte eine weiche Seite an Rico zu finden, so war seine Hoffnung jetzt zerstört. Geschah ihm Recht. Diese Büromenschen übersahen allzu oft die Leute, die ihnen ihr Leben finanzierten.

„Ihr habt leicht Reden. Was habt ihr in euren jungen Leben denn bisher getan?!" Der Lehrer zeigte sich empört.

ʹEinen Krieg geführt. Die Rebellion zerschlagen. Den alten Kaiser getötetʹ So vieles was er hätte aufzählen können. Nichts davon konnte er aussprechen. Sein Blick fiel auf den Boden nahe dem Schreibtisch. Dort wo sich langsam eine Lache aus Blut um den Körper seines Vaters gebildet hatte. Bis es ihn ganz umgab wie ein Kranz. Ein Gedenkkranz. Wie um alles in der Welt hatten die den Fleck da wegbekommen?

„Es tut mir leid ich wollte euch nicht zu nahetreten", sagte der Lehrer. Rico hob den Blick. Dem Lehrer war die Situation sichtlich unangenehm. Er hatte sein Schweigen falsch gedeutet.

„Ich bin sicher sie meinten es nicht so", bemerkte Rico ruhig. Er würde den Lehrer nicht darüber aufklären weshalb er geschwiegen hatte. Dafür fand er die Situation viel zu amüsant.

Keiner konnte oder wollte sich vorstellen, dass Enrico tatsächlich selbst an den Kämpfen beteiligt gewesen war. Klar, er war Heerführer gewesen, aber wenn man die Menschen fragte so sagten sie stets, es sei nur ein Schachzug gewesen, um die Soldaten unter den direkten Befehl des

Kaisers zu bringen. Keiner von ihnen kannte die Wahrheit und keiner würde sie je erfahren. Sie blieb verborgen, begraben unter Tonnen von Sand, eingeschlossen in den Herzen des Wüstenvolkes.
„Nun gut. Äh, … was machen wir jetzt?", fragte der Lehrer und rieb sich die Hände. Begierig. Hoffnungsvoll.
„Jetzt" Rico nahm einen massiven Messingschlüssel aus einer Schreibtischschublade. „Sehen wir nach wie lange der Wasservorrat noch reicht."

Pünktlich zum Mittagessen lieferte Rico den Lehrer im Speisesaal ab. Die Schüler, so auch Jannik, hatten sich bereits eingefunden und bedienten sich fleißig. Im Vorbeigehen nahm Rico einen Apfel aus der Obstschale. Jetzt schnell weg hier bevor…
„Rico! Setzt dich doch zu uns!", rief Jannik. So ein Mist! Jannik winkte ihm. Er könnte einfach gehen, keiner würde ihn aufhalten. Einen Augenblick später saß Rico neben Jannik. Die anderen Jungen am Tisch musterten ihn. Besorgt? Kritisch? Rico konnte es nicht richtig deuten.
„Willst du denn gar nichts essen?", fragte Jannik.
„Doch", sagte Rico und zeigte ihm den Apfel. „Aber ich muss noch einiges erledigen."
„Du wirst doch wohl Zeit fürs Mittagessen haben!", sagte Jannik. Er erhob dabei die Stimme, als würde es ihn sehr aufregen.
„Habe ich aber nicht Jannik. Vielleicht sehen wir uns zum Abendessen", beendete Rico die Unterhaltung. Er stand auf und als Jannik diesmal nach ihm rief ignorierte er es. Rico musste den Palast verlassen. Andernfalls würde Jannik ihn irgendwann finden und dann käme er nicht drum herum mit seinem alten Freund zu sprechen. Das musste um jeden Preis vermieden werden! Zu viel war passiert von dem Jannik nichts wissen durfte. Nicht zuletzt, weil er der Neffe der Kaiserin und Kronprinz war. Es war alles so viel leichter gewesen als Rico sich noch zu den Soldaten gezählt hatte. Wie er die Männer an der Tür beneidete. Sie hatten ein beinahe sorgenfreies Leben. Rico dagegen ertrank förmlich in seinen Sorgen.

„Rico", begrüßte einer der Soldaten ihn. „Heute schon zum zweiten Mal unterwegs? Pass auf das du nicht zu gesellig wirst." Es war ein gut gemeinter Scherz. Zwischen ihnen würde es nie ein „mein Kaiser" oder dergleichen geben. Zum Glück.

„Wie lange wird es diesmal dauern bis Marek davon erfährt?", fragte Rico. Seit er Kaiser war hatte Marek die Führung über die Soldaten übernommen und leider waren sie Marek genauso treu wie ihm.

„Tut mir leid, aber es ist meine Pflicht Marek darüber zu informieren, wenn du ohne Geleitschutz unterwegs bist", antwortete der Soldat schulterzuckend.

„Ich brauche keinen Geleitschutz", brummte Rico. Geleitschutz hatte er noch nie gebraucht und alle wussten das. Nur Marek schien es vergessen zu haben.

„Wissen wir", sagte der Soldat, verneigte sich und hielt Rico die Tür auf. Rico würde seinen Vorsprung gut nutzen. Marek konnte gerne nach ihm suchen, wenn er wollte. Rico war es Recht. Er würde sich einen kleinen Spaß daraus machen.

„Im Moment hasse ich dich echt!", bemerkte Marek etwas zwei Stunden später als er keuchend und verschwitzt neben Rico zum Stehen kam. Mareks braunen Haare klebten ihm im Gesicht und er blickte Rico aus zornigen braunen Augen an.

„Ich weiß", sagte Rico leise. Den Blick auf die Arbeiter gerichtet, die immer noch die Reflektoren frei schaufelten, saß er im warmen Sand. Die Hitze war unerträglich. Jedes bisschen Kleidung war zu viel, doch hier würde nie jemand auf die Idee kommen kurze Hosen oder kurzärmelige Hemden anzuziehen. Denn das einzige was schlimmer war als die Hitze, war die heftige Sonneneinstrahlung, die alles zu verbrennen drohte.

„Wieso machst du das immer?", fragte Marek. Er klang aufgebracht, fast schon wütend.

„Keiner verlangt von dir nach mir zu suchen", entgegnete Rico kühl. Marek nuschelte irgendetwas vor sich hin, dann ließ auch er sich in den Sand sinken.

„Terra bringt mich um, wenn dir etwas zustößt. Das weist du genauso gut wie ich."

„Vor wem hast du mehr Angst Marek? Vor Terra oder vor mir?", fragte Rico leise. Er vermied es grundsätzlich die Stimme zu erheben. Sein Vater hatte quasi ständig nur geschrien und was hatte es ihm gebracht? Einen Aufstand und einen frühen Tod. Sonst nichts. Rico würde das nie passieren.

„Willst du eine ehrliche Antwort?", fragte Marek zurück. Rico nickte. „Terra. Bei dir weiß ich das du mir nie absichtlich etwas tun würdest." Marek lächelte leicht als Rico ihn aus den Augenwinkeln ansah. Nie absichtlich? Das stimmte wohl. Doch Marek wusste ebenso gut wie Rico selbst, dass Unfälle eben geschahen. Und In Ricos Fall zahlten die Menschen einen hohen Preis, sollte ihm ein Unfall passieren.

„Dann haben wir wohl beide ein Problem", sagte Rico. Seufzend stand er auf. „Wann versteht sie endlich, dass ich keinen Aufpasser brauche?"

„Sie sagt du warst schon wieder nicht beim Mittagessen", sagte Marek. Er nestelte am Saum seines Hemdes herum. Nicht schon wieder das Thema! Es hing Rico allmählich zum Hals heraus.

„Ich war da. Ich habe mir einen Apfel geholt und unterwegs gegessen", sagte er, doch er wusste, dass Marek sich davon nicht überzeugen lassen würde und Terra erst recht nicht.

„Rico du musst etwas besser auf dich aufpassen. Du bist jetzt nicht mehr nur eine Figur auf dem Spielfeld die man beliebig ersetzen kann. Wenn dir etwas passiert dann ist das Spiel vorbei. Verloren", sagte Marek mit überraschendem Nachdruck in der Stimme. Das hier war für Rico nie ein Spiel gewesen, doch er hatte sich schon immer als austauschbar empfunden. Niemand war unersetzlich. Nicht mal er. Aber davon mal abgesehen...

„Marek, sag mal glaubst du wirklich mir könnte irgendetwas zustoßen?", wollte Rico wissen. Er konnte den Blick nicht von den Arbeitern lösen. Es würde noch ewig dauern den Sand vollständig zu beseitigen.

„Marek glaubst du das?" Rico erhob die Stimme, nur ganz leicht. Doch es genügte. Marek seufzte.

„Natürlich nicht", gab er schließlich nach. Rico lächelte. Nein. Ihm würde nichts geschehen. Denn er war wer er war. Der Kaiser der Wüste. Herrscher über den Sand.

„Lass uns gehen. Sonst reißt Terra dir noch den Kopf ab", sagte Rico schließlich. Er hatte keine Lust zu streiten und Marek konnte ja nichts für Terras Launen.

„Danke", sagte Marek und stand auf. „Ich lebe nämlich wirklich gerne."
Auf dem Rückweg beobachtete Marek ununterbrochen die Umgebung. Was erwartete er? Einen Anschlag? Seit dem Tod des Kaisers hatte niemand mehr versucht Rico umzubringen. Doch Marek zeigte sich nervös. Was zum einen amüsant, zum anderen aber auch nervig war. Sie kamen am Ostviertel vorbei. Rico verharrte einen Moment und betrachtete die Trümmer. Hier hatte es geendet. Hier hatte ER es beendet. Am Rand des Viertels waren noch ein paar unversehrte Häuser. Bewohnte Häuser.
Ein schrilles Lachen erklang. Rico hob den Blick. Auf einem Balkon im zweiten Geschoss des Gebäudes spielte ein kleines Mädchen. Sie kletterte auf einen Stuhl und zog sich am Geländer hoch. Blickte darüber hinweg zu den Trümmern, dann zu der Stadt und schließlich…
„Papa schau mal!" Sie verlor das Gleichgewicht, kippte nach vorne. Ein Mann kam auf den Balkon, doch zu spät. Gerade als er nach ihr greifen wollte verlor sie den Halt und stürzte. Rico streckte eine Hand aus. Es war wie ein Reflex. Er war zu weit weg. Das wusste er. Aber dieses Mädchen würde sich schwer verletzen oder sogar sterben! Das konnte er nicht zulassen. Der Boden unter seinen Füßen schien zu beben und die Wüste selbst beugte sich seinem Befehl. Eine Säule aus Sand, wie eine Hand schoss in die Höhe und fing das Mädchen auf bevor sie auf dem Boden aufschlug.
Rico hörte Marek erschrocken auf keuchen. Und dann Schritte. Leute. Viele Leute und sie alle beobachteten mit gebannten Augen den Sand. Geflüster. Überall wurde geflüstert. Er atmete durch ließ die Hand sinken, ging auf das Mädchen zu. Er fasste sie sanft an der Taille gerade als der Sand sich vollständig zurückzog und in Schwaden über den Boden wallte. Jedes Körnchen legte sich zurück auf seinen Platz und die Wüste

schwieg wieder. Behutsam setzte er sie auf dem Boden ab. Sie strahlte ihn an.

„Noch mal!", rief sie mit piepsiger Stimme.

„Ich werde mich hüten", entgegnete Rico, doch ihr Blick war magisch. Wie ein Bann. Er lächelte. Vergaß für einen Moment die Gaffer.

„Rico! Ist alles in Ordnung?", rief Marek besorgt. Immer besorgt. Wie albern.

„Ich bin nicht von einem Balkon gefallen", sagte Rico.

„Kara!", rief eine Männerstimme. Der Vater des Kindes stolperte aus dem Haus.

„Papa ich bin geflogen!", rief das Mädchen. Ihre Augen strahlten vor Freude.

„Kara liebes geht es dir gut?!" Der Mann war kreidebleich. So sah Angst aus. Pure unverfälschte Angst. Doch hatte er sie nicht für sich selbst empfunden, sondern für dieses Kind. Sein Kind.

„Ich glaube es geht ihr gut. Ich für meinen Teil habe mich mehr erschreckt als die Kleine", sagte Marek und lächelte den Mann an.

„Schau mal Papa, der da sieht aus wie der Kaiser." Kara zeigte auf Rico. Oh nein. Er hatte gehofft irgendwie unbemerkt davon zu kommen. Doch scheinbar war es ihm nicht vergönnt. Der Mann hob den Blick von seiner Tochter und erstarrte.

„Der Kaiser!", hauchte er.

Heute war eindeutig kein guter Tag.

Ja, so war das mit dem Kaiser. Seit jeher wurden solche Fähigkeiten in den Kaiserlichen Familien weitergegeben. Erst so war die Entstehung der Kaiserreiche überhaupt möglich gewesen. Enrico war also längst nicht der einzige dem sich ein Element beugte. Sicherlich aber einer der bekanntesten. Dieser kleine Angeber.

5. Seine Augen

Nach der „Begegnung" mit Kim blieb Kaleya den Rest des Tages ver-schwunden. Keiner Wusste wo sie war oder was sie tat. Keiner suchte nach ihr.

„Kaleya?"

„Hey Pain." Kaleya stand vor Seths Tür. Pain zog sie eben hinter sich zu. Sein hellblaues Hemd hatte ein paar Knitterfalten, die graue Weste war nicht zugeknöpft und seine braunen Haare standen in alle Himmelsrich-tungen ab. Sonst so elegant, wirkte er jetzt zerzaust.

„Wo warst du denn? Wir haben uns Sorgen gemacht", sagte Pain. Ja klar. Deswegen hatte er ja auch nach ihr gesucht. Oh nein, Moment. Hatte er ja gar nicht. Kaleya zuckte mit den Schultern. Das würde ihm genügen müssen.

„Was machst du hier?", fragte sie stattdessen. Ablenkung funktionierte meistens. Pain strich sich das Haar glatt. Eine leichte röte stahl sich auf seine Wangen. War er verlegen? Wieso?

„Ach ich hatte noch was mit Seth zu besprechen. Wegen morgen", mur-melte er. Er verheimlichte ihr etwas. Was?

„Was ist morgen?", fragte sie weiter.

„Du gehst in die Wüste", sagte Pain. Er klang als hätte ihr das eigentlich klar sein müssen.

„Nicht wenn SIE mitkommt", protestierte Kaleya. Auf keinen Fall!

„Sie ist nicht immer so. Eigentlich seid ihr euch sehr ähnlich", sagte Pain mit einem milden Lächeln im Gesicht.

„Wohl kaum", entgegnete Kaleya. Ein Schnauben entschlüpfte ihr.

„Naja du gehst jedenfalls alleine. Hammar will kein Bündnis, er will den Tod des Jungen. Wir müssen ihm zuvorkommen", erklärte Pain.

„Ich äußere mich besser nicht dazu." Sie hatte ihn ja gewarnt, dass es so kommen würde!

„Danke. Ich durfte mir das alles schon von Seth anhören", sagte Pain seufzend.

„Dann bist du definitiv gestraft genug“, bemerkte Kaleya. Eine Standpauke von Seth war eindeutig schlimm genug. Sie trat nicht gern nach Menschen, die schon am Boden lagen Sie ging an Pain vorbei, streifte ihn mit dem Arm, legte eine Hand auf die Türklinke.

„Gute Nacht Kaleya. Wir sehen uns dann morgen“, sagte Pain sanft.

„Gute Nacht.“ Sie sah sich nicht nach ihm um. Seine Schritte verklangen. Sie öffnete die Tür.

„Seth?“, rief sie, doch das Zimmer war leer. Nur das zerwühlte Bett zeugte von menschlichem Leben. Im angrenzenden Bad rausche Wasser. Die Dusche? Ja definitiv. Sie setzte sich auf das Bett, legte den Kopf in den Nacken. Wenn das mal kein ereignisreicher Tag war. Zu gerne wollte sie die Zeit zurückdrehen und am Morgen einfach liegen bleiben, anstatt zu Pain zu gehen.

Am nächsten Morgen erinnerte Kaleya sich nur vage daran, wie Seth aus dem Bad gekommen war und sie zugedeckt hatte. Schlaf war wichtig. Schlaf war gut. Schlaf war viel zu selten geworden.

Es waren diese flüchtigen Momente am Morgen, wenn die meisten anderen noch schliefen, in denen Kaleya traurig wurde. Traurig über die Dinge auf die andere verzichten mussten. Dinge auf die manche Menschen ihretwegen verzichteten.

„Du siehst süß aus, wenn du so verschlafen bist“, sagte Kaleya. Seth blinzelte zu ihr auf, rieb sich die Augen, gähnte. „Du solltest eine Freundin haben“, fügte sie hinzu.

„Und wo sollte die bitte schön schlafen?“, fragte Seth.

„Ich könnte in meinem Zimmer schlafen“, antwortete Kaleya. Ein Schulterzucken, ein verlegener Blick. Seth würde es verstehen.

„Du könntest es versuchen“, sagte Seth und setzte sich auf. „Aber früher oder später würdest du wieder hier landen.“

„Wahrscheinlich hast du Recht.“ Sie musste aufstehen. Ihre Beine waren irgendwie steif und ein ungutes Gefühl breitete sich in ihrem Magen aus. War das Nervosität? Dieses Gefühl war schrecklich. Hoffentlich hielt es nicht lange an. „Glaubst du Pain ist schon wach?“, fragte sie.

„Ich glaube Pain hat gar nicht geschlafen. Er war gestern Abend so aufgeregt, dass er nicht einen Bissen gegessen hat", sagte Seth. Er erhob sich nun ebenfalls.

„Sehen wir uns in zehn Minuten bei ihm?", wollte Kaleya wissen. Sie wollte ihn dabeihaben. Es war kindisch, das wusste sie. Aber er gab ihr nun mal ein Gefühl von Sicherheit, wie es sonst nichts und niemand schaffte.

„Ich werde da sein, ob du das schaffst weiß ich nicht", entgegnete Seth. Er hänselte sie. Wie gemein!

„Bis gleich", murmelte sie noch und schlich über den Gang. Zehn Minuten, das war ja lächerlich. Sie brauchte zwanzig. Pain empfing sie mit einem erzwungenen Lächeln.

„Bist du ausgeraubt worden?", fragte Kaleya. Die Kisten, die überall herumstanden und die Wege versperrten waren um so vieles interessanter als Pains Gefühlswelt.

„In meinem Bad ist ein Rohr gebrochen und jetzt steht alles unter Wasser", erklärte Pain.

„Witzig", sagte Kaleya schmunzelnd.

„Nein nicht witzig. Ich musste alle meine Sachen ausräumen!", regte Pain sich auf. Unnötig theatralisch, wie Kaleya fand.

„Ist es explodiert?", fragte sie deshalb weiter.

„Was?" Pain stutzte mitten in der Bewegung und sah sie an.

„Na das Rohr!", rief sie. Die Augen zu verdrehen war ein innerer Drang, dem sie gerne Folge leistete.

„Natürlich nicht", meinte Pain mit völlig entgeisterter Miene. „Willst du Frühstücken?", fragte er dann mit einem Seufzer.

„Sicher, dass du nicht irgendwo dein Gehirn da drin verstaut hast?" Sie nickte zu einem Stapel Kisten.

„Sei gnädig mit ihm Kaleya", ermahnte Seth vom Sofa aus. Er sah aus wie ein gut platziertes Accessoire. Gehörte hier ebenso hin wie der Schreibtisch und das Bücherregal.

„Ich bin Gnädig", entgegnete sie. War ja nicht ihre Schuld, dass ausgerechnet jetzt eine Wasserleitung kaputt ging. Vielleicht würde Pain ruhiger werden, wenn sie sich setzte. Also nahm sie ihren Platz an Seths

Seite ein. Die Beine über einander geschlagen, die Arme vor der Brust verschränkt. Seth schob eine Tasse über den Tisch. Heiße Schokolade. Hm. Er kannte sie einfach.

„Kai holt heute ein paar neue Rekruten ab, dann nimmt er dich mit bis zur Grenze." Pain sprach vorsichtig und bedacht.

„Zur Grenze und keinen Schritt weiter", sagte Kaleya. Sie versuchte soviel Ernst in ihre Stimme zu legen, wie ihr nur möglich war.

„Wenn du das wünscht", sagte Pain.

„Ich wünsche es", betonte sie. Mit dem Kopf nicken, damit er verstand wie ernst es ihr war. Pain Seufzte. Eine Angewohnheit die sich in den letzten Jahren bei ihm eingeschlichen hatte. Am Anfang war er noch nicht so besorgt gewesen.

„Brauchst du Hilfe beim Packen?", fragte Pain dann sanft.

„Wie alt bin ich? Sieben? Ich werde wohl alleine Packen können", bemerkte Kaleya. Was glaubte er eigentlich? Sie war doch kein hilfloses, kleines Kind!

„Na schön. Komm aber bitte nochmal vorbei bevor ihr aufbrecht", sagte Pain.

„Damit du mir sagen kannst ich soll vorsichtig sein?", fragte Kaleya. Sie ließ ihre Stimme besonders freundlich klingen.

„Nein, damit ich die Maße für deinen Sarg abnehmen kann", entgegnete Pain spitz.

„Sarkasmus steht dir nicht Pain", bemerkte Kaleya.

„Ich würde dich nur ungern in einem Namenlosen Grab in der Wüste liegen sehen", erwiderte Pain und sein Blick drückte Sorge aus.

„Du würdest mich nicht liegen sehen. Du würdest Sand sehen und die Sonne. Es wäre als würde ich neben dir stehen", versuchte Kaleya ihn zu beruhigen.

„Hoffentlich nicht", mischte Seth sich nun ein. „Wenn du tot bist will ich endlich meine Ruhe haben."

„Wie kommst du darauf, dass du länger lebst als ich?", fragte Kaleya.

„Weil ich nicht jedem auf die Nerven gehe. Pack endlich, damit ich dich los bin", brummte Seth. Kaleya stand auf und ging. Endlich würde es beginnen!

So verschieden wie die Rebellen waren, so ähnlich waren sie sich. Jeder hatte andere Stärken und Schwächen, jeder eine andere Motivation. Doch sie alle trieb das gleiche an und rief sie fort von ihrer Heimat, von ihren Familien. Jeder von ihnen hatte eine andere Geschichte zu erzählen und doch flohen alle aus demselben Grund. Weil das Wort Heimat an Bedeutung verloren hatte. Und weil Blut eben nicht dicker als Wasser war. So war das auch bei Kai. Er gehörte mit zu den Jüngsten der Männer, die unter Pain dienten und er war einer von Kaleyas besten Freunden.

Es war still. Aber nicht zwanghaft still. Nicht unangenehm still. Eigentlich war es gar nicht so still. Vögel zwitscherten, der Wind säuselte, die neuen Mitglieder für Kais Einheit murmelten untereinander. Doch zwischen Kaleya und Kai herrschte schweigen. Kai sprach ohnehin nur wenn es unbedingt erforderlich war. Es war so seine Art und Kaleya fand genau das so sympathisch an ihm. Kai hatte hellblonde, fast schon weiße Haare und wache, kluge Augen.

Sie rasteten nach etwa einer halben Tagesreise. So nah an der Grenze zur Wüste gab es keine großen Bäume mehr. Nur noch kahle Sträucher und trockene Farne. Der heiße Atem der Wüste strich über den Boden und weckte Sehnsüchte wie sie Kaleya bisher nur erahnt hatte. Kai reichte ihr Wortlos eine Wasserflasche. Es war so trocken und warm. Wie es wohl in der Wüste wäre? Sand über Sand. Keine Pflanzen weit und breit und über mehrere Kilometer hinweg kein Wasser in Sicht. Es würde eine Herausforderung werden.

„Was ist dein Auftrag?", fragte Kai.

„Pain hätte gerne die Wüste", erklärte Kaleya knapp.

„Und dich schickt er, weil?", fragte Kai weiter. Er musste ahnen, dass es einen Hacken gab. Warum sonst sollte Pain ausgerechnet sie beauftragen?

„Deswegen", sagte Kaleya und reichte ihm das Foto, des jungen Kaisers. Es war etwas zerknittert, doch das schadete nicht. Sie hatte sich sein Bild längst eingeprägt. Kai betrachtete es sorgfältig.

„Der kommt mir bekannt vor", murmelte Kai.

„Unmöglich, das ist der neue Kaiser", entgegnete Kaleya.

„Aber jetzt sieh ihn dir doch mal an!", erwiderte Kai. Unnötig zu erwähnen wie genau sie sich sein Foto angeschaut hatte. Seltsam wie vertraut er nun war. So völlig ungesehen und doch nahm sein Bild einen großen Platz in ihrem Kopf ein. Doch jetzt galt es etwas anderes zu sehen. Keinen Fremden, sondern ein vergessenes Gesicht. Kai konnte sich für gewöhnlich sehr gut an Menschen erinnern. Aber dann wäre das Zusammentreffen schon lange her. Die Augen! Diese unheimlich traurigen Augen! Was war ihnen wiederfahren? Warum verweigerte dieser Mund ein Lächeln? Und welches Leid verbarg sich hinter diesem Bild?

„Ist ja auch egal", murmelte Kai.

„Was?", fragte Kaleya. Sie hatte ihn nicht richtig gehört, war zu abgelenkt von dem Bild gewesen.

„Ich sagte es ist egal", wiederholte Kai.

„Ja wahrscheinlich ist es das", flüsterte Kaleya. Es spielte keine Rolle. Bald würde sie den Kaiser treffen. Das Bild fand seinen alten Patz in ihrer Jacke wieder.

„Himmel Kaleya du bist ja regelrecht verzaubert", stellte Kai überwascht fest.

„Nein bin ich nicht", entgegnete Kaleya. Wie kam er auf die Idee? Niemals hatte ein Mann ihre Gefühle geweckt und es würde sicher nicht bei diesem beginnen.

„Sag später nicht ich hätte dich nicht gewarnt." Kai zwinkerte ihr zu. Wie albern! Sie beendeten die Pause und machten sich weiter auf den Weg. Vom Bunker aus war es etwa eine Tagesreise bis zu dem Unterschlupf in dem Kai und seine Einheit untergebracht waren. Und von dort waren es nur noch drei Tagesreisen bis zur Wüstenstadt.

Als sie am späten Abend beim Unterschlupf ankamen war Kaleya erschöpft. Appetitlosigkeit trieb sie ins Bett, doch sie konnte nicht schlafen. Woher könnte Kai den Kaiser kennen? Warum war der Blick des Kaisers so traurig? Kopfschmerzen. Kaleya rieb sich die Schläfen. Nein, sie würde sich bestimmt erinnern, wenn sie ihn schon einmal getroffen hätte.

Sie lehnte das Bild auf dem Nachttischchen gegen die Wand. Im fahlen Licht des Sichelmondes konnte man nur schemenhaft die Konturen des jungen Gesichtes auf dem Foto erkennen. Es stand ihr so klar vor Augen. Weit bis in den Schlaf hinein und darüber hinaus. Sogar in ihren Träumen. Ein Traum von Blut, Sand und traurigen grünen Augen.

6. Löwenkind

„Nimm es weg Marek", flüsterte Rico.

„Rico das ist kein ES. Sie ist ein Kind!", entgegnete Marek mit einem Grinsen im Gesicht.

„Nimm das Kind weg Marek!", wiederholte Rico, nun etwas lauter. Die kleine Kara hatte es sich zur Aufgabe gemacht sich an Ricos Bein fest zu halten und wollte einfach nicht loslassen. Sie war winzig, reichte ihm gerade bis ans Knie. Ihre blonden Locken standen wild in alle Richtungen ab.

„Sie wird aufhören, wenn du es ihr sagst", erklärte Marek, doch es klang wenig überzeugend. Das grinsen hätte Marek sich sparen können!

„Lass los", versuchte Rico es. Kara blickte ihn verträumt an.

„Nein", sagte sie mit ihrer piepsigen Stimme.

„Hast du noch so einen tollen Vorschlag?", fauchte Rico seinen Berater an. Marek schüttelte lachend den Kopf. Fand er das etwa lustig?

„Ich befürchte sie mag dich", sagte er stattdessen lachend.

„Schön für sie. Nimm sie weg", knurrte Rico. Das wurde ja langsam albern!

„Kara lass ihn los", bat ihr Vater eindringlich. Doch nicht mal auf ihn hörte die Kleine. Es war zum Verzweifeln. Tief durchatmen.

„Schon okay", sagte Rico und gab auf. Ein Seufzer brach sich Bahn und verließ seinen Mund bevor er ihn stoppen konnte. Leises Gelächter ertönte unter den umstehenden Leuten. Ein Blick über die Schulter. Es erstarb. Kara ließ ihn los.

„Lachen die über dich?", fragte sie mit unschuldigem Blick. Zumindest sollte es wohl unschuldig aussehen. Lachen? Über ihn? Das wäre mal eine nette Abwechslung. Noch nie hatte jemand über ihn gelacht.

„Sieht so aus", stimmte Rico ihr zu.

„Das sollten sie nicht tun, du bist der Kaiser", sagte Kara. Wie ernst sie ihn anblickte. War das Vertrauen in ihrem Blick? Sollte es wirklich einen Menschen geben, wenn auch ein kleines Kind, der nicht glaubte es sei schwachsinnig jemand wie IHN zum Kaiser zu machen? Es schien fast so. „Oma sagt immer sie wird sich nie irgendeinem Idioten Unterwerfen", fügte Kara hinzu. So ehrlich. So ganz ohne Furcht.

„Kara! Hör auf!", rief ihr Vater. Besorgt, ängstlich. Er war nicht so arglos. „Verzeiht mir mein Kaiser. Sie weiß nicht was sie sagt. Sie ist nur ein Kind und meine Mutter ist senil und verwechselt manchmal die Jahrzehnte." Es klang wie eine Ausrede. In der Tat hätte Rico gerne mit der alten Frau gesprochen. Es gab sicher einiges von ihr zu lernen. Vielleicht hatte sie sogar die Gründung der Stadt miterlebt. Auch hatte er das Gefühl das Karas Großmutter nicht sonderlich viel Feingefühl an den Tag legen würde. Was auch eine nette Abwechslung wäre.

„Ist schon okay. Wir müssen jetzt weiter. Unser Kaiser hat noch einiges zu erledigen. Nicht wahr?", mischte Marek sich ein und stupste Rico mit dem Ellenbogen in die Seite.

„Ja richtig. Ich habe noch… zu tun", beeilte Rico sich zuzustimmen. Endlich, ein Fluchtweg. Marek sei Dank! Rico war froh als sich die Menge zerstreute. Der ein oder andere schaute noch einmal zurück. Sie murmelten miteinander. Das würde die Gerüchteküche gehörig anheizen. „Du bist so gut wie tot." Rico flüsterte damit nur Marek ihn hörte. Wahre Worte, böse Worte, verborgen hinter einem Lächeln.

„Aber du wirst mich doch vor ihr beschützen!", protestierte Marek, doch es klang wenig optimistisch. Terra würde ihn erwürgen, wenn sie davon erfuhr.

„Ich kann es versuchen aber erwarte nicht, dass ich den Kopf für dich hinhalte", sagte Rico. Oh nein. Er würde sich seiner Schwester ganz bestimmt nicht in den Weg stellen.

„Wenn du nicht einfach den Palast verlassen hättest wäre das alles nie passiert!", brummte Marek.

„Richtig dann wäre Kara jetzt Mus." Rico runzelte die Stirn. Warum war das Kind überhaupt alleine dort? Wo war die Mutter? „Marek, ich kann mich nicht erinnern die Mutter gesehen zu haben."

„Sie leben im Ostviertel. Dort war die Rebellion am schlimmsten. Gut möglich das ihre Mutter nicht mehr lebt", sagte Marek. Es fühlte sich an als wäre es erst gestern gewesen. So viele unnötige Tode. Als Rico damals, vor nunmehr sechs Monaten, den Befehl bekommen hatte den Aufstand zu beenden, da war ihm noch nicht klar gewesen, was das bedeuten würde. Was dieser letzte Kampf auslösen würde. Wie viele Tote es geben würde. War es möglich, dass… hatte er etwa selbst Karas Mutter auf dem Gewissen?

„Was meinst du wie viele Kinder sind ohne Eltern, seit mein Vater tot ist?", fragte Rico leise. Wie viel Leid hatte er zu verantworten? Die Häuser, die sie passierten, sah er kaum. Doch er war sich bewusst, dass die Menschen in den Häusern ihn sahen. Ängstlich? Besorgt? Erinnerten sie sich an all die Dinge, die er getan hatte? Unmöglich, dass jemals jemand es vergessen konnte. Er konnte es ja selbst nicht vergessen.

„Rico dein Gesichtsausdruck gefällt mir gar nicht. Wir alle haben schlimme Dinge getan in den letzten Jahren. Wichtig ist nur dass es jetzt aufwärts geht. Dank dir", sagte Marek. Wie konnte Marek so unerschütterlich an ihn glauben? Wie war das möglich?

„Dank mir? Was habe ich denn getan?", fragte Rico. Selbst wenn sich etwas geändert hatte so sah man es nicht. Nirgendwo gab es Anzeichen dafür. Nach all den Monaten, die er sich nun schon bemühte, seine Vergehen wieder gut zu machen. Nirgends sah man etwas davon. Doch vielleicht… „Ich glaube ich würde gerne etwas tun."

„Ach so? Was denn?", fragte Marek. Seine Augen weiteten sich leicht vor Überraschung. Sie hatten den Palast mittlerweile erreicht und auf der Treppe stand Terra. Das konnte ja gar nicht gut gehen.

„Überlass mir das reden", murmelte Rico.

„Gern." Marek blieb hinter ihm zurück. Keiner würde sich Terra freiwillig in den Weg stellen.

„Terra lass mich erklären, wir haben das Ostviertel begutachtet um", begann Rico.

„Du hast einem Kind das Leben gerettet!", rief Terra. Sie fiel ihm um den Hals.

„Äh" Damit hatte er nicht gerechnet. „Ja und jetzt lass los." Er musste sie loswerden. Möglichst sanft natürlich. „Welcher Idiot hat es ihr erzählt?", fragte Rico und warf einen Blick zurück.

Marek zuckte hilflos mit den Schultern. Wie hatte sie so schnell davon erfahren?

„Das ist unglaublich Rico! Das wird super bei den Leuten ankommen! Sie werden dich verehren!", rief Terra begeistert. Meinte sie das wirklich ernst? Rico fühlte sich nicht annähernd so enthusiastisch wie sie klang. Eigentlich wünschte er sich er hätte es nicht tun müssen. Terra umarmte ihn noch immer. War das sein Herz, das so rast? Oder ihrs? Zitterte sie so sehr? Oder war er es?

„Terra sieh mal. Es ist ganz schön heiß hier, lass uns rein gehen", sagte Marek sanft. Das wirkte. Marek wusste irgendwie immer wie man mit Terra umgehen musste. Sie ließ los.

Tief durchatmen. Es war vorbei.

Auf dem Weg in sein Büro faselte Terra die ganze Zeit davon wie toll die Sache mit Kara war. Toll? Armes Kind. Aber das würde sich bald ändern. Marek schwieg. Seine Stirn lag in Falten fast so als würde er angestrengt nachdenken.

„Rico da bist du ja!" Kahn kam ihm aus dem Büro entgegen und legte eine Hand auf seine Schulter. Vom Regen in die Traufe. So ein Pech. „Das hier sind Bariya und ihre Freundin Saadet. Sie haben sich für die Posten als Küchenmädchen beworben", erklärte Kahn. Er ließ Rico los und setzte sich in einen Sessel. Erst jetzt bemerkte Rico die beiden jungen Frauen, die auf dem Sofa saßen. Sie waren… genau nach Kahns Geschmack.

„Ach Kahn!", sagte Terra. Sie setzte schon wieder einen Tadelnden Ton an.

„Bariya und Saadet?", hackte Rico nach. Die beiden nickten. Sie könnten begeisterter nicht aussehen. „Sind die Verträge schon fertig?"

„Liegt alles auf deinem Schreibtisch." Kahn grinste breit. Ein Problem weniger. Nur schnell einen Stift suchen und Unterschreiben. Rico überreichte die fertigen Verträge den beiden Frauen. Sie schauten ihn ratlos an.

„Wie? So ganz ohne persönliches Vorstellungsgespräch?", fragte die eine, Bariya, etwas enttäuscht.

„Ich bin mir sicher, dass mein Bruder sich zur Genüge über euch informiert hat", sagte Rico und wies mit der Hand auf die Tür. „Schön euch im Team zu haben." Die Beiden sahen nun gar nicht mehr so begeistert aus. Kahn schloss sich ihnen an als sie gingen.

„Ich zeige euch jetzt erstmal wo ihr arbeiten werdet okay?", schlug er mit munterer Stimme vor. Sollte er doch mit der halben Belegschaft schlafen, Rico war es gleich. Solange alle Beteiligten erwachsen und einverstanden waren. Jetzt waren nur noch Marek und Terra da. Terra wollte schon wieder ins Loben verfallen, doch Rico kam ihr zuvor.

„Wie viele Elternlose Kinder gibt es? Wie viele Halbwaisen?", fragte er und musterte dabei abwechselnd Terra und Marek. Terra sah ziemlich verwirrt aus.

„Da bin ich auf die Schnelle überfragt", sagte Marek und schlenderte zu einem Regal, wo er einen Ordner herauszog. „Das ist das Einwohnerverzeichnis, aber ich weiß nicht wie aktuell das noch ist."

„Wer kümmert sich um diese Kinder?", fragte Rico weiter.

„Nun ich denke die Meisten wurden von Familienmitgliedern aufgenommen oder leben bei Freunden", sagte Terra. Sie legte den Zeigefinger an die Unterlippe und blickte an die Decke. Wie sie es immer tat, wenn sie über etwas nachdachte.

„Rico, ich weiß die Sache mit Kara hat dich erschreckt, aber es ist nicht", setzte Marek an.

„Ich möchte ein Betreuungsprogramm für solche Kinder einführen", erklärte Rico. Er wollte jetzt nicht mit Marek diskutieren. Es spielte doch eigentlich keine Rolle warum die Situation so war wie sie eben war. Einen Schuldigen zu suchen würde nichts ändern. Auch wenn Rico ganz genau wusste wer schuld war. Nämlich er selbst. Schockierter hätten Marek und Terra nicht sein können.

„Ein Betreuungsprogramm? Aber" Terra zögerte.

„Manche Kinder haben niemanden mehr und was ist mit den Kindern die noch Eltern haben? Wie sollen ihre Eltern arbeiten gehen, wenn sie auf die Kinder aufpassen müssen? Es wäre ein Fortschritt für alle. Mehr aktive Arbeitskräfte. Ein geregelter Tagesablauf und Betreuung für die

Kinder und bessere Lebensbedingungen für alle Betroffenen", sagte
Rico. Sahen sie denn nicht wie simpel das war?

„So wie Schule?", fragte Marek und zog eine Augenbraue hoch. Er war
noch nicht überzeugt.

„Ja nur ohne lernen", sagte Rico.

„Und was machen die Kinder dann während der Betreuung?", fragte
Terra. Auch Sie war noch skeptisch.

„Was Kinder halt so machen. Spielen oder sowas", antwortete Rico.
Nicht, dass er sonderlich viel davon verstand, was Kinder so taten. Seine
Kindheit war ja nicht unbedingt mustergültig gewesen.

„Basteln?", schlug Terra vor. In ihrer Stimme klang eine kleine Spur
Hoffnung mit. „Und man könnte ihnen Geschichten erzählen."

„Ach Leute das ist zwar nett, aber das wird doch nichts bringen", sagte
Marek.

„Das würde ich so nicht sagen", entgegnete eine Stimme. Alle drehten
sich zur Tür um. „Unter Tarek und Sierra gab es Spielgruppen für alle
Kinder damit die Eltern entlastet waren und die Kleinen mit Gleichalt-
rigen spielen konnten. Erst als Sierra verstarb wurden die Gruppen auf-
gelöst", erklärte der alte Mann mit einem freundlichen Lächeln im Gesicht. So hatte Rico ihn noch nie gesehen.

„Enes! Ich dachte wir hätten heute keine Besprechung mehr", brachte
Rico schließlich hervor. Enes tauchte für gewöhnlich nur zu den Rats-
sitzungen auf.

„Haben wir auch nicht", sagte Enes und betrat das Büro. „Ich habe die
Sache von dem Mädchen gehört und wollte die Geschichte gerne aus
erster Hand hören." Ein Lächeln huschte über sein Gesicht. „Wer hätte
denn gedacht, dass ich gerade zur rechten Zeit hier sein würde. Eine
Kinderbetreuung, den Gedanken finde ich sehr beruhigend." Wenn das
keine Interessante Neuigkeit war. Wer hätte das gedacht?

„Hat es funktioniert damals?", fragte Rico. Das Wissen dieses Mannes
war von einer Sekunde auf die Andere zum wertvollsten Gut in diesem
Land geworden.

„Nun ich bin selbst zu so einer Gruppe gegangen. Ich fand es immer sehr
aufregend. Ohne die Eltern, mit meinen Freunden. Und ich denke auf

die Wirtschaft hat es sich auch ausgewirkt. Natürlich wird das Ganze ohne großzügige Finanzielle Unterstützung nicht funktionieren. Aber nach ein paar Monaten, wenn die Steuereinnahmen gestiegen sind, durch die wachsende Wirtschaft, wird es kaum mehr ins Gewicht fallen", erklärte Enes. Terra und Marek sahen Enes mit großen Augen und offenen Mündern an. Ja, Enes würde eindeutig im Rat bleiben. Er war eine Bereicherung und hatte Erfahrung. „Seht mich nicht so an. Im Alter liegt nicht nur Schlechtes", sagte Enes und zwinkerte Rico zu. War das der Anfang einer guten Zusammenarbeit? Man konnte es nur hoffen.

„Dann muss ich das jetzt nur noch irgendwie den anderen Ratsmitgliedern schmackhaft machen", murmelte Rico, mehr zu sich selbst als zu den anderen. Wie sollte er das durchbringen, wenn doch sowieso alles abgeschmettert wurde, was er vorschlug?

„Ich werde etwas vorbereiten", sagte Enes. Er nickte Rico noch einmal zu dann ging er.

„Das war… seltsam", sagte Marek und fuhr sich durch die Haare.

„Rico!", rief jemand. Die Stimme kam vom Gang. „Rico!" Jannik stolperte beinahe, so eilig hatte er es durch die Tür zu kommen. „Rico! Stimmt das?"

„Was?", fragte Rico. Hoffentlich wusste Jannik noch nichts von Karas Rettung.

„Du hast ein Kind", begann Jannik.

„Ach das", unterbrach Rico schnell. Warum nur ließ niemand etwas auf sich beruhen. Nein! Sie wollten immer alles genau wissen. „Das erzählt sich viel aufregender als es war."

„Naja das klang schon ziemlich aufregend", sagte Jannik. Er streckte sich und atmete tief ein und aus. Das hatte er nun von dieser Rennerei.

„Wie gefällt dir dein Zimmer?", fragte Rico. Ablenkung! Das war eine gute Strategie. Jannik würde sich leicht ablenken lassen.

„Ist ganz nett. Wäre noch besser, wenn ich es nicht teilen müsste", antwortete Jannik. Karas Rettung war vergessen.

„Wärst du lieber in Einzelhaft?", fragte Rico und zog eine Augenbraue hoch.

„Enrico!", tadelte Terra, doch Jannik lachte.

„Ehrlichgesagt ja. Kahn hat mir eben deine neuen Küchenmädchen vorgestellt", sagte Jannik. Er grinste, nicht die kleinste Spur verlegen.

„Bitte nicht du auch noch! Sonst kann ich gleich nochmal zwei einstellen." Rico bekam schon Kopfschmerzen nur von dem Gedanken daran.

„Ich kann ja schlecht, wenn ich kein Einzelzimmer bekomme", maulte Jannik.

„Bekommst du nicht", knurrte Rico. Das hatte ihm ja gerade noch gefehlt.

„Na gut. Wir besichtigen Morgen die Stadt. Begleitest du uns?", fragte Jannik. Es klang irgendwie hoffnungsvoll.

„Nein ich habe zu tun. Tut mir leid.", sagte Rico. Eigentlich tat es ihm nicht leid.

„Schade. Was musst du denn machen?", fragte Jannik. Naja, zumindest hatte Rico dieses Mal eine gute Ausrede.

„Den Rat davon überzeugen, dass wir ein Kinderbetreuungsprogramm brauchen."

Das war die erste Richtige Entscheidung die Enrico traf. Ich wünschte ich könnte behaupten sie würde von vielen weiteren gefolgt werden. Aber dem ist bedauerlicher Weise nicht so.

Am Abend nahm Rico sein Abendessen, eines der neuen Küchenmädchen hatte es ihm gebracht, und verließ sein Büro. Es folgte die Treppe und die Eingangstür. Auf den Stufen vor dem Gebäude ließ er sich nieder. Es waren kaum noch Leute unterwegs. Die Meisten saßen zu Hause und verbrachten Zeit mit ihrer Familie. Zumindest hoffte Rico das. Warm und weich streichelte etwas an seinem Bein vorbei.

„Miau!"

„Hey du", murmelte Rico. Der Kater ließ sich hinter den Ohren Streicheln dann hob er den Kopf. „Hast du Hunger?" Rico stellte seinen Teller ab. Gegrillter Fisch, ganz ohne Gewürze, so wie Rico es gewünscht hatte. Dazu gab es irgendeine Art von Rübe und helles Brot. Rico nahm sich das Brot und überließ dem Kater den Fisch. In einer geschmeidigen Bewegung setzte sich der Kater neben ihn und beugte sich über den Teller. Eine Weile beschränkte sich der Kater darauf zu fresse und Rico tat es ihm gleich. Er schmeckte kaum etwas, aß nur aus Gewohnheit. „Schön aufessen. Meine Schwester wird mich erwürgen, wenn der Teller nicht leer ist“, ließ er den Kater wissen. Der schnurrte ruhig vor sich hin. Er hatte wohl keine Bedenken. Aber die hatte er nie. Es gab keinen Tag, an dem er seine Portion, oder besser, Ricos Portion, nicht vollständig auffraß. Als der Teller leer war, Rico hatte auch die Rüben gegessen, schmiegte der Kater seinen Kopf an Ricos Bein. Sein Fell war so weich. Was allerdings niemand wusste, denn der Kater ließ sich nur von ihm streicheln.

7. Wie Phönix aus der Asche

Etwas früher an eben jenem Tag, an dem Enrico die kleine Kara vor dem Tod bewahrte, aber an ganz andere Stelle des Landes, war Kimberly-Ann in großer Sorge. Wer jetzt glaubt zu so etwas wäre sie gar nicht fähig täuscht. Doch ihre Sorge galt nur einem.

„Ich habe euch schon tausend Mal gesagt, wer mit dem Feuer spielt verbrennt sich!", fauchte Kim.

„Klugscheißer", entgegnete Silas. Er saß auf einer Krankenliege und hielt ihr geduldig seine Unterarme hin. Ein Lächeln lag auf seinen Lippen, der Situation vielleicht nicht ganz angemessen.

„Euch beide kann man keine Sekunde aus den Augen lassen, es ist echt zum Kotzen!", schimpfte sie unbehelligt weiter. Sie wusch die Schnitte aus, die kreuz und quer über seine Arme verliefen. „Jedes Mal, wenn ich euch allein lasse kommt einer mit Verletzungen zurück!" Sie streckte eine Hand hinter sich. Ein stummer Befehl. Jemand reichte ihr Verbandmull.

„Aua! Sei mal ein bisschen vorsichtiger!", schimpfte Silas. Das hätte er wohl gern! Von wegen Vorsichtig!

„Dasselbe könnte ich zu dir sagen!", rief sie ihm ins Gedächtnis.

„Darf ich dich erinnern das du es warst die gestern mit einer Ausgekugelten Schulter zu mir kam?", bemerkte Silas trotzig. Er würde nicht einfach so klein beigeben. Sie aber auch nicht.

„Das ist beim Training passiert und nicht, weil ich zu blöd bin daran zu denken das kaltes Glas bei plötzlicher Hitze reißt!", entgegnete Kim.

„Ich würde uns nicht als blöd bezeichnen", mischte Hammar sich ein. Er saß auf einer anderen Liege. Zu Kims Pech hatte es ihn nicht annähernd so schlimm erwischt wie Silas. „Es war ein Experiment, aber ich hatte schon befürchtet, dass es nicht funktioniert."

„Wenn du wusstest, dass es nicht funktioniert wieso tut ihr es dann?", blaffte sie ihn an. Sie war sauer, so sauer. Wenn sie sich nicht hätte auf

Silas konzentrieren müssen wäre Hammar schon längst Opfer ihrer Wut geworden.

„Ich sagte ich habe befürchtet, dass es nicht funktioniert. Ich wusste es aber nicht genau deshalb mussten wir es ausprobieren", korrigierte Hammar sie spitz. Seine elendige Klugscheißerei ging ihr so auf die Nerven!

„Mit jedem Ton, den du von dir gibst, wird die Wahrscheinlichkeit, dass ich dich töte höher", knurrte sie.

„Sei doch nicht so theatralisch! Du könntest dich nützlich machen und uns helfen!", schlug Hammar vor. Wie optimistisch er klang. Als würde seine Ratlosigkeit vergehen, wenn Kim sich seinem Irrsinn anschloss.

„Ich bin nicht theatralisch. Ich warne dich nur vor", murmelte Kim. Sie wickelte einen Verband um Silas' Arm.

„Komm schon Kim es war echt nicht so schlimm", flüstere Silas ihr zu. Wollte er sie etwa beruhigen? Wirklich? War er so blöd? Man sollte meinen er wüsste es besser.

„Du kannst nicht alles zerstören was er dir vor die Nase setzt!", fauchte sie. Das war doch albern! Wie lange wollten sie dieses Spiel noch treiben?

„Bisher schon", widersprach Silas. Er war stolz darauf. Sie sah es daran wie aufrecht er auf einmal saß, hörte es an seiner Stimme.

„Ja leider", stimmte Hammar beleidigt zu. „Das ist ja mein Problem. Ich muss etwas finden, dass er nicht kaputt bekommt!"

„Und ich dachte du wolltest unbedingt die Wüste einnehmen", bemerkte Kim. Dafür, dass Hammar so hochtrabende Pläne hatte, war er überraschend ruhig und entspannt.

„Ach was", sagte Hammar und winkte ab. „Das hat Zeit, wir haben ja keine Konkurrenz. Wir sollten uns lieber auf die Zeit danach vorbereiten."

„Wieso das jetzt schon wieder?", fragte Kim. Manchmal viel es ihr unheimlich schwer diesem Irren zu folgen. Die Verbände saßen mittlerweile an Ort und Stelle. Silas beugte sich vor, um sie zu küssen, doch Kim legte ihm einen Finger auf die Lippen. „Also ich höre?"

„Du glaubst doch nicht, dass Pain uns die Wüste kampflos überlässt",
sagte Hammar.

„Ich glaube nicht, dass der Kaiser uns die Wüste kampflos überlässt. Um
Pain mache ich mir weniger Sorgen", entgegnete sie.

„Wenn der Junge tot ist dann ist er tot. Das kann man nicht ändern, aber
mein Bruder ist unverbesserlich und auch wenn es mich ärgert, aber er
hat die besseren Leute", erwiderte Hammar.

„Das kommt davon, wenn man sich auf Forschung spezialisiert", nuschelte Silas. Er sprach undeutlich, weil Kim immer noch einen Finger
auf seine Lippen gelegt hatte.

„Aber das ist doch genau das was ich brauche! Ich muss die rein körperlich Stärke von Pains Männern nicht erwidern können. Ich muss mich
nur gut genug verteidigen können und deshalb müssen wir etwas finden
das Silas nicht zerstören kann", erklärte Hammar. Er warf die Hände in
die Luft. Wer war jetzt hier theatralisch?

„Viel Spaß beim Suchen", nuschelte Silas.

„Okay na schön ihr habt mich neugierig gemacht. Ich schau mir mal an
was ihr bisher so kaputt gemacht habt", gab Kim nach. Sie nahm den
Finger von Silas' Lippen und küsste ihn flüchtig. Er grinste von einem
Ohr zum anderen.

„Ist das euer scheiß ernst?", fragte Kim. War das denn zu fassen? Der
gesamt Raum war ein einziges Trümmerfeld. „Ich meine ihr wollt mir
doch nicht ernsthaft weiß machen, dass ihr es tatsächlich geschafft habt
einen Metallschrank zu zerlegen! Oder etwa doch?"

„Das sind die Überreste von insgesamt drei Metallschränken. Ich dachte
auch erst es wäre Zufall deswegen wollte ich, dass er es nochmal macht",
erklärte Hammar. Er lehnte an der Tür, die Arme verschränkt.

„Und dann noch ein drittes Mal", bestätigte Silas. War das da drüben
etwa…?

„Ihr habt ja recht harmlos angefangen", bemerkte Kim. Sie ging durch
den Raum und hob etwas vom Boden auf. Die Stofffetzen, sie waren
wirklich nicht mehr anders zu bezeichnen, waren verkohlt und rußge-
schwärzt. „Ich meine die Arme Puppe hätte sich ja vielleicht gewehrt,

aber ihr seid einfach zu herzlos." Kim wedelte mit dem Fetzen vor Hammars Nase herum.

„Es ging mir um den Porzellan-Kopf. Die blöden Kleider haben sofort Feuer gefangen", brummte Hammar. Schmollte er etwa?

„Und das wundert dich?", fragte Kim. Es ging hier um Feuer verdammt! Natürlich brannte Stoff! Dieser Idiot!

„Kein Grund gleich so gehässig zu sein", sagte Hammar.

„Ach nein?", knurrte Kim ihn an.

„Nein! Mach dich lieber nützlich!", wies Hammar sie an. Kim betrachtete den Raum eingehend. Alles was jemals hier gestanden hatte war verbrannt, geschmolzen oder zersprungen. Die wenigsten Sachen konnte man überhaupt noch erkennen. Bis auf...

„Was bekomm ich, wenn ich dir jetzt auf der Stelle sage was du suchst?", fragte Kim. Umsonst würde Hammar gar nichts von ihr bekommen.

„Das kannst du nicht!", rief Hammar leicht pikiert. Sicher dachte er sie wollte ihn veräppeln. Dabei war die Antwort so simpel wie genial.

„Und wenn doch?", drängte Kim ihn zu einer Antwort.

„Dann lass ich euch beiden zwei freie Tage", quetschte Hammar zwischen zusammengebissenen Zähnen hervor. Das war doch mal ein Angebot.

„Silas komm her", befahl Kim. Er sah sie misstrauisch an, kam aber sofort an ihre Seite. „Zerstöre die Wand." Sie zeigte gerade aus vor ihm auf die ruß geschwärzte Wand.

„Ich kann doch keine Wand kaputt machen", wiedersprach Silas.

„Ah!" Hammar dämmerte es langsam. „Natürlich er kann die Wand nicht kaputt machen!"

„Kann ich wohl", meinte Silas plötzlich, angestachelt von Hammar. So würde es vermutlich funktionieren. Er atmete tief ein, hielt kurz die Luft an, warf einen Blick auf Kim, sie trat vorsichtshalber einen Schritt zurück und dann stieß er eine Flamme aus, heller und heißer als jedes gewöhnliche Feuer je sein könnte. Sie spürte die Hitze auf ihrer Haut, wie sie die Luft erfüllte. Kim liebte und fürchtete diese Gabe gleichermaßen.

Ich hatte euch doch gesagt, dass Enrico nicht der einzige ist.

Nichts geschah, die Wand hielt stand.

„Das hätte ich jetzt nicht erwartet", sagte Silas. Er schien schockiert.

„Das ist genial!", rief Hammar und applaudierte triumphierend.

„Ihr verbringt so viel Zeit in diesem Raum damit Dinge in Brand zu stecken und euch ist echt noch nie aufgefallen, dass die Wand nicht einen Kratzer abbekommen hat?", fragte sie ein bisschen ungläubig. Es war zum Verzweifeln. Hammar war nicht halb so schlau wie alle dachten. „Komm Silas wir gehen."

„Was wohin wollt ihr? Wir müssen noch ein paar Tests machen!", rief Hammar ihnen nach, als sie durch die Tür auf den Flur traten.

„Wir haben jetzt zwei Tage frei. Schon vergessen?", fragte Kim und zog eine Augenbraue hoch. Sollte er doch widersprechen. Sie könnte ihn mit einem Schlag überwältigen, wenn es nötig war.

„Na gut", knurrte Hammar. Er war beleidigt. Sollte er doch, irgendwie gefiel es Kim ihn so zu sehen. „Aber wenn die zwei Tage vorbei sind kümmern wir uns um die Angelegenheit in der Wüste."

„Wenn du unbedingt willst. Dann töte ich den kleinen Kaiser auch gleich. Ich könnte noch vor Pains Botin da sein", bemerkte Kim. Es wäre ein Kinderspiel. Sie könnten die zwei freien Tage anschließend in aller Ruhe genießen.

„Nicht, dass ich dein Engagement nicht zu schätzen weiß, aber für meinen Plan ist die Anwesenheit von Pains Botin unablässig. Ich muss ihn an seiner verwundbarsten Stelle treffen. Das Mädchen gefangen zu nehmen das er wie sein eigenes Kind aufgezogen hat sollte dem entsprechen", erklärte Hammar. Er zögerte kurz, dachte nach.

„Wieso gefangen nehmen? Lass sie uns doch einfach töten", schlug Kim vor. Ein Quälgeist mehr oder weniger auf dieser Welt machte doch keinen Unterschied.

„Erstens wollte ich sie schon immer haben und zweitens bin ich nicht bereit zu sterben zumindest noch nicht und wenn wir ihr auch nur ein Haar krümmen" Hammar zögerte wieder. „Nun ja sagen wir einfach dann wird jemand sehr gefährliches sehr sauer sein."

8. Angelegenheiten des Rates

Es war noch dunkel draußen als Rico aufwachte. Nur ganz entfernt schimmerten im Osten die ersten Sonnenstrahlen. Es war viel zu früh. Kein Zweifel. Aber vielleicht war das auch gar nicht so schlecht. Er ging ins Bad, zog sich an und machte sich auf den Weg. Ein kurzer Abstecher in die Küche, damit Terra ruhe gab und schon war er aus dem Eingangstor getreten. Die Wachen am Tor sagten nichts. Auf der Treppe drehte Rico sich noch mal um.

„Wenn ich einen von euch mitnehme, lässt Marek mich dann in Ruhe?", fragte er, doch er hatte wenig Hoffnung.

„Schon möglich", antwortete der jüngere der Beiden, Fatih. Eine kurze Kopfbewegung und der Mann verließ seinen Posten und folgte Rico die Treppe nach unter und über den Platz. Der Soldat hatte das typische dunkelbraune Haar und die gebräunte Haut der Wüstenbewohner. Einer unter vielen.

„Wo gehen wir hin", fragte Fatih

„Spazieren", antwortete Rico knapp.

„So früh am Morgen? Die meisten Leute schlafen noch", entgegnete der Soldat.

„Deswegen ja. Ich muss etwas erledigen und dafür kann ich keine Zeugen gebrauchen", erklärte Rico und bog in eine Seitenstraße ab Sie führte direkt zum Ostviertel, Fatih folgte ihm.

„Was musst du denn erledigen?", fragte Fatih weiter.

„Was ein Kaiser halt so tut", antwortete Rico. Er zuckte mit den Schultern. Der Soldat verstand und lachte leise.

„Schon klar, ich folge dir einfach unauffällig, ja?"

Sie gingen am zerstörten Ostviertel vorbei, Rico streifte es nur mit einem kurzen Blick, das musste er dringend erledigen lassen, und ein Stück das Gebirge hinauf, dorthin wo Marek ihn tags zuvor gefunden hatte. Die Reflektoren waren befreit von allem Sand und warteten darauf die Energie der Sonne auffangen zu können. Rico streckte sich dann hob er eine Hand. Seine Finger kribbelten und der Boden unter ihm schien zu erzittern.

„Ups", murmelte Rico, als eine Sandlawine sich von den Hängen löste und die Reflektoren verschüttete.

„Nein wie blöd", sagte Fatih und lachte. „Und das wo sie doch erst gestern verschüttet worden sind."

„Ja so ein Pech", stimmte Rico zu. Er drehte sich um und ging davon. Seinen persönlichen Schatten immer direkt hinter ihm.

„Wie lange machst du das schon?", fragte Fatih.

„Was?", hackte Rico nach und hoffte das er unschuldig aussah. Der Soldat verdrehte die Augen. Dann wohl doch nicht so unschuldig. „Seit ein paar Monaten, aber immer nur dann, wenn der Energiestand hoch genug ist. Ist eine gute Beschäftigung für den Rat."

„Das will ich doch meinen", sagte Fatih lachend. Ein entspanntes Lachen. Ja Rico vermisste es wirklich einer von ihnen zu sein. „Ich habe das mit dem Mädchen gehört." In dieser Stadt blieb einfach nichts geheim. Vor allem die Soldaten waren solche Tratschtanten!

„Bitte nicht ihr auch noch! Es war nicht so aufregend." Man sollte meinen, dass wenigstens sie ihn verstanden und in Ruhe ließen.

„Nein sicher nicht. Ich glaube ich hätte den Schock meines Lebens bekommen, aber es hatte wohl doch etwas Gutes", sagte Fatih. Worauf wollte er hinaus? Was war gut daran, wenn ein Kind beinahe in den Tod gestürzt wäre?

„Und was genau?", fragte Rico als sein Begleiter nicht weitersprach.

„Du willst ein Betreuungsprogramm einführen, das finde ich klasse. Meine zwei älteren Geschwister waren noch in solchen Gruppen und ich war so neidisch, dass es sie zu meiner Zeit nicht mehr gab."

„Du hältst es also für eine gute Idee?", fragte Rico vorsichtig. Er könnte es nicht ertragen, wenn seine Männer nicht hinter ihm standen.

„Natürlich. Mein Einkommen reicht zwar bisher für meine Familie aber meine Frau langweilt sich schrecklich daheim. Es wäre schön, wenn sie die Möglichkeit hätte Arbeiten zu gehen. Vielleicht wäre sie dann auch bereit nochmal ein Kind zu bekommen", sagte Fatih. So Private Gespräche hatten sie nie geführt als Rico noch zu ihnen gehört hatte. Natürlich hatten die Meisten Frauen und auch Kinder. Aber nie hatte man darüber gesprochen. Vielleicht weil es zu gefährlich gewesen wäre. Die Liebe, die Freude, die Hoffnung. Das alles gehörte nicht auf ein Schlachtfeld. Viel zu riskant.

„Wenn der Rat mich nicht boykottiert wird dein Wunsch bald war“, murmelte Rico. Das war die größte Hürde. Langsam erwachte das Leben in der Stadt. Viele Leute, seine Leute, gingen ihren täglichen Geschäften nach. Auf dem Markt wurden Stände aufgebaut, Lehrer und Schüler trotteten, allesamt unmotiviert, zur Schule. Angestellte schlenderten über den großen Platz und die Treppen zum Palast hinauf. Es gab keinen Stillstand und genau deshalb musste Rico das tun.

„Du müsstest den Rat doch bald absetzen können“, bemerkte Fatih. „Die sechs Monate sollten doch vorbei sein.“

„Noch drei Tage. Aber ich denke sie sollten sich schon mal an den Gedanken gewöhnen“, sagte Rico. Ja das wäre eine gute Idee. Er war lange genug ihr Schoßhund gewesen. Es wurde Zeit, dass sein Rat begriff wer hier der Kaiser war! Im Palast ging Rico direkt in das Besprechungszimmer, in dem sich der Rat treffen würde. Ohne Geleitschutz. Zum Glück. Es war noch keiner der Räte anwesend.

Es wurde Zeit sich zu überlegen wen er wie ersetzen wollte. Wer könnte sich eignen? Wen hätte er gerne um sich, wenn er schwierige Entscheidungen treffen musste? Wem konnte er vertrauen? Es gab so wenige, eigentlich nur… Stimmen ertönten im Gang.

„Ich verstehe das nicht! Es ist doch noch nicht mal windig!“, zischte eine der Stimmen. Talib war also schon darüber informiert worden, dass die Reflektoren erneut verschüttet waren. Ja das war wirklich amüsant. Rico setzte sich an den Kopf des langen Tisches und faltete die Hände auf der Tischplatte. Talib trat ein und stolperte sogleich wieder einen Schritt zurück.

„Enrico!“, rief er überrascht aus. Wie erstickt seine Stimme klang, als hätte er einen Geist gesehen. Über den Schreck vergaß er sogar das obligatorisch „Kaiser“.

„Kommt rein, setzt euch“, befahl Rico kühl. Schleichend nahmen die Räte Platz. Enes setzte sich zu Ricos rechten, Talib zu seiner linken. Die anderen drei schlossen sich der Runde an. Marek fehlte.

„Sollen wir beginnen?“, fragte Talib und klopfte mit den Fingern auf den Tisch. War er nervös? Gut so.

„Wir sind noch nicht vollzählig“, erwiderte Rico ungerührt.

„Ich denke es ist nicht nötig zu warten, Marek kommt“, begann Talib in herablassendem Ton.

„Ist Rico schon da?“, fragte Marek von der Tür und steckte den Kopf herein.

„Ja ist er“, sagte Rico, da keiner der anderen Räte auch nur ein Wort herausbekam. Er deutete auf einen freien Stuhl. Marek sah mindestens ebenso überrascht aus wie die anderen. Nur Enes hatte ein leichtes Grinsen im Gesicht. „Setzt dich wir sollten anfangen. Talib?“, übergab Rico das Wort.

„Natürlich. Die Reflektoren sind“, begann Talib.

„Ich war mir sicher gesagt zu haben ihr sollte euch darum kümmern“, fiel Rico ihm ins Wort. Talib sah ihn mit großen Augen an. Irgendwie machte es spaß. Sollten sie sich ruhig schon mal daran gewöhnen. Noch drei Tage…

„Wir werden uns sofort darum kümmern“, sagte Talib. Er und der Rest des Rates bis auf Marek und Enes erhoben sich.

„Stopp. Wir sind noch nicht fertig. Marek schick bitte jemanden los damit er die Bauunterlagen und die Eigentumsurkunden für das Ostviertel holt und dann soll er sich gleich nach einem Baumeister umschauen“, befahl Rico ruhig. Das würde eine lange Sitzung werden.

„Sofort!“, sagte Marek und war schon aus der Tür.

„Enes?“, fragte Rico an seinen Nebensitzer gewandt.

„Ja mein Kaiser?“, fragte Enes zurück.

„Hast du mir etwas mitgebracht?“, hackte Rico nach. Enes legte lächelnd eine Mappe auf den Tisch. Rico klappte sie auf. Talib und die anderen standen immer noch. „Wollt ihr da die nächsten Stunden so stehen bleiben?“, fragte Rico besonders sanft. Langsam setzten sie sich. „Ist diese

Rechnung aktuell?", wand er sich dann wieder an Enes. Der beugte sich zu Rico herüber und musterte die Zahlen.

„Ja, ich habe sie angepasst. Das wäre der Basisbetrag, den ich ansetzen würde und so sollte es dann in zehn Jahren etwa aussehen." Enes Finger wanderte über das Blatt. Am Anfang würde es teuer werden, aber wenn seine Berechnungen stimmten wäre das Projekt in zehn Jahren absolut autark. Ein langfristiges Ziel. Das war gut. Solange es langfristige Ziele gab würde es auch eine Zukunft geben. Marek kehrte zurück.

„Die Unterlagen kommen gleich. Terra wartet auf dich, soll ich ihr sagen, dass es länger dauert?", fragte Marek. Er wartete ihm Türrahmen auf seine Anweisungen.

„Sag ihr, wenn sie will das wir zu Mittagessen soll sie etwas vorbeibringen lassen, für alle", sagte Rico. Spätestens jetzt hatte es auch der letzte verstanden. Heute würde alles was liegen geblieben war aufgearbeitet werden und wenn es bis in die Nacht dauerte.

„Was ähm ist das?", fragte Talib und sah mit eindeutigem Wiederwillen auf die Mappe, die Enes Rico gereicht hatte.

„Das ist…, nein ich sollte anders anfangen. Wir richten ein Betreuungsprogramm für Kinder ein. Das hier sind die nötigen Unterlagen dazu", erklärte Rico.

„Ein Betreuungsprogramm?", fragte einer. Sie alle sahen ratlos aus.

„Mir hat es immer sehr gefallen in den Spielgruppen", erinnerte Enes sich.

„Stimmt eigentlich war es immer ganz lustig", stimmte jemand leise zu. Talib fixierte den Rat mit einem bösen Blick und der verstummte.

„Mein Kaiser, das ist lächerlich, wie soll das funktionieren. Solche Projekte kosten sehr viel und bringen nichts ein", bemerkte Talib.

„Talib sei doch nicht so. Du hattest auch immer Spaß dabei das weiß ich noch genau", tadelte Enes. Rico lehnte sich zurück. Sollten sie sich erst mal äußern.

„Von Spaß kann man keine Rechnungen bezahlen", knurrte Talib. War ja klar gewesen.

„Darf ich die Rechnung mal sehen?", fragte der Rat, der sich neben Enes gesetzt hatte. Enes reichte die Mappe weiter. Der überflog die Zahlen schnell. „Wenn das stimmt ist das ein Unkostenbeitrag, den wir tragen können“, stellte der Rat fest. Die Mappe wanderte einmal reih um. Nur Talib würdigte sie keines Blickes. Es klopfte an der Tür und ein Soldat trug einen Stapel Akten herein. Er stellte sie vor Rico ab und lächelte ihm zu. Aufmunternd? Hatte sich sein Vorhaben so schnell herumgesprochen?

Mehr denn je spürte Rico das er nicht alleine war. Es gab Menschen, Leute, die hinter ihm standen und seine Entscheidungen unterstützten. Aber wie gesagt, dass war bis dahin wohl die einzige Sache, die unser junger Kaiser richtig gemacht hat.

„Ich finde das mit dem Programm eine tolle Idee. Das wird auch der Wirtschaft ein bisschen helfen. Wir schaffen Arbeitsplätze für Frauen und alleinerziehende Väter können sich ebenfalls Arbeit suchen, ohne sich sorgen zu müssen“, setzte Enes sich ein.

„Es könnte funktionieren aber wir müssen Räume zur Verfügung stellen“, sagte ein anderer Rat.

„Räume haben wir genug, die müssen nur eingerichtet werden. Dann Stellen wir Leute für die Betreuung ein und machen es zur Pflicht“, warf ein anderer ein.

„Warum denn Pflicht? Was wenn die Eltern ihre Kinder gerne daheim hätten?“, fragte der Rat neben Enes.

„Wir sollten es wirklich zur Pflicht machen dann können wir auch den Eintritt in die Schule besser kontrollieren. Es gibt Familien, die ihre Kinder erst mit zehn zur Schule schicken, das ist zu spät, wir müssen viel früher damit anfangen sie zu bilden und auch auszubilden!“, rief der Erste wieder dazwischen. Rico wusste irgendwann nicht mehr wer was gesagt hatte. Nur Talib wurde mit jedem positiven Ausspruch angespannter.

„Dann fügen wir das Projekt also direkt an das Schulsystem an“, beendete Rico die Diskussion. Es war schon fast beschlossene Sache. „Jeder sammelt bis nächste Woche ein paar Ideen wie wir vorgehen könnten und was wir brauchen.“ Jetzt durfte nur kein Wiederspruch kommen. Hoffentlich nicht.

„Ich bin dagegen“, sagte Talib bestimmt.

„Dann werde ich dieses Projekt eben erst in vier Tagen beschließen."
Rico zuckte mit den Schultern. Vier Tage hin oder her, was machte das
schon. Talib kniff die Augen zusammen.
„Wieso in vier Tagen?", fragte Talib mit zusammengebissenen Zähnen.
„Weil du dann nicht mehr in diesem Rat sein wirst", antwortete Rico
betont sanft. Er sah Talib nicht an. Es war nicht nötig. Sollte Talib sich
aufregen, toben und wüten, es machte keinen Unterschied.
„Es waren schon immer Verwandte der Kaiserlichen Familie im Rat!",
stieß Talib hervor.
„Dafür habe ich ja noch Enes", entgegnete Rico ungerührt. Diese Tradi-
tionen waren doch sowieso völlig überholt. Wieso sollte ein Adeliger
besser zum Berater geeignet sein als irgendein Bürgerlicher? Marek
machte bedeutend bessere Arbeit als Talib.
„Das ist wohl ein schlechter Scherz", knurrte Talib.
„Nein, wenn wir jetzt weiter machen könnten? Als nächster Punkt auf
der Tagesordnung steht das hier…" Rico reichte die erste Akte an Enes.
„Such doch mal die betroffenen Familien raus."
„Natürlich", sagte Enes und begann zu blättern.
Die Zweite Mappe gab Rico an den Rat neben Enes weiter. „Du suchst
raus welche Häuser im Ostviertel zerstört wurden."
*Und so ging es den halben Tag weiter. All die Dinge, um die sich nie-
mand gesorgt hatte wurden nun aufgearbeitet. Nur Talib schwieg den
Rest der gesamten Sitzung über. Es war eine Wende geschehen. Die Regierung lag nun in den Händen eines 19-jährigen Jungen. Ob er es gut
machen würde? Wer wusste das schon?*

Es war später Nachmittag als die Sitzung endlich beendet war. Es hatte
viele Diskussionen gegeben, aber anders als bisher hatte Rico jede ein-
zelne begonnen und beendet.
„Du siehst zufrieden aus", stellte Marek fest. Er wirkte fast ein wenig
überrascht. Warum? Hatte Marek so sehr an Rico gezweifelt?
„Bin ich auch. Wen außer Enes und dir sollte ich noch behalten?", fragte
Rico. Sie gingen den langen Gang im Erdgeschoss entlang.
„Bitte?", fragte Marek und legte die Stirn in Falten.

„Im Rat! Ich will noch einen behalten. Sie haben Erfahrung, das kann nicht schaden", erklärte Rico. Ihm fiel ja gerade eben eine Person ein, die er gerne im Rat hätte. Wie sollte er dann vier Räte ersetzen?

„Wenn du unbedingt willst dann nimm Kemal, der hält eher zu Enes", sagte Marek. Die Falten auf seiner Stirn glätteten sich wieder.

„Kemal hm? Na gut." Rico zuckte mit den Schultern. Kemal war genauso gut wie alle anderen auch.

„Hast du dir schon überlegt, wen du als Ersatz willst?", fragte Marek.

„Ich weiß nicht, ich dachte an Terra. Hatte Tarek nicht auch zwei seiner Geschwister im Rat?" Tarek, Ricos Urgroßvater, hatte diese Stadt errichtet. Die Wüste hatte sich seinem Befehl gebeugt. Wie bei Rico.

„Ja, hatte er und die Überbleibsel aus Sierras Rat sind ja noch anwesend", bemerkte Marek. Sierra, die erste Kaiserin der Wüste, Tareks Tochter und Ricos Großmutter, hatte ihre Neffen, Talib und Enes, in den Rat berufen. Also eigentlich war sie an Ricos aktuellen Lage schuld. Am Fuß zur Treppe in den ersten Stock blieb Marek stehen. „Es ist eine gute Idee Terra in den Rat zu holen. Sie sollte Talibs Platz einnehmen und was die anderen beiden Plätze angeht, da kannst du dir Zeit lassen. Zu viert trifft man sowieso bessere Entscheidungen als zu sechst", sagte Marek.

„Zu siebt. Ich werde jetzt jede wichtige Entscheidung mittragen. Es wird nichts mehr hinter meinem Rücken passieren", stellte Rico klar. Die Zeit, in der er sich zurückgelehnt hatte, war vorbei. Er hatte lange genug nur zugesehen. Jetzt wurde es Zeit zu handeln.

„Ich glaube jetzt gerade wäre deine Großmutter sehr stolz auf dich", sagte Marek mit einem sanften lächeln. Rico wollte etwas sagen, fühlte sich verpflichtet etwas zu erwidern, doch ihm fiel nichts ein. Da ging die Eingangstür auf und die Gäste aus dem Waldreich traten ein. Offensichtlich war die Besichtigung der Stadt abgeschlossen. Ein kleiner Tumult entstand als sie Rico entdeckten. Einer stupste Jannik an und deutete auf Rico. Rico machte einen Schritt zurück. Was wollten sie?

„Äh Rico hast du kurz eine Minute?", fragte Jannik. Er fuhr sich mit einer Hand durch die blonden Haare was ihn irgendwie verlegen aussehen ließ.

„Auch zwei, wenn es sein muss“, antwortete Rico. Eigentlich war jetzt genau der richtige Zeitpunkt, um ein bisschen mit seinem alten Freund zu quatschen.

„Sollen wir kurz hoch in dein Büro gehen?“, schlug Jannik vor.

„Oder wir gehen raus. Ich brauche sowieso frische Luft“, sagte Rico.

„Aber Rico“, begann Marek zu wiedersprechen. Ein Kaiser und ein Prinz die allein vor die Tür gingen. Marek musste ja förmlich verzweifeln.

„Wir bleiben in Sichtweite“, versprach Rico. Er führte Jannik schnell nach draußen.

„Du siehst irgendwie erschöpft aus“, stellte Jannik fest.

„Wir haben den ganzen Tag Projekte besprochen, um die Stadt wiederaufzubauen. Ich habe einfach zu viele Dinge gleichzeitig im Kopf.“ Rico setzte sich auf die breiten Stufen vor dem Palast. Jannik folgte ihm.

„Meine Tante bringt mir jede Woche ein bisschen was bei. Ich komm jetzt schon dauernd durcheinander. Ich bekomm richtig Panik, wenn ich daran denke, dass ich das mal machen muss“, sagte Jannik und lachte leise. Wenigstens hatte Jannik die Möglichkeit es vorher zu lernen. Rico hatte immer noch ständig das Gefühl sich nur im Kreis zu drehen.

„Meistens weiß ich ehrlichgesagt gar nicht was ich tue“, gestand Rico leise. Es war die Wahrheit, auch wenn er es zum Wohl der anderen verdrängen musste. „Also was wolltest du mit mir besprechen?“

„Ach wir hatten uns überlegt, dass es cool wäre, wenn wir eine kleine Feier organisieren könnten. Essen, Musik, Tanzen... Sowas halt“, erklärte Jannik schnell.

„Eine Feier?“, wiederholte Rico. Die richtige Antwort wäre nein gewesen. Die Zeiten waren zu unsicher für solche Späße, die Wirtschaft zu instabil, doch andererseits, „Ja gut, warum nicht. Das könnte uns allen guttun.“

„Super, dann machen wir sie morgen, ja?“ Jannik klang begeistert. Oh nein. Was hatte Rico sich da nur wieder eingebrockt?

„Übermorgen, so schnell geht das hier nicht Jannik. Es dauert ein bisschen das zu organisieren.“

„Morgen, Übermorgen egal! Hauptsache eine Feier“, sagte Jannik mit Begeisterung in der Stimme. Rico konnte sie nicht teilen. Eine Feier...

Aber was tat man nicht alles für seine Freunde. Etwas Warmes rieb sich an Ricos Bein.

„Hey wer ist denn der süße?" Jannik beugte sich zu dem Kater herunter. „Der hat ja richtige Kampfspuren." Er lachte und deutete auf das Ohr des Katers, es war an einer Stelle eingerissen. Er streckte eine Hand aus.

„Das würde ich nicht tun", ermahnte Rico. Jannik hörte nicht.

„Aua! Er hat mich gekratzt!", rief Jannik. Schnell zog er die Hand weg. Ein Grinsen stahl sich auf Ricos Gesicht.

„Ich hatte dich gewarnt", stellte Rico ruhig klar. Der Kater sprang auf Ricos Schoß und rollte sich zusammen. Auf den kleinen Krieger war eben immer verlass.

9. Der Kaiser der Wüste

Kaleya machte sich früh auf den Weg, schließlich dauerte die Reise bis zur Wüstenstadt fast drei Tage. Unterwegs überlegte sie hin und her wie man wohl am besten mit dem Kaiser umzugehen hatte. Und der Unsicherheit folgte Sorge. Vielleicht hätte sie den Bunker nie verlassen sollen…

Überall war Sand. Nur Sand. Egal wohin man sah, Osten, Süden, Westen, Norden, es gab nichts außer Sand. Warmen, feinen, körnigen Sand. Selbst in der Luft schwebten Sandkörner. Kaleya zog die Kapuze ihres Mantels tiefer ins Gesicht. Kai hatte ihr den Mantel gegeben und einen Rucksack. Der Rucksack war mit Vorräten gefüllt, ein paar Kleider, Nahrung und Wasser. Der Mantel war schwer und warm, doch so wie der Sand über ihre Haut strich, so unangenehm, schwitzte sie lieber.

„Wir haben Verbündete in der Stadt. Ein Verwandter von mir wird dich aufnehmen, sage den Wachen am Tor du wärst auf Reisen und würdest bei einem Bekannten unterkommen. Wenn sie dich fragen wer der Bekannte ist gib ihnen das." Pains Anweisungen waren deutlich gewesen und die Anschrift seines Verwandten war sicher verborgen in ihrer Tasche genau wie das Bild des Kaisers.

„Vielleicht sollte doch lieber ich gehen", hatte Seth gemeint. Traute er ihr etwa nicht zu es selbst und aus eigener Kraft zu schaffen? Zweifelte er? Sie war aufgeregt, ja! Aber nicht eine Sekunde zweifelte sie daran, dass sie es schaffen würde, schaffen musst, um endlich aus der drückenden Enge des Bunkers zu entkommen.

„Du wirst die Stadt lieben, sie ist wunderschön!" Kais Worte hallten als Echo durch ihren Kopf, wieder und wieder. Wunderschön? Was machte eine Stadt wunderschön? Die Wüste war schön. War es gewesen, die ersten paar Stunden. Jetzt war sie nur noch unerträgliche Hitze und Sand, immer dieser Sand.

Nur noch zwei Tage, der Gedanke war ebenso wenig tröstlich wie die Kälte der Nacht. Jetzt war Kaleya wirklich froh um den Mantel.

Am frühen Nachmittag des dritten Tages erreichte Kaleya eine Sandkuppe, von der aus man einen Herrlichen Blick auf das Gebirge hatte.
Die Berge waren seit Beginn ihrer Reise immer direkt vor ihr gewesen
doch schienen nie näher zu kommen. Jetzt erst bot sich Kaleya die gesamte prächtige Schönheit des Sandgebirges. Es erhob sich so hoch in
den Himmel, erstreckte sich so weit. Die Sonne, die fast ganz hinter Kaleya stand, erhellte die mächtigen Felsen und wurde tausendfach an
ihnen gebrochen. Das Gebirge stand wie in Flammen. Es war ein Bild
voll der Schönheit, voller Sehnsucht. So groß, so weit, so einzigartig.
Wie ein Schutzwall der die Vollkommenheit der Wüste vor der Außen-
welt bewahren wollte. Und am Fuß dieses mächtigen Wächters kauerte
eine Stadt.

Sie war klein. Nicht so pompös wie die Städte die Kaleya sonst schon
gesehen hatte, aber unfassbar schön. Kai hatte Recht gehabt. Ein anderes
Wort konnte sie nicht beschreiben, ihrer stillen Pracht nicht gerecht
werden. Es war als hätte die Sonne ihre Strahlen ausgestreckt und jedes
Haus selbst aus dem Sand erbaut. Alles leuchtete golden. Kaleya war
sprachlos. Ihr Herz schlug schneller. Sie musste da hin, sofort! Musste es
aus der Nähe sehen!

Nach einer weiteren Stunde etwa erreichte sie das Tor. Es war weit und
breit das einzige, dass sie sehen konnte. Rechts und links von diesem
Tor erstreckte sich eine hohe Mauer. Die Mächtigen Holzflügeltüren
waren nicht verschlossen, doch an jeder Seite lehnte eine Wache. So
behütet, so schön. Noch nie hatte Kaleya Soldaten aus der Wüste gesehen. Ihre Kleider war zum größten Teil aus schwarzem Leder und dun-
kelroter Baumwolle, auf dieselbe Weise gewebt wie Kaleyas Mantel.
Über ihrer Brust bildeten kleine, dünne Metallplättchen eine Schutz-
schicht und jeder trug ein gekrümmtes Schwert bei sich. Saif, erinnerte
sie sich. Also waren die endlosen Unterrichtsstunden bei Pain doch
nicht umsonst gewesen.

„Hallo. Ich will zu einem Bekannten, kenne mich aber gar nicht aus…
könnte einer von euch mir vielleicht weiterhelfen?“, fragte Kaleya und
setzte dabei ihre unschuldigste Miene auf. Mit einem Mal standen die

Wachen aufrecht. Etwas verschreckt musterten sie Kaleya. Sie waren besuch wohl nicht gewohnt.

„Bestimmt. Wie heißt dein Bekannter denn?“

„Fatih Ilham.“ Kaleya streifte die Kapuze ab und strich sich die Haare aus dem Gesicht. Eine der Wachen lächelte dümmlich. Hatte der noch nie eine Frau gesehen? Naja, vermutlich schon, aber bestimmt noch keine wie sie. Kaleya wusste durchaus, dass sie nicht so aussah, als würde sie aus der Gegend kommen. Ihre Haut war zu blass und ihre Augen zu hell. Das entsprach nicht wirklich dem Bild einer klassischen Frau aus der Wüste oder Steppe.

„Bisschen alt für dich was?“, bemerkte einer der Soldaten, doch er grinste. Man waren das Scherzkekse.

„Er ist ein entfernter Verwandter und hat Angeboten mich aufzunehmen solange ich in der Stadt bin“, erklärte Kaleya. Nicht, dass sie ihnen eine Rechtfertigung schuldete.

„Das glaub ich gern. Warte kurz ich schaue schnell nach wo er stationiert ist“, sagte der Wächter und verschwand in einem Holzverschlag, der ihnen vermutlich als Unterschlupf diente. Fatih war Soldat? Pain hatte ihr nicht gesagt, dass er ein Soldat war. Wie leichtsinnig! Was wenn er jetzt in diesem Moment vor ihr gestanden hätte? Wie peinlich das gewesen wäre!

„Lasst euch ruhig Zeit ich habe es nicht eilig, so heiß ist es ja nicht“, murmelte Kaleya. Jetzt wo sie stand spürte sie die Hitze stärker denn je. Der Mantel war zu viel, sie musste ihn ablegen.

„Er ist am Palast eingeteilt. Ich bring dich schnell hin. Es ist eh gleich Schichtwechsel.“ Der Soldat winkte ihr ihm zu folgen und Kaleya betrat endlich die Stadt. Auf den Straßen tummelten sich Menschen. Die Häuser waren aus Sandstein errichtet, hatten allesamt schwere Holztüren und meistens nur kleine Fenster. Ein paar wenige Häuser hatten einen Balkon aber keines mehr als drei Stockwerke. Die Stadt wäre wohl recht überschaubar wären da nicht die vielen engen Gassen und verschlungenen Wege. Der Soldat und Kaleya blieben auf der breiten Straße, die vom Tor weg geradeaus direkt bis zum Palast führte. Trotz der Hitze trugen die meisten Leute lange Kleider, Hosen und Hemden oder Blusen, aus Baumwolle, Flachs oder Segeltuch und gelegentlich auch aus Seide. Manche Frauen verbargen ihr Haar und manchmal sogar das Gesicht unter Schleiern, doch die Meisten hatten die Haare einfach zu einem Knoten gebunden oder zu dicken Zöpfen geflochten. Ausnahmslos alle hatten dunkle Haut, dunkle Haare und dunkle Augen, zumindest schien das auf den ersten Blick so zu sein. In der Steppe konnte man viele verschiedene Menschen treffen. Die Leute waren von überall hergekommen, um unter der Herrschaft von Dallas zu leben. Wer wo anders kein Zuhause mehr hatte kam in die Steppe. Deshalb mischten sich dort alle möglichen Haut-, Haar- und Augenfarben wild durcheinander. Auch war die Hitze in der Steppe nicht so erschlagend, was dazu führte, dass die meisten kurze Hosen und ärmellose Blusen oder Hemden trugen. Genau wie Kaleya jetzt.

„Bist du zum ersten Mal hier?", fragte der Soldat plötzlich.

„Ja." War das so offensichtlich?

„Es verliert seinen Reiz, wenn man hier länger lebt." Er lachte und betrachtete die Umgebung. „Wenn man alles kennt und es keine Geheimnisse mehr gibt." Fast klang er ein bisschen wehmütig. Was war hier geschehen? Dieselbe Traurigkeit, die den Blick des jungen Kaisers auf dem Foto verschleiert hatte, lag jetzt auch in der Stimme des Soldaten. Und auf einmal kamen Kaleya die Leute auf den Straßen gar nicht mehr so fröhlich vor. Sie alle trugen diese Traurigkeit.

„Gibt es denn viele Geheimnisse hier?", fragte Kaleya. Sie lächelte zu dem Soldaten auf. Ein neugieriges, unbekümmertes Mädchen. Zumindest hoffte sie, dass er sie dafürhielt.

„Nicht mehr als wo anders auch." Es war eine Lüge, sie wusste es, doch sagte nichts. Vor ihnen ragte das Gebirge auf und direkt vor dem Gebirge stand der Palast. Nein Palast war eigentlich das Falsche Wort. Das Gebäude war kaum größer als die anderen. Mit insgesamt drei Stockwerken war es zwar das höchste in der Stadt, aber weder pompös wie der Palast in der Steppe noch besonders auffallend wie das Schloss im Gebirge, von dem Kaleya bisher nur Bilder gesehen hatte. Der Palast gehörte einfach hier her als wäre er nicht mehr als ein weiterer Felsen im Gebirge. Vielleicht war er das ja auch. Zum Palast hin führten breite Stufen und auf diesen Stufen saß, mit einer Katze auf dem Schoß, ein Junge. Er mochte um die 18 Jahre alt sein, vielleicht 19. Er trug eine schwarze Hose und ein cremefarbenes Hemd. Seine Haut war etwas heller als die der anderen, seine Haare waren braun und seine Augen… Kaleya hätte schwören können, dass sie grün waren. Das war er. Der Kaiser.

„Hey Fatih ich habe hier besuch für dich!", rief Kaleyas Begleiter. Der Junge reagiert nicht, dafür aber einer der Soldaten an der Tür. Er hob lächelnd den Kopf.

„Besuch? Welcher Art denn?" Er sah nett aus. War etwa so alt wie Pain und hatte dasselbe dunkle Haar und die dunklen Augen wie die anderen auch. Als er Kaleya bemerkte runzelte er die Stirn. „Kaleya? Meine Güte bist du groß geworden!" Er begrüßte sie wie eine Vertraute. Wie eine alte Freundin, oder vielleicht eher wie eine Nichte oder Cousine die man länger nicht gesehen hatte. „Ich war mir nicht sicher wann du wohl ankommen würdest. Wie geht es deinem Vater? Hast du gut hergefunden?" Fatih überhäufte die mit Frage, was sie zwang den Blick von dem Kaiser zu lösen. Wirklich bedauerlich.

„Nun die Reise war etwas beschwerlich, aber sie hat sich gelohnt. Eure Stadt ist wunderschön", antwortete sie lächelnd. Hatte der Kaiser sie gesehen? Er musste sie einfach sehen! Es wäre so viel einfacher, wenn er Interesse an ihr hätte. Wie sollte sie sonst an ihn herankommen?

„Ich hole schnell meine Tasche dann können wir gehen", sagte Fatih. Er lächelte und ging hinein.

„Dürft ihr einfach so eure Posten verlassen?", wand Kaleya sich an den Soldaten, der sie hergebracht hatte. Noch nie hatte sie erlebt, dass ein Soldat seine Pflicht so dermaßen vernachlässigte wie diese hier. Wie leichtfertig, wie riskant.

„Wir sind nicht mehr so viele als dass wir es ganz genau nehmen könnten. Wir sind auch eigentlich mehr sowas wie eine bessere Polizei", erklärte ihr Begleiter mit einem Schulterzucken. Nicht mehr so viele? Kaleya wusste zwar, dass die meisten Soldaten damals mit Dallas gegangen waren, aber wieso hatte man keine neuen Ausgebildet?

Fatih kehrte zurück mit einer Tasche über der Schulter. „Marek ich mach dann Feierabend!", rief er durch die offene Eingangstür in das Gebäude.

„In Ordnung, aber sag mal hast du Rico gesehen?", fragte eine Stimme von drinnen.

„Der sitzt hier draußen wieso?"

„Terra will das er zum Essen reinkommt. Sag ihm das bitte", sagte die Stimme. Fatih seufzte tief und lang.

„Hey Rico! Terra will dich sprechen", sagte Fatih dann mit leicht erhobener Stimme. Als der Junge, auf den Stufen, aufblickte machte Fatih eine Geste, als würde er sich die Kehle durchschneiden und der Kaiser… verdrehte die Augen. Was war das? Was ging hier vor? Dieser Junge hatte absolut nichts von einem Kaiser. Er unterschied sich kaum von den anderen Leuten. Trug keine feinen oder reich verzierten Kleider und hatte auch sonst nichts an sich, dass ihn verraten würde. Die Soldaten nannten ihn beim Namen und er…

„Wenn ich so bemuttert werden würde, würde ich auch abhauen." Fatih flüsterte. Er legte Kaleya eine Hand in den Rücken und führte sie weg. „Keine Sorge, du siehst ihn wieder."

„Abhauen? So wie weglaufen?", fragte sie. Das ergab überhaupt keinen Sinn! Warum sollte jemand vor alle dem hier fliehen wollen?

„Nein nicht so ganz, aber alle paar Tage verschwindet er für ein Weilchen. Marek sucht dann immer die ganze Stadt ab. Ich glaube sie sehen nicht, dass er einfach nur ein bisschen Freiraum braucht."

„Wer ist Marek?", fragte Kaleya weiter. Sie musste so schnell wie möglich so viel wie möglich in Erfahrung bringen.

„Er ist mein Vorgesetzter. Aber erst seit Rico Kaiser ist und es nicht mehr selber machen kann", erklärte Fatih.

„Verzeih mir falls die Frage zu persönlich ist, aber warum beugen sich kampferprobte Soldaten wie du, einem Jungen ohne jegliche Erfahrung?"

„Diese Frage stellen viele. Keiner kann es sich vorstellen. Die Wahrheit ist, man kann es nicht erklären, du musst es gesehen haben. Er ist ein

großartiger Anführer und wenn er das endlich einsieht und mit der richtigen Unterstützung wird aus ihm auch ein ganz großartiger Kaiser."
So hatte sich Kaleya den Kaiser wohl kaum vorgestellt. An der Spitze eines Volkes erwartete man einen erfahrenen Anführer, einen großen Krieger, zumindest aber jemand der selbstsicherer war. Pain hatte wohl recht damit, dass dem Jungen geholfen werden musste. Am besten von jemandem der sich Auskannte.

Das Haus in dem Fatih lebte war klein. Es stand nicht weit vom Palast weg und schmiegte sich eng an das Haus zu seiner Linken. Auf seiner Rechten quetschte sich eine schmale Gasse vorbei ehe das nächste Haus kam. Fatih öffnete die Tür und sofort stürmte ein kleiner Junge herbei. Er ging barfuß über den Kühlen Boden. Überhaupt war es überraschend kühl im Haus.
„Papa!" Der Junge sprang seinem Vater in die Arme.
„Na Kenan, wie war dein Tag?"
„Wer ist das?", fragte der Kleine anstelle einer Antwort. Sein Blick ruhte auf Kaleya.
„Das ist Kaleya, sie ist eine entfernte Cousine und wird ein Weilchen hier wohnen."
Kaleya lächelte den Jungen an und der Junge lächelte zurück.
Aus der Küche kam ein quietschendes Lachen dann erschien eine Frau im Gang, mit einem Baby auf dem Arm.
„Ist das der Besuch, den du angekündigt hast?", fragte die Frau und musterte Kaleya mit gerunzelter Stirn.
„Ja, das ist Kaleya." Fatih küsste seine Frau zur Begrüßung auf die Wange und nahm ihr dann das Baby ab. Was für ein süßes Ding!
„Man sieht das du nicht von hier bist. Würde deine Haut dich nicht verraten dann deine Kleidung", sagte Fatihs Frau schroff. Daher kam also ihre kritische Miene. Die Frau selbst trug eine praktische Stoffhose und eine weite Bluse aus gewebter Baumwolle. Ihr Haar war eingeflochten und fast vollständig unter einem dünnen Kopftuch verborgen.

„Ich fürchte auch", stimmte Kaleya zu und sah an sich herab. In der Steppe trugen sie die Hosen kurz und die Blusen ärmellos. Aber das passte nicht in die Wüstenstadt.

„Leg den Mantel ab und komm mit, dann bekommst du etwas von mir." Kaleya gehorchte. Es sich mit der Gastgeberin zu verscherzen wäre bestimmt keine gute Idee. „Ich weiß ihr jungen Mädchen wollt möglichst verlockend für die Männer aussehen, doch hier geht es nicht um Mode, sondern um den Schutz deiner Haut. Du bist so blass, du bekommst bestimmt ganz schnell Sonnenbrand." Sie seufzte als wäre es ein nerviges Übel.

„Ich bestelle mir gleich morgen dunklere Haut", versprach Kaleya und die Frau lachte. Sie führte Kaleya in ein Schlafzimmer und öffnete den Kleiderschrank. Alles hier war so schlicht und einfach. Keine aufwendigen Verzierungen, kein unnötiger Schmuck.

„Hosen oder Kleider?" Die Frau legte nachdenklich die Stirn in Falten. „Was wäre wohl besser geeignet?" Doch noch bevor Kaleya etwas erwidern konnte zog sie schon etwas aus dem Schrank. „Vorerst nimm mal das" Sie reichte ihr eine lange hellbraune Hose. „und das" es folgte eine hellblaue Bluse aus Baumwolle „und das" zuletzt reichte die Frau ihr ein beiges Kleid. „Probiere es einfach mal an. Aber das Kleid heb dir am besten für morgen Abend auf."

„Morgen Abend? Was ist denn da?", fragte Kaleya, aber die Frau war schon verschwunden.

Am nächsten Tag ging Kaleya, in ihren neuen Kleidern, zum Palast. Die Hose lag so weich über ihrer Haut und war doch robust. Sie war luftdurchlässig, doch hielt die Hitze zurück. Die Ärmel der Bluse hatte sie über die Ellenbogen gekrempelt und die obersten zwei Knöpfe offengelassen. Auch Schuhe hatte sie bekommen. Flache Halbschuhe, in denen man weder schnell noch lange laufen konnte, aber sie waren bequem und nicht so schwer wie ihre eigenen Stiefel. Fatih war schon früh aufgebrochen, um seine Schicht anzutreten, seine Frau blieb mit den Kindern daheim. Kaleya erreichte den Palast und setzte sich auf eine der Stufen, etwa an der Stelle, an welcher der Kaiser am Tag zuvor gesessen hatte. Die Stadt erwachte langsam, aber sicher. Menschen betraten den Palast und verließen ihn wieder. Auf dem großen Platz direkt vor dem Palast wurden Marktstände aufgebaut und ein paar Frauen kamen mit ihren Kindern im Schlepptau, um Lebensmittel einzukaufen. Wann war sie noch gleich das letzte Mal auf einem Markt gewesen? Es war so lange her. Das war gewesen als ihre Mutter noch…

Etwas streifte ihr Bein. Es war die Katze vom Vorabend. Oder wohl eher ein Kater, wenn man das Tier näher betrachtete. Er hatte ein zerfetztes Ohr, wirkte sonst aber aufgeschlossen und munter.

„Na du Kleiner?" Sein Fell war so weich. Er bog sich ihrer Berührung entgegen, verlangte nach mehr. So ein prächtiges Wesen.

Es war ein Geheimnis, das der Kater verbarg. Er ließ sich nun mal nicht von jedem streicheln und keiner wagte sich an ihn heran. Bisher war es nur Enrico gewesen dem diese Ehre zu Teil wurde doch jetzt…

10. Eine Feier für Rico

„Rico auf der Treppe vor dem Eingang sitzt ein Mädchen!", rief Marek. Er stolperte fast durch die Tür in Ricos Büro und war ganz außer Atem. War er gerannt?

„Und?" Es war nicht ungewöhnlich, dass sich Mädchen vor dem Eingang herumdrückten. Manche einfach nur um zu entspannen, andere um einen Blick auf Kahn oder Rico selbst zu erhaschen, in der Hoffnung auf mehr.

„Der Kater, er sitzt neben ihr!", sagte Marek.

„Das ist auch noch nichts Besonderes."

„Sie streichelt ihn!" Das war unmöglich! er musste sich verhört haben! Rico legte den Stift zur Seite und lehnte sich zurück.

„Was hast du gesagt?", bat er Marek sich zu wiederholen.

„Er lässt sich von ihr streicheln", sagte Marek besonders langsam und eindringlich. Also hatte Rico sich doch nicht verhört.

„Du veräppelst mich." Es musste so sein! Der Kater ließ sich von niemandem streicheln!

„Nein ich schwöre!", rief Marek. Rico hatte keine andere Wahl. Das musste er einfach sehen. Er verließ das Büro und ging zielstrebig nach unten. Kaum war er aus der Eingangstür getreten sah er das seltsame Paar auch schon. Den Kater der sonst nur ihn duldete und das Mädchen. Schwarze Haare und blasse Haut. Sie war hübsch. Klein aber schlank. Sie war so fremd in dieser Stadt wie Rico es sich manchmal wünschte zu sein.

„Rico?" Marek klang besorgt. Warum denn nun schon wieder?

„Ich komm gleich wieder", antwortete Rico, ohne den Blick von dem Mädchen zu nehmen. Gerade kraulte sie den Kater zwischen den Ohren und das Mistviech hielt brav hin.

„Findest du es nicht ein bisschen unvorsichtig ein fremdes Tier zu streicheln? Er könnte gefährlich sein", sagte Rico. Auf die Schnelle fiel ihm nichts Besseres ein.

„Gefährlich? Nein das glaub ich nicht. Er sieht aus wie ein vertrauter Freund", entgegnete sie und lächelte, doch er konnte es nicht richtig sehen. Er setzte sich neben sie.

„Ich glaube du unterschätzt ihn. Er ist ein Kämpfer."

„Dann hat er umso mehr ein paar Streicheleinheiten verdient." Sie hob den Blick, strich sich die Haare aus dem Gesicht. Ihre Augen waren grau wie der Sand bei Nacht, wenn nur der Mond auf ihn schien. Umwerfend. „Ich bin Kaleya", stellte sie sich vor. Leise, ruhig.

„Rico."

„Rico hm? Von Enrico?"

„Schon möglich."

Sie lachte leise, ein schönes Geräusch. Es brachte ihn zum Lächeln.

„Dann heißt du ja wie der Kaiser. Kennst du ihn?" Sie wand sich wieder dem Kater zu, der leise schnurrte.

„Ein bisschen. Aber er verlässt den Palast fast nie", antwortete Rico. Zumindest war es nicht komplett gelogen.

„Wie schade, dann verpasst er ja die ganze Sonne. Aber er hat sicher viel zu tun." Sie seufzte.

„Was ein Kaiser halt so zu tun hat denke ich."

„Es muss eine schwere Last sein. Ich würde sie nicht alleine tragen wollen." Als sie ihn diesmal ansah lag erkennen in ihren Augen. Wusste sie es? Hatte sie ihn erkannt? Aber sie war fremd hier. Sehr gut möglich, dass sie gar nicht wusste wer er war.

„Wir können ihm leider nicht helfen", sagte er leise. Auch das war nicht gelogen. Ihm war nicht mehr zu helfen.

„Ich befürchte da hast du Recht." Sie seufzte. Der Kater verließ seinen Platz neben ihr und sprang auf Ricos Schoß. Er hob den Kopf, wollte gestreichelt werden. „Ist das Deiner?", fragte Kaleya. Seiner? Sein Kater? War er das denn?

„Nein, das ist nur ein Streuner." Die Vorstellung der Kater könnte zu ihm gehören war absurd.

„Er muss sehr einsam sein", flüsterte sie kaum hörbar. Die Trauer in ihrer Stimme war so drückend wie die Hitze selbst.

„Sicher hat er viele Katzen, die ihm nachlaufen", entgegnete Rico. Auch wenn er den Kater noch nie in Gesellschaft anderer Katzen gesehen hatte. Der Kater war einfach lieber allein. So wie Rico.

„Aber was bringt es ihm, wenn nicht die richtige Katze dabei ist?", fragte Kaleya. Redeten sie wirklich noch über den Kater? Es kam ihm fast so vor als würde das Mädchen bis auf den Grund seiner Seele blicken. Sah sie ihn? So wie er wirklich war? Wer er war? Ein Schatten erschien hinter ihr, doch bevor Rico ihn fixieren konnte war er schon wieder verschwunden.

„Er kommt schon klar", lenkte er ein als er bemerkte das Kaleya immer noch auf seine Antwort wartete. Den Kater auf den Boden zu setzten fühlte sich falsch an. Aufstehen dagegen richtig. Einen tiefen Atemzug später hatte auch Kaleya sich erhoben. Sie war so zierlich und klein. Wie alt sie wohl war? 15? Vielleicht noch 16, aber keinen Falls älter.

„Tja dann…" Sie zögerte. „Du hast nicht zufällig eine Ahnung wo man hier essen gehen kann?"

„Essen?" Das Tablett, das ein Küchenmädchen am Morgen gebracht hatte, stand immer noch unberührt in seinem Büro. Terra würde ausrast. Er seufzte. „Du kannst dir was auf dem Markt holen, aber die Auswahl ist begrenzt und die Preise sind leider ziemlich hoch. Seit der Rebellion ist alles irgendwie… Mangelware."

„Sie war schlimm, nicht wahr? Die Rebellion meine ich." Und ihr ungetrübter Blick ließ ihn etwas tun, dass er sonst nie tat. Er sagte einfach die Wahrheit.

„Du kannst dir gar nicht vorstellen wie schlimm." Über Kaleyas Schulter hinweg sah er Marek der wild Gestikulierte. Was? Terra! Nein! „Ich muss los, hab noch zu tun." Er wollte an ihr vorbei gehen. Sein Blick blieb für einen Moment an ihren Augen hängen und nahm den Schwung aus seiner Bewegung. „Heute Abend gibt es hier auf dem Platz ein kleines Fest", sagte er. Wenn es eine Chance gab sie wieder zu sehen, wollte er sie nutzen. Auch wenn sie noch so klein war.

„Lohnt sich das?" Sie legte den Kopf schief.

„Ich weiß nicht. Vielleicht." Ein Schulterzucken. „Aber es soll ein tolles Buffet auf Kosten der Regierung geben."

„Dann werde ich mir das mal anschauen." Sie lächelte ihm noch einmal
zu. Sie war die erste die ging. Rico konnte den Blick nicht von ihr nehmen auch nicht als ihre Schritte sie immer weiter wegtrugen und mit
jedem Meter, den sie sich entfernte, wünschte er, sie würde umkehren.
Er drehte sich auf den Absatz um und wäre fast von der Treppe gefallen.
„Wer war das?" Terra. Tadelnd. Besorgt. Glücklich? Das war neu. Rico
zuckte mit den Schultern. Was sollte er ihr auch sagen. Er kannte das
Mädchen doch kaum. Das einzige was er wusste war, dass sie die schöns-
ten Augen hatte, die man sich nur vorstellen konnte.
„Sie hat den Kater gestreichelt", mischte Marek sich ein. „Wir dachten
das wäre ein kurzes Gespräch wert." Terra legte die Stirn in Falten. Ihre
Augenbrauen waren besorgt zusammengezogen.
„Und? Was hast du herausgefunden?", fragte Terra.
„Ich denke sie ist nur auf Reisen", antwortete Rico.
„Sie sah hübsch aus."
„Ach ja?" Hoffentlich würde sie sich damit zufriedengeben.
„Hat sie denn einen Namen?", fragte nun Marek. Wie viel hatte er ge-
hört?
„Ja sie hat dir sicher ihren Namen gesagt." Warum war Terra so aufge-
regt?
„Kaleya." Ein tiefes, absichtlich genervtes Seufzen, doch leider klang es
gar nicht genervt. „Ihr Name ist Kaleya."
Wer hätte erwartet, dass dieses erste Treffen so harmonisch ablaufen
würde? Doch war es kaum verwunderlich. Welcher Mann könnte sich
nicht in Kaleya verlieben? Aber dass es so schnell gehen würde... Ich
persönlich hätte mehr Standhaftigkeit von dem kleinen Kaiser erwartet.

Terra und Marek schlichen, den Rest des Tages, um ihn herum, als er-
warteten sie, dass er jeden Augenblick tot umfallen könnte, oder sich
womöglich in Luft auflösen würde, oder etwas noch Absurderes. Was
hatten sie nur?
„Könnt ihr zwei euch mal ein anderes Hobby suchen?", fragte Rico und
konnte dabei nicht vermeiden, dass seine Stimme frustriert klang.

„Wir könnten es probieren", begann Marek. Er hatte die Arme vor der Brust verschränkt und lehnte am Türrahmen.

„Aber wer würde dann auf dich aufpassen?", schloss Terra. Sie betrachtete ihn vom Sofa aus. Sie waren mal wieder in seinem Büro. Am liebsten hätte Rico den Kopf auf die Tischplatte gedonnert, nur dass dies keinerlei Wirkung gehabt hätte.

„Ich kann mich nicht konzentrieren, wenn ihr mich dauernd verfolgt." Vernunft war meistens eine gute Strategie um Terra los zu werden, außerdem saß er wirklich schon viel zu lange an diesem Kostenplan. Aber solang der nicht stand und abgesegnet war würde das Ostviertel ein Trümmerhaufen blieben.

„Du schaffst das schon", sagte Terra. Sie lehnte sich demonstrativ zurück und vertiefte sich, scheinbar, in einer Akte. Aber Rico spürte, dass sie regelmäßig über den Rand der Blätter hinweg linste. Er saß in der Falle. Marek verlagerte sein Gewicht von einem Bein auf das andere.

„Willst du da noch länger stehen?", blaffte er Marek an. Heute übertrieben sie wirklich!

„Du weiß wie lange ich das durchhalte." Marek grinste breit. Worauf warteten sie? Das ihm Hörner wuchsen? Oder ein zweites Paar Augen? Was?

„Dann setzt dich wenigstens." War er je von der übertriebenen Führsorge genervt gewesen, so war das nichts im Vergleich zu jetzt. Marek setzte sich langsam auf einen Stuhl vor dem Schreibtisch. Den Blick wendete er trotzdem nicht ab. Frische Luft! Rico brauchte dringend etwas Freiraum. Vielleicht würde ein Fenster zu öffnen ja helfen. Die leichte Brise, die hereinwehte war warm. Mit der Luft drängte der Geruch von Essen und leise Musik herein. Hatte das Fest schon angefangen? Es war eine blöde Idee gewesen. Aber andererseits…

„Wir gehen runter", beschloss Rico kurzerhand.

„Du willst auf das Fest?", fragte Terra. Sie klang verwirrt. Das hatte sie wohl nicht erwartet. Gut so.

„Ich bin doch quasi der Gastgeber. Da kann ich ja schlecht fehlen." Nicht dass das Fest ihm wichtig gewesen wäre, aber vielleicht…

„Okay, wenn du darauf bestehst." Terra sah Marek hilflos an. Der zuckte mit den Schultern.

„Von mir aus. Ein bisschen Entspannung schadet niemandem", stimmte Marek zu und gemeinsam machten sie sich auf den Weg nach unten. Auf dem Platz tummelten sich viele Menschen. Sie lachten, redeten, tanzten, aßen. Es war ein Bild voller Behaglichkeit. Friedlich. Kahn war von ein paar Mädchen umzingelt die wie gebannt an seinen Lippen hingen. Dieses Bild war Rico vertraut. Sein Bruder war einfach unverbesserlich.

„Keine Sorge, wenn sie dir zu nahe kommen rette ich dich", flüsterte Marek ihm zu. Auch sein Blick ruhte auf Kahn.

„Ich brauche keinen Aufpasser Marek."

„Nein natürlich nicht." Marek lächelte.

„Terra! Darf ich dich zu einem Tanz entführen?", fragte eine fremde Stimme. Ein junger Mann etwa so alt wie Kahn hatte sich Terra genähert, blieb aber in gehörigem Abstand vor ihr stehen. Terra warf Rico einen kurzen Blick zu.

„Geh schon", drängte Rico sie. So konnte er sie los werden.

„Aber", setzte Terra an.

„Ich habe doch noch Marek", beruhigte Rico sie. Auch wenn er nicht vor hatte allzu viel Zeit mit Marek zu verschwenden.

„In Ordnung." Terra streckte eine Hand aus und ließ sich von dem Mann zur Tanzfläche führen. Sie lächelte.

„Wusstest du das?", fragte Rico an Marek gewandt.

„Was?", fragte Marek zurück. Er blickte Terra noch ein Weilchen nach. Wehmütig womöglich?

„Na Terra. Er schien sie gut zu kennen", sagte Rico.

„Ob du es glaubst oder nicht, aber Terra hat ein eigenes Leben, wenn sie nicht gerade auf dich aufpasst."

„Vielleicht sollte sie dann mehr Zeit mit diesem Leben verbringen und weniger damit sich zu Sorgen."

„Da könnte was dran sein. Was willst du machen?", fragte Marek und schaute sich um. Ja gute Frage. Was wollte Rico machen? Er suchte die Menge ab und… Sie war hier. Fast vergaß er Mareks Frage, denn sie war hier. Sie stand am Buffet, wiegte sich leicht im Takt der Musik und schien nicht Recht zu wissen wovon sie sich etwas nehmen sollte.

„Rico?", fragte Marek leise.

„Entschuldige mich einen Moment", murmelte Rico und ging zum Buffet.

„Hättest du wohl gern. Ich werde dich nicht aus den… oh" Marek verstummte und hörte auf ihm zu folgen. Ein Schritt nach dem anderen. Nicht zu Rennen war so unendlich schwer.

„Du bist wirklich gekommen", begrüßte Rico seinen Gast.

„Der Hunger trieb mich her." Sie lächelte zu ihm auf. Ein warmes Gefühl breitete sich in seiner Brust aus. „Und was empfiehlst du mir?" Sie wies auf die große Auswahl. Rico überlegte. Gab es hier irgendetwas, dass er wirklich mochte? Etwas, dass sie womöglich auch mögen könnte?

„Die hier sind nicht schlecht." Die Fleischpasteten waren laut Terra einmalig. Nicht, dass Rico tatsächlich eine probiert hätte. Kaleya betrachtete ihn kurz dann beugte sie sich vor, um eine Pastete zu nehmen. Rico zog eine Serviette von einem Stapel in der Nähe und hielt sie ihr hin. Als sie sie nahm lächelte sie noch immer.

„Du hast einen Schatten", stellte sie leise kichernd fest. Ein Blick über die Schulter, Marek.

„Das täuscht. Sicher ist er nur auf der Suche nach jemandem." Rico hob leicht die Stimme, damit Marek ihn auch ja hörte. Sie kicherte.

„Ist er dein Bruder?", fragte sie.

„Ein Freund der Familie." Was ja nicht ganz gelogen war.

„So einen habe ich auch zu Hause. Manchmal treibt er mich in den Wahnsinn." Sie verbarg ein Lachen hinter vorgehaltener Hand.

„Sicher will er dich nur beschützen", sagte Rico. Langsam entfernte Kaleya sich vom Buffet und steuerte auf die Stufen zu. Rico folgte ihr, die Hände in den Hosentaschen. Sie trug ein Kleid. Hatte sie am Morgen nicht eine Hose getragen?

„Ich bin es leid, dass alle glauben man müsste mich beschützen." Sie setzte sich. Im Dämmerlicht der Festbeleuchtung schimmerten ihre Augen silbern wie der Mond.

„Du solltest beschützt werden, so wie sich das gehört. Erst von deiner Familie und später von deinem Mann.“

„Findest du das nicht ein bisschen altmodisch?“ Sie lachte wieder, doch diesmal verbarg sie es nicht.

„Es hat sich bewährt.“

„Du hast wohl keine Schwester was?“

„Doch, sie ist da drüben.“ Terra lachte über etwas während sie tanzte. Ein paar andere Paare im selben Alter umgaben sie. So sollte es sein.

„Wer beschützt sie?“, fragte Kaleya provokant.

„Sie ist in guten Händen.“ Woher diese Gewissheit kam? Wer wusste das schon? Rico konnte nur hoffen, dass er Recht behalten würde. Kaleya biss von der Pastete ab.

„Ich brauche keinen Aufpasser“, nuschelte sie noch beim Kauen vor sich hin. Seltsam. Dasselbe hatte Rico zu Marek gesagt, sagte es ihm immer wieder. „Das ist echt lecker.“

„Gut.“ Rico zog die Hände aus den Taschen und setzte sich neben sie.

„Der da drüben ist ja ziemlich fleißig.“ Sie lachte und deutete auf Kahn, der immer noch von einigen jungen Frauen umgeben war.

„Das ist der Kronprinz.“ Der leise Seufzer war nicht zu unterdrücken.

„Er ist… beliebt bei den Damen“, sagte Rico leise.

„Muss ja ein ganz schön toller Kerl sein.“ Kaleya musterte Kahn auf eine Weise die Rico gar nicht gefiel. War sie auch nur hinter der Macht her?

„Wenn man auf die Sorte Typ steht, meine ich natürlich.“ Sie legte den Kopf schief und betrachtete Rico nachdenklich. Wie konnte sie nur so bezaubernd aussehen? „Was ist? Habe ich mich bekleckert?“, fragte sie nach einer Weile. Sie blickte schnell an sich herab. Strich mit schlanken Fingern über den weichen, luftigen Stoff des Kleides. Im schwachen Licht erschien es fast so grau wie ihre Augen. Rico schaffte es einfach nicht den Blick abzuwenden.

„Nein alles in Ordnung“, antwortete er. Er zwang sie wo anders hin zu schauen, auch wenn sich alles in ihm dagegen sträubte. Marek stand in gehörigem Abstand in der Nähe der Treppe und plauderte mit ein paar Leuten. Als Marek seinen Blick bemerkte zog er fragend eine Augenbraue hoch. Rico schüttete den Kopf. Er brauchte ihn nicht. Wirklich nicht. Kaleya aß die Pastete auf und wischte sich die Finger an der Serviette ab. Dann knüllte sie die Serviette zusammen und warf sie überraschend zielsicher in den nächsten Mülleimer, den jemand in weiser Vorrausicht aufgestellt hatte. Rico applaudierte verhalten.

„Netter Wurf", stellte er fest.

„Gib mir ein Messer und ich treffe einen Feind auf zwanzig Meter Entfernung." Sie zwinkerte ihm zu und stand auf. „Aber für den Moment würde ich dem Blutvergießen einen Tanz vorziehen." Sie wusste was sie wollte das war klar. Aber war es auch was er wollte? Die Antwort war ganz klar. Ja! „Ein paar Mädchen verfolgen dich mit Blicken", flüsterte Kaleya grinsend.

„Ach ja?" Es war uninteressant was die anderen Taten, denn sie legte gerade ihre Hand in seine.

„Jetzt machen sie ganz große Augen." Noch nie hatte Rico zugelassen das ihm jemand so Fremdes so nahe kam. „Ich glaube sie sind sauer." Umgeben von der Musik und im Dämmerlicht war es ganz leicht jemand anders zu sein. Jemand Normales. Es wäre so schön.

„Warum sollten sie sauer sein?", fragte Rico. Es gab überhaupt keinen Grund dazu.

„Weil" sie machte eine elegante Drehung und war plötzlich ganz nah bei ihm. Fast konnte er ihren Puls fühlen. Raste ihr Herz genauso wie seins? „du mit mir Tanzt und nicht mit ihnen." Kaleya lächelte zu ihm auf. Ihr Gesicht war zu zart und elegant. Aber das war doch lächerlich. Wieso sollte er mit einem der anderen Mädchen tanzen? Da gab es keine die seine Aufmerksamkeit fesselte.

„Damit werden sie sich abfinden müssen", sagte Rico. Was interessierten ihn schon die anderen. Jetzt war die Welt schön. Jetzt war es friedlich. Jetzt fühlte sich alles richtig an. Die Musik, der Tanz, die lachenden Leute um sie herum. Diese Nacht sollte ewig dauern.

„Ich sollte gehen." Kaleya sprach leise und bedacht.

„Warum?" Er war noch nicht gewillt den kurzen Moment der Ruhe schon wieder aufzugeben. Viel zu schnell würde ihn der Alltag wieder einholen. Wenn sie blieb, könnte er dem vielleicht noch ein bisschen länger entgehen.

„Es ist schon spät und" Sie zögerte. „Weißt du es freut mich, dass du zu mir gekommen bist. Es macht alles so viel leichter." Fast nahm ihr Gesicht einen traurigen Zug an. Oder lag das am Licht?

„Was macht es leichter?"

„Marek! Weißt du wo Rico steckt?" Terra. So ein Mist.

„Ich danke euch für diesen Tanz, mein Kaiser. Aber das Lügen solltet ihr wirklich noch üben", sagte Kaleya. Sie grinste ihn an und verschwand im Schatten nicht ohne noch einen albernen Knicks zu machen. Oh man! Was machte sie nur mit ihm?

„Rico! Da bist du ja. Was machst du hier?" Terra. Sie meinte es ja nur gut. Wenn er sich das immer wieder einredete würde er es vielleicht irgendwann selbst glauben. Doch jetzt war Kaleya weg und Terra war daran schuld.

11. Dallas

Kim wachte auf und streckte sich, woraufhin Silas seinen Griff um sie nur noch mehr verstärkte. Aus dieser Umarmung konnte man sich nicht befreien. Da konnte sie genauso gut gegen eine Wand anrennen. Nicht dass sie sich wirklich von ihm lösen wollte. Aber…

„Silas?" Kim streichelte sanft seinen Arm. Die Schnitte waren noch nicht ganz verheilt. Er murmelte etwas Unverständliches. „Hey, lass mich los!", forderte sie etwas eindringlicher, aber er reagierte nicht. Von wegen schlafen, das kannte sie gut genug. „Wenn du mich nicht sofort aufstehen lässt tu ich dir weh", schwor sie drohend und Silas lachte. Sie spürte die Vibration im Rücken.

„Versuchs doch", forderte er dann leise, verschlafen. Es war irgendwie niedlich. Kim lächelte über ihren Freund und schüttete belustigt den Kopf.

„Wir wissen beide, dass du gegen mich verlieren würdest", sagte Kim während sie weiterhin seinen Arm streichelte.

„Ja klar, aber nur weil ich niemals gegen dich kämpfen würde, es dir aber egal wäre." Silas hob leicht den Kopf und legte einen Arm darunter. Den anderen hatte er immer noch fest um ihre Hüften geschlungen. Kim kicherte.

„Stimmt, mir wäre es egal. Aber ich würde dich niemals ernsthaft verletzen."

„Eine gebrochene Nase ist ja auch nichts ernsthaftes", scherzte Silas. Kim drehte sich in seinen Armen um und hob eine Hand an seine Wange.

„Wenn es sich vermeiden lässt würde ich dieses Gesicht gerne unversehrt lassen. Es ist ein wirklich schöner Anblick, morgens wenn man eigentlich nur was trinken und wieder ins Bett gehen will." Silas küsste sie kurz und flüchtig auf die Lippen, dann ließ er sie los. Kim stand auf. Gegenüber auf der Kommode stand eine Flasche Wasser. Kim trank, nahm die Flasche mit, stellte sie neben das Bett und schmiegte sich wieder an Silas. Er strahlte sie auf diese unvergleichliche Weise an, mit verhangenen Augen, ein laszives Lächeln auf den weichen Lippen und vom Schlaf noch total zerzausten Haaren. Er sah nach dem Aufstehen echt heiß aus. Kim dagegen… Aber eine kalte Dusche konnte das Meiste richten. Vorsichtig streckte Silas eine Hand aus und strich ihr eine lose Haarsträhne aus dem Gesicht.

„Guten Morgen", murmelte er mit seiner tiefen, geschmeidigen Stimme. Sie klang wie sich Seide auf nackter Haut anfühlte, atemberaubend.

„Morgen", grüßte Kim lächelnd zurück. Er ließ seine Hand zu ihrem Kinn wandern und hob ihr Gesicht leicht an, um sie nochmal zu küssen. Ein unbarmherziges Klopfen zerstörte den Moment.

„Miss Duvessa?" Hammar stand vor der Tür und erwartete offensichtlich eine Antwort. Kim versuchte sich Silas zu entziehen, doch der ignorierte den Störenfried einfach und presste seine Lippen auf ihre. Kim stöhnte genüsslich.

„So ist es gut, ignorier ihn einfach", murmelte Silas. Er knabberte kurz an ihrem Kiefer, eher er zarte Küsse auf ihren Hals hauchte. Kim verschlug es fast den Atem. Sie versuchte ihn aufzuhalten, vergebens. Seine Finger wanderten über ihre nackte Haut. Von der Tür drang ein erneutes Klopfen herein. „Kimberly-Ann Duvessa! Mach sofort die Tür auf oder ich komme rein!", drohte Hammar. Silas grinste sie frech an. Kim stöhnte nochmal, aber diesmal genervt. Dass diese Machtspielchen immer über sie laufen mussten! Die Tür flog auf, Kim schoss aus dem Bett und Silas landete samt Decke auf dem Boden. „Ach du scheiße!" Hammar hielt sich die Augen zu und drehte sich demonstrativ weg.

„Verdammt Hammar! Es gibt Gründe, wenn ich dir nicht aufmache!", fauchte Kim ihn wütend an. Schnell zog sie Silas hoch, schnappte sich die Decke und wickelte sie um sich. So eine Unverschämtheit!

„Und woher soll ich wissen ob du nur keine Lust hast mit mir zu reden?", keifte Hammar zurück. Silas schüttelte den Kopf um vollends wach zu werden und ließ sie Schultern kreisen.

„Das kannst du nicht wissen, nur hoffen", gab Kim wütend zurück. Sie ging zu ihrem Schrank und zog eine Hose und eine ärmellose Bluse heraus. Dann ging sie ins Bad und zog sich an. Als sie zurück kam hatte

Hammar sich schon wieder umgedreht und musterte zerknirscht das zerwühlte Bett. Wenn es nach ihm gehen würde wären Silas und Kim kein Paar. Aber er wollte sie, brauchte sie, sie beide.

Silas hatte es in der Zwischenzeit auch zu seinen Klamotten geschafft und zumindest einen Teil davon angezogen. Schade eigentlich, sein Körper war wie immer eine wahre Augenweide.

„Was willst du?", fuhr Kim den Störenfried an. Hammar zuckte zusammen.

„Das wir weiter an unserer Aufgabe arbeiten", gab Hammar die kryptische Antwort.

„Den Kaiser zu töten?", fragte Kim nach. Hammar nickte.

„Und Pains Mädchen gefangen nehmen." Hammar verschränkte gefrustet die Arme vor der Brust.

„Warum so genervt?", wollte Silas wissen.

„Pain hat sie schon losgeschickt, sie ist jetzt also in der Stadt und mein Spion hat mir mitgeteilt, dass der Kaiser sehr angetan von ihr ist."

„Ach ja und jetzt?", knurrte Kim. Und dafür hatte er sie aus dem Bett geholt!

„Zum Glück haben wir einen starken Verbündeten, mit dem wir es in die Stadt schaffen, ohne aufzufallen. Dann bringst du den Kaiser um." Hammar nickte in Kims Richtung. „Und du bringst das Mädchen zu mir." Jetzt wand er sich an Silas.

„Ach und wie kommst du auf die Idee, dass ich da mitmache?", protestierte Silas genervt.

„Glaub mir du willst mit und dass nicht nur weil Miss Duvessa die Mission leiten wird, es wird sich für dich lohnen", sagte Hammar.

„Na gut. Und wer ist unser Verbündeter?", fragte Kim gereizt.

In dem großen Empfangssaal standen verteilt 20 Soldaten. Silas lümmelte auf einem der Sofas, ein passenderes Wort konnte Kim dafür einfach nicht finden. Hammar thronte auf einem Ohrensessel und Kim selbst schritt immer wieder die Halle ab. Fremde Orte machten sie nervös und am liebsten hätte sie den Kaiser auf neutralem Gebiet getroffen, doch Hammar war der felsenfesten Überzeugung das Dallas nicht ihr

Feind war und sie ihm vertrauen konnten. Auf Kim machte Dallas eher einen dämlichen Eindruck, so protzig wie er lebte und seine Macht präsentierte. Der Kaiser der Steppe ließ sie warten und dass nun schon seit fast einer halben Stunde. Kim wurde immer gereizter. Hammar versuchte gar nicht erst sie zum Sitzen zu überreden. Er war eben nicht ganz so blöd wie er aussah.

„Entschuldigt meine Verspätung, ich hatte noch ein paar Angelegenheiten zu regeln." Der Kaiser trat schwungvoll durch eine Flügeltür ein und rückte sein reich verziertes Hemd zurecht. Er war vielleicht 1,80 m groß und schlank. Sein jungenhaftes Gesicht mit den lindgrünen Augen war von braunen Haaren umrahmt.

„Dallas", begrüßte Hammar den Kaiser gelassen.

„Ich freue mich sehr dich zu sehen. Was gibt es neues?", fragte Dallas und setzte ein freundliches Lächeln auf.

„Wir sind nicht hier, um Geplänkel auszutauschen Dallas. Darf ich dir meine Begleiter vorstellen? Das sind Silas und Kimberly-Ann. Die Beiden möchten dir ihre Dienste anbieten." Hammar deutete nacheinander erst auf Silas, dann auf Kim. Genervt schnaubte sie und setzte ihre Wanderung durch den Saal fort.

„Oh, sie sehen nicht gerade begeistert aus", stellte Dallas mit einem leisen lachen fest.

„Das legt sich", versprach Hammar.

„Du sagtest es ginge um Leben und Tod. Was ist vorgefallen?"

„Du erinnerst dich sicher noch das Pain und ich mit dir über die Integration der Wüste gesprochen hatten?", fragte Hammar sanft. Dallas wirkte plötzlich nervös.

„Ich habe versucht ein Treffen zu arrangieren, aber er antwortet mir nicht mal." Der Kaiser war offensichtlich betrübt.

„Tja das ist das Problem. Pain hat die Nase voll von diesem Mist, er hat jemanden geschickt, um Enrico umzubringen und die Stadt zu übernehmen", log Hammar aalglatt. Kim schüttelte genervt den Kopf. So ein Idiot, keiner der Pain kannte würde ihm das abnehmen. Dallas offensichtlich auch nicht.

„Das klingt überhaupt nicht nach Pain", wiedersprach er mit einer besorgten Miene. „Er hat mir versichert er würde seinen besten Mann schicken, um den Vertrag zu verhandeln."

„Da hat er gelogen. Stattdessen hat er SIE geschickt." Hammar betonte das „sie" besonders feindselig. Dallas erschauderte.

„Dieses kleine Monster? Das ist ja schrecklich!", rief Dallas aus. Kim wäre fast erstickt bei dem Versuch das Lachen zu unterdrücken, dass sie rücksichtslos ihre Kehle hinauf stahl. Pains Mädchen ein Monster? Dallas hatte wohl noch nie ein Monster gesehen.

„Ja und jetzt brauchen wir deine Hilfe, um sie aufzuhalten. Vielleicht haben wir Glück und sie tötet ihn nicht sofort." Wie betrübt Hammar dreinschauen konnte. Kim wäre fast beeindruckt gewesen, wenn sie sich nicht genauso gut auf Lügen und Schmierentheater verstanden hätte.

„Was kann ich tun?" Dallas war sofort Feuer und Flamme von der Idee den kleinen Kaiser in der Wüste zu retten, fast zu schnell.

„Was haben sie mit ihm zu tun?", fragte Kim und legte den Kopf schief.

„Gar nichts", antwortete Dallas viel zu hektisch. Kim quittierte das mit einem kurzen Nicken.

„Kannst du meine zwei Leute in die Stadt schmuggeln?", ging Hammar schnell dazwischen.

„Ja natürlich. Überhaupt kein Problem. Was gedenkst du gegen SIE zu unternehmen?"

„Mister Nowikow wird sich um sie kümmern und Miss Duvessa garantiert für die Sicherheit deines Neffen", erklärte Hammar ruhig. Kim musste sich ein Lachen verkneifen.

„Gut, gut, wann wollt ihr aufbrechen? Wenn wir sofort mit den Vorbereitungen beginnen könntet ihr morgen los."

„Ausgezeichnet! Wir sind im Hotel am Markt untergekommen." Hammar winkte Silas zum Gehen. Genervt erhob er sich von dem Sofa und streckte sich.

„In Ordnung", murmelte Dallas. „Oh und noch was, danke Hammar."

Kaum hatten sie den Saal verlassen, begann Hammar breit zu grinsen.

„Du hast nicht vor ihm zu sagen, dass wir den Kleinen umbringen, oder?", fragte Kim und schmiegte sich an Silas.

„Nein und ich habe natürlich auch nicht vor das Mädchen zu töten. Ich will sie in meinem Team. Und dafür wirst du sorgen!", wand Hammar sich an Silas.

„Was ist denn so besonders an ihr?", fragte Silas kalt zurück.

„Naja, einerseits wollte ich sie eigentlich schon immer haben und andererseits kann ich es nicht ertragen wie Pain sie verunstaltet hat", erklärte Hammar, was aber eigentlich gar nichts erklärte, sondern nur mehr Fragen aufwarf.

12. Ein Freund der Familie

War Enrico enttäuscht gewesen als sie ging, so war das nichts gegen Ka-leyas eigene Gefühle. Aber egal wie schwer es ihr fallen mochte, sie wusste, dass sie gehen musste. Zu ihrer beider wohl. Ob die schlaflose Nacht, die darauffolgte, nur ihren ständigen Albträumen geschuldet war blieb zu bezweifeln.

„So früh schon auf?", fragte Fatih sanft, als Kaleya in die Küche kam.

„Konnte nicht schlafen." Kaleya rieb sich die Augen. Wie irgendjemand so wach sein konnte war ihr ein Rätsel. Fatih war schon fertig angezogen und stand an der Spüle, eine Tasse in der Hand.

„Willst du auch einen Tee?"

„Nein danke, mir ist nicht nach Tee", murmelte Kaleya. Sie war zu müde, um überhaupt an irgendetwas anderes zu denken, als atmen.

„Ich hatte erwartet, dass du länger auf der Feier bleiben würdest. Augenzeugen haben behauptet dich mit Rico gesehen zu haben… tanzend", sagte Fatih mit einem breiten Grinsen im Gesicht.

„Schon möglich", sagte sie und erwiderte sein Grinsen. „Es kam mir so vor als wären einige verwundert gewesen…", fügte sie dann hinzu. Sie hatte sich gefühlt wie auf dem Präsentierteller. Aber wahrscheinlich war das normal wenn man mit Adeligen im Allgemeinen und Kaisern im Besonderen zu tun hatte.

„Die größte Überraschung war wohl das er überhaupt aufgetaucht ist." Fatih zuckte mit den Schultern, leerte seine Tasse und spülte sie gleich aus, stellte sie wieder in den Schrank. So ordentlich und bedacht. „Wenn du willst kann ich dir ein Geheimnis verraten, aber du musst versprechend, dass du niemandem sagst woher du das weißt."

„Ich verspreche es." Ein Geheimnis? Was das wohl sein könnte?

Es war weniger ein Geheimnis als viel mehr einfach zur richtigen Zeit am richtigen Ort zu sein. Dass nur Fatih um den Auslöser dieses Umstandes wusste machte es wohl zu einer raren Information aber noch längst nicht zu einem Geheimnis…

Kaleya hatte sich darauf eingestellt lange zu warten. Fatih hatte ihr weder sagen können ob und vor allem wann genau es geschehen würde. Was auch immer geschehen könnte. Warten war eine lästige Pflicht. Für gewöhnlich. Doch der Sonne zu zusehen wie sie über die weiten Hänge der Berge kletterte, um die Stadt zu begrüßen, die sie selbst errichtet hatte, wog all die verlorene Zeit tausendfach auf. Mit jedem Meter, den die Sonne weiterzog, wurde es heißer. Die zuvor angenehme Kühle verflog, als wäre sie nie da gewesen. Die Sonne überschritt einen undefinierbaren Punkt und mit einem Mal ergossen sich ihre Strahlen auf den ganzen Hang. Die Reflektoren erwachten schillernd zum Leben. Jede der Unzähligen Flächen reflektierte das Sonnenlicht in einem fort, immer und immer wieder bis schon die schiere Nähe genügte, um die Kraft zu spüren, die sich in der Sonne verbarg. Die Kraft, welche die Wüste am Leben hielt. Hier kam also der Strom her. Kaleyas Müdigkeit war wie weggewischt.

„Wunderschön, nicht wahr?" Die Stimme neben ihr war ebenso sanft wie leise.

„Sowas habe ich noch nie gesehen", gestand sie flüsternd. Dieser Moment schien so zerbrechlich. Schon das kleinste Geräusch hätte ihn zerstören können.

„Geht mir genauso", sagte sie Stimme.

„Was?" Sie drehte sich zur Seite, um ihn anzuschauen. Es überraschte sie so etwas aus seinem Mund zu hören. Sicher sah er das alles fast täglich! Doch als sie zu ihm aufblickte ruhten seine Augen weder auf dem Meer aus Licht und Wärme noch auf den schweren Sandhängen, oder der schier endlosen weite der Wüste. Er betrachtete sie, nur sie, als wäre sie das wichtigste auf der Welt. Er atmete tief durch ehe er den Blick abwandte.

„Man nimmt es gar nicht mehr richtig wahr, wenn man es dauernd sieht. Wir sollten uns viel häufiger fragen was unsere Gäste sehen", versuchte er sich rauszureden, doch das war nutzlos. Kaleya hatte ihn ertappt. Aber sie musste es ihm ja nicht unter die Nase binden. Sie würde ihn einfach in dem Glauben lassen.

„Das klingt als wollte sich der Kaiser unter normale Leute begeben.“ Kaleya hob eine Hand vor die Lippen und tat schockiert. Er lachte, ganz leise nur, aber nicht zu überhören.

„Du wusstest es schon immer, nicht wahr?“, fragte er. Das sanfte Lächeln auf seinen Lippen verschwand und wich einer ernsten Miene. Natürlich. Er fragte sich bestimmt was sie hier tat und was sie von ihm wollte.

„Anstatt uns zu fragen was andere sehen sollten wir viel häufiger uns selbst sehen. Uns und das was uns ausmacht. Nicht Namen, Titel oder der äußere Schein. Es sind die Narben, die das Leben hinterlässt, die uns ausmachen. Bist du ein Kaiser, oder nennen sie dich nur so?“, fragte Kaleya sanft. Es war noch nicht der richtige Zeitpunkt, um mit ihm über ihre Mission zu sprechen. Er verzog das Gesicht als wäre ihm der Gedanke unangenehm. Kaleya fühlte es ganz genau. Er war wie der Kater, abgekämpft und scheu. Blieb einem jungen Kaiser denn nichts anderes übrig als Einsamkeit? Jetzt da er endlich nicht mehr Kämpfen musste?

„Narben hat das Leben schon genug hinterlassen“, sagte er schließlich. Diese Traurigkeit! Diese bodenlose, unkontrollierbare Traurigkeit. Was war ihm wiederfahren? Was?

„Auch ich trage sie, allerdings solche die man nicht sieht. Aber sind das nicht meist die schlimmsten?“, fragte Kaleya. Als er sie diesmal ansah war sein Blick seltsam verhangen. Die grünen Augen lagen im Schatten seiner zusammengezogenen Brauen. Was? Was war es?

„Gleicht es einer Folter?“, fragte er. „Die Narben die man nicht sieht? Gleicht ihr Schmerz dem einer Folter?“

Folter? Was konnte je der Demütigung einer Folter gleichen? War der seelische Schmerz schlimmer als der körperliche? Vielleicht, weil er länger anhielt. Weil Wunden auf der Haut heilen konnten, doch zerstörte wahre Folter nicht viel mehr als nur den Körper? Noch ehe sie ihre Überlegungen in Worte kleiden konnte hatte Enrico den Blick wieder abgewendet. Er zupfte, wie in Gedanken, am Kragen seines Hemdes. Es war aus demselben Stoff aus dem Fatihs Hemd gewesen war. Ebenso schwarz. War es möglich, dass…

„Du trägst die gleichen Kleider wie deine Soldaten“, stellte sie leise fest. Enrico sah an sich herab als würde es ihm erst jetzt auffallen.

„Sie sind bequem und sitzen gut", sagte er und zuckte mit den Schultern, als wäre es keine große Sache.

„Aber deine sind maßgeschneidert, nicht wahr? Was bedeutet entweder hast du dir freiwillig diese Kleider machen lassen oder"

„Oder ich habe sie, weil ich sie früher brauchte", beendete er ihren Satz indem er gleichzeitig die unterschwellige Frage beantwortete. Wieder zog er sanft am Kragen. Mit einem Seufzer ließ er die Hand sinken. Er hatte etwas sagen wollen. Das spürte sie ganz deutlich. Was?

„Warum bist du hierhergekommen?", fragte sie. Er musste doch einen Grund für diesen frühen Spaziergang haben. Kein vernünftiger Mensch stand grundlos so früh auf!

„Warum?" Er blickte sich kurz um, fast als hätte er völlig vergessen wo sie waren. „Ja warum? Hm, …" Sein Blick fiel auf die Reflektoren und ein leuchten stahl sich in seine Augen. „Genau, deswegen." Er hob eine Hand in Richtung des Hanges und mit einem Ruck löste sich eine Sandlawine und verschüttete die Reflektoren unter sich. Das magische Leuchten erstarb. Sie hätte es ahnen müssen! Wie dumm! Dumm zu glauben es hätte keinen Grund gegeben! Natürlich gab es einen Grund für die Wahl des Wüstenvolkes! Es hatte ihn schon immer verfolgt! Dass er es selbst nicht sah! Er war ein Kaiser, nicht weil man ihn so nannte, sondern weil es ihm im Blut lag. Sie hätte es ahnen müssen!

„Komisch, die meisten Leute sehen überraschter aus", bemerkte er mit einem leichten Grinsen. Dieser…! Oh nein Kaleya war nicht überrascht, höchstens über seine belustigte Miene. Hätte sie es nur früher gewusst!

„Aber in deinem Blick liegt nur erkennen", fügte er dann noch hinzu.

„Du bist ein Kaiser, wie sollte es anders sein", sagte Kaleya. Es war keine Frage, nur eine Feststellung. Er blinzelte, verwirrt? „Es liegt dir im Blut. Du bist geboren, um zu herrschen."

„Rico!", rief eine Stimme, Fatihs Stimme. Der Zeitpunkt war ungünstig und doch konnte Kaleya sich keinen Besseren vorstellen. Hier drohte das Gespräch ernst zu werden. Es führte sie bereits viel zu nah an ihr Ziel und dabei wollte sie ihm doch gerne noch so viel länger nah sein dürfen.

„Ich muss wieder gehen", sagte Enrico, als wäre das nicht eindeutig genug. Enrico wand sich ab und ging auf sicheren Beinen den Hang hinab, wo Fatih auf ihn wartete. Als Enrico an ihm vorbei war warf Fatih ihr einen kurzen Blick zu, fragend. Sie lächelte und winkte ihm, für mehr blieb keine Zeit. Der treue Soldat wich nicht eine Sekunde von der Seite seines Kaisers.

Enrico. Was hast du wohl erlebt, dass es dich so zerbrochen hat?

Später am Vormittag traf sich Kaleya mit Fatihs Frau, Soraya, auf dem Markt. Sie hatte das Töchterchen auf dem Arm und den Sohnemann an einer Hand.

„Wir müssen Tee kaufen", sagte Soraya. Sie sagte es auf eine Art die ihr zu eigen war. Sie erwartete keine Reaktion, hatte einfach nur laut gedacht. Tat es immer wieder. „Fleisch wäre zwischendurch mal wieder schön." Mit einem eleganten Finger tippte sie sich an die Unterlippe. Kaleya zögerte kurz, dann zog sie den Geldbeutel aus der Tasche den Pain ihr mitgegeben hatte. Wozu wäre das Geld besser geeignet als ihren Gastgebern eine Freude zu machen.

„Bitte lass mich heute für den Einkauf aufkommen. Als kleines Dankeschön, dass ich bei euch wohnen darf", bat Kaleya. Soraya bedachte sie mit einem kritischen Blick, dann nickte sie.

„Ich wäre sehr erfreut über diese Geste." Der Einkauf nahm weit weniger Zeit in Anspruch als Kaleya gedacht hätte. Die Auswahl war begrenzt und das meiste ziemlich überteuert, aber das hatte Enrico ja bereits beklagt. Während Soraya gleich nach Hause gehen wollte, um zu kochen bot Kaleya an den Sohn zu beaufsichtigen der mit ein paar befreundeten Kindern spielte. Darunter ein Mädchen mit blonden Haaren. Blond? Ja, wenn man genauer hinsah entdeckte man immer wieder vereinzelt blonde Menschen. Oder Leute mit hellerer Haut. Sie waren selten, aber da. Woher das wohl kam? Sie setzte sich auf die Stufen vor dem Palast, wo sie den Kleinen immer im Blick hatte, und wartete ab. Würde er noch einmal kommen? Sich zu ihr setzen? Womöglich endlich das sagen was ihm schon so lange auf der Zunge lag? Was auch immer es war, es musste schwer wiegen, anderenfalls hätte er es ihr sicher längst gesagt. Jemand setzte sich neben sie, doch es war nicht Enrico.

„Hallo." Die Begrüßung war sachlich und schlicht. Kaleya neigten den Kopf und lächelte unter einem Vorhang aus schwarzen Haaren zu dem Mann empor. Sie erinnerte sich an sein Gesicht. Besonders die Sorgenfalten, die sich in seine Stirn gegraben hatten, waren markant. Er erinnerte sie ein bisschen an Pain.

„Der Freund der Familie", stellte sie fest. Er schien überrascht über die Anrede und zog misstrauisch die Augen zusammen. Es behagte ihm nicht, dass sie seine Rolle kannte. Von Nahem betrachtet wirkte er auf eine ruhige, ernste weise Freundlich, auch wenn Kaleya noch nie erlebt hatte das jemand ernst und freundlich zugleich sein konnte.

„Er hat dir von mir erzählt?"

„Nicht mehr und nicht weniger als genau das. Ein Freund der Familie", stellte Kaleya klar. Sie zuckte mit den Schultern. Was wollte er?

„Tja dann, mein Name ist Marek."

„Marek… hm." Sie probierten den Klang, das Gefühl, wenn sie seinen Namen aussprach. „Marek." Und damit war das Gespräch für einen ganz kurzen Augenblick beendet. Mareks Blick wanderte zu einem Punkt über ihrer Schulter. Er seufzte, halb gequält, halb genervt. Kaleya zog eine Augenbraue hoch.

„Ich weiß du findest das jetzt sicher nervig, aber für einige Leute bist du gerade der interessanteste Mensch der Stadt", sagte er und fuhr sich mit einer Hand durch die Haare. War er verlegen? Langsam fügte sich das Bild zusammen. Die Sorge, die Neugier, die Ernsthaftigkeit, selbst die Verlegenheit, alles verband sich zu einer einzigen Frage die zu stellen sich niemand wagte, zumindest nicht direkt.

„Hängt das womöglich mit einem jungen Mann zusammen, der gerade in diesem Moment seinen kaiserlichen Pflichten nachgeht?", half Kaleya ihm auf die Sprünge.

„Schon möglich", antwortete Marek.

„Möglich? Wenn du dir Sorgen um deinen Schützling machst kann ich dich beruhigen", sagte sie und meinte es auch genauso. Sie hatte nicht vor Enrico auch nur ein Haar zu krümmen.

„Das bezweifle ich stark." Mareks Gesicht nahm einem kalten Zug an als er weitersprach. „Wenn du wie alle anderen nur an der Macht interessiert bist solltest du dich besser gleich wieder verziehen. Ich werde nämlich nicht zulassen, dass ihn irgendjemand verletzt. Nie wieder." Seine Stimme klang ernst und eindringlich. Nie wieder. Was er damit wohl meinte? Wer hatte den jungen Kaiser verletzt? Wer und Wann?

„Ich brauchte seine Macht nicht, davon habe ich selbst genug. Und verletzten kann ich ihn auch nicht solange er mir nicht gestattet ihn zu verletzen. Deine überbesorgte Miene kannst du dir also sparen." Sie stand auf. „Wenn du mich jetzt entschuldigst, ich muss los." Ohne sich umzudrehen ging sie über den Platz, sammelte Kenan ein und brachte ihn nach Hause. Soraya schnitt gerade Gemüse klein während der Braten bereits im Ofen vor sich hin garte.

Was hatte er gemeint als er „nie wieder" gesagt hatte?

13. Narben auf der Haut

„Marek, Terra wo…" Der Rest des Satzes blieb rastlos in der Luft hängen. Kaleya stürmte gerade über den Marktplatz davon, einen kleinen Jungen an der Hand. „Was habt ihr getan?" Im Kopf ging er alle möglichen, mehr oder weniger schlimmen, Szenarien durch was seine geliebte Schwester und Marek angestellt haben könnte. Womit hatten sie Kaleya verärgert? Hoffentlich hatte es keine Auswirkungen auf ihn.

„Marek hat nur mit ihr geredet, das war alles." Terra zuckte mit den Schultern was wohl lässig wirken sollte, doch ihr Gesicht verriet sie. Sie war angespannt.

„Was hast du zu ihr gesagt?", fragte Rico und konnte nicht verhindern, dass er wütend klang. Er biss die Zähne zusammen. Das durfte nicht sein! Einmal geschah etwas wirklich Gutes in seinem Leben und aus lauter Sorge und Angst um ihn machten Marek und Terra es kaputt!

„Rico ich befürchte du und ich müssen uns mal unterhalten, so von Mann zu Mann", sagte Marek kühl.

„Wirklich? Ist das dein Ernst? Du willst mit mir über Frauen reden? Ausgerechnet du?!" Was bildete er sich eigentlich ein? Marek hatte doch selbst keine Frau!

„Wenn es dir lieber ist dann sprich mit Kalm, aber rede mit jemandem!" Er meinte es nur gut. Marek meinte es nur gut. Wenn Rico dieses Mantra immer und immer wieder leise aufsagte würde es irgendwann bis in die Tiefen seines Bewusstseins vordringen. Vermutlich zeitgleich zu dem ganz ähnlichen Mantra „Terra meint es nur gut".

„Ihr zwei ruiniert echt meinen Tag." Sie meinten es ja bloß gut. „Ich brauch euch beide im Sitzungsraum." Deswegen war er hier. Er war herausgekommen, um sie zu holen und dann war das geschehen. Er durfte nicht daran denken, musste es vergessen, zumindest bis die Sitzung vorbei war. Dann hatte er genug Zeit sich über die Beiden aufzuregen.

Was dann geschah war ein Haufen langweiliger, politischer Dinge. Bemerkenswert wie akkurat selbst die Entlassung eines Ältesten ablief.

Nur um auf dem Laufenden zu bleiben: Enrico trennte sich von drei seiner Ratsmitglieder, darunter Talib, setzte Terra als neuestes Mitglied ein, beschloss die Einrichtung das Betreuungsprogrammes für Kinder und legte den Grundstein für den Wiederaufbau des Ostviertels. Alles in allem eine ereignisreiche Sitzung. Die Ruhe vor dem Sturm...

„Enrico bleib hier!", rief Terra, bevor er die Flucht ergreifen konnte. Dieser Befehlston, er war ihn so leid, brachte ihn dazu einen Blick über die Schulter zu riskieren. Terra und Marek standen in der Tür zum Sitzungsraum und sahen wütend aus. Worüber sie auch immer wütend sein konnten. Er sollte wütend sein! Doch sein Mantra verbannte alle Wut irgendwo in den Weiten seines Bewusstseins, wo sie einfach zu verschwinden schien.

„Aber Mama, du hast doch gesagt ich soll mehr mit den anderen Kindern spielen", entgegnete er. Okay, so ganz verschwunden war die Wut wohl doch nicht. Eigentlich sollte er sich besser unter Kontrolle haben, aber jetzt war eine Grenze erreicht.

„Sei nicht so gehässig, wir sagten du sollst unter Leute gehen und nicht, dass du dir wahllos ein fremdes Mädchen suchen sollst. Das nur wegen deinem Titel an dir Interessiert ist!", blaffte Marek ihn an.

„Weil du sie auch sofort durchschaut hast", bemerkte Rico kalt. Er kam sich vor wie ein kleines Kind, das von seinen Eltern ausgeschimpft wird. Nur, dass er kein Kind und Marek nicht sein Vater war.

„Wollen wir das nicht lieber drinnen besprechen?" Terra klang überraschend sanft. Doch Rico kannte sie zu gut. Der Schein täuschte und zwar gewaltig. Sie wollte das bloß nicht vor den Angestellten diskutieren. Das erste Soldaten-Paar warf bereits neugierige Blicke in ihre Richtung. Und es würden bald noch mehr werden, schließlich war gerade Schichtwechsel. Wie treffend. Das war die Gelegenheit, um zu verschwinden. Und so hoffentlich dem Kreuzverhör zu entgehen.

„Nein danke Terra. Ich habe nicht das Bedürfnis irgendetwas mit euch zu besprechen. Wie wäre es also, wenn ihr zur Abwechslung mal versucht euch nicht um mich zu sorgen? Oder habt ihr kein eigenes Leben?" Als er seinen Weg fortsetzte kamen schon die beiden Soldaten von der Frühschicht aus dem kleinen Aufenthaltsraum, in dem sie aßen und manchmal auch einfach die Zeit vertrieben. Sie grüßten ihn mit einem kurzen Nicken.

„Warte mal!" Mareks Stimme. Was war nun schon wieder? Rico drehte sich um, doch Marek hatte gar nicht ihn gemeint. Er sah Fatih an. „Ich habe grad deinen Jungen auf dem Marktplatz gesehen, mit einer jungen Frau, die eindeutig nicht deine war", sagte Marek an Fatih gewandt. War es möglich, dass…

„Wir haben gerade Besuch von der Tochter eines Cousins von mir", erklärte Fatih ruhig. Seine Stimme verriet nichts, doch als sein Blick Rico streifte viel aller Zweifel von ihm ab. Die Begegnung am Morgen war kein Zufall gewesen. Sie war vorherbestimmt, von ihr. Sie hatte entschieden ihn treffen zu wollen. Welchen Grund auch immer sie hatte. Sie war zu ihm gekommen. Aber hatte Marek nicht Recht? War es nicht genau das was die anderen Mädchen, die an ihm interessiert waren, auch taten? Das Gespräch am Morgen hatte ihn so sehr gebannt, er hatte keines ihrer Worte angezweifelt. Aber die Frage nach ihren Motiven blieb. Als wäre sie ein lästiges Insekt, dass Marek mit seinen Worten freigelassen hatte. Immer wieder schwirrte sie durch seinen Kopf. Was wenn, was wenn, was wenn?

„Fatih kann ich dich kurz sprechen?" Rico setzte alles auf eine Karte, das wusste er nur zu gut, aber er brauchte Gewissheit.

„Natürlich", sagte Fatih prompt und stellte seine Tasche im Gang ab.

„Rico was hast du vor?", fragte Terra, ihre Stimme verhieß nichts Gutes.

„Ein Gespräch über Frauen führen. Das wolltet ihr doch", antwortete Rico spitz. Er ging voran, die Treppe empor, Fatih folgte ihm. Diesmal hielten Terra und Marek ihn nicht auf.

„Wäre dir ein zweites Paar Ohren gewachsen, ich glaub sie wäre nicht halb so schockiert wie jetzt." Fatih lachte leise.

„Es war von Anfang an geplant, dass ich sie treffe. Nicht wahr?"

„Sie hat kaum geschlafen vor Aufregung als sie von der Feier heimkam. Ich dachte es würde sie etwas entspannen", antwortete Fatih mit einem Schulterzucken.

„Und was ist mit dem Mal davor? Kam sie meinetwegen in die Stadt?", fragte Rico weiter. Sie hatten sein Büro erreicht. Zum Glück. Noch mehr

Zeugen über dieses Drama konnte er wirklich nicht gebrauchen. Das alles würde sich eh wie ein Lauffeuer verbreiten. „Hört her, hört her, Enrico hat mit seiner Schwester Streit wegen einem Mädchen!" Fast konnte er die Stimmen in seinem Kopf hören. Es war eine Katastrophe.

„Sie sucht irgendetwas, aber was genau weiß ich nicht." Fatih schloss die Tür hinter ihnen und lehnte sich dagegen. Er sah irgendwie müde aus. „Rico sieh mal, ich kann dir nichts Genaues über sie sagen, das vielleicht, da wo sie herkommt ist sie einer Kaiserin gleich, sie hat wahrscheinlich mehr Soldaten unter ihrem Kommando als du und seien wir doch mal ehrlich, sie könnte quasi jeden Mann haben, aber sie kam zu dir. Reicht das nicht aus?"

„Sie ist doch fast noch ein Kind", entgegnete Rico. Wie er von ihr sprach! Als wäre sie nicht einfach nur ein Mädchen, als wäre sie…

„Du doch auch", hielt Fatih dagegen. Wo er Recht hatte. Bei all dem was er erlebt hatte vergaß Rico allzu oft, dass andere Jungen in seinem Alter, Jannik, noch zur Schule gingen. Aber das war doch irgendwie etwas anderes. Er war neunzehn und sie…

„Sie ist 17", bemerkte Fatih als hätte er seine Gedanken gelesen. Vielleicht hatte er ja aber auch nur Ricos Miene gedeutet. „Was ist verkehrt daran, wenn ein junger Mann und eine junge Frau von annähernd gleichem Alter Interesse an einander haben?" Rico dachte an Terra, die mit einem von Kahns Freunden tanzte. Interesse. Das war Interesse gewesen. Kaleya hatte mit ihm tanzen wollen, das war Interesse. Sie hatte ihn wiedersehen wollen, das war Interesse. Vielleicht wurde es Zeit, dass er sich auch interessiert zeigte.

„Mal angenommen ich würde sie treffen wollen…", begann Rico zögerlich. Das war ein heikles Thema. Fatih grinste breit, er hatte verstanden. „Ach und wenn Terra fragt sag ich ihr, dass ich gehörig mit dir geschimpft habe. Das wird sie mir schon abnehmen, schließlich geht es ja um meinen Schützling", sagte Fatih und zwinkerte ihm zu bevor er wieder ging. Rico seufzte. Dieser Tag war einfach nur anstrengend.

Sein Abendessen nahm Rico, wie gewohnt, auf der Treppe vor dem Palast, in Gesellschaft des Katers ein. Doch lange blieben sie nicht ungestört. Jemand setzte sich zu ihm.

„Ich will nicht mit dir reden Terra", knurrte er. Er war das alles so leid, wenn sie sich entschuldigen wollte konnte das ruhig bis morgen warten.

„Gut, dass ich nicht Terra bin." SIE! Ihre Stimme so zart und ruhig. „Aber demnach was ich gehört habe hast du allen Grund sauer auf sie zu sein." Woher… ach Fatih. Natürlich.

„Ältere Schwestern sind manchmal eine Last", sagte Rico seufzend. Er hob den Blick, um sie anzusehen, er musste sie einfach ansehen. Der zarte Schwung ihres Kiefers, die hohen schmalen Wangenknochen, die gerade Nase, die vollen Lippen, das pechschwarze Haar, ihre Augen. Augen wie flüssiges Silber. Ein Schatten streifte ihr Gesicht, dann war er verschwunden und mit ihm alle Wut die Rico im Laufe des Tages gefühlt hatte.

„Das kann ich gut nachvollziehen", sagte sie.

„Bruder?"

„Cousin. Aber wir sind uns so nah wie Geschwister. Ehrlichgesagt ist er die einzige Verwandtschaft, die ich noch habe." Sie senkte den Blick und ihre Miene quoll über vor Trauer. „Du hast mich gefragt ob es ist wie Folter, ich bin nie gefoltert worden und diese Art von Wunden tun dir nicht Körperlich weh, aber was ist körperlicher Schmerz schon, verglichen mit dem Gefühl, wenn du die Leichen deiner Großeltern findest, die Leiche deiner Mutter, abgeschlachtet von einem Serienmörder." Sie schluckte, doch keine Träne trat in ihre Augen. Es musste schon lange her sein. Sonst wäre sie wohl nicht so gefasst.

„Aber was ist mit deinem Vater?", fragte Rico. Fatih hatte doch gesagt, dass ihr Vater ein Verwandter von ihm war.

„Mein leiblicher Vater ist in dem Krieg gestorben den deiner begonnen hat. Der Mann, bei dem ich seitdem gelebt habe, ist… der Freund der Familie." Sie lächelte auch wenn es nicht ganz ehrlich aussah.

Auf eine verrückte Art teilten Kaleya und Enrico wohl dasselbe Schicksaal. Das war ihnen beiden nur zu bewusst. Ob es das war was sie so schnell verbunden hatte? Ich kann es ehrlich nicht sagen.

„Meine Mutter ist bei meiner Geburt gestorben", begann Rico zögernd.
Er hatte das Gefühl ihr etwas im Austausch geben zu müssen, wusste
aber nicht wie weit er gehen konnte. „Und mein Vater, naja sagen wir
er war nicht gerade der Liebenswürdigste Mensch." Ein klägliches Miauen lenkte ihre Blicke nach unten. Der Kater sah zu ihnen auf.
„Er hat Recht. Wir sind ein kläglicher Haufen", sagte Kaleya und lachte
leise. Rico schmunzelte. Das sie ausgerechnet dieses Wort benutzt
hatte… Als teilten sie dieselben Gedanken.
„Was glaubst du wovon hast du mehr? Sichtbare oder Unsichtbare Narben?", fragte er vorsichtig. Dieses Thema war sehr persönlich und er
wollte sie nicht verscheuchen. Nicht jetzt, wo er sie gerade erst kennengelernt hatte. Ob sie ihm gleichen konnte? Wenn schon nicht körperlich, vielleicht dann ja seelisch.
„Mich hat niemals jemand verletzt, wenn du das meinst." Sie streichelte
den Kater hinter den Ohren, es wirkte gedankenverloren, vielleicht war
sie in Gedanken ja gerade dort. Da wo ihr Leid begonnen hatte. „Marek
sagte er würde nicht nochmal zulassen, dass dich jemand verletzt. Was
meinte er damit?", fragte sie. Ihre Stimme war sanft und völlig ohne
Druck. Wenn er sagen würde, er wolle nicht darüber sprechen, dann,
da war er sich sicher, würde sie es einfach akzeptieren. Nicht so wie
Marek. Oh Marek. Wenn er sich doch nur weniger Sorgen könnte! Rico
konnte dieses Mitleid nicht länger ertragen. Und Kaleya? Wenn sie es
wüsste, sie würde ihn doch genauso ansehen wie die anderen. Oder?
„Ich könnte es dir zeigen", antwortete er schließlich. Es war unmöglich
es zu erklären. Aber es ihr zeigen, ja das könnte er. Wie viel Überwin-
dung es ihn kostete, aber er wollte ehrlich zu ihr sein. Wollte, dass sie
es erfuhr, auch wenn es bedeutete sich auf eine Art zu entblößen die
weit über das Maß der Nacktheit hinausging. Sie nickte und als er aufstand und ihr die Hand hinhielt, legte sie ihre, ohne zu zögern hinein.
Er führte sie in den Palast, die Treppen hinauf, aber nicht in sein Büro
und auch nicht zu seinen Privaträumen, sondern über den Fluchtweg
am anderen Ende des Ganges, hinaus ins Gebirge. Hier waren sie ge-
schützt vor neugierigen Blick und nervtötenden Schwestern.

„Unglaublich." Ihre Stimme war kaum mehr als ein Flüstern. Der Fluchtweg führte nach Süd-Westen, wo die Sonne gerade zwischen den Bergen versank, ehe sie, wie Rico aus eigener Erfahrung wusste, im Meer ertrank. Er hatte es schon so oft gesehen. War dem Lauf der Sonne in Gedanken gefolgt. War mit ihr zusammen geflohen, mit ihr ertrunken, wieder und wieder. Eine Endlosschleife an Tod sein und wiedergeboren werden. Tod und Wiedergeboren. Tag um Tag. Jetzt störte Kaleya das vertraute Bild. Sie erschien dunkel vor der Sonne, wie ein Fetzen Realität. So nah, so unglaublich nah. Dieses Mal würde die Sonne allein ziehen müssen. Kaleya hatte ihm den Rücken zu gekehrt und blickte der Sonne hinterher, wie es Rico selbst getan hatte. Langsam ergriff er den Saum seines Hemdes. Wollte er das wirklich tun? Deswegen hatte er sie schließlich hergebracht! Er zog das Hemd über den Kopf und atmete tief durch. Die letzten Strahlen wärmten seine Haut. Kaleya drehte sich mit vor Freude strahlendem Gesicht zu ihm um. Ihr Lächeln erstarb.
„Nein!", stieß sie erschrocken hervor.

14. Menschen die stärker sind als andere

Nur um euch kurz zu informieren werfen wir nochmal einen blick zu Kimberly-Ann und gehen ein Stück voraus in der Zeit. Etwa zwölf Stunden nachdem Enrico und Kaleya auf den Felsen standen. Sobald Dallas alles Nötige vorbereitet hatte zogen sie früh am Morgen los. Drei Tage würde die Reise ungefähr dauern. Aber anders als Kaleya erwartete die Gruppe am zweiten Tag eine Hürde, die nicht so leicht zu überwinden war.

"Ich hasse euch!", rief Kim. Nein mehr als das. Hass war ein viel zu schwaches Wort dafür. "Ich werde jeden einzelnen von euch töten!"

"Miss Duvessa du kannst mir glauben es lag nicht in meiner Absicht dich zu ärgern. Das sind Unannehmlichkeiten mit denen zu rechnen war", entgegnete Hammar.

"Unannehmlichkeiten?! Du willst mich wohl verarschen! Das ist ein verdammter Sandsturm!", schrie Kim ihn an.

"Ja das ist ein Sandsturm. Das ist nichts ungewöhnliches", bemerkte einer der Soldaten die Dallas ihnen mitgeschickt hatte. Sie waren ihre Eintrittskarte in die Stadt. Was der einzige Grund war weshalb sie noch lebten. Sie waren sehr nervig.

"Ich weiß verdammt nochmal, dass das nichts Ungewöhnliches ist!", blaffte Kim den Soldaten an. Nichts destotrotz war es ein lästiges Übel und Kim hasste einfach alles daran. Die Hitze, der Sand, selbst die Sonne.

"Ich find es klasse!", sagte Silas und grinste vor sich hin. Hitze konnte ihm nichts anhaben. Die Sonne konnte ihm nichts anhaben. Vermutlich war es für ihn das Paradies.

"Silas du findest alles klasse was auch nur ansatzweise über 20 Grad hat", stelle Hammar fest. Er klang sogar ein bisschen genervt. So toll fand Hammar die Wüste wohl auch nicht.

"Ein Sturm zu dieser Jahreszeit ist eher ungewöhnlich", sagte der zweite Soldat den Dallas ihnen aufgehalst hatte. Jetzt spielte der auch noch den Klugscheißer!

"In der Wüste gibt es Jahreszeiten?", fragte Silas und blickte sich nach dem Soldaten um.

"Nein, es gibt vor dem Regen und nach dem Regen. Jetzt ist vor dem Regen. Und vor dem Regen sind Stürme ungewöhnlich", erklärte Hammar.

"Meinst du das ist" der Soldat sprach nicht zu Ende.

"Nein, ich glaube nicht, dass er so stark ist. Wir sind viel zu weit weg", antwortete sein Kollege.

"Über wen reden die?" Sie meinten doch nicht etwa ein Mensch könnte für den Sturm verantwortlich sein? Oder etwa doch? Nein! Oder?

"Miss Duvessa ich befürchte ich muss dir jetzt erklären was es mit Enrico Malek auf sich hat. Es ist nämlich nicht so wie du denkst. Er ist kein hilfloser Junge. Er wird es seinen Gegnern sehr schwer machen. Jedem seiner Gegner", sagte Hammar. Das war deutlich. Doch was könnte ihr schon passieren? Egal welche Tricks der Junge auf Lager hatte, sie würde ihn erwischen.

"Mach es nicht so spannend. Was hat er drauf?", fragte Silas. Nein, er war wirklich kein geduldiger Typ.

"Genau das!" Hammar breitete die Arme aus, allumfassend.

"Der Sturm?" Das war nicht möglich. Noch nie hatte Kim etwas Vergleichbares erlebt. Doch andererseits... War das denn so viel anders als das was Silas machte? "Du meinst echt der Sturm kommt von ihm?", hackte Kim nach. Nur damit sie es nicht falsch verstand. Hammar behauptete doch allen Ernstes, dass ein einzelner Mensch einen ganzen Sandsturm herbeirufen konnte!

"Nein das kann nicht sein. Wir sind noch eine Tagesreise von der Stadt entfernt. Selbst wenn er so etwas könnte, es würde ihn viel zu viel Kraft kosten!", rief einer der Soldaten. Die beiden waren zwischenzeitlich ein ganz schönes Stück zurückgeblieben, selbst Hammar wurde mit jedem Meter langsamer. Nur Silas ging weiter ungehindert voran, als wäre der

Sturm nichts weiter als eine leise Briese und keine Folterkammer aus Hitze und Sand.

„Wie viel Erfahrung habt ihr denn mit solchen Menschen? Ihr habt keine Ahnung wozu diese Jungen fähig sein können", sagte Hammar. Kim hörte ihn kaum noch.

"Und Mädchen, du hast die Mädchen vergessen. Er vergisst immer die Mädchen", murmelte Kim.

"Hör auf vor dich hin zu brabbeln Kim! Bisher warst du uns genauso wenig nützlich wie dein Liebhaber", schnauzte Hammar sie an. Seine Stimme wurde immer leiser und leiser.

"Wenigstens verlier ich nicht den Anschluss!", rief sie über die Schulter zurück. Hammar war nur noch ein Schatten. Der Sturm wurde stärker.

"Hast du sowas schon mal gesehen?", fragte Silas und streckte eine Hand nach ihr aus.

"Es ist mit nichts vergleichbar was ich kenne. Wenn das wirklich von dem Kaiser kommt wird das alles schwieriger als ich dachte", sagte Kim. Wie lästig. Sie hasste es, wenn Dinge schwierig wurden. Sie ergriff Silas' Hand. Sie fühlte sich warm an in ihrer, zu warm.

„Fühlst du dich gut?", fragte sie und runzelte die Stirn. Es war normal, dass er etwas wärmer war als andere Menschen, aber jetzt schien seine Haut regelrecht zu glühen.

„Ich fühl mich wie berauscht. Da ist überall so viel Energie! Spürst du das nicht?" Silas strahlte übers ganze Gesicht, seine Augen waren groß und leuchteten. Wie ein kleines Kind, das ein Geschenk bekommen hatte.

„Ich bin müde. Wie ausgelaugt. Dieser Sturm ist eine Qual!", entgegnete Kim. Silas belächelte sie. Ehrlich? Ja er belächelte sie! Diese Schwäche, die sie empfand, war widerwärtig. Und sie konnte sie nur zugeben, weil Silas und sie allein waren.

„Du schlägst dich besser als Hammar", stellte Silas fest. Tatsächlich war von Hammar keine Spur zu sehen. Auch von den Soldaten nicht.

„Sollten wir sie einsammeln?", überlegte Kim laut.

„Wir könnten einfach abhauen und ihn sterben lassen, dann wären wir ihn endgültig los", schlug Silas vor. So verlockend dieser Vorschlag auch war... Was sollte auf die Flucht denn folgen?

„Glaubst du nicht das Hammar für diesen Fall Vorbereitungen getroffen hat? Wir können ihm nicht entkommen. Niemals", sagte Kim leise. Sie waren als Jugendliche in den Untergrund hineingerutscht und würden erst wieder herauskommen, wenn sie alt und krank oder, was viel wahrscheinlicher war, tot waren.

„Ich weiß." Silas legte eine Hand in den Nacken, direkt über die Verbrennung, ja Silas konnte sich verbrennen. Allerdings nur wenn ganz besondere Umstände eintraten. Und diese ganz spezielle Verbrennung würde ihn immer daran erinnern, dass er Hammar auf Gedeih und Verderb ausgeliefert war. Kim war die einzige im Untergrund, die das Zeichen nicht trug. Aber sie würde niemals ohne Silas gehen und Hammar wusste das ganz genau.

„Wir werden ihn niemals los", flüsterte sie. Dann nahm Kim ihn in die Arme und küsste die Narbe, die von der Verbrennung geblieben war. „Egal wie weit wir laufen. Wir werden ihn niemals los."

Nach ein paar hundert Metern war der Sturm dann vorbei. Wie eine Mauer stand er kerzengerade. Als wäre er eingegrenzt. Als wäre er die Grenze.

„Der Soldat hatte wohl Recht. Das war ein Hindernis. Er sollte und stoppen. Ziemlich raffiniert", sagte Kim. Auch wenn sie es nicht gerne zugab, aber sie war ein bisschen beeindruckt.

„Nicht raffiniert genug. Wir sind durchgekommen", entgegnete Silas und runzelte die Stirn. Da konnte etwas nicht stimmen. Kim fühlte es auch. Jemand der mächtig genug war so etwas auf die Beine zu stellen sollte in der Lage sein eine bessere Barriere zu errichten. Außer er war so eingebildet, dass er glaubte der Sturm würde genügen.

„Vielleicht hat er nicht damit gerechnet, dass Leute wie wir kommen." Kim sah sich um. „Hammar und die anderen beiden fehlen. Also genügt der Sturm, um normale Leute aufzuhalten."

„Willst du ihn suchen?", fragte Silas und blickte stur nach vorne.

„Ich? Warum denn ich?" Ja warum sie?

„Wenn du zu schwach bist dann mach ich das natürlich", provozierte Silas sie. Er zuckte vage mit den Schultern. Zu schwach?! Oh, dieser... Das würde er noch büßen! Kim ging zurück in den Sturm. Die ersten paar hundert Meter fand sie nichts, dann nahm sie schemenhafte Gestalten wahr, die am Boden kauerten.

„Hammar?", rief sie durch den Sturm hindurch.

„Kim?!", rief er zurück.

„Nein, dein schlimmster Albtraum!"

„Sag ich doch." Er erhob sich und kam ihr zitternd entgegen. So schwach. Wiederwertig. „Habt ihr einen sicheren Unterschlupf gefunden?", fragte er hoffnungsvoll.

„Viel besser. Das Ende des Sturms", antwortete Kim.

„Herrlich! Dann lass uns keine Zeit verlieren!"

„Ich bin nicht diejenige die trödelt."

Und so schafften sie es aus dem Sturm. War das nicht eine Aufregende Sache? Ich meine, da gab es jemanden der der ganzen Wüste befehlen konnte. Jemand der einen Sturm herbeirufen konnte. Jemand der so eine Kraft hatte war doch zweifellos unverwundbar. Oder?

15. Eines der Geheimnisse

Die Sonne versank hinter den Bergen, in funkelnden Kaskaden aus Rot- und Gelbtönen. Wie bei Kaleyas Ankunft tauchte sie das ganze Gebirge in ihren goldenen Schein. Der Anblick war so atemberaubend wie verstörend, denn die Sonne zog einen kalten, tiefblauen Umhang hinter sich her. Gebar Sterne in dem verzweifelten Versuch einen Teil ihrer Selbst zurück zu lassen. Als wüsste sie um die Kälte, die ihrem Untergang folgte.

Wie oft Rico dieses Spektakel wohl schon beobachtet hatte? Sie drehte sich zu ihm um, wollte versuchen zu beschreiben was sie sah, was sie fühlte.

„Nein!" Alles Glück, all der Zauber, jedes Quäntchen Freude, alles erloschen, mit nur einem Wort. „Nein!" Das durfte nicht sein! Verletzt! Wieder und wieder. Ein um das andere Mal. Jetzt verstand sie Marek. Grausame Zeugen der Zeit bezeichneten das Leid eines Jungen. Ihre Schritte trugen sie wie von selbst zu ihm. Ihre Hand wollte ihn berühren und nur mit Mühe gelang es ihrem Verstand sie rechtzeitig zu stoppen als Rico zurückwich. Nur ein kleines bisschen, aber eindeutig zurück. Lange schmale Narben zeichneten seine Haut kreuz und quer. Wie von Schnitten. Nein keine Schnitte. Hiebe! Wie von Peitschenhieben.

„Ein Feind?", fragte sie. Kälte stieg in ihr auf und durchdrang sie bis in die Knochen.

„So was ähnliches", antwortete Rico.

„Hat er gelitten?" Sie musste einfach hören, dass der Schuldige bestraft worden war.

„Ist an seinem eigenen Blut erstickt", sagte er. Seine Stimme klang resigniert, als spielte es für ihn keine Rolle mehr.

„Gut", sagte Kaleya kühl.

„Gut?", fragte er, zögernd, als hätte er mit einer anderen Reaktion gerechnet.

„Ja, gut." Wie konnte es nicht gut sein. Nicht dass sie jemandem den Tod wünschte, aber sie würde ihn nicht beweinen. „Ich würde gerne… darf ich sie berühren?" Sie musste vorsichtig mit ihm sein. Erinnerte sich an den Tanz, wie nah sie ihm gewesen war. Was musste es ihn gekostet haben sich dazu zu überwinden? All der Schmerz den er ertragen haben musste. Und dennoch stand er aufrecht vor ihr. Aufrecht und stolz. Stark. Das war stärke. Er nickte, doch als sie sich ihm näherte spannte sich jeder sichtbare und wahrscheinlich auch jeder unsichtbare Muskel an. Ihre Finger zitterten, doch dann berührte sie seine Haut, so warm, so weich. Die Narbe war kaum zu spüren, hob sich nur leicht ab. Wie unendlich gerne hätte sie mehr gehabt. Ihre Hände wollten wandern, aber nein. Sie konnte es nicht, durfte nicht. Nicht ehe er es nicht von selbst gestattete.

„Ich bin keine Expertin auf diesem Gebiet, aber die sehen schon älter aus", bemerkte sie leise. Keine der Narben war frisch. Sie waren auch nicht erst ein halbes Jahr alt, oder ein Jahr. Sie sahen aus als wären sie schon lange verheilt. Aber das musste ja bedeuten… Schließlich war er gerade mal 19 Jahre alt. Wenn diese Grausamkeit schon so lange her war, dann…

„Manche sind älter als andere", sagte er und zuckte mit den Schultern, dann streifte er sein Hemd wieder über. Er seufzte. „Das habe ich noch nie jemandem gezeigt."

„Wirklich? Noch nie?", fragte Kaleya. Das war eine große Sache. Ganz eindeutig. Hier an diesem abgelegenen Ort, wo sie niemand sah. „Deine Geschwister?"

„Die waren dabei als es geschah. Das ließ sich kaum vermeiden." So war das also. Seine Geschwister hatten tatenlos dabei zugesehen. Was für eine grausame Welt.

„Ich möchte es gerne verstehen. Wieso? Ich meine so was passiert nicht in einem Kampf."

„Das ist in der Tat eher unwahrscheinlich", sagte er und versuchte sich an einem Lächeln, scheiterte. Hatte zuvor Kälte seinen Blick undurchdringlich gemacht, konnte sie jetzt bis auf den Grund der stummen Trauer blicken, die das ganze Volk beherrschte. Das war also eines der

Geheimnisse, von denen der Soldat ganz zu Beginn ihrer Ankunft gesprochen hatte. Und in der Tat, jetzt erschien ihr die Wüste gar nicht mehr so schön.

„Wir sollten wieder zurückgehen", sagte er, ganz leise nur. Es klang als wäre er überhaupt nicht von seinen Worten überzeugt. Er wollte fort, weit weg. Wohin? Vielleicht war das egal. Vielleicht könnte sie mitkommen. Gemeinsam könnten sie all die Trauer hinter sich lassen. All den Schmerz, das Leid, jeden noch so kleinen Kummer. Sie öffnete den Mund, wollte genau das vorschlagen. Aber nein. Das würde nicht funktionieren. Sie hatte eine Verantwortung und er auch. Wenn das Schicksaal es zuließ würden sie sich diese Verantwortung irgendwann teilen. Wie wahrscheinlich war es das Pain genau das beabsichtigt hatte?

„Es gibt Leute, die dich töten wollen!" Sie konnte es ihm nicht länger verschweigen. Nie wieder. Marek hatte Recht. Nie wieder durfte er so leiden!

Sicher, es wäre sinnvoller gewesen dieses Thema sensibler anzugehen. Aber wenn zwei Menschen wie durch ein magisches Band verbunden sind, muss man manche Dinge einfach sagen. Auch wenn es bedeutete den anderen womöglich zu verletzen. Kaleya hatte Enricos Vertrauen missbraucht. Ob sie sich dessen bewusst war? Nur zu gut.

„Wer?" Er hinterfragte nicht die Tatsache. War nicht so dumm an ihren Worten zu zweifeln. Er war so ruhig, viel zu ruhig.

„Eine Gruppe von Rebellen. Sie nennen sich der Untergrund. Ihr Anführer heißt Hammar und er hat seine besten Leute darauf angesetzt." Es sprudelte nur so aus ihr heraus. Wenn sie ihn beschützen wollte musste er Bescheid wissen! Er musste alles erfahren! Auch dass sie ihn belogen hatte. „Ich gehöre einer anderen Gruppe von Rebellen an. Die Initiative. Unser Anführer ist Pain Can. Sein Vater war Soldat hier in der Stadt. Er führte die Rebellion bis zu ihrer Zerschlagung durch die Kaiser." Sie traute sich kaum Luft zu holen, aus Angst die Worte könnten nicht schnell genug ihre Lippen verlassen. Aus Angst er könnte sich abwenden. „Ich weiß ich habe dich belogen, aber nur weil ich sehen wollte was du für ein Mensch bist. Du musst mir glauben, wenn ich dir jetzt sage, dass es nie in meiner Absicht lag dich zu verletzen. Ich wollte einfach den richtigen Moment abwarten, um dich anzusprechen, aber dann" Worte. Zuerst waren da so viele gewesen und jetzt? Irgendwo begraben. Nichts wert. Tot. Alle Worte waren tot. „Aber dann..." Ihre Hände glitten wie von selbst vor ihr Gesicht. Ob er ahnte wie sehr es sie schmerzte? Ob er nur den Hauch einer Ahnung hatte? Warme Hände griffen nach ihren Fingern, lösten sie von ihrem Gesicht, umschlossen sie sanft. Sie konnte nicht aufblicken. Das wäre zu viel. Die Enttäuschung auf seinem Gesicht zu sehen, sie hätte es nicht ertragen.

„Schau mich an." Er sprach ruhig und bedacht. „Schau mich an und sage was du zu sagen hast."

Oh, die Versuchung war groß. So verlockend. Sie könnte es tun. Jetzt. Alles sagen was zu sagen Pain sie aufgetragen hatte und dann das was sie selbst ihm sagen wollte und das Beste hoffen.

„Mein Cousin kann sowas viel besser als ich." Oh ja, Seth hätte das alles richtig gemacht. Ohne jeden Zweifel. Er wäre nie in diese Lage gekommen.

„Mit ihm wäre ich nicht hier heraufgekommen. Es musstest du sein. Es liegt so viel Weisheit in diesem Plan, da würde ich die Botschaft gerne hören. Schau. Mich. An." Und sie sah ihn an. Er war ihr so nahe, dass sie glaubte seinen Herzschlag zu hören. Doch sicher war es nur ihr eigener wimmernder Puls. Kein Hass lag in seinem Blick. Keine Abscheu. Keine Enttäuschung. Er wollte wirklich einfach nur gerne die Botschaft hören. Sie betrachtete sein Gesicht. Die schmalen Züge, die leicht zusammengezogenen Augenbrauen, der Blick aus seinen grünen Augen, die Lippen. Vergeblich suchte sie nach einem Grund es nicht zu tun, doch da war nichts. Da war nur er und er wollte Antworten.

„Pain will dir ein Bündnis vorschlagen." Es war ein Anfang.

„Wie würde dieses Bündnis aussehen?"

„Es wäre militärischer Art. Deine Soldaten würden durch Leute von uns aufgestockt werden, um die Truppenstärke zu sichern. Wir könnten uns frei zwischen Wüste und Steppe bewegen. Pain würde dir als Ratgeber zur Seite stehen. Gemeinsam könnten wir es schaffen die Wüste wiederaufzubauen. Und du wärst nicht mehr allein für alles verantwortlich." So jetzt war es gesagt.

„Und was wäre deine Rolle bei diesem Bündnis?"

Ja, was war ihre Rolle? War es Pains Absicht gewesen, dass sie so empfinden würde? Hatte er es geahnt? Gehofft?

„Da bin ich mir nicht ganz so sicher." Das war ein Geständnis, das sie machen konnte, ohne zu lügen. Natürlich wusste sie welche Rolle sie gerne spielen würde. Aber wollte er das auch? Könnte sie es ertragen, wenn er sie abweisen würde?

„Und was ist mit dieser anderen Gruppe? Der Untergrund, was ist ihr Ziel?", fragte Rico sie weiter aus.

„Die Herrschaft über die Wüste. Sie werden nicht zögern jeden zu beseitigen der sich ihnen in den Weg stellt", antwortete Kaleya ohne Zögern.

„Also dich auch?", hackte er nach. Das war eine gute Frage.

„Ja, mich auch. Mit der Entscheidung hier her zu kommen habe ich mich ebenso in Gefahr gebracht wie dich."

„Dann sollten wir uns vorbereiten um gegen sie zu Kämpfen." Entschlossenheit trat in seinen Blick. Was war geschehen? Wie konnte da so viel Verständnis sein? Solch ein Maß an Akzeptanz?

Sie löste ihre Hände aus seinem Griff und lege sie sanft auf sein Gesicht. Ihre Finger berührten seine Haare, so weich. Vorsichtig neigte sie seinen Kopf nach unten, stellte sich auf die Zehenspitzen und lehnte ihre Stirn an seine.

„Ahnst du eigentlich wie glücklich ich gerade bin?"

Ja, ahnte er wie glücklich sie in diesem Moment war?

In dieser Nacht schlief Kaleya. Endlich. Sie träumte, ohne so richtig zu wissen wovon. Träumte, Farben und Gerüche. Ein Sturm, Sand, Blut, eine Vergessene Welt, ein vergessenes Gesicht. Träumte, Schmerz und Leid. Träumte, die Freude an einer Berührung, Haut an Haut, warm und vertraut. So unendlich vertraut.

„Kaleya? Kaleya schläfst du etwa noch?", meldete sich eine eindringliche Stimme zu Wort. So warm und vertraut. „So glücklich wäre ich auch gern mal wieder", sagte die Stimme.

„Du hast deinen Mann und die Kinder", murmelte Kaleya. Sie wollte nicht aufstehen. Im Traum konnte sie die Erinnerung festhalten. Das Leben war grausam.

„Ja, einen Mann, der dauern unterwegs ist und Kinder, die manchmal ziemlich anstrengend sein können. Komm jetzt. Ich brauche deine Hilfe." Die Decke wurde ihr weggezogen, ebenso das Kissen. Soraya meinte es bitter ernst.

„Ich komm ja schon", seufzte Kaleya. Es hatte ja doch keinen Sinn sich gegen sie zu wehren.

„Wo warst du Gestern denn so lange? Kein Wunder, dass du den halben Tag verschläfst, wenn du erst mitten in der Nacht nach Hause kommst", tadelte Soraya sie, wie Kaleyas Mutter es vielleicht getan hätte, würde sie noch leben.

„Es war nicht mitten in der Nacht", entgegnete Kaleya. Nicht nötig Soraya zu erzählen wo sie gewesen war, geschweige denn mit wem.

„Heute Abend kommen ein paar Gäste zu besuch. Du kannst mir kochen helfen."

„Natürlich. Darf ich mir vorher noch was anderes anziehen?", fragte Kaleya als sie endlich aus dem Bett geklettert war. Soraya betrachtete sie kurz mit hochgezogenen Augenbrauen.

„Sicher, aber mach schnell."

Kaleya hatte schon lang aufgegeben ihre eigenen Sachen tragen zu wollen. Zum Glück hatten Fatihs Frau und sie etwa dieselbe Statur, nur das Soraya größer war als sie. Sie krempelte die Hosenbeine hoch, schob die Ärmel der Bluse über die Ellbogen und vermied den Blick in einen Spiegel. Mit etwas Glück fand sie heute Mittag Zeit mal ein paar Dinge einzukaufen.

Sie fand keine Zeit. Und überhaupt, werden Klamotten nicht total überbewertet?

Als Fatih von seiner Schicht zurück kam grinste er breit. Was war passiert? Hatte er mit Enrico gesprochen? Fatih da reinzuziehen wäre gemein. Er wusste doch von nichts! Oder doch? Wie viel hatte Pain ihm verraten?

„Ich bin wieder zu Hause!", rief Fatih durch den Flur. Kenan stürzte sich gleich auf ihn. Soraya, die erst das Baby absetzen musste, mit einer kurzen Verzögerung. Kaleya warf nur einen kurzen Blick aus der Küche. Es gab noch viel zu tun.

„Yona kommt mit Kara zum Abendessen", informierte Soraya ihren Mann gerade. „Sei so gut und deck doch den Tisch."

„Mach ich gleich. Wo ist Kaleya?", fragte Fatih.

„Küche!", rief Kaleya. Sie musste sich konzentrieren. Das Messer war scharf und das Gemüse schnitt sich nicht von selbst. Schritte entfernten sich. Das Baby in seinem Hochstuhl quäkte selig vor sich hin und matschte in einer Schale voll Brei herum den es eigentlich essen sollte. Kinder!

Etwas später trafen Yona und Kara ein, doch Kara war nicht Yonas Frau, sondern seine Tochter. Das kleine, blonde Mädchen mit dem Fatihs Sohn auf dem Markt gespielt hatte.

Yonas Frau und Soraya waren Freundinnen gewesen. Sie war bei der Rebellion gestorben, ein paar Stunden bevor Enrico sie beendet hatte. Was für ein Schicksaal. Was für eine Qual. Hätte Enrico nur ein paar Stunden eher beschlossen den Helden zu spielen, Karas Mutter wäre noch am Leben.

Sie aßen das Essen das Soraya und Kaleya, ja gut, hauptsächlich Soraya, zubereitet hatten. Es schmeckte absolut köstlich. Gebratenes Lammfleisch mit verschiedenem Gemüse, dazu salziges Brot und Butter mit Kräutern darin. Es war eine Freude. Es klopfte an der Tür, alle hoben die Köpfe.

„Erwarten wir noch jemanden?", fragte Soraya. Fatih setzte eine unschuldige Miene auf, irgendetwas stimmte da nicht, und ging zur Tür.

„Kaleya! Es ist für dich!", rief Fatih. Für sie? Jemand wollte zu ihr?

„Na geh schon!", drängte Soraya. „Lass deinen Gast nicht warten!"

Sie ging zur Tür.

„Oh, was machst du denn hier?" Damit hätte sie tatsächlich nicht gerechnet.

16. In meinem Bett

Das war eine gute Frage. Was machte er hier? Sie hatte ihn getäuscht. Mehr noch, sie hatte ihn belogen! Aber wütend darüber konnte er nicht sein. Es war einfach schier unmöglich.

„Hast du Zeit? Begleitest du mich ein Stück?" Es wäre nicht gut zu lange zu verweilen. Schon schlimm genug das Fatih ihn genau im Auge behielt. Es musste ja nicht jeder wissen, dass er wahnsinnig geworden war. Kaleya blickte über die Schulter.

„Ich ähm… Natürlich." Sie schlüpfte schnell in Schuhe und zog die Tür dann hinter sich zu. Das leise Murmeln, dass aus dem Haus gekommen war verstummte hinter den Mauern. Rico steckte die Hände in die Hosentaschen und folgte einer kleinen Gasse weg von der Hauptstraße. Er musste sich nicht umdrehen, um zu wissen, dass sie ihm folgte. Was war nur los mit ihm? Er war doch sonst nicht so! Er sollte klüger sein. Es war gefährlich! Sollten die anderen Kaiser, nein, sollten alle anderen Menschen, erfahren dass es die Rebellen noch immer gab, sie würde in den Krieg ziehen. Wieder. Er hatte genug vom Krieg.

„Enrico?" Sie berührte seinen Arm, ganz leicht nur und er blieb stehen. Es brachte doch auch nichts sich Gedanken zu machen. Keiner wusste davon. Was sollte schon geschehen? „Enrico was ist los?"

„Ich habe Marek gefragt was von mir erwartet werden würde wenn der Abgesandte eines Kaisers zu Besuch käme."

„Und?", fragte sie sanft. Im Dämmerlicht der untergehenden Sonne wirkten ihre Augen fast schwarz als er sich zu ihr umdrehte.

„Also erstmal sollte er eine Führung durch die Stadt bekommen. Von mir persönlich natürlich", antwortete Rico. Ein Lächeln stahl sich auf ihre Lippen. Ahnte sie es schon? „Und wo könnte man eine Führung besser beginnen als hier?" Mit einer ausladenden Geste wies er auf den Trümmerhaufen der direkt vor ihnen lag. Das Ostviertel, ein Teil davon, von dem was es einmal gewesen war.

„Wie schrecklich!" Kaleya war wirklich betroffen. In ihren Augen sammelten sich Tränen, doch sie weinte nicht. Vorsichtig ging sie an ihm vorbei direkt auf die Trümmer zu. Sie berührte ein Stück einer Mauer, das noch in den Himmel ragte. Ein einsamer, stummer Zeuge, der viel Schlechtes, aber auch Gutes gesehen hatte.

„Das Ostviertel war mal der Wohlhabendste Teil der Stadt. Sie hatten eine eigene Wasserquelle und konnten in den Höhlen seltene Kräuter züchten. Als die Rebellion begann breitete sich hier ein Schwarzmarkt aus für quasi alles. Der Kaiser duldete das nicht. Erst befahl er die Höhlen zu zerstören, samt den Kräutern, dann den Zugang zur Quelle zu verbarrikadieren und schließlich das ganze Viertel zu vernichten und mit ihm hunderte Menschen."

Kaleya kletterte über ein paar Trümmer hinweg, ein einsamer Geist, ein Hauch von Leben. Rico folgte ihr. Wo sie die Überbleibsel berührte kräuselten sich die Schatten als wollten sie das neue Leben willkommen heißen. Doch ehe Rico sie richtig erfassen konnte waren sie schon wieder verschwunden und alles war so leer und tot wie zuvor. Als sie ihn diesmal ansah rollte eine einzelne Träne über ihre Wange. Verloren, sie waren alle verloren. Es gab keinen Frieden.

„Die Höhlen?" Es lag eine Bitte in ihrer Stimme, ein leises Drängen. Es lag auch in ihm. Ein Drängen, dass nirgends hin zu führen schien. Für ihn zumindest nicht. Sie überwanden die letzten Erinnerungen an das Leben vor der Rebellion und gelangten an eine Stelle im Hang des Berges die nicht anders aussah als jede andere x-beliebige Stelle auch. Nur Rico wusste wo sie war. Er hatte sie verschlossen. Auf Wunsch seines Vaters. Er hatte nicht einmal gezögert. Schuldig. Er war schuldig.

Der Fels fühlte sich warm an unter seiner Hand, obwohl die Sonne immer schneller versank und die Schatten immer länger wurden, vor allem hier. Der Stein baute eine Verbindung zu Rico auf, wie ein lebendiges Wesen, schmiegte sich an, wurde gefügig. Er drückte und die Wand brach ein. Dahinter lag nichts als Dunkelheit. Die Höhle stieß einen tiefen, kühlen Atemzug aus. Er trat hinein, doch statt fauligem Duft von Verrottenden Pflanzen lag eine herbe Note in der Luft, wie von…

„Sieh dir das mal an", staunte Kaleya. Sie ging an ihm Vorbei und mit
einem Mal erleuchtete der Schein einer Fackel die Höhle. Wo hatte sie
die denn her? Die Flamme warf tausende Schatten, die sich wieder und
wieder gegenseitig verschluckten und schließlich den Blick auf etwas
ganz wunderbares frei gaben. Die Höhle blühte über und über gespickt
mit Kräutern, die nur hier wuchsen.
„Aber es war alles zerstört! Ich habe es doch mit eigenen Augen gesehen!", brachte Rico mühsam hervor. Er selbst hatte die Wand verschlossen verdammt! Das war unmöglich!
„Die Natur findet immer einen Weg." Kaleya schwenkte die Fackel in
eine andere Richtung, von den Felswänden der Höhle tropfte Wasser,
das in kleinen Rinnsalen über den Boden floss und in irgendeiner Ritze
verschwand. Rico schloss die Augen. Das war ein Wunder! Und als er
sie wieder öffnete stand Kaleya ganz nah bei ihm und hielt in ihrer Hand
immer noch die zuckende Flamme. Ganz ohne Fackel.
„Du auch?" Es hätte ihn eigentlich nicht überraschen sollen. Sie war viel
zu ruhig gewesen, als er ihr seine Kräfte offenbart hatte.
„Ja, ich auch." Sie lächelte ihn an, das Feuer loderte erst heller, dann
ging es aus. Getaucht in völlige Dunkelheit begriff Rico endlich, warum
sie ihm so unter die Haut ging. Sie war genau wie er.
*Was? Ihr meint, dass es langsam auffällig viele Hauptfiguren mit beson-
deren Kräften gibt? Schon mal daran gedacht, dass sie deswegen Hauptfiguren sind? Oder daran, dass diese speziellen Fähigkeiten gar nicht so
selten sind wie alle glauben? Ihr seid ja naiv.*

„Das Wasser kommt von hier!" Die Türe knarzte stöhnend als sie auf-
schwang und den Blick auf eine Treppe frei gab. Die Treppe führte ge-
wunden in die Tiefe. Dort war es dunkel. Sehr dunkel. „Wenn es gerade
erst geregnet hat steht die Höhle fast bis zum ersten Absatz unter Wasser." Rico deutete auf eine Linie an der glatten Felswand. „Höher als hier
ist es noch nie gestiegen."
„Wie lange hält der Wasservorrat?", fragte Kaleya und folgte ihm, ohne
zu zögern in die tiefe. Mit jedem Schritt wurde es schwärzer.

„Etwas länger als ein Jahr, es sollte bald wieder regnen, sonst bekommen wir ein Problem", antwortete Rico. Vor allen anderen Gästen musste er das verschweigen. Doch hier mit ihr in der Dunkelheit konnte er ehrlich sein.

„Sowas schon mal erlebt?", fragte Kaleya weiter nach.

„Soll das ein Witz sein? Das hat die erste Rebellion ausgelöst. Wasser ist das wertvollste Gut, das wir besitzen." Rico wollte nicht daran denken, was geschehen würde, wenn der Regen nicht kam. Sie waren schon fast am Grund angekommen. Nicht mal mehr zwei Meter stand das Wasser über die Stufen. Nach den Stufen kam ein Abgrund der einen See bildete.

„Wie weit unten war der niedrigste gemessene Stand?", wollte Kaleya wissen.

„Bei etwa drei Meter unterhalb des letzten Absatzes", sagte Rico. Kaleya nickte als wäre ihr sofort klar was das bedeutete. Als würde sie das Leid kennen und die Ungeduld, die einfach nicht vergehen wollte, während man verzweifelt auf den Regen wartete.

„Als ich klein war, bevor meine Eltern starben und ich fort ging, habe ich den Regen gehasst. Ich durfte dann nicht nach draußen zum Spielen. albern, nicht wahr?" Sie fuhr mit den Fingern über den Felsen.

„Na lieber so als meine Erfahrungen mit dem Regen." Rico ging ins Wasser, es reichte ihm bis zur Brust. „Da drüben muss das Leck sein." Sinnlos in die Dunkelheit zu zeigen. Hier unten war sie undurchdringlich.

„Du erwartest doch nicht ernsthaft, dass ich zu dir runterkomme", sagte Kaleya und klang dabei ein bisschen ängstlich.

„Hab dich nicht so. Es ist gar nicht so kalt", entgegnete Rico. Ein überraschtes Quieken strafte ihn lügen. Kaleya schlich zu ihm, doch er hörte es mehr als dass er es sah, fühlte es mehr als dass er es sah. Unter Wasser tastete er nach ihrer Hand. „Hier verläuft ein Ring, bleib immer hinter mir sonst musst du schwimmen."

„Schwimmen? Och nee", quengelte sie. Ihr Griff um seine Hand war warm und fest, besorgt. Als wollte sie ihn nie wieder loslassen. Sie folgten dem Absatz ein Weilchen und da war sie! Das war die Stelle. Rico konnte es fühlen. So wie er den Boden unter seinen Füßen und den gähnenden Abgrund an seiner Seite fühlen konnte.

„Kannst du mal Feuer machen?", bat er. Sein Rat wäre sicher nicht begeistert, wenn Rico zu ihm kam und sagte er „fühlte" ein Leck.

„Feuer und Wasser vertragen sich gar nicht gut", belehrte Kaleya ihn
eindeutig gereizt. Doch gleich darauf loderte ein kleines Flämmchen auf
ihrer Handfläche. „Mach schnell!"

Die Wand war spröde und rissig, hier war irgendetwas passiert, das den
Felsen beschädigt hatte. Das Wasser drückte dagegen. Gut, dass der Pegel so gering war. Ein stärkerer Druck und die Mauer wäre womöglich
eingebrochen. Dann wäre die ganze Stadt überflutet worden.

„Na toll und wer kümmert sich jetzt darum?" Das es nie einfach sein
konnte! Wirklich eine Schande! Wie sollte man so etwas beheben? Und
vor allem wer?

„Kannst du dir darüber bitte erst Gedanken machen, wenn wir hier raus
sind und was Trockenes anhaben?", bat Kaleya mit angespanntem Ton.
Erst jetzt fiel ihm auf das Kaleya zitterte. Er sah es an der Flamme, die
ebenso zitterte. Sie wirkte noch blasser als sonst.

„Ja gut. Lass uns gehen." Sie kletterten aus dem Wasser und stiegen die
Treppe nach oben. Rico warf vorsichtig einen Blick auf den Flur, hoffentlich schafften sie es ungesehen nach oben. Terra war nirgends in
Sicht, auch Marek nicht. Vermutlich suchten sie ihn, weil er nicht zum
Essen erschienen war. Aber er hatte wirklich wichtigeres zu tun gehabt.
Nämlich Kaleya die Stadt zu zeigen.

Unbehelligt kamen sie im obersten Stock an und Rico führte seinen Gast
sofort zu seinen privaten Räumen. Sie begegneten nur den Soldaten im
Flur, die Wache standen. Die Männer grinsten und Rico hob einen Finger an die Lippen. Die Soldaten nickten und als Rico und Kaleya an
ihnen vorbei gingen konnte Rico sie leise lachen hören.

„Du gehst erst mal warm duschen und ich such dir ein paar trockene
Kleider", sagte Rico und zeigte auf die Tür, die zum Bad führte. Kaleya
ging wortlos an ihm vorbei, eine Katze die ins Wasser gefallen war.

Es war schon spät, doch er wollte nicht, dass sie ging. Sie erlaubte ihm laut zu denken. Bei Terra und Marek? Unmöglich! Half ihm seine Gedanken zu sortieren. Machte aus gewöhnlichen Dingen ganz wunderbare.

Er zog eine weiche Stoffhose aus dem Schrank und ein Hemd, beides in Schwarz und legte es auf sein Bett. Fünf Minuten später kam Kaleya, in ein Handtuch gewickelt zurück. Ihre Haare hingen schwer und nass über ihren Rücken. Er zeigte auf die Kleider.

„Sind dir zu groß, aber du kennst dich damit ja aus." Ja auch heute hatte sie Kleider getragen, die ihr eigentlich zu lang waren. Es hatte irgendwie niedlich ausgesehen.

„Mach dich nicht lustig über mich", knurrte sie. Es klang fast wie eine ernste Drohung.

„Mach ich nicht. Du wirst umwerfend aussehen, wie immer." Er ging ins Bad. Sie murmelte noch etwas, doch er hörte es nicht.

Kennt ihr das, wenn ihr einem Menschen begegnet und ihr kennt ihn kaum, aber fühlt euch sofort verbunden? Als wäre da ein unsichtbares Band, dass euch eint? Wie vorherbestimmt? Wäre das nicht romantisch? Absoluter Blödsinn, wenn ihr mich fragt.

Sie war noch da. Halb hatte er erwartet, dass sie gegangen war, doch sie war noch da. Wartete.

„Ich will nicht, dass du gehst!", sagte Rico. Alle Selbstbeherrschung dahin und entgegen jeden besseren Wissens, doch genau so war es. Allein die Vorstellung sie gehen zu lassen fühlte sich an wie…

„Und ich will nicht gehen", sagte Kaleya. Nur selten zuvor hatte er ein solches Maß an Erleichterung gespürt. Wie sie zu ihm aufblickte, ihn ansah, als wäre alles Gute möglich und alles Schlechte ganz weit fort.

„Vielleicht sollte ich noch schnell Fatih Bescheid geben, sonst macht er sich Sorgen um dich", schlug Rico vor. Nicht, dass er tatsächlich beabsichtigte auch nur einen Schritt aus diesem Zimmer zu machen.

„Um mich muss sich niemand sorgen", entgegnete Kaleya und die Ernsthaftigkeit in ihren Augen verlieh ihren Worten Kraft. Nein, um Kaleya musste man sich wirklich nicht sorgen. „Erzähl mir von der Rebellion."

„Sie dauerte fast 19 Jahre ich fürchte da musst du dich etwas einschränken." Rico setzte sich neben sie auf den Rand des Bettes, nahm dieselbe
Haltung ein. Angezogene Knie, den Kopf darauf abgelegt.

„Soweit du dich erinnern kannst. Und wie du DIE bekommen hast." Er
musste nicht fragen was sie mit DIE meinte. Es war ein Anblick den mal
wohl nicht so schnell vergaß.

„Der Krieg war offiziell vorbei. Die anderen Kaiser haben sich aus den
Kampfhandlungen zurückgezogen und die Rebellen galten als besiegt.
Für die anderen ist der Krieg schon seit sechs Jahren vorbei", begann
Rico.

„Aber wir beide wissen es besser", warf Kaleya ein.

„Ja das tun wir wohl", stimmte Rico zu.

„Vor sechs Jahren hielten wir noch viele Basislager an der Grenze."

„Und wir haben sie zerstört." Endlich jemand der die Geschichte kannte.
Sie erlebt hatte, so wie er. „Aber allem Anschein nach nicht alle."

„Noch längst nicht alle." Sie lächelte. Lachte sogar kurz. „Wir sind gut
darin geworden uns zu verstecken."

„Irgendwann musst du mir zeigen wie das geht. Dann schaff ich es vielleicht endlich Marek los zu werden." Er ließ sich rücklings auf das Bett
fallen. Draußen war es dunkel. Vor dem Fenster wanderte der Mond
vorbei. Kaleya rollte sich neben ihm zusammen, berührte ihn aber
nicht.

„Er sorgt sich doch nur um dich", flüsterte sie. Die Worte waren ihm so
vertraut wie sein eigener Puls. Und doch…

„Um mich muss sich niemand sorgen", wiederholte er ihre Worte von
zuvor.

„Wo ist der Kater? Das ist der Punkt, an dem er kläglich Miauen muss!",
sagte Kaleya und lachte leise.

„Wahrscheinlich ist er beleidigt, weil er heute kein Abendessen bekommen hat." Rico seufzte.

„Gibst du ihm immer deine Reste?", wollte Kaleya wissen.

„Ja, so ähnlich", wich er aus. Sie musste ja nicht unbedingt wissen, dass
er ohne den Kater aufgeschmissen wäre. So wie Terra versuchte ihn zu
mästen.

„Rico! Wo steckst du!“, rief eine helle Stimme vom Gang her. Da hatte er ihren Namen wohl einmal zu oft gedacht. Sofort war er auf den Beinen. Terra würde ausrasten, wenn sie Kaleya sah.

„Warte hier. Ich versuch mal sie los zu werden.“

„Wir wollen ja nicht, dass die überbesorgte große Schwester erfährt, dass der arme kleine Kaiser von einem Mädchen belästigt wird“, scherzte Kaleya. Oh ja, sie verstand ihn wirklich.

„Bleib hier.“

„Zu Befehl, mein Kaiser.“ Leise lachend streckte sie sich auf seinem Bett aus. Pure Behaglichkeit.

17. Der goldene Käfig

„Du warst nicht beim Abendessen." Die Stimme von Ricos Schwester klang gedämpft durch die zugezogene Tür. Rico hatte sie wohl weislich hinter sich geschlossen und Kaleya so in seinem Zimmer eingesperrt. Aber nicht für lange und Kaleya nahm es ihm nicht übel. Nach allem was sie gehört hatte, wollte sie sich nicht mit Ricos Schwester anlegen. Das grenzte an Selbstmord.

„Ich weiß, tut mir leid, ich hatte zu tun", antwortete Rico seiner Schwester. Und wie er zu tun gehabt hatte! Er war damit beschäftigt gewesen Kaleya die Geheimnisse der Stadt zu zeigen. Die Stimme von Ricos Schwester war ernst und eisern.

„Was war denn bitte wichtig genug, dass du nicht mal etwas essen konntest?", fragte sie.

„Verschiedene Dinge. Hör mal ich bin müde. Wir sehen uns morgen beim Frühstück okay?"

„Bilde dir ja nicht ein, dass das unser letztes Gespräch zu dem Thema war", sagte sie, doch es klang eher wie ein Knurren.

„Ich werde sicher keine Schlaflose Nacht deswegen haben", entgegnete Rico. Nein, nicht deswegen. Deswegen bestimmt nicht.

„Enrico", knurrte seine Schwester.

„Terra." Rico sprach ruhig. Die Schritte seiner Schwester verklangen. Er kehrte zurück.

„Gib es zu eigentlich ist sie die Kaiserin und du bist nur das Aushängeschild", bemerkte Kaleya.

„Ich wünschte es wäre so einfach." Er ließ sich neben sie fallen.

„Ahnt sie etwas?"

„Sie macht sich so viele Sorgen da fällt es ihr kaum noch auf, wenn sich etwas ändert." Er sah aus wie Kaleya sich manchmal in Seths Nähe fühlte. Sie drehte sich ihm zu, legte einen Arm unter den Kopf.

„Also schön. Die Rebellion?"

„Ach ja, die Rebellion." Er spiegelte ihre Haltung. „Das ist so eine Sache
mit der Rebellion. Keiner darf wissen was wirklich geschehen ist. Niemals." So eindringlich. Es war ihm wirklich ernst. Hätten es die anderen
Kaiser gewusst, hätten sie eingegriffen? Als er nicht weiter sprach
merkte sie, dass sie ihm noch ein Versprechen schuldig war. Nicken Kaleya, ermahnte sie sich. Nicken. „Ich war 12 oder 13 als mein Vater angefangen hat mich aktiv im Kampf einzusetzen." 12 oder 13? Er war
noch ein Kind! Aber war es bei ihr nicht genau so gewesen? „Wir haben
die letzten Stützpunkte der Rebellen gesucht. Die vermeintlich letzten
Stützpunkte", korrigierte er schnell. „und alle Hingerichtet die sich dort
aufgehalten haben."

„Hingerichtet? Einfach so? Sie könnten unschuldig gewesen sein", flüsterte Kaleya. Entsetzen breitete sich in ihr aus. Es stieg lautlos in ihr auf
und hinterließ eine kalte Spur in ihrem Inneren.

„Wenn jemand überall Feinde hat sieht er sie auch überall. Meinem Vater war es gleich ob Mann, Frau oder Kind. Alle waren schuldig. Ich
habe ihn nicht hinterfragt", erklärte Rico. Auch seine Stimme senkte
sich zu einem Flüstern. In seine Augen trat ein gequälter Ausdruck. Wie
viel Leid konnte ein Mensch ertragen? Wie viel Schmerz? „Sie sagen ich
war zu jung, um es zu verstehen, aber eigentlich wollte ich nur mich
selbst retten. Ich war egoistisch. Diese Menschen hätten nicht sterben
müssen." Er schloss für einen Moment die Augen. Kaleya hätte ihn am
liebsten sofort in die Arme genommen. All die Schuld! Wie sehr er unter
diesem Wissen leiden musste!

„Wärst du jetzt dort, anstellen des jungen Ricos, hättest du sie wahrscheinlich gerettet. Aber vergiss nie, dass zwischen dir und dem Rico
von damals Sechs Jahre liegen. Das ist eine lange Zeit. Der Rico von damals war vielleicht nicht fähig sie zu beschützen. Aber er musste diese
Erfahrung machen damit du es jetzt tun kannst." Nicht nötig ihm zu
sagen, dass er nichts dafürkonnte. Wahrscheinlich hatten dutzende
Leute es ihm auf dutzende Arten gesagt. Was nützte es, wenn er ihren
Worten nicht glaubte? Er würde sie auch nicht glauben, wenn Kaleya
sie sagte. Und weil man es nicht rückgängig oder auch nur im Entfern-

testen wieder gut machen konnte blieb nur zu hoffen, dass er sich irgendwann damit abfinden würde. „Es ist geschehen. Mehr bleibt uns nicht."

„Willst du wissen was das Grausamste daran ist? Alle sagen ich sei das Opfer. Aber ich sehe das nicht so. Ich habe schreckliche Dinge getan, ohne zu zögern, ohne zu hinterfragen. Vielleicht wurde ich aus den falschen Gründen bestraft, aber zurecht", flüsterte er, doch seine Stimme war kalt und hart.

„Dann waren die Hiebe also eine Strafe? Wofür?", fragte Kaleya. Im fahlen Licht der Lampe, die einsam leuchtete, war es beinahe einfach es wie eine ferne Geschichte zu betrachten. Als hätte sie nicht einen Teil davon gesehen. Hoffentlich konnte er genauso gut vergessen, dass sie über ihn sprachen.

„Das erste Mal, weil ich nicht fähig war ein Mädchen zu töten." Er zögerte kurz. „Wenn ich jetzt darüber nachdenke war es wohl ein Sieg. Ein kleiner zumindest." Weil er nicht fähig gewesen war zu töten. Dunkle Erinnerung. Schwache Erinnerung.

„Und dann hat es irgendwann aufgehört. Warum?", fragte Kaleya weiter. Er öffnete den Mund, war kurz davor ihr eine Lüge aufzutischen, sie spürte es. Er seufzte tief und lang.

„Er hat die eine Sache gefunden, die ich um nichts auf der Welt verlieren wollte."

Aber halt, ich nehme zu viel vorweg. Das ist im Moment auch gar nicht wichtig. Entscheidend ist doch das Kaleya Enrico verstand. Auf die eine oder andere Weise. Sie redeten jedenfalls lang und viel, bis tief in die Nacht hinein und irgendwann schliefen sie ein. Bleibt nur die Frage zu klären wer von beiden zuerst schwächelte… Bestimmt Enrico!

Es war warm, es war weich und es war gemütlich. Kissen, Decke. Selten hatte Kaleya so gut geschlafen. Selbst mit Seth an ihrer Seite nicht. Es gab keine Albträume. Nicht hier. Nur ein Bedürfnis und eine Erkenntnis. Sie setzte sich auf.

„Lela?" Leises Murmeln, wie aus einer fernen Erinnerung. Dann ein Räuspern. „Kaleya, wo"

„Ich komm gleich wieder", unterbrach sie ihn. Er war sowieso im Halbschlaf. Es war fraglich ob er überhaupt realisierte was gerade geschah und dennoch… Er hatte nach ihr gefragt. Egal. Pinkeln. Jetzt.
Er lag immer noch genauso da wie sie ihn zurückgelassen hatte. So friedlich, so gelöst und entspannt. All die schlimmen Erfahrungen, alles Leid, aller Schmerz, vergessen. Nicht existent. Ein kleiner Sieg. Ja es war ein Sieg gewesen als das Mädchen überlebt hatte. Aber ein kleiner? Durch diesen „kleinen" Sieg konnte ein Mädchen, dem es bestimmt gewesen war zu sterben, einen Jungen retten, dem es bestimmt gewesen war zu sterben. Kai irrte sich nie. Konnte er sich nicht wenigstens einmal irren? War das wirklich zu viel verlangt? Wieso hatte Kai den Kaiser erkannt, oder viel wichtiger, wieso hatte Kaleya es nicht getan?
„Was ist los?", murmelte Rico.
„Ach nichts." Unter der Decke war es so warm. Die Nacht war kalt. „Danke, dass du mich zugedeckt hast."
„Es kann hier nachts ziemlich schnell kalt werden", bemerkte er. Langsam wurde seine Stimme klarer. Jetzt war er endgültig wach.
„Dasselbe habe ich auch gerade gedacht." Es war komisch wie sie einander ergänzten. Amüsant gerade zu.
„Ach ja?"
„Mhm. Ich wollte dich nicht wecken. Tut mir leid", sagte Kaleya leise. Seufzend drehte er sich auf den Rücken.
„Sag mir was los ist oder leg dich wenigstens wieder hin." Wie er genervt zu ihr hoch blickte, sie konnte es nicht richtig sehen, doch vorstellen konnte sie es sich ganz genau.
„Jawohl mein Kaiser", scherzte sie. Er schnaubte. Das fand er wohl gar nicht witzig. Zu schade.
„Ich bin kein Kaiser", murmelte er.
„Na so bestimmt nicht. Du hast die Rebellion beendet und das Volk hat dich gewählt. Als du diese Wahl angenommen hast gabst du dein Recht egoistisch sein zu dürfen ab. Für immer."
„So ist das also. Aber nur weil der Käfig aus Gold ist bin ich nicht weniger ein Gefangener. Kein Wunder das mein Vater durchgedreht ist. Da würde doch jeder Wahnsinnig werden."

„Oh nein, dein Vater ist durchgedreht, weil er ein Arschloch war. Und. Du. Wirst. Nicht. Wahnsinnig!“ Dort lagen sie also begraben, seine Selbstzweifel. Angst davor unfähig zu sein. Angst davor zu versagen. Angst davor für immer im Käfig zu sitzen, unglücklich sein zu müssen.

„Schau mich doch mal an. Ich lieg im Bett mit einer Rebellin, weil sie seltsamerweise der einzige Mensch weit und breit ist der mich irgendwie versteht. Meine Schwester würde mich umbringen schon allein dafür, dass ich mit dir rede“, murrte er. Okay, das war zu viel.

„Jetzt ist aber Schluss, du hörst dich an wie ein altes Weib!“, rief Kaleya aufgebracht.

„Kennst du überhaupt alte Weiber?“, fragte er mit emotionsloser Stimme. Für einen Moment geriet Kaleya ins Straucheln. Wunderpunkt. Altes Weib, wann hatte sie zuletzt mit einer anderen Frau, geschweige denn mit einer alten Frau gesprochen?

„Ich hatte eine Tante, die war so um die Vierzig“, sagte Kaleya. Er hatte ihr den Wind aus den Segeln genommen.

„Das gilt nicht. Vierzig ist nicht alt.“

„Oh Enrico jetzt mach es mir doch nicht so schwer!“ Sie vergrub das Gesicht in den Händen, konnte es nicht verhindern. Es war zum Verzweifeln! Er war wirklich wie ihre Tante. „Jammerlappen.“

„Du sitzt ja immer noch aufrecht“, stellte Rico fest.

„Wenn du kein Kaiser bist muss ich dir auch nicht gehorchen!“ Ihre letzten Worte verloren sich in einem Quietschen. Enrico hatte ihr eine Hand auf die Schulter gelegt und zog sie nach unten. Jetzt blieb nichts anderes mehr übrig als zu schmollen.

„Weist du was seltsam ist?“, fragte Rico leise.

„Das ausgerechnet ich an den ersten Mann gerate, der nichts von Macht hält? Nein das ist nicht seltsam, das ist einfach nur typisch! Ich habe nie glück.“

„Nein, ich meine das.“ Seine Finger wanderten von ihrer Schulter über ihren Arm bis zu ihrer Hand. Ganz vorsichtig ergriff er sie. „Das hier.“ Das warme Gefühl, wie ein Kribbeln. Wie unter Strom zu stehen, nicht auf eine schmerzhafte Weise, sondern auf eine schöne.

„Du wirst es vielleicht nicht glauben, aber für die meisten Menschen ist das ganz normal", flüsterte Kaleya und erwiderte den Druck seiner Hand.

„Nicht für Menschen wie mich", entgegnete Rico. Geschlagen, nein zerschlagen. Gebrochen, nein nur angebrochen. So vieles zerstört, aber geheilt. Wie viele Jungen brachte Pain nach Hause? Jungen die auch gelitten hatten. Mit gebrochenen Knochen. Hässlichen Narben. Zerstörten Gefühlen. Wie viele überlebten, heilten? Und wie viele hatte Kaleya schon daran sterben sehen. Was hatten die einen, was die anderen nicht hatten? Warum überlebten ein Paar während andere aufgeben? Und gab es einen Unterschied zwischen schlichtem Überleben und wahrhaftigem Leben?

„Pain, unser Anführer, er sammelt wo immer er kann Jungen auf. Sie sind oft schwer verletzt. Körperlich und seelisch. Sie sind Verstoßene. Nicht viel mehr wert als ein Hund. Manche erholen sich wieder und schließen sich uns an. Manche verbringen den Rest ihrer Tage als Schatten ihrer Selbst und wieder andere wollen einfach nicht mehr leben."

„Klingt als wärt ihr keine Rebellen, sondern eine Auffangstation für einsame Jungs", bemerkte Rico.

„Ja das kann man wohl so sagen." Einzig seine Hand, die ihre umfasste, gab ihr die Kraft dieses Geheimnis weiterzuerzählen. „Naja jedenfalls, ein guter Freund von mir, Edward, als er zu uns kam war er schwer verletzt. Er war mit knapper Not seiner Hinrichtung entgangen, hatte es irgendwie geschafft seine Verfolger zu töten und lief tagelang, nächtelang, ohne medizinische Hilfe. Er hätte tot sein müssen. Aber er schaffte es irgendwie." Kaleya erinnerte sich noch sehr gut daran. Edward war ein schmächtiger Junge gewesen, mit schmutzig-blonden Haaren. Tagelang hatte sie Pain dabei geholfen ihn zu versorgen und aufzupäppeln. Edward war einer von denen, die es schafften ins Leben zurück zu kehren. Er hatte einen eisernen Willen. Auch wenn man davon jetzt nicht mehr viel merkte, da er seine Trauer und seinen Zorn ständig hinter einem Lächeln verbarg.

„Vielleicht sollte er aus gutem Grund hingerichtet werden. Wer fähig ist Menschen zu töten kann auch zu ganz anderen Dingen fähig sein", überlegte Rico. Auf der einen Seite musste sie ihm recht geben. Zu töten war keine leichte Sache. Es gehörte viel Kraft, Wut und Angst dazu. Es war das letzte Mittel. Aber auf der anderen Seite hatten sie nun mal nicht immer eine Wahl.

„Wie viele Menschen hast du getötet bevor du geglaubt hast du hättest es verdient zu sterben? Ed ist der liebste Mensch, den ich kenne. Es gab keinen Grund, irgendjemand war einfach nicht zufrieden damit wie er war“, flüsterte Kaleya. Wenn es galt sich zu entscheiden, dann wusste Kaleya genau für wen sie sich entscheiden würde.

Auf dem Gang erklangen Schritte. „Rico! Rico wach auf ich komme rein!“, rief eine viel zu laute stimme.

„Bitte nicht, bitte nicht, bitte nicht“, flehte Rico leise.

„Tja das war es dann wohl mit dem unauffällig raus schleichen“, bemerkte Kaleya. Wer auch immer das war, Rico passte die Störung ganz offensichtlich gar nicht.

„Rico ich mach keine Scherze! Ich komme!“ Die Tür flog auf, künstliches Licht vermischte sich mit dem schwachen Licht der aufgehenden Sonne, im Türrahmen lehnte ein Junge. Kein Wüstenbewohner, nein. Seine Haut war zwar gebräunt aber viel heller, seine Haare waren blond und auch die Augen stimmten nicht. Rico setzte sich auf.

„Jannik du störst!“, rief Rico völlig entnervt.

„Kann ich sehen. Du darfst also deinen Spaß haben aber ich nicht“, beschwerte Jannik sich.

„Ich bin ja auch Kaiser und du nicht“, blaffte Rico zurück.

„Noch nicht. Ach, komm schon Rico! Ich nehme mir auch keine von deinen Angestellten. In der Stadt gibt's genug andere“, sagte Jannik.

„Vor allem gibt's in dieser Stadt viele Väter und Brüder, die auf ihre Mädchen aufpassen.“ So offensichtlich genervt war Rico nur selten gewesen. Zumindest in Kaleyas Gegenwart.

„Du bist gemein, weist du das?“, maulte Jannik.

„Kommt mir bekannt vor ja und jetzt verzieh dich“, knurrte Rico ihn an. Kaleya konnte kaum das Lachen unterdrücken. Es war einfach irre witzig.

„Terra sagt du sollst zum Frühstück kommen sonst holt sie dich persönlich." Damit verschwand der ungebetene Gast. Rico seufzte lang und tief.

„Wir müssen aufstehen", sagte er schließlich.

„Was? Warum?" Kaleya zog die Decke bis über den Kopf. Sie wollte noch nicht, dass es schon vorbei war.

„Meine Schwester macht keine Scherze bei sowas, das war eine ernstzunehmende Drohung", sagte Rico und zog sanft an der Decke. Kaleya ließ ihn gewähren.

„Schon gut, ich geh ja schon."

Ihre Kleider waren über Nacht getrocknet und Kaleya war froh darum. Es war schon schlimm genug in Frauenkleidern herumzulaufen, die nicht passten. Auch wenn der Stoff aus dem Ricos Kleider gemacht waren sich himmlisch auf der Haut anfühlte. So weich und behaglich.

Er wartete auf sie, brachte sie nach Unten. Es war noch sehr ruhig im Palast, nur aus einem Raum drangen leise Stimmen und das rhythmische Klappern von Besteck. Ein Speisesaal.

„Hunger?", fragte Rico.

„Wäre es nicht vielleicht besser, wenn man uns nicht gleich zusammen sieht? Noch bin ich nur ein Mädchen in deinem Bett." Sie wollte ihm diesen Ausweg bieten. Musste es tun. Der Störenfried würde sicher einigen von seiner Entdeckung erzählen. Enrico, der Kaiser der Wüste, hatte ein Mädchen! Doch mehr musste es ja nicht zwingend sein.

„Der Schaden ist schon angerichtet, schlimmer wird's nicht", entgegnete Rico und zuckte mit den Schultern.

„Na gut, wenn du meinst." Er ließ ihr den Vortritt. In dem Saal stand, an einer Seite aufgereiht, eine lange Tafel, an der man sich einfach bedienen konnte. Kleine Sitzgruppen, an denen etwa zehn Menschen Platz fanden, füllten den Rest des Raumes. Es waren nur wenige Leute da. Ein paar erwachsene, vermutlich Angestellte, und ein paar Jugendliche, die wohl Kaleyas Alter haben mochten, doch sie kamen alle nicht aus der Wüste. Der blonde Junge, der sie am Morgen gestört hatte, Jannik, saß an einem der Tische. Als er Rico entdeckte winkte er.

„Wehe du lässt mich allein", knurrte Rico dicht hinter ihr. Der Gedanke behagte ihm wirklich nicht. Wie amüsant!

Kaleya suchte sich zielstrebig etwas zu essen aus, Brot mit Butter und Marmelade und nahm sich eine Tasse Tee, heiße Schokolade hatten sie keine, und drehte sich zu Rico um. Seine Auswahl war der ihren nicht ganz unähnlich, nur hatte er sich für Honig entschieden.

„Bereit?"

„Wenn's unbedingt sein muss." So unglücklich, so süß! „Jetzt zufrieden", schnauzte er Jannik ein paar Sekunden später an, als er sich neben ihn setzte. Kaleya nahm an Ricos anderen Seite Platz. Die anderen Jugendlichen, allesamt Jungen, musterten erst Rico neugierig, dann Kaleya. Ja in der Tat, das war wirklich lästig.

„Ich bin immer zufrieden das weißt du doch!" Jannik lachte, doch Ricos finstere Miene sorgte dafür, dass niemand mit einstimmte. Kaleya kicherte.

„Sie lacht über mich, oder?", fragte Jannik. Er war tatsächlich irritiert.

„Sie lacht sicher nicht über mich, sie kennt nämlich sowas wie Respekt", antwortete Rico bissig.

„Oh das halte ich für ein Gerücht", sagte Kaleya und biss von dem Brot ab. Die Marmelade schmeckte nach süßen Früchten, Sommerregen, nach Heimat. Heimat? All diese Jungen, ihre Heimat war nicht die Wüste. Sie kamen von weit her, kamen aus…

„Ja also, ich bin Jannik, wir kommen aus dem Waldreich. Ich bin der Neffe"

„Der Kaiserin", stöhnte Kaleya. Oh nein! Das hatte ihr gerade noch gefehlt!

Leider, oder vielleicht auch zum Glück, kam in diesem Augenblick Marek in den Saal. Er entdeckte Rico, entdeckte sie und sofort zogen sich seine Brauen zusammen, sein Gesicht eine Maske der Besorgnis.

„Sieh mal Rico ich bin berühmt, selbst dein Betthäschen hat von mir gehört." Jannik grinste dämlich vor sich hin. Doch Rico reagierte nicht, Kaleya reagiert nicht. Marek kam näher.

„Nichts für ungut Rico, aber Terra ist auf den Weg hier her und SIE sollte dann besser nicht mehr hier sein." Marek flüsterte ganz leise nur, aber eindringlich. „Ich schaff sie hier raus bitte bleib wenigstens bis Terra dich gesehen hat okay?“ Kaleya konnte gerade noch das Brot greifen, da zog Marek sie schon am Arm hoch und führte sie sanft, aber bestimmt, aus dem Saal.

„Weißt du eigentlich wie viel Ärger du dir mit sowas einhandelst? Das ist kein Spaß!“, maulte Marek Kaleya an.

„Sehe ich aus als würde ich lachen?“, zischte sie zurück. Allmählich hatte sie genug von diesen ewig besorgten Gesichtern die Rico umkreisten. Ein goldener Käfig. Rico hatte seine Fesseln gegen einen goldenen Käfig getauscht. „Sorgt euch zur Abwechslung doch mal um jemand anderes ich glaube in dieser Stadt gibt es mehr Menschen, die eure Aufmerksamkeit bedürfen!“

„Schreib du mir nicht vor um wen ich mich sorgen soll! Du hast ja keine Ahnung! Rico mag dich interessant finden, weil du fremd bist, aber ich kenne Mädchen wie dich, du würdest nicht zögern ihn zu verletzen, um zu bekommen was du willst!“

„Denkst du so von mir, weil du es so machen würdest?“ spie sie ihm entgegen. Marek riss die Augen weit auf. Volltreffer! „Du kennst mich nicht und auch nicht meine Absichten. Nicht ich bin zu Rico gegangen, er kam zu mir und ich brauche ihn für gar nichts. Dir mag das vielleicht entgangen sein, aber ich komme nicht von hier. Da wo ich her komme verleihen Titel keine Macht. Aber ganz gleich, du hast nicht das Recht dir ein Urteil über mich zu bilden, dafür kennst du mich viel zu wenig.“

„Das Stimmt“, gestand Marek in dem kläglichen Versuch seine Überraschung zu überspielen. „Dann gestatte mir dich kennen zu lernen.“

Nun, das könnte interessant werden.

18. Liebhaber und Sadisten

„Na endlich ihr seid da! Ich hatte schon befürchtet ihr würdet gar nicht mehr kommen!" Die Stimme des Mannes klang nicht annähernd so fröhlich wie seine Worte vermuten lassen sollten. Kim mochte ihn nicht. Die Wachen am Tor mochten ihn wohl auch nicht, denn sie musterten ihre kleine Gruppe misstrauisch. Als wäre es äußerst ungewöhnlich, dass dieser alte Mann Besuch empfing.

„Es gab bei der Reise eine kleine Verzögerung", sagte Hammar sanft. „Aber jetzt sind wir ja hier."

„Wir sind abgesandte von Dallas, Kaiser der Steppe, wir sind angemeldet", erklärte einer der Soldaten, die sie im Schlepptau hatten, den Wachen am Tor.

„Ja richtig. Ich werde jemanden rufen der euch zum Palast begleitet", sagte die Wache.

„Das wird nicht nötig sein", entgegnete der Fremde Mann. „Sie kommen bei mir unter."

„Gut dann instruiere ich die Älteste Terra das unsere Gäste eingetroffen sind", sagte der Wächter lächelnd und der alte Mann verzog gereizt das Gesicht. Sie betraten nun ungehindert die Stadt.

„Was höre ich da Talib? Warst nicht du Ältester?", fragte Hammar besonders einfühlsam.

„Das hast du ganz richtig erkannt, ich WAR Ältester. Enrico hat seine Schwester eingesetzt. Dieses Mädchen ist nur ein Kind! Sie werden die Stadt in den Abgrund reißen!", schnauzte der alte Mann.

„Wenn ich mich richtig erinnere ist Terra schon eine erwachsene Frau. Glaubst du nicht, dass du etwas überreagierst mein alter Freund?", versuchte Hammar ihn zu beruhigen. Ja alt traf es. Talib mochte schon an die Sechzig sein. Und genauso altmodisch wie er war offenbar seine Einstellung Frauen gegenüber. Wie verabscheuungswürdig.

„Frauen an die Macht!", flüsterte Silas ihr zu und nickte zu dem Alten. „Der da macht bestimmt immer ganz brav was seine Frau will."

„Genauso wie du", flüsterte Kim zurück. Silas lachte und gab ihr einen Kuss auf die Schläfe.

„Ja, genau wie ich."

„Ich überreagiere gar nicht. Ich erwarte Respekt. Nimm zum Beispiel die Beiden da!", rief Talib. Er deutete auf Silas und Kim. „Sie sollten schweigen und lauschen, lernen. Und was tun sie? Sie beschämen mich in der Öffentlichkeit durch ihr benehmen! Hat euch keiner beigebracht, dass man so etwas nicht tut?" Er deutete eindeutig angewidert auf den Arm den Silas um Kim gelegt hatte.

„Warum sollte man es nicht tun?", fragte Kim.

„Es darf ruhig jeder sehen, dass sie schon vergeben ist." Silas grinste breit zu ihr herab. „Du gehörst mir."

„Wenn du Angst hast, dass sie dir jemand wegnimmt wieso bringst du sie dann mit?", maulte Talib weiter.

„Talib du siehst das Völlig falsch", versuchte Hammar die Situation zu beruhigen. „Kim und Silas gibt es leider nur im doppelpack. Jeder für sich ist schon tödlich, aber zusammen sind sie unschlagbar. Und sie werden es sein, die dein Problem lösen, also versuch bitte nachsichtig zu sein", warf Hammar beschwichtigend ein. Talib schwieg dazu und Kim wiederstand mühsam dem Drang ihm die Zunge heraus zu strecken. Wäre das nicht albern gewesen?

Nein Talib war wirklich nicht sehr begeistert von Frauen in Machtpositionen. Aber er wollte dasselbe wie Hammar und deshalb nahm er die Gruppe bei sich auf und akzeptierte sogar das Kim und Silas, obwohl sie nicht verheiratet waren, in einem Zimmer schliefen. Aber begeistert war er davon gar nicht. Was er wohl getan hätte, wenn er wüsste, dass es nur ein paar Stunden her war als Kaleya in Ricos Bett gelegen hatte?

Nachdem sie sich eingerichtet hatten wollte Hammar ihnen unbedingt die Stadt zeigen. Hier hatte er also gelebt. Kaum vorstellbar. Er war viel blasser als die Wüstenbewohner und sein Gesicht war viel zu weich, nicht so kantig.

„Natürlich bin ich nicht hier geboren", erklärte Hammar. „Als ich klein war wurde ich aus meiner Heimat vertrieben. Irgendwann bin ich hier gelandet. Pains Vater hat mich dann aufgenommen."

„Hätte er dich doch nur verrecken lassen", knurrte Kim. So vieles hätte anders laufen können, besser laufen können, hätte Pains Vater nicht so ein weiches Herz gehabt.

„Das klingt ja fast als könntest du mich nicht leiden", sagte Hammar und lächelte charmant, ja auch dazu war er fähig.

„Das hast du ganz richtig erkannt. Du bist gar nicht so blöd wie du aussiehst", erwiderte Kim mit einem mindestens genauso charmanten Lächeln.

„Reizend, wollen wir uns setzen und etwas trinken?", schlug Hammar vor. Er führte sie an einen Marktstand, an dem man Kaffee und Tee bekam. Vor dem Stand waren einzelne Tischchen und Stühle aufgebaut. Sie setzten sich und Hammar holte Tee für Kim und sich selbst und einen Kaffee für Silas. Kim trank Tee, weil Kaffee sie unruhig machte und Hammar trank Tee, weil ihm Kaffee nicht schmeckte. Dafür vertrug Silas kaum Alkohol während Kim lange brauchte, um betrunken zu werden und Hammar trank einfach gar keinen Alkohol, dieser Langweiler. Aber so waren sie eben alle verschieden.

„Auch wenn es euch schwerfallen wird, aber versucht bitte in der Öffentlichkeit nicht ganz so auf einander zu hängen wie sonst. Das ist hier eher ungewöhnlich", bat Hammar mit gesenkter Stimme.

„Ich dachte immer die Leute in der Wüste wären offen und gastfreundlich", bemerkte Silas. Ja, Kim hatte das auch so im Kopf. Aber vielleicht bedeutete „offen" hier ja etwas anderes.

„Ja das sind sie auch, aber du wirst hier nur wenige Menschen finden, die sich auf offener Straße küssen oder gar im Arm halten." Hammar rührte nachdenklich in seinem Tee. „Silas du solltest dich vielleicht etwas umsehen. Die Stadt wird dir gefallen."

„Willst du mich loswerden?", fragte Silas mit einem genervten Unterton in der Stimme. Kim verstand ihn gut. Erst schleppte Hammar sie hier her und jetzt wollte er plötzlich das Silas ging. Da hätten sie ja genauso gut gleich in Talibs Haus bleiben können.

„Nein, nicht dich, nur den Gestank von dem Gebräu das du da trinkst“, entgegnete Hammar. Er rümpfte die Nase. Kim nahm Silas' Tasse und schob sie direkt zu Hammar. „Du kleine Sadistin“, seufzte Hammar.

„Lieblich ihr zwei, wirklich lieblich“, schnaubte Silas. Er erhob sich.

„Wo willst du hin?“, fragte Kim. Er konnte sie doch nicht hier allein lassen mit diesem Idioten!

„Ganz weit weg von euch.“ Silas ging davon, durch die Straßen hindurch. Ein paar Frauen folgten ihm mit Blicken.

„Warum hast du ihn weggeschickt?“, verlangte Kim eine Erklärung für Hammars seltsames verhalten.

„Deswegen.“ Hammar deutete auf einen kleinen Laden mit einem Aushängeschild „Schneiderei“. Vor dem Laden wartete ein Mann, der etwa in Hammars Alter sein mochte.

„Wer ist er?“, fragte Kim. Wieso sollte Silas diesem Mann nicht begegnen?

„Marek, der engste Vertraute von Enrico“, antwortete Hammar.

„Und worauf wartet er?“ Er sah nicht viel anders aus als die anderen Männer in der Stadt auch.

„Na rate doch mal.“

„Der Kaiser?“, schlug Kim vor.

„Wenn Enrico Kleider braucht kommt der Schneider zu ihm.“ Hammar verdrehte die Augen.

„Dann vielleicht seine Schwester?“, riet Kim weiter und grinste in sich hinein.

„Du ärgerst mich absichtlich!“ Hammar warf die Hände in die Luft. War er frustriert? Gut. Denn Kim war frustriert seit Silas gegangen war. Die Tür zu Schneiderei ging auf und ein junges Mädchen trat heraus.

„Ist das…“, begann sie.

„Ganz genau. Das ist Pains Mädchen.“ Hammar lehnte sich in seinem Stuhl zurück bis sein Gesicht im Schatten lag, den das Nächste Haus warf. Kim beachtete ihn nicht weiter. Sollte er sich doch verstecken, wenn er glaubte, es würde ihm etwas nützen. Sie hatte nur Augen für ihre Konkurrentin. Sie sollte es also sein. Dieses Kind. Was fand Hammar nur an ihr, das er sie unbedingt haben wollte?

Sie war ein gutes Stück kleiner als Kim, hatte lange schwarze Haare und harmonische Gesichtszüge, von den hohen markanten Wangenknochen, über die gerade Nase bis hin zu den zarten Lippen. Irgendwie wirkte ihr Gesicht unheimlich vertraut.

„Ich kenne sie", flüsterte Kim. Mehr brachte sie nicht hervor. Dieses sanfte Gesicht, das Lächeln. Was war es? Was hatte dieses Mädchen an sich, was Kim so fesselte.

„Nein tust du nicht. Aber du kennst jemand dem sie ähnlichsieht. Hat sie nicht umwerfend schöne Augen. Sie sind etwas heller als die von Silas. Ich frage mich ob diese Anatomische Besonderheit Auswirkungen auf ihre Fähigkeiten hat", sagte Hammar leise aber begeistert.

„Du suchst noch andere. Nicht wahr? Andere wie Silas." Andere die das Feuer kontrollieren konnten. Was Hammar alles anstellen könnte, wenn er noch mehr Leute wie Silas hätte! Kim lief es kalt den Rücken hinunter.

„Sie sind so selten geworden. Jeder von ihnen ist ein kostbarer Schatz. Diese Kleine dort besitzt ganz und gar außergewöhnliche Fähigkeiten. Vielleicht wäre sie sogar stärker als Silas, mit dem richtigen Training versteht sich." Hammar sah sich um. „Ich gehe zurück. Es wäre nicht gut, wenn mich jemand erkennen würde."

„Ja geh nur, du kleine Nervensäge", murmelte Kim. Glaubte er wirklich sie würde Silas nichts davon erzählen? „Hammar? Wenn sie besser wäre als er, nicht dass sie das sein könnte, aber wenn, würdest du ihn dann gehen lassen?" Hammar drehte sich mit einem Lächeln auf den Lippen um. Auf diese Frage hatte er gewartet.

„Schon möglich. Solange er nichts davon erfährt." Und damit waren ihr die Hände gebunden.

Zum Abendessen trafen sie sich wieder bei Talib. Nur das Talib nicht damit gerechnet hatte jemand wie Silas durchfüttern zu müssen.

„Das Essen ist wirklich ausgezeichnet", lobte Hammar die Kochkünste von Talibs Gattin, die still und leise am Tisch saß. Sie gab keinen Laut von sich, aß nur sehr wenig. Kim tat es ihr gleich, versuchte sich in die Rolle zu fügen, die Talib ihr zugedacht hatte. Silas wirkte missmutig. Er starrte auf seinen leeren Teller. Es war bereits sein zweite, einen weiteren würde es nicht geben.

„Hier." Kim schob ihm ihren Teller zu. Sie aß kein Fleisch weshalb es noch völlig unangetastet war. Silas dagegen aß für drei, wenn nicht gar für vier.

„Erwartet er, dass ich meins auch mit ihm teile?", fragte Hammar genervt.

„Als ob er von dir was annehmen würde", entgegnete Kim und hob das Kinn. Ihr Gastgeber würde sich einfach in Zukunft auf seinen speziellen Gast einstellen müssen.

„Du hättest mich vorwarnen sollen Hammar. Wer ahnt schon, dass du einen Vielfraß im Gefolge hast", maulte Talib. Überhaupt kam es Kim so vor als würde der alte Mann ständig nur meckern.

„Silas besondere Fähigkeiten erlauben es ihm ganz und gar außergewöhnliche Dinge zu tun. Aber er verbraucht dabei unheimlich viel Energie. Ich habe eine Studie dazu aufgestellt. Zumindest habe ich es versucht. Aber es ist beinahe unmöglich ihn auf Diät zu setzen", erzählte Hammar mit einer Spur Traurigkeit in der Stimme und zuckte die Schultern. „Er wird sich aber dennoch benehmen, dafür wird Miss Duvessa sorgen."

„Er wird sich benehmen sonst wird er auf dem Gang schlafen", bestätigte Kim. Sie gab Hammar nicht gerne Recht, aber ein hungriger Silas konnte zuweilen unausstehlich werden. Kim kniff die Augen zusammen.

„Ist euch bewusst, dass ich mit am Tisch sitze?", fragte Silas genervt. Er hatte auch Kims Teller leer gegessen. Jetzt widmete er seine Aufmerksamkeit dem Gespräch um sich herum.

„Ja und ich hoffe du hast mich gut verstanden." Kim tätschelte seinen Arm. Sie lächelte, doch er blickte grimmig zurück.

„Hammar es ist mir ein Rätsel mit was für Leuten du dich umgibst." Talib schüttelte den Kopf als wäre er zutiefst enttäuscht. Tja Silas und Kim enttäuschten viele von Hammars „alten Freunden". Kim grinste.

„Wenn man nach speziellen Kindern sucht, wie ich es getan habe, hat man nicht groß eine Wahl, weißt du. Diese beiden hier waren eigentlich schon etwas zu alt für meinen Geschmack. Aber bei solchen Ausnahmetalenten fragt man nicht lang." Hammar seufzte tief und lang. „Außerdem bemerkt man ihre Mängel meistens ernst, wenn es zu spät ist."

„Schon mal das Wort Erziehung gehört Hammar?", fragte Talib spitz. Hammar lächelte kalt. Nicht, dass er es nicht versucht hätte aber…

„Schon mal den Boden mit dem Gesicht gewischt?", fragte Silas mit gereiztem Unterton. Seine Fassade bröckelte. Seine dunklen Augen blitzten gefährlich. Sein Körper war in höchster Alarmbereitschaft.

„Silas hör auf. Ich bitte dich sei friedlich." Hammar hob beschwichtigend die Hände. „Talib ich möchte dich warnen. Ich habe zwei absolut tödliche Wesen in dein Haus gebracht und ich sähe es wirklich ungern, wenn du zum Opfer ihrer unkontrollierten Wut werden würdest." Hammar atmete tief durch. Silas war immer noch angespannt. „Verdammt Kim jetzt bring ihn schon raus!", blaffte Hammar als niemand sich rührte.

„Grade wo es lustig wird", stellte Kim bedauernd fest. Sie stand auf. „Komm Silas. Wir suchen dir ein schönes Plätzchen zum Dampf ablassen." Im wahrsten Sinne des Wortes. „Hihi, Dampf." Kim kicherte vor sich hin. Hammar verdrehte die Augen.

„Na schön!", Silas sprang fast von seinem Stuhl. Talibs Frau zuckte besorgt zurück. Talib war schmächtig und weich. Er hatte kaum nennenswerte Muskeln und ein fahles Gesicht. Wenn das ihr gewohnter männlicher Umgang war musste Silas sie wirklich sehr erschrecken, mit seinen gut 1,90 m und den muskelbepackten Armen.

„Versucht nicht zu viel kaputt zu machen!", rief Hammar ihnen noch nach, doch Kim zog einfach die Tür hinter sich zu.

19. Die Nacht danach 1

Aber zurück zu Enrico. Nachdem Marek und Kaleya gegangen waren war er allein mit Jannik und seinen Freunden. Erstaunlich wie unwohl sich ein Mensch unter anderen Menschen fühlen konnte und Terras erscheinen machte es nicht gerade besser.

Seite an Seite mit seiner Schwester ging Rico vom Speisesaal zum Sitzungsraum. Enes und Kemal waren schon da und warteten.

„Also gut Leute, lasst uns beginnen", bestimmte Rico.

„Wollen wir nicht auf Marek warten?", fragte Terra leise.

„Marek ist beschäftigt." Rico setzte sich. Terras Stirn legte sich in Falten.

„Ich sah ihn eben mit einer jungen Dame weg gehen", berichtete Enes. Warum war Enes immer so aufmerksam? Manchmal war das wirklich lästig.

„Rico das war doch nicht etwa", begann Terra.

„Schon möglich. Können wir jetzt anfangen?", unterbrach Rico sie. Sie würde das bestimmt nicht vor dem Rest des Rates diskutieren wollen.

„Ich habe mir überlegt", begann Enes, „dass wir ein paar Kinder probeweise einladen sollten, um herauszufinden was wir für eine fachgerechte Betreuung brauchen."

„Und wie willst du entscheiden welche Kinder das sein sollen?", fragte Rico, dankbar für den Themenwechsel.

„Alle zwischen drei und sechs Jahren. Am besten, Kinder von Leuten die hier arbeiten. Sie können die Kleinen einfach mitbringen", schlug Enes vor.

„Gut, ich werde dafür sorgen, dass die Soldaten eine Einladung erhalten." Rico machte sich eine Notiz auf dem leeren Blatt, das vor ihm lag. „Sie sollen die Kinder gleich morgen mitbringen."

„Dann müssen wir die Küche informieren", bemerkte Terra. Auch das schrieb Rico auf.

„Die Hauseigentümer aus dem Ostviertel werden sich über das bestmögliche Vorgehen beraten und drei Abgesandte schicken, die dann für die weitere Planung verantwortlich sind. Der Termin ist für nächste Woche geplant“, berichtete Kemal.

„Danke Kemal“, sagte Rico. Der erste Schritt war gemacht. Aber es gab ja noch genug andere Dinge zu besprechen. „In der Wand des Wasserspeichers ist ein Leck. Jemand muss sich darum kümmern sonst bricht die Wand womöglich und wir verlieren wichtigen Stauraum.“

„Woher“, wollte Terra wissen, doch Enes war schneller.

„Ich kenne da jemanden der sollte das beheben können. Ich werde gleich, wenn wir fertig sind, nach ihm schicken lassen.“

„Was gibt es sonst noch?“, fragte Rico. Er durfte nicht zulassen, dass Terra weiter nachbohrte woher er das mit dem Leck wusste. Er wollte ihr nicht von Kaleya erzählen. Schon schlimm genug, dass Marek sich einmischte.

„Hm ich denke das war alles. Die Reflektoren sind nicht verschüttet und das meiste andere haben wir erledigt“, sagte Enes und lächelte zufrieden. „Ach ja, eins noch. Findet jemanden der sich früher um die Kräuterhöhlen gekümmert hat. So schnell wie möglich.“ Enes nickte und ging gemeinsam mit Kemal fort. Rico wollte sich eben auf den Weg die Treppe nach oben machen. Terra stand hinter ihm. Er konnte sie fühlen, ganz nah bei sich.

„Ja Terra?“

„War es sie? Ist Marek mit ihr fort?“ Ihre Stimme klang seltsam hohl. Das veranlasste Rico sich umzudrehen. Für einen kurzen Moment schien Terra nicht um ihn besorgt, sondern um…

„Ihm passiert schon nichts. Ich befürchte eher, dass er sie vergrault“, bemerkte Rico. Sie sorgte sich völlig unnötig.

„Wäre das denn so schlimm? Rico ich bitte dich, du kennst sie doch kaum“, flehte Terra leise. Jetzt war die Sorge zurück und richtete sich mit aller Kraft auf ihn. „Was, wenn sie dir schaden will?“

„Sie will mir nicht schaden. Sie warnte mich.“

„Warnen? Wovor?“ Terra verstand die Welt nicht mehr. Ja wie denn auch? Sie ahnte nicht mal ansatzweise wer Kaleya wirklich war.

„Ist nicht so wichtig.“ Rico wand sich ab. „Du sorgst dich so viel. Tu das nicht, das macht Falten.“

„Du warst beim Frühstück", bemerkte Terra mit einer Spur Erleichterung in der Stimme.

„Ja war ich. Ich habe auch etwas gegessen."

„Schön. Weißt du Rico, ich höre dann auf mich zu Sorgen, wenn du mir keinen Anlass mehr dazu gibst." Ein Blick über die Schulter, sie lächelte.

„Heißt das du zwingst mich nicht zum Abendessen?", fragte er lieblich lächelnd. Er war sich zwar sicher die Antwort zu kennen, doch die Hoffnung loderte wie ein kleines Flämmchen.

„Das hättest du wohl gern. Du wirst schön brav deinen Teller abholen oder ich bring ihn zu dir."

Etwa um die Mittagszeit klopfte es an der Tür zu Ricos Büro. „Rico hier ist besuch für dich. Kemal hat sie geschickt", meldete sich der Soldat, der den Kopf zur Türe hereinstreckte.

„Kommt rein!" Rico stand vom Sofa auf und strich das Hemd glatt. Ein graues, runzeliges Frauchen trat herein. Sie war alt gebrechlich und wirkte sehr weise.

„Mein Kaiser", grüßte sie mit einer Stimme, die zitterte und ein besorgniserregendes Röcheln begleitete jeden ihrer Atemzüge. „Man sagte mir ihr wolltet ein Kräuterweib treffen. Hier bin ich also."

„Nannte man euch so? Kräuterweib?" Rico bot ihr an Platz zu nehmen, doch sie lehnte ab.

„Das wisst ihr selbst doch am besten. Nicht wahr? Ihr wart es schließlich der die Höhlen zerstört hat." Wut ließ ihre müden Augen funkeln. Rico lächelte.

„Ja dem kann ich nur schwer wiedersprechen. Wenn sie sich nicht setzen wollen könnte ich sie dann vielleicht zu einem Spaziergang überreden?", fragte Rico sanft. Er hatte das Gefühl, diese Frau könnte jeden Augenblick in sich zusammenfallen. Die Alte nickte und wand sich auf ihren Stock gestützt zum Gehen. Rico trat an ihre Seite, bot ihr den Arm an. Sie ergriff ihn und blickte zu ihm auf.

„Es überrascht mich, dass ihr nach uns schicken ließet. Wir dachten man hätte uns längst vergessen."

„Dem war auch so", bestätigte Rico. Langsam gingen sie die Treppe hinunter. Der Soldat, der sie heraufgebracht hatte, folgte wie ein Schatten. „Aber neue Umstände verlangen nach eurem Rat." Mit der alten Dame am Arm dauerte der Weg bis zum Ostviertel viel länger als gewöhnlich. Blicke folgten ihnen. Doch diesmal konnte Rico sie nicht deuten. Wer wusste schon was die Menschen dachten?

Wehmütig strich seine Begleiterin über die Trümmer, wie Kaleya es getan hatte. Kaum zu glauben, dass das erst ein paar Stunden her war. Doch diesmal blieben die Trümmer kalt und tot. Kein Schatten kringelte sich über ihnen wie ein Hauch von Leben.

„Hier stand der Brunnen. Erinnerst du dich?", fragte die Frau.

„Ja." Rico legte eine Hand auf die Überreste des einstmals so schönen Brunnens. „Ich habe ihn geliebt."

„Du hast ihn zerstört!", warf sie ihm vor.

„Ich weiß." Er neigte den Kopf. „Und es hat mir große Schmerzen bereitet."

„Ah schon gut, du bist erwachsener als du sein solltest und mehr Kind als jemanden auf deiner Position guttut." Sie tätschelte seinen Arm. „Also mein Junge, wofür brauchst du meinen Rat?", wollte sie nun wissen. Bis zu den Höhlen war es nicht mehr weit. Der Eingang lag verborgen obwohl Rico die Wand eingerissen hatte. Behutsam half er der alten Frau in die kühlen Schatten.

„Kann man diese Pflanzen hier wieder züchten?", fragte er mit hoffnungsschwerer Stimme. Wortlos ging sie voran immer weiter in die Höhle hinein. Berührte Fels um Fels, strich mit den Fingern durch die Pflanzen, die jetzt hier wuchsen. Als sie sich zu ihm umdrehte blitzten ihre Augen, aber nicht vor Wut, sondern vor Freude.

„Du bist ein Wunder. Weißt du das?", fragte sie mit leiser Stimme. Er? Ein Wunder? Nein das war unmöglich.

„Also, wäre es möglich?" Er musste diese Worte einfach von ihr hören. Vorher wäre diese Entdeckung nichts wert.

„Ist es doch schon längst. Diese Pflanzen hier sind wertvolle Heilkräuter. Sie zählten lange zu unseren wichtigsten Handelsgütern. Ich denke

mit etwas Unterstützung und wenn wir willige Lehrlinge finden…" Sie
sah sich noch einmal um. „Ja wir können hier wieder Kräuter züchten."
„Fantastisch!", brach es aus Rico heraus. Und ja, das war es wirklich.
„Wir brauchen natürlich einen Wasserzugang. Jetzt da der Brunnen weg
ist", sagt die alte Frau. Jetzt klang sie wieder wehmütig.
„Nun das sollte das kleinste Problem sein", beruhigte Rico sie und gelei-
tete die Frau zurück in die Stadt wo sie sich auf dem Marktplatz von ihm
trennte. Der Soldat, der ihnen so leise gefolgt war, dass Rico ihn völlig
vergessen hatte, schloss zu ihm auf.
„Wie willst du das mit dem Wasser regeln? Der Brunnen ist völlig ver-
schüttet. Nicht mal du kommst da ran", sagte der Soldat. Damit hatte er
wohl Recht. Es war unmöglich dieses Vergehen wieder zu richten. Aber
es gab immer einen Weg.
„Ist der Mann, der den Wasserspeicher richten soll, schon da?", fragte
Rico die Soldaten am Eingang zum Palast. Fatih war nicht dabei.
„Enes ist vor zwanzig Minuten mit ihm runter", antwortete der Linke.
„Gut danke." Rico stieg die gewundene Treppe zum Speicher hinunter.
Ein fahles Licht, wie von einer Fackel, erhellte die Stelle an der Enes
und der Mann, der das Leck richten sollte, waren. Eine echte Fackel.
Keine Flamme die auf einer bloßen Hand getragen wurde.
„Machen wir Fortschritte Enes?", rief Rico nach unten, als er nur noch
ein paar Stufen von ihnen entfernt war. Etwas erschrocken sahen Enes
und der Mann auf.
„Rico was machst du denn hier?" Über die Aufregung vergaß Enes sogar
das „mein Kaiser".
„Ich hätte ein kleines Anliegen."
„Wir haben noch nicht begonnen. Was können wir für dich tun?", fragte
Enes mit neugierigem Blick.
„Auf der anderen Seite dieser Wand sind die Kräuterhöhlen. Wir brau-
chen eine Wasserleitung dort hinein", erklärte Rico.
„Das sollte machbar sein. Ich muss sowieso ein Loch bohren, um die
Spannung aus der Wand zu nehmen. Dann baue ich ein Rohr mit einem
Ventil ein, das nur öffnet, wenn auf der anderen Seite ein Hahn betätigt

wird", erklärte der Handwerker schnell. Es klang so einfach. Für diesen Mann war es das vermutlich auch.

„Ausgezeichnet. Enes du sorgst bitte dafür, dass der Mann anständig entlohnt wird für seine Arbeit."

„Selbstverständlich." Enes nickte und Rico kehrte zurück in die helle Welt. Eine Welt in der es bereits Abend wurde. Rico ging zum Speisesaal. Hoffentlich war Jannik nicht da. Ja! Glück gehabt. Die Köchin, Maya, sah ihn kommen und bereitete einen Teller vor. Sie war schon immer hier. Rico erinnerte sich nicht daran jemals nicht von ihr versorgt worden zu sein. Sie hatte blondes Haar und ein freundliches Gesicht. Aber das wichtigste war, sie war immer nett zu ihm gewesen und hatte sich aufrichtig um ihn gekümmert.

„Terra wird sehr erfreut sein zu hören, dass du hier warst." Sie lächelte zu ihm auf als sie ihm den Teller reichte.

„Ich glaub ich habe sie gestern etwas zu viel geärgert", gestand Rico und zerzauste sich die Haare.

„Mag sein, dass sie verärgert ist, aber du schadest nicht ihr, sondern dir selbst. Aber was sag ich da überhaupt. Ihr jungen Leute denkt ihr wärt unsterblich und deshalb kümmert ihr euch nicht genug. Aber die Zeiten werden sich ändern und dann rächt sich dein sorgloses Verhalten." Sie reichte ihm noch Besteck dazu. „Wenigstens der Kater wird satt", sagte sie dann mit einem breiten Grinsen.

„Ja, wenigstens der Kater wird satt." Rico lächelte und ging nach draußen.

An diesem Abend kam Kaleya nicht. Enrico aß allein mit dem Kater und ging am späten Abend allein ins Bett.

Er fühlte sich kalt und leer. Ja, kalt und leer. Unglaublich. Wie schnell es ging, dass man sich einsam fühlte. Wie schnell man fror. Nur eine Nacht hatte Kaleya in seinem Bett verbracht, eine einzige, wunderbare, selbstsüchtige Nacht. Und jetzt? Jetzt erschien ihm das Bett zu groß, früher war es immer genau richtig gewesen. Jetzt waren die Laken kalt, früher war die Kühle willkommen gewesen. Jetzt war sein Kissen leer, früher hätte er es nicht anders gewollt. Er versuchte zu schlafen, schaffte es nicht. Das unruhige hin und her Wälzen brachte auch nichts. Rico

packte eines der Kissen, schob es sich unter den Kopf und schloss die Augen. Er würde so lange liegen bleiben bis er einschlief!
Doch als er endlich schlief verfolgte ihn ein Traum.

Sein Herz raste. In der Dunkelheit fiel es ihm schwer den Traum abzuschütteln. Den Schmerz zu vergessen. Er tastete nach der Lampe und fand sie erst nicht. Scheiße! Wo war nur der verdammte Lichtschalter?! Das sanfte Licht erhellte die Nacht. Ein Schatten huschte aus dem Fenster davon. War jemand hier gewesen? Nein. Das Fenster war nur gekippt. Sicher hatten seine Augen ihm einen Streich gespielt und sein vom Albtraum gelähmtes Gehirn hatte es für bare Münze genommen. Dumme Augen. Dummes Gehirn.
Es war mitten in der Nacht. Er sollte nicht wach sein. Von dem Albtraum mal ganz zu schweigen. Das war noch nie passiert. In all den Jahren hatte er nicht ein einziges Mal schlecht geträumt. Was an für sich betrachtet schon ein kleines Wunder war.
Rico stand auf, ging ins Bad. Eine kalte Dusche würde helfen die letzten Fetzen des Traumes zu beseitigen. Das Wasser durchnässte seine Haare, lief seinen Rücken hinab, über die Brust, verschwand im Abfluss. Das tat gut.
Fast fühlte es sich so an als würde Kaleya bei ihm stehen. Ihre Finger strichen über seine Haut, folgten dem Verlauf einer Narbe und einer weiteren und noch einer. Rico schloss die Augen. Wasser, Dunkelheit, Kaleya. Als sie seine verunstaltete Haut berührt hatte, hatte er sich endlich wieder heil gefühlt. Als wären alle Wunden wirklich verheilt. Als gäbe es die Narben nicht mehr. Er wollte es wieder spüren!
Es klopfte an der Tür. An der Tür zum Badezimmer. Rico wankte. Wer war denn so spät noch auf? Er stellte das Wasser ab, nahm ein Handtuch aus dem Regal und trocknete sich ab ehe er sich wieder anzog.
„Rico? Ist allen in Ordnung? Ich habe Wasser gehört." Terra. Ihre Stimme war so nahe, sicher lauschte sie an der Türe. Wartete auf jedes noch so kleine Geräusch. Vielleicht befürchtete sie ja er hätte sich die Pulsadern aufgeschnitten.
Er öffnete die Tür, sie sprang erschrocken zurück.

„Ich lebe noch", verkündete er. Es sollte amüsiert klingen und genervt. Genervt von Terra und davon, dass sie sich so viel sorgte. Aber seine Stimme ließ ihn im Stich.

„Was ist passiert?", fragte sie und strich sich eine Haarsträhne hinter das Ohr. Rico atmete tief durch.

„Ach gar nichts. Ich hatte nur einen Albtraum." Er fuhr sich mit den Händen über das Gesicht, setzte sich auf das Bett. Terra nahm neben ihm Platz.

„Du hattest doch noch nie Albträume." Sie klang verwundert. „Vielleicht ist das ja gut. Dein Geist verarbeitet alte Belastungssituationen." Es klang als wäre was ihm passiert war nichts weiter als ein blödes Missgeschick. Der Gedanke war so albern. Er lachte.

„Terra was würde ich nur ohne dich machen?"

„Verhungern?", schlug sie vor. Doch auch sie grinste, wenn auch nur leicht, aber ganz deutlich da.

Den Rest der Nacht schlief Rico nicht mehr. Er blieb einfach nur mit Terra auf dem Bett sitzen und sie redeten, bis zum Morgen. Wenn das dann täglich vorkommen würde wäre Terra bestimmt nicht mehr so freundlich.

20. Die Nacht danach 2

Kaleya versuchte produktiv zu sein, doch mit Marek direkt auf den Versen war das gar nicht so einfach. Ricos selbsternannter Aufpasser verfolgte jeden ihrer Schritte.

„Wenn Rico jetzt etwas passiert bist du schuld, weil du nicht bei ihm bist", bemerkte Kaleya.

„Rico kann nichts passieren", entgegnete Marek.

„Er ist nicht unverwundbar, ich denke das wissen wir beide." Sie drehte sich zu ihm um. Marek hatte die Hände zu Fäusten geballt. Es gefiel ihm nicht wie viel sie wusste. Seine Stirn war in Falten gelegt und die Brauen ernst zusammengezogen. Er hätte eigentlich ein ganz hübsches Gesicht gehabt. Ein bisschen von der Zeit geprägt, aber auf eine attraktive Weise. Aber so wie er jetzt schaute wirkte er eher unheimlich. Sie zuckte mit den Schultern. „Ich will mir Kleider kaufen. Wenn du mich wirklich den ganzen Tag begleiten willst dann sei so nett und zeig mir wo ich etwas bekomme."

Mareks Miene lockerte sich etwas und er schloss endlich zu ihr auf. Jetzt fühlte es sich weniger wie eine Verfolgung an.

„Also schön. Du hast mir vorgeworfen ich hätte kein Recht zu urteilen, weil ich dich nicht kenne. Jetzt will ich dich kennenlernen", sagte Marek.

„Was wäre, wenn ich die Tochter eines Kaisers wäre?", fragte Kaleya ruhig.

„Bist du nicht", entgegnete Marek. Wie wahr.

„Ja, aber nur mal angenommen." Sie verdrehte die Augen. Marek wirkte irritiert. Er wusste nicht wohin das führen sollte. „Wenn ich eine Prinzessin wäre, würdest du mir dann auch vorwerfen, dass ich nur auf seine Macht aus bin?"

„Natürlich nicht!"

„Aber genau das tun Prinzessinnen. In vielen Reichen werden die weiblichen Nachkommen von Kaisern nur als Mittel zum Zweck benutzt, um

Bündnisse zu besiegeln. Sie haben keine Macht, erlangen sie erst durch ihren Ehemann. Das Wüstenreich ist sehr klein. Rico wird eine völlig Fremde heiraten, um ein Bündnis mit ihrem Vater zu schließen. Ist es das was du dir für ihn wünscht?", endete Kaleya mit einer Frage.

„Ich will nur dass er Glücklich ist." Marek ließ die Schultern hängen und senkte den Blick.

„Du spricht als wäre er dein Sohn. Aber das ist er nicht."

„Glaubst du etwa das weiß ich nicht?!" Mareks Stimme wurde laut vor Aufregung. „Ich habe 19 Jahre lang zugesehen wie er von seinem Vater vernachlässigt wurde, von ihm gequält wurde und jeden Tag habe ich mir gewünscht er wäre mein Kind! Ich habe mir gewünscht ich könnte es verhindern!", rief er. Ein paar Spaziergänger drehten die Köpfe zu ihnen und neugierige Blicke folgten ihnen. Kaleya schwieg eine Weile. Marek sollte sich beruhigen.

„Er ist kein Kind mehr. Er kann jetzt selbst entscheiden. Meinst du nicht, dass du ihn in seiner Freiheit fast so sehr einschränkst wie sein Vater es getan hat?"

„Einschränken? Ich will ihn doch nur beschützen." Jetzt wurde Marek leiser. Seine Gefühle schienen mit ihm zu machen was immer sie wollten.

„Ein goldener Käfig ist immer noch ein Käfig und nur begrenzt besser als Fesseln", sagte Kaleya. Sie verwendete die Metapher, die Rico selbst verwendet hatte. Sie erreichten einen kleinen Laden, der im Erdgeschoss eines Wohnhauses untergebracht war. Auf einem kleinen Schild stand Schneiderei. Marek hielt ihr die Tür auf und Kaleya trat ein. Drinnen war es kühl. Ein kleiner, grauhaariger Mann huschte durch Regale voll Stoffen hindurch auf sie zu.

„Guten Tag wie kann ich… oh Marek!" Erfreut schüttelte er Marek die Hand. Kaleya hatte er völlig vergessen. „Was kann ich für dich tun?"

„Meine Begleiterin hier braucht neue Kleidung." Marek deutete auf sie und jetzt wand sich der Alte doch wieder ihr zu.

„Ja ich sehe schon. Ganz dringend. Ich hole mal ein paar Modelle dann stecken wir alles zurecht und morgen sollte ich den ersten Satz fertig haben." Eines musste Kaleya dem Schneider lassen. Er arbeitete schnell und zielstrebig. Brachte zwei Hosen und zwei Blusen in Universalgröße, die er direkt auf Kaleya absteckte und mit Nadeln versah damit er wusste wo er nähen musste.

Marek schwieg die ganze Zeit über. So wie er schaute dachte er angestrengt nach.

Kaleya ließ sich auch noch eine Ärmellose Bluse und eine Jacke anpassen und als der Schneider fertig war und alles fein säuberlich auf seiner Werkbank aufgereiht hatte war es bereits Mittag. Kaleya machte eine Anzahlung und der Schneider versprach am nächsten Morgen mit allem fertig zu sein.

„Ich habe Hunger", bemerkte Kaleya als sie in die warme Mittagssonne traten.

„Hunger?" Marek sah sich um. Tatsächlich waren nur noch wenige Leute unterwegs. Sie versteckten sich vor der schlimmsten Hitze in ihren Häusern und aßen zu Mittag. „Stimmt es wäre Zeit zu essen." Er runzelte sie Stirn. „Meistens verpass ich das Mittagessen dank Rico."

„Vergisst er häufiger zu essen?", fragte sie. Das kam Kaleya seltsam vor. Sie vergaß nie zu essen. Sie vergaß höchstens, dass sie schon gegessen hatte.

„Er vergisst es nicht. Er tut es einfach nicht. Ich weiß nicht warum, vielleicht macht er es ja nur um uns zu ärgern. Vielleicht hat er wirklich keinen Hunger oder es ist irgendwas anderes. Keine Ahnung." Marek seufzte. „Wir können zu meiner Mutter und dort eine Kleinigkeit essen."

„Deine Mutter? Vertraust du mir genug, um mich ihr vorzustellen?", fragte Kaleya begierig. Hatte sie es geschafft? Das wäre dann aber ein bisschen zu leicht gewesen. So schnell würde Marek bestimmt nicht einknicken.

„Nein, aber meine Mutter hat ein ausgezeichnetes Gespür für Lügen", bestätigte Marek ihren Verdacht.

„Das haben Mütter so an sich." Kaleya grinste.

Marek schien immer ruhiger in ihrer Nähe zu werden. Vielleicht konnte sie ihn ja überzeugen, dass sie gut für Rico war.

„Marek! Schön dich zu sehen! Und du hast Besuch dabei? Kommt rein, da draußen ist es doch viel zu heiß! Ich koche euch was!" Mareks Mutter war um die Sechzig, hübsch für ihr Alter, sehr flexibel und ausgesprochen sympathisch. Kaleya mochte sie auf Anhieb. „Du musst das Mädchen sein, dass die ganze Stadt in Aufregung versetzt. Ich halte nicht viel von dem Geschwätz der Leute, unser Kaiser wird schon wissen was er tut."

„Der Meinung bin ich auch", stimmte Kaleya zu. Oh ja, sie mochte Mareks Mutter wirklich.

„Was soll ich kochen? Nudelauflauf? Marek hat als Kind nichts anderes gegessen. Mittlerweile ist es schwer an Nudeln heran zu kommen. Die Handelswege zum Waldreich sind stark eingeschränkt worden. Aber ich habe zum Glück noch einen kleinen Vorrat." Sie lächelte, schwelgte in Erinnerungen. Marek wurde rot.

„Mach dir keine Umstände. Wir können auch einfach belegte Brote essen oder sowas", nuschelte Marek. Der große, starke Beschützer des Kaisers zog also gegenüber seiner Mutter den Kopf ein. Das war wirklich witzig.

„Rede keinen Unsinn! Natürlich koch ich euch was! Du bist viel zu selten hier! Das muss ich ausnutzen."

„Du weißt doch, dass meine Aufgaben im Rat mich sehr einbinden."

„So sehr das du nicht mal Zeit hast deine alte Mutter zu besuchen? Wenn du wenigstens endlich heiraten würdest damit ich Enkel bekomme!" Sie seufzte tief und lang und begab sich in die Küche. Marek folgte ihr mit hängenden Schultern.

„Ich bin eben sehr beschäftigt Mama! Da bleibt keine Zeit für sowas."

„Keine Zeit mir Enkel zu schenken? Nicht mal Zeit, um in ruhe mit mir zu essen?", warf sie ihm vor.

„Der Kaiser", begann Marek.

„Ist ein netter junger Mann und es ist traurig, dass sein Vater nicht fähig war sich anständig um ihn zu kümmern, aber er ist nicht dein Sohn und du bist ihm nicht verpflichtet." Zuzusehen wie sie ihren Sohn tadelte war fast so gut wie Pain zu ärgern.

„Du solltest auf deine Mutter hören Marek", warf Kaleya ein.

„Da siehst du es. Sie sollte sich um den Kaiser kümmern. Überlass das dem jungen Mädchen. Sie weiß schon wie man einen Mann glücklich macht!", rief Mareks Mutter noch ehe sie durch eine Tür verschwand. Marek wurde jetzt so rot wie eine Tomate, vom Ansatz seiner dunklen Haare bis hinunter zum Hals. Darüber wollte er ganz offensichtlich nicht nachdenken. Kaleya auch nicht.

„Ihr habt doch nicht etwa…?", wollte Marek wissen.

„Nein!", erwiderte Kaleya sofort. „Dafür kenn ich ihn doch viel zu wenig!" Was glaubte er eigentlich von ihr?!

Mareks Mutter hatte sich in der Zwischenzeit in der Küche zu schaffen gemacht. Marek führte Kaleya in ein kleines, behagliches Esszimmer und brachte zwei Gläser und eine Karaffe Wasser.

„Und habe ich den Test bestanden?", fragte Kaleya und nahm einen Schluck von dem Wasser. Es war kühl und nach dem ereignisreichen Vormittag genau das richtige.

„Bisher sieht es ganz gut aus." Er fuhr mit einem Finger den Rand seines Glases entlang. „Weist du was ich nicht verstehe?" Er ließ die Hand sinken und sah sie fasziniert an. „Wieso du? Es gibt so viele Mädchen hier in der Stadt, die schon seit seiner Ernennung hinter ihm her sind und keine hat ihn bisher interessiert! Wieso du und wieso jetzt?"

„Es war schon viel früher glaube ich." Kaleya senkte den Blick. Konnte sie es Marek erzählen? War er dort gewesen? Damals? Marek zog fragend eine Augenbraue hoch. „Nein vergiss es. Ich weiß nicht warum jetzt und was das „warum ich" angeht… Naja ich glaube es ist, weil wir ähnliches durchgemacht haben. Zumindest vergleichbares", äußerte Kaleya ihre Vermutung. Doch sicher sagen, konnte sie es natürlich nicht. Marek kniff die Augen zu und zog die Brauen zusammen. Er misstraute ihr noch immer.

„In wie fern?", hakte er nach.

„Mein Vater ist im Kampf gegen die Rebellen gefallen und ein Jahr später wurde meine ganze Familie ermordet. Nur mein Cousin und ich konnten fliehen."

„Aber Fatih sagte doch, du wärst die Tochter eines Cousins?"

„Ich lebe bei ihm seit ich zehn Jahre alt bin. Natürlich hat er so etwas wie eine Vaterrolle übernommen. So wie du für Rico." Kaleya zuckte mit den Schultern. Es war leicht Pain als eine Art Vater zu betrachten, auch wenn sie ihn nie für voll genommen hatte.

„So ihr Lieben, das Essen ist gleich fertig! Marek deck doch schon mal den Tisch!" Die Stimme seiner Mutter wurde begleitet von einem köstlichen Duft. Kräuter und Gewürze. Kurz darauf präsentierte Mareks Mutter den wohl besten Nudel-Gemüse-Auflauf den Kaleya je gegessen hatte.

Nach dem Besuch bei seiner Mutter schien Marek beruhigt genug, um sie nicht mehr permanent misstrauisch zu beäugen.

„Mal angenommen ich wäre die Abgesandte eines Kaisers…" Kaleya strich sich die losen Haare hinter ein Ohr. Doch es nützte kaum etwas. Der laue Wüstenwind wehte gleich darauf neue Strähnen in ihr Gesicht.

„Ist es nicht langsam genug mit den Spielchen?", fragte Marek. Sein Gesicht hatte einen müden Ausdruck angenommen. Als wäre auch er es leid alles und jeden um Rico herum zu kontrollieren.

„Es wird niemals genug sein, aber okay." Sie zuckte mit den Schultern. „Vielleicht solltest du sein Spiel viel häufiger mitspielen, anstatt immer Angst zu haben er könnte sich stoßen. Wir lernen aufzustehen indem wir hinfallen."

„Ja aber wenn du zu tief fällst stehst du nie wieder auf", sagte Marek. Ein strenger Zug legte sich über sein Gesicht. Hielt er sie für waghalsig, leichtsinnig, naiv? Er hatte ja keine Ahnung.

„Der schlimmste Fall." Sie hatten den Marktplatz erreicht. Der Palast war in Sichtweite. Von Rico keine Spur. „Sie stehen alle wieder auf und wenn es nur ist um sich die Schlinge um den Hals zu legen." Sie sprach leise. Viel zu oft hatte sie es gesehen. Geschunden, Verletzt, Zerbrochen. Rico war nicht zerbrochen.

„Du redest als hättest du es selbst erlebt. Aber du hast keine Ahnung. Du warst nicht dort! Du hast nicht gesehen wie es ihn immer und immer wieder vernichtet hat! Die Wunden, das Blut, die Schreie! Irgendwann hat er nicht mehr geschrien, er hat nicht mal gezuckt. Da wusste ich es.

Sie haben ihn zerstört!“, sagte Marek mit mühsam beherrschter Stimme. Er glaubte das wirklich. Wie falsch er doch damit lag!

„Haben sie nicht. Sie mögen ihn verletzt haben, aber nicht zerstört. Zerstörte Menschen stehen nicht jeden Tag auf und machen ihren Job. Zerstörte Menschen spielen keine Spielchen mit den Menschen, die ihnen am Herzen liegen. Zerstörte Menschen haben keine Motivation, keinen Grund, keine Lebensfreude. Sie lassen sich nicht von fremden kleinen Mädchen zu einem Tanz überreden und ganz bestimmt erzählen sie niemandem ihre Geschichte. Sie interessieren sich nicht dafür was nach ihnen kommt, wen sie hinterlassen und was für Schaden es anrichten könnte. Zerstörte Menschen haben nichts und niemanden und nichts und niemand wird sie davon abhalten sich das Leben zu nehmen. Rico ist nicht zerstört. Denn ja, im Gegensatz zu dir habe ich solche Menschen gesehen. Sie erscheinen dir erst den Umständen entsprechend normal und dann verabschiedest du dich am Abend von ihnen und sie gehen in ihr Zimmer und am Morgen, wenn du sie wieder abholen willst, hängen sie im Bad oder liegen ausgeblutet auf dem Bett.“ Kaleya schluckte. Es geschah viel zu oft. Viel zu oft konnten sie die Jungen nicht retten. „Nein. Rico ist nicht zerstört.“ Nicht auszudenken was geschehen wäre, wenn doch. Er wäre niemals Kaiser geworden und sie hätten sich niemals wiedergesehen.

Marek musste wohl tief getroffen von ihrer Ansprach sein, denn er verließ Kaleya ohne einen weiteren Abschied. Heute Nacht würde Kaleya nicht bei Rico sein. Sie wollte Sorayas Geduld ja nicht überstrapazieren.

Kaleya schlief nicht gut. Dauernd wachte sie auf, weil sie glaubte ein Geräusch gehört zu haben. Ein leises Gurgeln. Ein stummer Schmerzensschrei. Ein kaum wahrnehmbares Keuchen. So war schlafen unmöglich.

Das Licht der Lampe vertrieb Schatten und Geräusche. Machte die Welt hell und still.

Es war kalt, wie die Wüste es nachts immer war. In der Steppe war der Wechsel zwischen warm und kalt bereits gravierend. Doch hier war es eher ein Wechsel von kochend heiß zu eisigkalt. Sie liebte den Tag und hasste die Nacht.

Doch nicht die letzte Nacht. Letzte Nacht hatte sie nicht gefroren. Da war ihr warm gewesen. Und sie hatte keine Albträume gehabt. Hatte keine Schatten gesehen. Keine Geräusche gehört. Die letzte Nacht war schön gewesen.

Sie wälzte sich noch ein wenig herum, dann hielt sie es nicht länger aus. Sie stand auf, schaltete das Licht ein und streifte in dem kleinen Zimmer umher. Von der Tür, vorbei am Bett, zum Schrank, dann zur gegenüberliegenden Wand und wieder am Bett vorbei zurück zur Tür. Dann das Ganze von vorne.

Die Müdigkeit kam erst als die ersten Sonnenstrahlen sich in die Stadt schlichen. Da es mit jeder Minute heller wurde schaltete Kaleya das Licht wieder aus und ließ sich aufs Bett fallen. Endlich fielen ihr die Augen zu. Doch schon nach einer Minute, zumindest fühlte es sich so an, wurde sie wieder geweckt. Heute war nämlich ein ganz besonderer Tag.

21. Trauer und Liebe

Rico konnte kaum einen Schritt machen, ohne über ein Kind zu stolpern. Überall tollten kleine Menschen herum, die lachten und brabbelten und vergnügt vor sich hin trällerten. Seine Soldaten hatten ihren Nachwuchs gewissenhaft mitgebracht. Jene die nicht selbst auf ihre Kleinen aufpassen konnten hatten ihre Frauen dafür abgestellt. Es waren an die zweidutzend Jungen und Mädchen im Alter zwischen drei und sechs Jahren.

Terra wuselte zwischen den Kindern hindurch und sorgte dafür, dass alle Glücklich waren, während Kemal und Enes sich mit den Eltern unterhielten.

Marek trat an Ricos Seite. Sie mussten sich unterhalten. Dringend. Aber nicht jetzt und nicht heute.

„Sieh mal, deine kleine Freundin ist hier." Marek sprach erstaunlich ruhig. Was war gestern geschehen seit er mit Kaleya gegangen war? Aber wieso sollte sie hier sein? Er blickte sich um. Da stand sie, neben einer Frau, die ein Baby auf dem Arm hatte und bei ihnen stand Karas Vater. Etwas prallte gegen Ricos Bein.

„Hallo!", fiepte Kara ganz außer Atem.

„Hallo Kind." Marek hatte also gar nicht Kaleya gemeint, sondern Kara. Obwohl ihr Vater kein Soldat war hatte Rico den kleinen Lockenkopf auch auf die Einladungsliste gesetzt. Schließlich war sie der Auslöser für alles gewesen. „Los geh spielen."

„Kara komm!", rief ein Junger, der etwa so alt war wie sie. Der Junge war ein typischer Wüstenbewohner. Dunkle hat, braune Haare und kluge braune Augen.

„Ja Kara spiel mal mit Kindern in deinem Alter." Kaleya. Ihre Stimme war so sanft und warm. Sie kannte das Mädchen, doch woher? Karas Vater stieß dazu, ebenso die Frau.

„Mein Kaiser", grüßten die beiden Erwachsenen fast im Einklang.

„Danke für die Einladung", fügte Karas Vater schnell hinzu.

„Danke, dass ihr gekommen seid", entgegnete Rico. Er betrachtete kurz Kaleya dann sah er Kara an. „Wird dir das nie langweilig?"

„Nein." Sie schüttelte den Kopf. Ihr Vater fuhr sich durch die Haare. „Wenn ich groß bin will ich ihn heiraten!", erklärte sie ganz stolz an Kaleya gewandt. Das war Rico aber neu. Wann hatte Kara das denn entschieden? Sollte er da nicht ein Mitsprachrecht haben?

„Ach ja? Glaubst du nicht du solltest lieber einen Jungen in deinem Alter heiraten?", fragte Kaleya. Ein Lächeln lag auf ihren Lippen, doch ihre Augen waren kühl.

„Aber er hat so tolle Augen!", rief Kara. Die Kleine blickte verträumt zu Rico auf.

„Ja die hat er", stimmte Kaleya ihr zu und lächelte Rico sanft an.

„Hm deine sind aber auch nicht schlecht", erwiderte Rico und lächelte zurück. Ein angespanntes Schweigen trat ein.

„Kaleya?" Die Frau räusperte sich. „Ich gehe mit der Kleinen nach Hause. Bringst du ihn" sie strich über den Kopf des Jungen „nachher Heim?"

„Natürlich Soraya. Mach ich", sagte Kaleya schnell.

„Wenn du bleibst bis Fatihs Schicht zu Ende ist kann er ihn auch mitnehmen. Aber lass uns bitte wissen ob wir dich zum Abendessen erwarten sollen oder nicht."

„Versprochen." Kaleya hob zum Abschied eine Hand. Dann sah sie die beiden Kinder an. „So und ihr zwei geht jetzt brav spielen."

„Kara komm schon!", drängelte der Junge. Nur wiederwillig ließ Kara von Rico ab.

„Nun, ähm ich lasse euch dann mal allein." Karas Vater wand sich ab und bewies damit entschieden mehr Feingefühl als Marek.

„Tschüss Yona", sagte Kaleya, doch sie bedachte ihn nicht mal eines Blickes. Sie sah Marek an. „Was muss ich tun damit du verschwindest?"

„Sag mir, dass es das Richtige ist", wisperte Marek, sodass nur Kaleya und Rico ihn hören konnten.

„Ist es und jetzt geh", sagte Kaleya ruhig, aber bestimmt. Was war gestern geschehen? Marek ging zu Terra und leistete ihr Gesellschaft. Kaleya seufzte lang und tief. „Es hat fast den ganzen Tag gedauert ihn davon zu überzeugen, dass ich dir nichts antun will.“ Ein mildes Lächeln stahl sich auf ihr Gesicht.

„Was habt ihr gemacht?“, fragte Rico. Irgendwie wurde er das Gefühl nicht los, das etwas Großes passiert sein musste.

„Ich war beim Schneider“, antwortete Kaleya. Sie drehte sich einmal um die eigene Achse.

„Ja deine Sachen passen ausnahmsweise.“ Er musste grinsen. Sie rollte mit den Augen. „Steht dir.“ Ja das tat es wirklich. Sie trug eine klassische Stoffhose, wie sie die Meisten hier trugen und eine Ärmellose Bluse die mit vielen, filigranen Häkchen verschlossen war. Alles in einem verwaschenen Sturmgrau. Doch ihre Augen strahlten dadurch nur umso heller.

„Und Soraya hat mir gezeigt wie ich mir die Haare flechten kann damit sie nicht dauernd ins Gesicht hängen.“ Sie fuhr sich mit einer Hand über den engen Knoten in ihrem Nacken. All ihre schönen langen Haare, einfach so gebändigt.

„Jetzt siehst du fast so aus wie eine von uns“, stellte Rico fest. Nur ihre helle Haut verriet sie noch immer.

„Tja und… also was ist das hier?“ Mit einer ausladenden Geste umfasste sie den ganzen Raum und die vielen spielenden Kinder darin.

„Wir wollen ein Kinderbetreuungsprogramm einrichten und wir versuchen herauszufinden was die Kinder mögen und gern tun.“ Mit den Händen in den Hosentaschen ging Rico ein paar Schritte durch den Raum. Kaleya folgte ihm, ohne zu zögern.

„Ich habe mich in den Gruppen immer gelangweilt, weil Seth nie dabei war.“ Sie zuckte mit den Schultern, doch ihr lächeln war sanft. „Er ist älter als ich und deshalb waren wir nie in derselben Gruppe.“ Wer auch immer dieser Seth war, er bedeutete ihr scheinbar sehr viel. Plötzlich hatte Rico einen seltsamen Druck auf der Brust.

„Seth?“ Seine Stimme klang so fremd, so zitternd. War das wirklich er der da sprach?

„Mein Cousin“, sagte Kaleya lächelnd.

„Achso." Der Druck verschwand. Was war das gewesen? „Du warst gestern also mit Marek unterwegs?" Worüber hatten sie sich den ganzen Tag unterhalten?

„Ja es war ganz nett eigentlich. Er ist natürlich wahnsinnig besorgt aber seine Mutter ist toll." Kaleya betrachtete lächelnd zwei kleine Mädchen, die an einem winzigen Tisch, auf winzigen Stühlen saßen und malten. Sie sahen fast wie Erwachsene aus. Bestimmt machten sie auch eine bessere Figur als die meisten Erwachsenen. Seltsam das Rico sich selbst noch immer nicht zu den erwachsenen Zählte. Der Gedanke war verstörend.

„Du hast Mareks Mutter kennengelernt?" Er kannte Mareks Mutter zwar vom Sehen, aber direkt mit ihr gesprochen hatte er noch nie.

„Sie vertritt nicht Mareks Meinung. Es wäre kontraproduktiv dich ihr vorzustellen." Sie zwinkerte ihm zu und ging weiter zwischen den Kindern hindurch. „Man folgt uns mit Blicken."

„Ach ja?" Bevor sie es erwähnte war es ihm nicht aufgefallen.

„Und wie ist das jetzt, also wenn Kara dich heiratet, wird aus unserem Bündnis trotzdem was?" So ernst, so amüsant. Wie schaffte sie es nur aus jedem ernsten Thema eines zu machen über das er lachen konnte?

„Das müsste ich dann meine Frau fragen, schließlich bin ich ja nur das Aushängeschild", bemerkte Rico trocken.

„Ob deine Schwester so starke Konkurrenz verträgt?", überlegte Kaleya laut.

„Das könnte hart werden, aber wenn sie mir zu sehr auf die Nerven geht verheirate ich sie vielleicht an die Küste. Oder mit Jannik."

„Ach ja, Jannik." Ihr Gesicht nahm einen Angespannten Zug um Lippen und Augen herum an. Sie schien auch noch einen Hauch blasser zu werden.

„Ich dachte ich hätte mir das Gestern nur eingebildet." Was gab es für eine Geschichte in ihrem Leben, die ausgerechnet mit Jannik zu tun hatte?

„Nein, keine Einbildung. Es ist kompliziert und eigentlich verstehe ich es selber noch nicht mal richtig. Ich kenne Jannik ja auch nur vom Sehen her. Es ist nur so dass... Also bevor ich fliehen musste, lebten wir im Waldreich. Ein paar dieser Leute sind mit mir zur Schule gegangen und sie alle glauben ich wäre tot." Ein ganz leises Lachen stahl sich holpernd über ihre Lippen. „Zumindest hoffe ich, dass sie das glauben."

„Meinst du denn nicht, dass sie dich erkennen?", fragte Rico. Ein Gesicht wie ihres vergaß man doch nicht so leicht. Auch wenn es schon ein Weilchen her war.

„Erinnerst du dich an alles was dir mit zehn Jahren wiederfahren ist? Ich denke, um mich zu erkennen müsste ich es ihnen direkt auf die Nase binden." Das war allerdings ein gutes Argument. Rico hatte tatsächlich den ein oder anderen Blackout über seine Jungend verteilt. Verdrängung, würde Terra es nennen.

Also hatte sie damit nicht Recht? Wer würde sich schon an das arme kleine Mädchen erinnern, dass so tragisch ums Leben gekommen war. Hatte es einen Tag der Trauer gegeben? Wo doch niemand mehr da war der es betrauern konnte. Wenn man jemanden für tot hält, sucht man nun mal nicht mehr nach ihm.

Kaleya blieb den Rest des Tages an seiner Seite. Sie beteiligte sich an den Spielen mit den Kindern und saß während des Mittagessens neben ihm. Mit am Tisch waren Kara, Yona, Fatihs Sohn, Marek, Terra und Jannik Zu Ricos Glück war Terra so in ein Gespräch mit Yona vertieft, dass sie seinen leeren Teller erst bemerkte als es zu spät war.

„Ich wusste, dass es sich früher oder später bemerkbar machen würde, dass du nicht gefrühstückt hast", bemerkte sie tadeln zum einen aber irgendwie auch begeistert zum anderen.

„Ja du hast auf jeden Fall Recht. Das merk man sofort", stimmte Rico ihr schnell zu. Sie brauchte ja nicht zu wissen wer fleißig mitgegessen hatte. Kaleya hatte immer noch den Mund voll und konnte nur mühsam ein Kichern unterdrücken.

„Das ist gemein, ich muss immer alleine aufessen", maulte Kara. Sie verschränkte die Arme vor der Brust. „Er hatte ja Hilfe!" Diese kleine Petze…

„Rico wie meint sie das?" Terra sah ihn vorwurfsvoll an. Er kannte diesen Blick ja so gut.

„Sie ist ein Kind, wer weiß schon was sie sich da wieder ausgedacht hat."
Schulterzucken. Vielleicht würde sie es ihm abkaufen, aber nur vielleicht.

„Nein ich glaube sie meinte das gerade sehr ernst." Sie lugte hinüber zu
Kaleya die gerade ihren zweiten Teller leerte. Wo verschwand das alles
nur?

„Was?", fragte Kaleya gleich nachdem sie heruntergeschluckt hatte. „Ich
habe eben einen hohen Energiebedarf."

„Ein Glück, dass wir hier keine Schwierigkeiten mit Lebensmittel-
knappheit haben", meinte Terra gedehnt.

„Mhm ja wirklich Glück. Anderen Ländern geht es nicht so gut", sagte
Kaleya zwischen zwei Bissen.

„Wo kommst du denn her Kaleya?" Jetzt schaltete Terra auf den Ver-
hörmodus um. Wie viel würde Kaleya ihr verraten?

„Aus der Steppe."

„Wirklich? Du siehst gar nicht aus wie jemand aus der Steppe", stellte
Terra mit angespannter Miene fest.

„Da sieht niemand so aus als würde er von dort kommen." Kaleya hielt
sich kurz und kaschierte ihre Ausweichenden Antworten damit, dass sie
beständig weiter aß. Das Mädchen hatte nicht mal das kleinste Fettpols-
ter!

„Antworte ihr sonst muss ich das später ausbaden", murmelte Rico ihr
zu. Hoffentlich verstand sie den Wink mit dem Zaunpfahl und gab Terra
endlich genug Informationen, um sie zufrieden zu stellen.

„Na schön, also einer Legende nach Stammen die Vorfahren meines Vaters aus dem Gebirge, sie hatten dort große Macht und besaßen viel
Land. Aber ich glaube eher, dass sie Bauern oder sowas waren." Sie
zuckte lächelnd mit den Schultern. „Geboren wurde ich im Waldreich
und als Kind kam ich in die Steppe. Tja und jetzt bin ich hier."

„Und was führt dich zu uns?", fragte Terra.

„Wieso hast du das Waldreich verlassen?", fragte Yona.

„Der Versuch Trauer zu überwinden und der Versuch Liebe zu finden."
Wie diplomatisch. So beantwortete sie beide Fragen, ohne auch nur eine
davon richtig zu beantworten. Moment! Hatte sie gerade Liebe gesagt?

Sie saß an seinem Schreibtisch und durchstöberte eine Vielzahl unge-
öffneter Briefe. Briefe die von den anderen Kaisern geschickt worden
waren.

Hatte sie wirklich Liebe gesagt? Sicher nur um Terra ruhig zu stellen.
Oder doch nicht?

„Oh hier! Der ist klasse!“ Sie hob einen Brief an. „An Enrico den Kaiser
der Wüste. Sehr formell, wenn du mich fragst.“ Sie grinste. „Sehr gechr-
ter Kaiser, mein herzliches Beileid zu eurem Verlust und Glückwunsch
zu der schwungvollen Beförderung. Ich entschuldige mich für mein
Fernbleiben bei der Beisetzung eures Vaters und hoffe euch und euren
Geschwistern geht es den Umständen entsprechend gut. Ich würde euch
in diesen schwierigen Zeiten gerne mit Rat und Tat zur Seite stehen und,
wenn ihr es gestattet, einen Abgesandten schicken, der euch bei schwierigen Entscheidungen zur Seite stehen wird. Mit hoheitsvollen Grüßen,
der Kaiser der Küste.“ Sie warf den Brief zur Seite. „Der ist ja ein echter
Scherzkeks.“

„Im Gegenteil, er meint das bitter ernst.“ Aber dafür hatte Rico jetzt echt
keine Nerven. In zwei Tagen würden die Vertreter für das Ostviertel
kommen und er musste einiges dafür vorbereiten.

Sie hatte wirklich Liebe gesagt. Ohne auch nur mit der Wimper zu zucken.

„Das ist auch toll. Hier wird dir nahegelegt das Amt niederzulegen und
dem Rat das Regieren zu überlassen.“ Der nächste Brief landete auf dem
Boden.

„Solange ich lebe wird keiner dieser Schnösel auch nur in die Nähe dieses Postens kommen.“

„Vernünftig. Wer könnte das besser als du?“ Sie sah ihn mit großen Augen an.

„Hast du heute Mittag wirklich Liebe gesagt?“ Es quälte ihn.

„Hast du wirklich nur einen halben Teller gegessen?“ Diese fiese
kleine…

„Ich brauch nicht viel.“

„Und ich sage einfach nur unheimlich gern dieses Wort. LIEBE.“ Sie strahlte über das ganze Gesicht. Er konnte nur den Kopf schütteln. Was blieb ihm denn anderes übrig.

„Was hast du zu Fatih gesagt?“ Er legte Unterlagen und Stift auf dem Tischchen vor dem Sofa ab. Am Nachmittag hatte sie Kenan bei seinem Vater abgegeben und war Rico dann nach oben gefolgt. Kaleyas lächeln wurde wenn möglich noch breiter.

„Dass er nicht auf mich warten soll“, sagte sie dann grinsend.

„Lust auf ein kleines Abenteuer?“

„Was schwebt dir denn so vor?“ Sie beugte sich begierig in seinem Stuhl nach vorne. Das könnte witzig werden.

22. Das Lieblingstier

Sie standen erneut dort wo die Sonne mühsam gegen ihren Untergang kämpfte. Dort wo Kaleya ihm alles gesagt hatte. Doch diesmal lag eine andere Stimmung in der Luft. Aufregung, gepaart mit Erwartung und Spannung. Pures Glück. Das Glück sich nicht verstellen zu müssen.

„Willst du anfangen?" Sie ließ ihre Stimme so lieblich wie möglich klingen.

„Die Dame darf anfangen", entgegnete Rico nicht minder scheinheilig. Er trat einen Schritt zurück und gebot ihr mit einer Hand zu beginnen. Kaleya fühlte die Wärme der Sonne auf ihrer Haut. Das sanfte Kribbeln wie von tausend klitzekleinen Fingern. Die Sonne streichelte sie, liebkoste sie.

Es sollte etwas besonders Schönes werden. Etwas dass dem Kaiser der Wüste angemessen war. Sie streckte die Hände aus. Die Wärme der Sonne glitt durch ihre Adern wie das Blut selbst und sammelte sich in ihren Fingerspitzen wo die Hitze schier unerträglich wurde. Noch einen Moment länger musste sie es aushalten, nur einen kleinen Augenblick. Ein brennendes Blütenmeer erstreckte sich zwischen ihr und Rico. Die Blumen aus Feuer wuchsen hoch in den Himmel hinein, wo sie der Untergehenden Sonne Konkurrenz machten mit ihrem Licht, und sich schließlich vereinten zu einem Wesen dass sich Fauchend auf Rico stürzte, nur um Sekunden bevor es ihn erreichte zu verschwinden, begleitet von nichts als einer Rauchwolke.

Rico hatte nicht mal mit einer Wimper gezuckt.

„Nett."

Nett? Er hatte nicht wirklich nett gesagt!

„Mach es besser", knurrte Kaleya.

„Mit Vergnügen." Er legte den Kopf schief als müsste er nachdenken. Etwas tippte auf Kaleyas Schulter. Hinter ihr stand Rico. Aber nicht der echte Rico. Er war geformt aus Sand. So filigran, so originalgetreu. Der Sand-Rico streckte eine Hand nach ihr aus, legte sie ihr auf die Wange.

Sie war warm von der Sonne und rau wie es Sand eben war, doch sie bewegte sich so sanft und natürlich, als gehörte sie zu einem echten Menschen und nicht einer Statue aus Sand. Plötzlich veränderte sich die Figur, wirbelnd formte der Sand sich neu, wie von Selbst. Ein Löwe rieb seinen gewaltigen Kopf an ihrem Arm, umrundete sie und wurde dabei immer kleiner und zarter bis er schließlich Größe und Form einer Katze angenommen hatte. Nein, keiner Katze. Eines Katers. Des Katers. Er öffnete das Mäulchen zu einem Stummen Miauen, dann schlenderte er mit aufgestelltem Schwanz zu Rico. Der nahm ihn auf den Arm.

„Gestern sind Fremde in der Stadt angekommen. Abgesandte von Dallas", berichtete Rico ruhig. Doch er hob den Blick nicht von dem Sand-Kater.

„Aber du sagtest doch du würdest dich darum kümmern." Ein seltsames Gefühl breitete sich in Kaleya aus. Was wenn das bereits die Leute aus dem Untergrund waren? Dann waren sie hier. Dann war SIE hier!

„Es ist schwierig in so großer Entfernung so etwas zu wirken. Vielleicht hatte der Wirbel eine Schwachstelle, oder sie sind einfach verdammt gut." Jetzt blickte er auf. „Es waren eine Frau und zwei Männer dabei, die eindeutig nicht zu meinem Onkel gehören."

„Das sind sie. Du musst jetzt sehr gut auf dich Acht geben", flehte Kaleya beinahe schon. Sie könnte es sich nie verzeihen, wenn ihm etwas zustoßen sollte!

„Du doch ebenso." Er hielt ihr den Sand-Kater hin. „Wir sind nicht unverwundbar und erst recht nicht unsterblich."

„Ja, wer weiß das besser als wir." Sie nahm den Kater, setzte ihn auf den Boden und fühlte einmal mehr das vertraute kribbeln und die Hitze in ihren Fingern. Der Sand zerschmolz zu mattem Glas. Der Kater war nun ein Stück für die Ewigkeit.

Rico betrachtete die Skulptur mit schief gelegtem Kopf und gerunzelter Stirn.

„Ich kenne das irgendwo her", murmelte er. Sein Blick huschte über ihre Schulter und folgte einem Steinigen Pfad in das Gebirge hinein.

„Was ist?", fragte sie. Hatte er etwas gesehen? Oder war es nur eine ferne Erinnerung. Vielleicht die Erinnerung an…

„Nichts. Es ist alles bestens. Sollen wir rein gehen?" Wie konnte ein Mensch, der quasi allen etwas vorspielte, so schlecht lügen?
Ja das war in der Tat eine gute Frage. Wieso konnte der kleine Kaiser so schlecht lügen?

„Sollen wir zum Abendessen gehen?", fragte Kaleya ein wenig später, als sie wieder auf den Weg in Ricos Büro machten.
„Du kannst ohne mich gehen. Setzt dich halt zu Terra. Andererseits wird Jannik vielleicht bei ihr sitzen, also vielleicht doch nicht zu Terra", antwortete Rico.
„Was ist das für eine Sache mit dir und dem Essen?" Die Elementare Frage, die sich Marek immer wieder stellte.
„Keine Sache, ich brauch nicht viel." Er zuckte mit den Schultern. „Ich habe einfach keinen Hunger." Keinen Hunger? Wie konnte man keinen Hunger haben? Kaleya brauchte so viel mehr als er zu sich nahm.
„Naja, da sind wir wohl unterschiedlich, du und ich." Sie betraten wieder den Palast durch den Notausgang und Rico blieb an der Tür zu seinem Büro stehen.
„Du kannst gehen", bot er ihr an.
„Willst du, dass ich gehe?", fragte sie sehr leise. Bitte sag nein, bitte sag nein, bitte sag nein!
„Nein." Seine Augen leuchteten. „Nein, ich will nicht, dass du gehst." Für einen Moment wurde ihr Herz ganz leicht und ihr Magen flau.
„Dann bleibe ich." Sie ging ihm voraus und setzte sich auf den Schreibtischstuhl. Rico nahm seine Arbeit von zuvor wieder auf. Er sah schrecklich deplatziert aus in diesem großen Büro. Überhaupt und grundsätzlich passte er einfach nicht hinter einen Schreibtisch. Erstrecht nicht nachdem was sie gerade gesehen hatte. Die Wüste schien nun auf so viele verschiedene Weisen seine Heimat zu sein. Nicht nur weil er dort geboren worden war. Er war ihr Kaiser. Zweifel? Bestanden keine mehr.
Sie stellte die Katze aus Glas auf den Schreibtisch und nahm wieder einen der ungeöffneten Briefe zur Hand. Er war kurz und nicht so ausladend verfasst.

„Unter deinen Kritikern gibt es auch vernünftige Menschen. Die Kaiserin des Waldreiches schreibt, dass sie junges Blut schätzt aber gerne einen älteren Vertreter an deiner Seite sehen würde. Sie ist selbst noch recht jung, nicht wahr?“

„Das solltest du doch besser wissen als ich“, murmelte Rico. Er war tief in Gedanken, hob nicht mal den Blick.

„Hm als sie eingesetzt wurde war sie glaube ich Mitte Zwanzig. Aber mittlerweile dürfte sie über 40 sein“, überlegte Kaleya laut.

„Was war nochmal die Definition von jung?“ Ja, er hatte ja Recht. Die Kaiserin war nicht mehr jung. „Wieso liest du mir das alles vor?“ Er fragte warum? Ernsthaft?

„Hat deine Frau sich noch nicht zu meinem Vorschlag geäußert oder warum lässt du mich warten?“, fragte sie leise. Sie brauchte eine Antwort. Vorher konnte Pain keine Männer schicken, die ihn beschützen würden. Und die Gefahr war bereits so nah, so greifbar, so real. Sie tarnte ihre Frage als Witz, um sich ihre Angst nicht anmerken zu lassen. Der Gedanke, Kara könnte tatsächlich eines Tages Kaiserin werden, war amüsant und verstörend gleichermaßen.

„Meine Frau denkt sehr langsam und gründlich über solche Dinge nach. Im Moment fragt sie sich in wie weit das alles einen tatsächlichen Nutzen für sie darstellt und ob sich die Mühe lohnt.“ Das Rico auf den Witz einging beruhigte Kaleya. So konnte sie sich wenigstens einreden, er hätte nichts von ihren Sorgen bemerkt.

„Es hat einen Nutzen und die Mühe lohnt, das verspreche ich dir“, sagte sie ruhig, aber bestimmt. Er wusste es genauso gut wie sie. Wusste was es ihm brachte. Wusste, dass es ihm nützte. Rico hob den Blick und sah sie endlich an.

„Ja, ich weiß. Ich muss es ja auch nur noch irgendwie dem Rat erklären. Und Terra. Als allererstes Terra.“ Er legte die Stirn in Falten. Sein Blick fiel kurz auf die Unterlagen, die vor ihm ausgebreitet waren, dann sah er wieder zu ihr auf. „Könntest du mir einen Gefallen tun?“

„Klar, alles was du willst.“

Ob sie da nicht etwas vorschnell war? Alles was er wollte? Ich meine Hallo?! Seit wann sagte man sowas zu einem jungen Mann?

„Kannst du zum Speisesaal gehen und uns zwei Teller hohlen. Und bring
zweimal Besteck mit sonst schöpft Terra Verdacht."
Glück gehabt Kaleya, wirklich glück gehabt.

Kaleya setzte sich auf das Sofa neben Rico und stellte die beiden Teller
auf dem Tischchen ab. Er blickte wiederrum nicht von seiner Arbeit auf.
„Weist du, dass man viel effektiver arbeitet, wenn man gelegentlich eine
Pause macht?", fragte sie eine Spur provokant. Ihr persönlich viel es
schwer sich lange zu konzentrieren. Dafür war sie einfach viel zu
sprunghaft.
„Wir haben doch eine Pause gemacht." Hatten sie?
„Ach ja? Und wann?", fragte sie ungläubig. Welche Pause? Sein Blick
huschte kurz zu der Uhr.
„Vor etwa einer Stunde würde ich sagen."
„Aber das war doch keine Pause. Das war Arbeit!" War das denn zu fassen? Spürte er denn nicht dasselbe wie sie? Verließ ihn seine Kraft
nicht? Wurde er nicht mit jedem Mal schwächer?
„Für mich nicht. Vielleicht unterscheiden sich Feuer und Sand in diesem Punkt." Er zuckte mit den Schultern und nahm einen Teller. „Gab
es nichts anderes?" War er etwa genervt? Das stand ihm überhaupt nicht
zu. Schließlich war es Kaleya selbst gewesen die sich durch die ganzen
neugierigen Menschen drängen musste.
„Da du sowieso nichts isst dachte ich, ich nehme das mit was mir am
besten schmeckt."
„Und da fällt dir nichts Besseres ein als ausgerechnet Braten mit Kartof-
feln?"
„Rühreier hatten sie keine." Sie zuckte mit den Schultern. Er schüttelte
grinsend den Kopf und spießte mit seiner Gabel eine Kartoffel auf.
„Du verbrauchst viel Energie, wenn du das Feuer benutzt. Nicht wahr?",
fragte er zwischen zwei Bissen.
„Um es zu rufen kann ich entweder meine körpereigene Energie benutzen oder die der Sonne. Aber wenn es mal da ist hängt alles ganz allein
von mir ab. Man muss das Feuer füttern, sonst verlischt es", erklärte Kaleya.

„Vielleicht liegt genau da der Unterschied. Ich muss den Sand weder erschaffen noch erhalten. Ich muss ihm nur sagen was er zu tun hat. Womöglich ist es für mich deswegen nicht so anstrengend", überlegte Rico.

„Schon möglich." Sie lehnte sich mit dem Rücken an die Armlehne und zog die Beine an, damit sie ihren Teller auf den Knien abstellen konnte. „Mach bloß keine Flecken auf den Stoff. Terra würde durchdrehen."

„Es wäre wesentlich leichter, wenn ich meine Beine ausstrecken könnte." Ja das wäre es wirklich. Nur das Rico niemals zulassen würde das…

Er hob seinen Teller. Kaleya blinzelte etwas irritiert.

„Na was jetzt. Beine Ausstrecken oder nicht?" Jetzt wurde er patzig! Aber war er sich da wirklich sicher? So wie er schaute schon. Also legte sie ihre Beine auf seinem Schoß ab. Er stellte seinen Teller darauf. Er war warm vom heißen Essen, doch das störte Kaleya nicht. Sie war ihm so nahe. Ihm, der so gelitten hatte.

„Schau mich bitte nicht so an. Ich bin kein verletztes Tier", sagte Rico leise und wand sich wieder seinem Teller zu.

„Entschuldige. Es ist nur so dass ich in all meinen Jahren bei den Rebellen so viele Jungen gesehen habe, manche davon sind nicht halb so verletzt gewesen wie du es warst und sie sind daran zerbrochen. Es ist bewundernswert wie du damit umgehst."

„Was hätte mein Tod der Welt genützt? Wäre sie dadurch besser geworden?"

„Nein, du hast Recht. Das wäre sie nicht. Im Gegenteil, sie wäre dunkler geworden." Kaleya blickte auf ihren Teller. Sie konnte ihn nicht ansehen, nicht jetzt. Wie oft hatte sie sich selbst dieselbe Frage gestellt? Wäre es besser gewesen, wenn sie gestorben wäre, damals schon, mit dem Rest ihrer Familie. Oder dann etwas später in der Wüste als…

„Woran denkst du?" Seine Stimme riss sie aus ihrer Erinnerung. Sie lebten, beide. Zum Glück.

„Ach ich musste nur gerade an meine Familie denken. Ich habe mich manchmal gefragt ob es vielleicht besser gewesen wäre, wenn ich mit ihnen gestorben wäre. Aber ich werde das Gefühl nicht los, dass es Absicht war, dass ich überlebt habe", erklärte Kaleya.

„Warst du dort als es geschah?", fragte er sanft, als wollte er sie nicht drängen.

„Nein, ich kam erst dazu als es schon vorbei war. Seth hat mich in die Stadt mitgenommen und plötzlich war er weg. Aber ich war zu abgelenkt von unseren Freunden, um es zu merken. Als es mir auffiel rannte ich nach Hause und da waren sie schon Tod. Seth kam aus seinem Haus gerannt und hat mich mitgenommen." Sie stockte. Konnte sie es erzählen? Wenn nicht Edward, dann vielleicht ihm? „Die anderen sagen Seth hätte unsere Familie ermordet."

Rico, der gerade noch eine Kartoffel in den Mund nehmen wollte erstarrte in der Bewegung.

„Und du bist trotzdem bei ihm geblieben?"

„Wo sollte ich denn sonst hin? Außerdem glaube ich nicht, dass er es war. Es ist alles etwas verschwommen, manchmal Träume ich davon und wache auf mit dem Gefühl, dass wir etwas vergessen haben. Als hätten wir etwas Wichtiges zurückgelassen."

„Wieso fragst du ihn nicht einfach?", schlug Rico vor.

„Ja klar, ich frag ihn einfach! Warum bin ich da nicht selbst draufgekommen?! Hey Seth, sag mal, erinnerst du dich an den Abend als unsere Familie ermordet wurde? Ich habe das Gefühle das wir was vergessen haben. Vielleicht eine Kette oder ein Bild! Fällt dir da was ein?"

„Okay das wäre total bescheuert. Ist aber kein Grund gleich sarkastisch zu werden." Rico aß noch eine Kartoffel, dann stellte er seinen Teller auf dem Tisch ab. Ein schwerer Ordner landete auf ihren Schienbeinen.

„Was machst du da eigentlich?", fragte sie hauptsächlich, um von dem Thema Familie abzulenken, aber auch weil sie sich tatsächlich für seine Arbeit interessierte. Für Pains Arbeit hatte sie sich nie interessiert.

„Ich versuche einen Kostenplan für den Wiederaufbau des Ostviertels zu erstellen. Aber egal wie ich es drehe und wende, wir können nicht alles auf einmal machen. Dafür fehlt das Geld."

„Was ist im Ostviertel passiert?" Von dem etwas leichter verdaulichen Thema abgelenkt konnte Kaleya endlich essen. Ihr fehlte so viel.

„Dort war die heimliche Rebellion am schlimmsten. Ich habe sie beendet. Genau dort.“

„Die Rebellion?“

Wie ein einzelner einen ganzen Aufstand niederstrecken konnte, wer vermochte schon sich das vorzustellen? Wer, außer Kaleya selbst?

„Mein Vater schickte uns los, um es zu beenden, also haben wir es beendet. Es sind dabei so viele Leute gestorben. Und meinem Vater fiel nichts Besseres ein als, `gut gemacht Enrico´. Dort sind Kinder gestorben. Ich habe es nicht verhindert“, sprach Rico aus, was ihn so bedrückte.

„Aber es leben noch Leute von dort?“, fragte Kaleya.

„Ein Paar. Sie haben einen Rat zusammengestellt, der ihre Anliegen vertreten soll. Ich treffe mich in ein paar Tagen mit ihnen. Dann besprechen wir das weitere Vorgehen.“

„Klingt als wäre es dir sehr wichtig.“ Sie sah es an seinen ernst zusammengezogenen Augenbrauen und seiner verkrampften Haltung. Es war ihm wirklich unheimlich wichtig.

„Es war der schönste Teil unserer Stadt. Ich habe ihn zerstört. Nicht freiwillig, aber dennoch. Jetzt möchte ich helfen ihn wiederaufzubauen.“ Er strafte die Schultern und ließ sich zurück in das Polster sinken. Er atmete tief durch. „Vielleicht sollte ich auf dich hören. Eine Pause wäre durchaus angebracht.“ Der Ordner wurde zugeklappt und plumpste mit einem dumpfen Knall auf den Boden. Rico legte den Kopf in den Nacken und schloss die Augen. Seine Hände lagen sanft auf ihren Beinen.

War das nicht niedlich? Die beiden, so vertraut, so entspannt. Der Kaiser und die Rebellin. Wäre das nicht ein umwerfend schönes Märchen? Eine berauschende Geschichte voller Licht und Glück? Ja das könnte es sein, aber so verläuft unsere Geschichte nun mal nicht…

23. Der Hund der Wüste

Der beste Beweis dafür, dass dies kein Märchen ist, ist die Tatsache, dass Kim sich wohl nicht so leicht besiegen lassen würde wie es den Bösen in den Geschichten immer geschah. Außerdem lässt sich nach wie vor darüber streiten, ob sie wirklich die Böse ist.

„Ihr habt morgen einen Termin beim Kaiser", erklärte Talib beim Abendessen. Kim hatte sich den ganzen Tag über sehr genau in der Stadt umgesehen. Sie war so verwinkelt und unübersichtlich, dass man sich quasi unsichtbar machen konnte.

„Wer wird gehen?", fragte Hammar und sah Kim und Silas mit gerunzelter Stirn an.

„Wenn dieser Kaiser genauso eine Schnarchnase ist wie unser Gastgeber würde ich sagen Silas", beschloss Kim.

„Und ich bin ganz klar dagegen." Silas verschränkte die Arme vor der Brust. „Ich kann mit kleinen schnöseligen Prinzen nicht umgehen."

„Ja ich entsinne mich. Den letzten hast du zusammengeschlagen an einem Fluss liegen gelassen, wenn ich mich recht erinnere", sinnierte Hammar.

„Er stand mir im Weg", entgegnete Silas und zuckte mit den Schultern. Den Vorwurf in Hammars Stimme überging er gnadenlos.

„Also gehe doch ich", gab Kim nach. Sie verdrehte die Augen. Eigentlich hatte sie gar keine Lust darauf.

„Keine Sorge. Du wirst ihn mögen! Er entspricht genau deinen Wünschen", sagte Hammar.

„Hilflos und schwachsinnig?", hackte Kim nach. Hammar verdrehte sie Augen, lächelte sie aber spitzbübisch an.

„Hast du deinen Leuten nichts über Enrico erzählt?" Talib klang etwas ungläubig.

„Wir kamen noch nicht dazu. Überhaupt hören sie mich sowieso nicht an, weil sie glauben sie seien unverwundbar." Hammar schüttelte mild lächelnd den Kopf. „Also nein Kim er ist nicht schwachsinnig und erst recht nicht hilflos. Erinnere dich an den Sturm", rief Hammar ihr ins Gedächtnis. Schon allein die Erinnerung an den Sturm genügte, um Kim Kopfschmerzen zu verursachen. Das musste Hammar ja aber nicht wissen.

„Der Sturm? Dieser Sturm, indem du fast umgekommen wärst, den ich aber überstanden habe? Meinst du diesen Sturm?", fragte sie feixend.

„Du bist ein Monster, weißt du das?", erwiderte Hammar.

„Fällt dir das jetzt erst auf?" Sie lächelte so lieblich wie es ihr nur möglich war. Hammar verdrehte die Augen, Talib dagegen riss die seinen weit auf.

„Niemand der sich Enrico in den Weg stellte hat überlebt! Ihr wagt es über Monster zu sprechen? Ihr habt noch nie ein Monster gesehen!", rief Talib empört aus. War das sein Ernst? Traute er ihnen wirklich so wenig zu? Silas zog nur kritisch eine Augenbraue hoch.

„Bevor das hier ausartet sollte ich das womöglich erklären. Sieh mal Kim, du bist unter meinen Leuten eine der Stärksten", begann Hammar. Sie räusperte sich. „Gut ich gestehe, die Stärkste, unter den Frauen, aber nur um dir jetzt mal ein Gefühl dafür zu geben… Enrico hat vor seinem 16. Lebensjahr mehr Menschen umgebracht als du in deinem ganzen Leben."

„Das möchte ich bezweifeln. Meinen ersten getötet habe ich mit 12", entgegnete Kim. Was Hammar eigentlich verdammt gut wusste.

„Ich bezweifele es nicht!" Talib hob die Stimme. „Enrico war zwei als er das erste Mal getötet hat. Zwar nicht absichtlich, aber getötet."

„Die Geschichte kenn ich ja noch gar nicht! Wie kam es dazu?", fragte Hammar. Kim dagegen fragte sich nur eines. Zwei?

Ja Hammar diese Frage stellen sich viele. Wie kam es dazu, dass ein zweijähriger einen erwachsenen Mann getötet hat?

„Ach ich weiß auch nicht genau. Irgendwas mit einer eingestürzten Decke." Talib winkte ab.

„Eingestürzte Decke? Ein zweijähriger?", hackte Silas nach. Er wirkte irritiert. „Ich komm nicht mehr mit."

„Das ist ja auch nicht entscheidend." Hammar lächelte. „Ihr beide müsst nur endlich einsehen, dass unser lieber Enrico selbst für euch eine echte Bedrohung darstellt."

„Wie wäre es, wenn du endlich aufhörst so einen Blödsinn von dir zu geben und uns endlich die ganze Geschichte erzählst", schlug Silas vor. Seine Stimme klang kalt und gelangweilt. Kim kannte diesen Ton gut genug.

„Oh ich denke das kann Talib viel besser als ich. Schließlich gehört er ja zur Verwandtschaft." Hammar lächelte, doch Talib schnaubte bloß.

„Niemals wird Enrico mich zu seiner Verwandtschaft zählen. Für ihn bin ich doch nicht mehr als ein lästiges Anhängsel aus vergangenen Zeiten."

„Höre ich da etwa eine Spur Verärgerung?", fragte Kim lieblich. Das war ein gefundenes Fressen für sie. Talib fühlte sich also von dem kleinen Kaiser übergangen.

„Ja mir war auch so", bestätigte Silas und endlich löste sich seine angespannte Miene.

„Talib gehört zu einem Seitenzweig der Familie", erklärte Hammar. „Aber wenn man so wenige lebende Verwandten hat wie Enrico sollte man nicht sonderlich wählerisch sein."

„Würde sein Vater noch leben gäbe es sowas nicht." Talib faltete die Hände und legte das Kinn darauf ab. „Der hatte den Jungen im Griff. Wusste wie man mit ihm umgehen muss. Kenne niemanden sonst der das hinbekommen hätte."

„Was heißt ihn im Griff haben? Kann man ihn kontrollieren?", fragte Kim. Sie wurde einfach nicht schlau aus diesen ganzen konfusen Aussagen.

„Im Gegensatz zu dir und Silas meinst du? Glücklicherweise ja." Hammar schlug die Hände zusammen und lehnte sich zurück. „So gut er auch sein mag, seine Macht ist völlig nutzlos, wenn er gefesselt ist. Natürlich ist nicht jede Fessel gleich effektiv, aber zu eurem Glück habe ich genau das richtige dafür." Hammar zog aus einer Hosentasche ein paar Handschellen aus Eisen.

„Ja klar, natürlich hast du sie sogar zufällig dabei." Silas verdrehte die Augen. „Du hast doch nur darauf gewartet, dass dieses Gespräch aufkommt."

„Schon möglich", gestand Hammar grinsend. Er warf die Handschellen Kim zu. „Enrico wurde bereits als Waffe eingesetzt als er ein Kind war. Vielleicht dachte er sich damals nichts dabei, aber irgendwann wurde er älter und hat angefangen die Dinge, die er tat zu hinterfragen. So wie ihr beiden damals. Erinnert ihr euch wie lästig das war?"

„Das hat doch nie aufgehört", warf Kim ein. Nein, das hatte nie aufgehört.

„Du kannst einen Menschen, der so unbeherrscht ist wie ein Teenager nicht mit Worten kontrollieren. Erst recht nicht, wenn er so unberechenbar ist wie Enrico. Schon der kleinste Stress reichte, um eine tödliche Lawine los zu treten. Im wahrsten Sinne des Wortes", erklärte Hammar.

„Also stresst man ihn einfach nicht?", fragte Silas.

„Nein, man unterwirft ihn sich", erwiderte Hammar.

„Unterwerfen? Wie denn?" Kim nahm die Handschellen und betrachtete sie. „Sie konnten seine Kräfte also unterdrücken, aber wie haben sie ihn dann als Waffe einsetzen können?"

„Na wie wohl?", herrschte Talib sie wütend an. „Wie erzieht man einen Hund, der nicht hören will?!"

Hatten sie denn damals wirklich gedacht sie hätten es nur mit einem Hund zu tun? War ihnen nicht aufgefallen, dass sie viel Größeres hätten erreichen können?

24. Kaleya

Kaleya war eingeschlafen. Rico selbst hatte nicht eine Sekunde lang geschlafen. Mit geschlossenen Augen hatte er erst dem Klirren von Messer und Gabel gelauscht dann war der Teller mit einem dumpfen Geräusch auf dem Tisch abgestellt worden und schließlich war da nur noch ihr gleichmäßiger Atem.

Ihr Kopf war auf die Seite gerollt und sie hatte die Knöchel übereinandergeschlagen. Schon seit einer Weile strich Rico über den schmalen Streifen Haut, der zwischen den eleganten Schuhen und der edlen Hose zu sehen war.

Sein Kopf war ganz leer und das machte ihn glücklich. Nicht nachzudenken, sich nicht zu Sorgen, mit sich selbst zufrieden zu sein.

Schritte im Gang, leichte Schritte. Bestimmt Terra, doch das Gefühl, das er hatte, war zu schön, um sich jetzt zu bewegen. Nicht mal für seine Schwester. Ein leises Klopfen kündigte ihre Ankunft an und kurz darauf streckte sie vorsichtig den Kopf herein. Rico hob einen Finger vor die Lippen und nickte zu Kaleya. Terra verstand und kam leise herüber. Sie setzte sich in einen Sessel ihm direkt gegenüber.

„Ihr habt gegessen?" Ihr Blick blieb an den leeren Tellern hängen.

„Ja, haben wir", flüsterte Rico. Sie sah ihn mit hochgezogenen Augenbraucn an. „Schon gut, das meiste hat Kaleya gegessen." Sie anzulügen würde es ja doch nicht besser machen.

„Wo geht das alles hin? Sie isst mehr als Kahn." Damit hatte Terra nicht ganz Unrecht. Aber jetzt wusste Rico ja wieso sie das alles brauchte.

„Sie hat eben einen hohen Energiebedarf."

„Rico mir ist immer noch nicht ganz wohl bei der Geschichte." Terra wand die Finger ineinander, löste sie wieder, verknotete sie wieder, schließlich entschied sie sich dafür die Hände im Schoß zu falten. „Wüssten wir nur genaueres über sie…Woher sie kommt, was sie wirklich hier will. Ich meine du kennst sie doch kaum."

„Ob du es glaubst oder nicht, aber bisher haben wir nur geredet und all
die Dinge, um die du dich sorgst, die weiß ich schon längst. Verzeih mir,
wenn ich es dir nicht erzählen kann, aber es ist Kaleyas Entscheidung
mit wem sie darüber spricht, nicht meine", erklärte er leise.
„Du wirst schon wissen was du tust. Ich vertraue dir kleiner Bruder." Sie
lächelte und stand auf. Sie war schon zur Tür heraus als sich die Worte
endlich über seine Lippen wagten.
„Tu das nicht. Vertrau mir nicht."
Vielleicht wäre es besser zu Bett zu gehen. Der Mond stand bereits wie
ein riesiger Spiegel am Himmel und tausende Sterne blitzten auf. Ganz
vorsichtig, um sie nicht zu wecken, hob er Kaleyas Beine an und stand
auf. Sie murmelte etwas Unverständliches und verstummte dann wieder.
Ein Blick aus dem Fenster, die meisten Häuser lagen in Dunkelheit. Vereinzelt schien noch Licht aus den Fenstern und ein paar wenige Menschen bemühten sich eilig nach Hause zu kommen.
Kaleya schlief so friedlich. Er könnte sie einfach liegen lassen, er sollte
sie liegen lassen. Niemand würde Fragen stellen. Sie war hier eingeschlafen und sie würde hier erwachen. Da brauchte man sich doch nicht
extra zu bemühen. Andererseits war das Gefühl, sie bei sich zu haben,
um so vieles schöner, als das Gefühl das richtige zu tun. Rico hob sie
hoch.

Rico erwachte. Irgendwas war falsch. Das Bett neben ihm war leer. Gerade eben noch hatte er ihr Haar berührt und dann… war er eingeschlafen. Er hatte geträumt und war aufgewacht und sie war weg.
Ein dünner Lichtstrahl fiel auf das Bett und auf ihn. Die Tür zum Badezimmer hatte sich leise geöffnet. Dort stand sie. Ihre Umrisse so klar und
deutlich. Das Licht verlöschte und im fahlen Mondlicht glänzten ihre
Augen. Sie hatte sie weit aufgerissen und die Lippen leicht geöffnet.
„Alles okay?", fragte sie leise. So sanft, so ruhig. Rico schüttelte den
Kopf, musste die letzten Fetzen des Traumes loswerden, bevor… „Du
hast so ruhig geschlafen, da wollte ich dich nicht wecken." Sie fuhr sich

mit einer Hand durch die Haare. „Ich wollte nur etwas Bequemeres anziehen. Ich hoffe das ist okay." Langsam kam sie herüber und setzte sich neben ihn.

Rico konnte immer noch nicht ruhig atmen. Es war zu nah, zu real. Nicht sie, der Traum. Den letzten Traum war er mit Wasser losgeworden. Nein, nicht mit Wasser. Sie war es gewesen, schon immer sie und jetzt wieder. Eine kühle, zarte Hand berührte sein Gesicht.

„Rico?", fragte sie. Ihre Stimme mehr ein Flüstern, als ein echter Laut.

„Wachst du manchmal auf und kannst einen Traum nicht mehr loswerden?", fragte er zurück.

„Manchmal? Praktisch jede Nacht." Ein freudloses Lachen kam zitternd über ihre Lippen. „Was hast du geträumt?"

„Ist das denn von Bedeutung?"

„Nein, ist es nicht. Kann ich etwas tun?" Es lag keine Arglist in ihrer Stimme. Sie wollte einfach nur helfen. Aber sie konnte ihm nicht helfen. Außer vielleicht… vorsichtig tastete er nach ihrem Handgelenk. Ihre Finger, die immer noch an seiner Wange lagen, zitterten leicht. Er zog ihre Hand fort und legte sie über sein rasendes Herz. Rasend, zum Teil noch vom Traum, zum Teil nun aber wegen etwas ganz anderen. Ein beinahe lautloses Keuchen entfuhr ihr.

„Dein Herz rast ja!"

„Nur ein Traum", flüsterte er. Die Worte taten gut. Ja es war nur ein Traum gewesen. Nicht real. Nicht wirklich passiert. Das hier war real. Ihre Hand auf seiner Brust. Ihre Stimme direkt neben ihm. Eine Stimme, die keine Befehle brüllte, sondern sich liebevoll nach seinem Wohlergehen erkundigte.

Er ließ sich zurück in sein Kissen sinken. Kaleyas Hand rutschte weg und verschwand schließlich ganz. Sie legte sich neben ihn. Betrachtete ihn. Auch wenn sie vermutlich genau so viel sah wie er, also fast gar nichts.

Sein Herz pochte weiter ungehindert als würde er um sein Leben laufen. Nichts konnte dagegen helfen. Doch, ihre Berührung hatte geholfen. Es war nur zu wenig gewesen. Konnte er es wagen? Würde sie ihn lassen? Die Frage beantwortete sich wie von selbst. Sie rollte sich herum, bis sie mit dem Rücken direkt an seine Seite gekuschelt lag. Er legte einen Arm um sie. Langsam nahm sein Puls den gleichen Rhythmus an wie der ihre. Die Wärme, die sie ausstrahlte, durchdrang seinen ganzen Körper. Er fühlte sich leicht und frei. Leicht und schmerzlos. Sie war hier und der böse Traum war vorbei.

Rico schlief durch bis zum nächsten Morgen. Ohne Träume.

Etwas kitzelte ihn. Kopfschüttelnd öffnete er die Augen. Wie konnte er das nur loswerden?

Schwarze Haare behinderten seine Sicht. Er wickelte sich die wirren Strähnen um eine Hand und zog vorsichtig daran. Ihr Kopf fiel widerstandslos in den Nacken und gab den Blick auf einen eleganten blassen Hals und einen ebenso zarten Kiefer frei.

Die Versuchung war so groß. Seine Finger zitterten. Er hob den Kopf. Ging das zu weit? Doch schon allein die Vorstellung reichte und er wollte mehr, brauchte mehr.

Sie öffnete die Augen, wand ihm den Kopf zu, streifte ganz kurz mit ihren Lippen seine und… er war verloren. Er umfasste ihr Gesicht mit beiden Händen und küsste sie. Einmal, zweimal, noch einmal. Ihre Hand ruhte auf seiner Schulter, die andere vergrub sie in seinem Haar.

Ja war das denn möglich? Sie kannten sich doch kaum!

Er war immer noch etwas außer Atem als Kaleya ihm einen letzten sanften Kuss gab und dann aufstand, um sich umzuziehen. War das gerade wirklich geschehen? Er fühlte sich wie betäubt. Versuchte sich zu erinnern wann er das letzte Mal so empfunden hatte. Nie. Niemals zuvor. Ging es ihr auch so? Bestimmt nicht! Sie war wunderschön und hatte keine Berührungsängste. Sicher kannte sie das bereits. Seine Lippen kribbelten noch immer.

Sie kam aus dem Bad zurück und er musste sich zwingen aufzustehen. Er konnte ja schlecht den ganzen Tag hierbleiben und über diesen Kuss, oder besser die Küsse, nachdenken! Als er an ihr vorbei ging streifte sie seinen Arm mit ihrem und am liebsten hätte er sie sofort gepackt und wieder ins Bett gebracht. Vielleicht sollte er sich einen Tag frei nehmen. Terra könnte er erzählen er sei krank, wurde ein Kaiser bei Krankheit von seinen Pflichten entbunden? Nur blöd das er sonst nie krank war.

„Deine Gedanken gefallen mir. Aber wir sollten es nicht tun", wisperte
Kaleya ganz nahe an seinem Ohr. Warum um alles in der Welt war sie
so vernünftig. Und woher wusste sie was er dachte?
„Wie auch immer du das machst, lass es."
„Entschuldige, aber dein Blick war zu eindeutig." Sie lachte, stellte sich
auf die Zehenspitzen und küsste ihn auf die Wange. Ein kläglicher Trost.
Vielleicht ja später…

Es war schwer sich auf das Frühstück zu konzentrieren. Jannik starrte
ihn permanent an und Terra starrte Kaleya an. Wenigstens entging
Terra so dass er viel schneller mit Essen fertig war als er eigentlich sein
sollte.
„Du hast also wieder hier übernachtet?", fragte Jannik, meinte Kaleya,
sah aber weiterhin Rico an.
„Sie ist im Büro eingeschlafen, ich wollte sie nicht wecken", antwortete
Rico schnell, denn Kaleya war gerade dabei sich an ihrem Brötchen zu
verschlucken. „Kann diese Unterhaltung nicht bis nach dem Frühstück
warten, oder bis… ja ich denke so in zwanzig Jahren könnte ich kurz
Zeit dafür haben."
„Davor wirst du dich nicht ewig drücken können." Jannik zwinkerte
ihm zu.
„Ach nein, ich dachte als Kaiser könnte ich alles. Da habe ich die Stel-
lenbeschreibung wohl falsch gelesen."
„Was hör ich da kleiner Bruder? Du hast ein Mädchen?" Oh nein, jetzt
kam auch noch der! Kahn klopfte ihm auf die Schulter und quetschte
sich zwischen Rico und Kaleya. Vor Schreck verschüttete sie ihre Tasse.
„Entschuldige Kleines. Also dein Mädchen?"
„Hat sich gerade dank dir die Hände mit Tee verbrüht", knurrte Rico. Er
zog ein paar Servietten von einem Stapel und reichte sie direkt an Kahn
vorbei Kaleya. Sie lächelte verbittert.
„Schon okay, ich kann mich zum Glück nicht verbrennen." Sie wischte
sich die Hände trocken. „Das ist also dein Bruder?"
Kahn betrachtete Kaleya kurz mit einem Blick der Rico gar nicht gefiel.
Er sah sie an wie er die Küchenmädchen ansah. Das konnte er vergessen.

„Kaleya solltest du dich nicht mal bei deinen Gastgebern zurückmelden?" Das war die Beste Möglichkeit sie weit von Kahn weg zu schaffen.

„Ja, Soraya macht sich bestimmt schon sorgen." Sie stand auf. „Na dann Ricos Bruder, hat mich gefreut dich mal persönlich kennen zu lernen."

„Was hast du ihr über mich erzählt?", fragte Kahn, als Kaleya gegangen war.

„Nichts als die Wahrheit. Terra bitte sag mir das ich jetzt einen Termin habe." Er hatte Kaleya aus dieser Situation gerettet, jetzt musste er sich selbst auch noch retten.

„Rein zufällig steht da tatsächlich was an. Das Treffen mit den Abgesandten von Dallas", sagte Terra.

„Okay ich glaub dann will ich doch lieber hier bei Kahn und Jannik bleiben." Er seufzte. Das war auch nicht besser. Er ging seinem Onkel mit gutem Grund aus dem Weg und wenn Kaleya Recht hatte waren bei diesen Abgesandten auch die Leute, die ihn töten wollten.

„Das Leben ist leider kein Wunschkonzert. Das wird bestimmt nicht allzu lange dauern", entgegnete Terra sanft.

„Wenn sie wissen wollen warum ich nie geantwortet habe schon", murmelte Rico und hoffte insgeheim, Terra würde ihn überhören.

„Du hast ihm nie geantwortet? Rico! Dallas ist unser Onkel! Wieso hast du ihm nicht zurückgeschrieben? Er sorgt sich bestimmt!", rief Terra. Die Hoffnung starb ja bekanntlich zuletzt. Aber sie starb. Immer.

„Na super, noch jemand der sich sorgt." Er stand auf. „Sie sollen in mein Büro kommen, wenn sie da sind."

„Ich sagte ihnen du würdest sie am Tor treffen und das sie die Stadt gleich danach verlassen müssen." Terra tippte sich mit einem Finger an die Lippen. „Da bist du von Soldaten umgeben, dann passiert dir nichts."

„Terra ich bitte dich, was sollte mir schon passieren?"

Ja Terra, was sollte ihm schon passieren? Dem kleinen eingebildeten Wicht! Wir werden sehen…

Oh ja, diese Frau gehörte eindeutig nicht zu Dallas. Sie war groß und schlank, hatte lange hellrote Haare und blasse Haut. Ihre Augen leuchteten in einem bedrohlichen Blau. Das war sie. Kein Zweifel. Das war die Frau, die ihn umbringen sollte. Nur blöd, dass er nicht vorhatte ausgerechnet heute zu sterben. Nicht jetzt wo er Kaleya hatte.

„Verzeiht mit das ich nicht früher für euch Zeit hatte“, begrüßte er die Abgesandten. Zwei Soldaten begleiteten die Frau. Von den fremden Männern fehlte jede Spur. „Mir war als hätten meine Wachen fünf Leute angekündigt?“

„Meine Begleiter haben bereits heute Morgen die Stadt verlassen“, antwortete die Frau mit einer Stimme, die trügerisch ruhig klang. „Es war äußerst unangebracht von uns unangekündigt zu erscheinen. Danke das ihr uns wenigstens einen kleinen Moment eurer kostbaren Zeit schenken könnt.“ Hätte er nicht gewusst, dass sie falschspielte, er wäre nie auf die Idee gekommen. Von ihrem Äußeren mal abgesehen redete sie genau wie ein Abgesandter zu reden hatte. Höflich, zuvorkommend, zurückhaltend.

„Es gab einiges zu erledigen, deswegen musste die Post an Verwandte leider warten“, erklärte Rico kühl.

„Euer Onkel ist in großer Sorge um euch und eure Geschwister. Er legte mir nahe euch zu einem Besuch in der Steppe einzuladen.“ Sie deutete eine kleine Verneigung an. „Er würde sich wirklich sehr freuen euch zu sehen.“

„Und er kann sich sicher sein, dass auch ich ein solches Treffen begrüßen würde, doch mir mangelt es an Zeit. Gibt es noch irgendetwas wichtiges, dass ihr mir sagen müsst?“ Sie standen ganz nahe am Tor. Er musste sie nur rausbekommen und das Tor schließen lassen dann wäre er sie los. Behutsam machte er einen Schritt auf den Ausgang zu. Hoffentlich folgte sie ihm.

„Nun da wäre in der Tat noch etwas.“ Sie folgte ihm, ohne zu zögern durch das Tor hindurch. „Ich finde ihr seid ein ganz miserabler Kaiser.“ Er drehte sich um und eine Feuerwand versperrte ihm den Rückweg. So hatte er sich das nicht vorgestellt.

25. Lela und Sia

Ein großer Tumult entstand hinter den Flammen. Einige Soldaten machten Anstalten durch das Feuer hindurch gehen zu wollen doch wie aus dem Nichts schoss eine Mauer aus Sand vor ihnen in die Höhe und sperrte sie in der Stadt ein. Viel mehr noch, sie umgab die gesamte Stadt. Höher als die eigentliche Schutzmauer und bestimmt auch doppelt so dick.

So leicht war es also den Kaiser von seinen Leuten zu trennen…

Enrico sah aus wie Dallas, nur eben eine jüngere Version von ihm. Er hatte nicht mal mit einer Wimper gezuckt als die Falle zugeschnappt war. Er war gewarnt worden.

„Wer hat uns verraten? Das kleine Mäuschen?" Kim lächelte und rieb sich die Hände. Hinter ihr stand Silas und konzentrierte all seine Gedanken darauf das Feuer zu kontrollieren. Kim wollte nicht schon wieder die Klamotten wegwerfen müssen, weil sie versengt waren.

„Mir war von Anfang an klar, dass ihr nicht zu meinem Onkel gehört. Zumindest nicht jeder von euch", sagte Enrico kühl. Sein Blick huschte kurz hinüber zu den beiden Soldaten, die Dallas mitgeschickt hatte. Erhoffte er sich von ihnen Rettung? Sie könnten es ja versuch. Nur würden sie nicht sonderlich weit damit kommen.

„Ergibst du dich einfach? Damit wäre uns alles geholfen", schlug Kim vor.

„Ergeben? Wir haben doch noch gar nicht angefangen." Er lächelte und Kim war umgeben von Sand. Ein Wirbel, der sich immer Enger schloss ragte, um sie herum auf, drohte sie zu zerquetschen. Vermutlich könnte er es problemlos tun. Wieso zögerte er?

Heiß und glühend wurde sie eingehüllt und der Sand zerrann wie Wasser auf dem Boden. Silas hatte ihn mit Feuer bekämpft. Enrico kniff die Augen zusammen. Irgendetwas stimmte nicht und zwar ganz gewaltig!

Ein Feuerball schoss wie eine Kugel durch die Sandmauer und verbrannte ihre Ränder zu glühendem Glas. Stolpernd kam eine zierliche Gestalt vor Enrico zum Stehen. Pains Mädchen.

Silas ließ eine Wand aus Feuer auf den Kaiser und seinen neuen Gegner zurasen, doch das Mädchen verwischte sie mit den Händen, als wäre es nichts weiter als ein Spiel.

Kim wurde sauer. Die konnte doch nicht einfach so gegen Silas Feuer ankommen! Kim zog ein Messer. Mal sehen wie sie damit zurechtkam. Kim warf, Silas schrie: „Nein!" Kim sah sich nach ihm um. Sein Gesicht war vor Schreck erstarrt, seine Augen geweitet. Ein stöhnen, tiefer als Kim es erwartet hätte verriet das sie getroffen hatte, doch als sie sich wieder umdrehte steckte das Messer nicht im Herz der Kleinen, sondern in der Schulter des Kaisers. Er hatte sich doch tatsächlich vor sie geworfen. Er ging zu Boden, eine Hand auf die durchbohrte Schulter gepresst. „Nein!", stieß nun auch das Mädchen hervor. Sie trat beschützend vor den Kaiser und funkelte Kim böse aus ihren hellgrauen Augen an. Doch dann wanderte ihr Blick zu Silas und ihre Miene nahm denselben fassungslosen Ausdruck an wie die seine zuvor.

„Seth?", fragte sie eindeutig irritiert.

„Lela?", fragte Silas zurück, nicht minder irritiert.

„Sia!" Und das war das letzte was man von ihr hörte. Einer von Dallas Soldaten hatte sie so zielsicher niedergeschlagen wie Kim es ihm nie zugetraut hätte. Dann sammelte er den Kaiser auf.

„Die Kleine könnt ihr meinetwegen haben, aber er hier geht mit uns!", rief der Soldat. Er pfiff laut und schrill und hinter einer Düne kamen zwei Reiter hervor, die je ein weiteres Pferd führten. Die Soldaten hievten den mittlerweile leblosen Körper des Kaisers auf eines der Pferde, dann nahm einer der Soldaten hinter ihm Platz. Der zweite bestieg das freie Pferd und dann ritten sie davon. Diese hinterhältigen Mistkerle hatten sie doch tatsächlich ausgetrickst.

„Silas komm wir müssen gehen!", rief Kim. Die Soldaten, die alle zu groß waren, um durch das Loch zu passen, dass die Kleine in der Mauer hinterlassen hatte, versuchten bereits die Mauer aufzubrechen. Sie musste schleunigst hier weg. Der Kaiser war fort und das Mädchen…

Silas schien aus einer Starre zu erwachen. Er hob die Kleine auf, warf sie sich über die Schulter und ohne einen Blick zurück zu werfen lief er los. Kim folgte ihm.

Wer war Lela? Und warum hatte sie ihn Seth genannt?

Etwas abseits der Stadt wartete Hammar auf sie.

„Ah ich sehe ihr habt mir ein Geschenk mitgebracht!", rief er begeistert als er die leblose Gestalt auf Silas Schulter bemerkte.

„Hast du es gewusst?", fragte Silas. Das Gesicht zu einer Maske der Wut verzerrt.

„Natürlich wusste ich, dass es noch andere gab. Du konntest unmöglich der letzte Feuerbändiger sein." Hammar schüttelte den Kopf mit einer Miene die besagte, dass es von Anfang an hätte klar sein müssen.

„Ja aber sie? Hammar ich bin doch nicht blind und sehe auch keine Geister! Wusstest du das sie lebt?", drängte Silas ihn zu einer Antwort. Worauf wollte Silas hinaus?

„Nehmen wir mal an deine Familiengeschichte hätte mich tatsächlich interessiert, dann hätte dir klar sein müssen, dass ich mindestens noch einen wie dich finden würde", sagte Hammar gelassen. Zu gelassen für Kims Geschmack.

„Ja einen! Aber nicht sie!", rief Silas.

„Wer ist sie denn?", fragte Kim. Sie legte ihm eine Hand auf den Arm. Wollte ihn beruhigen. Doch er schüttelte sie ab.

„Du hättest es mir sagen müssen!", schrie Silas Hammar an.

„Wozu? Sie hat sich doch auch nicht für dich interessiert." Hammar wand sich ab. Für ihn war die Diskussion offensichtlich vorbei. Silas dagegen sah aus als würde er sich am liebsten auf ihn stürzen und ihm die Kehle herausreißen. Was für eine angenehme Vorstellung. Doch das Mädchen in seinen Armen verhinderte jeden weiteren Wutausbruch.

Auf der Reise zurück durch die Wüste stellte sich ihnen niemand in den Weg. Auch der Sturm war vorbei. Kim tastete nach den Handschellen. War ja klar. Sie waren fort. Dallas Soldaten waren gar nicht so schlecht, wie Kim gedacht hatte.

Die Kräfte des Kaisers waren blockiert. Sein Leben lag jetzt in den Händen von Dallas und das Leben von Pains Mädchen? So führsorglich wie Silas sie hielt, war sie nicht in Gefahr.

Der Soldat, der sie niedergeschlagen hatte, hatte ganze Arbeit geleistet. Aber früher oder später würde sie erwachen und wenn es so weit war dann waren sie hoffentlich schon bei den Tunneln…

Ob Kim begriff was dort geschehen war, In diesem kurzen Moment des Erkennens? Hammar wusste es auf jeden Fall. War es das worauf er gebaut hatte? Der Grund aus dem Silas so unbedingt hatte dabei sein müssen?

Sie kamen unbehelligt bei den Tunneln an. Hammar ging ihnen zielstrebig voran und führte sie in die medizinische Abteilung und in ein Krankenzimmer. Silas legte nun zum ersten Mal das Mädchen ab, seit er sie zwischen all dem Sand aufgehoben hatte.

„Soll ich einen Arzt vorbei schicken der nach ihr sieht?", bot Hammar an. *Was war sein Plan? So nett war er doch sonst nicht!*

„Nein, aber du verschwindest jetzt trotzdem." Silas Stimme war so unerbittlich wie sein Gesicht. *Wer war dieses Mädchen? Kim wollte es endlich wissen! Musste es wissen!*

Wiederwillig murrend verließ Hammar den Raum. Kim kam langsam an das Bett heran und berührte vorsichtig Silas' Schulter. *Er hatte sie noch nie von sich gestoßen. Warum tat er es jetzt?*

„Kannst du nachsehen ob alles okay ist?", fragte Silas ganz leise, ohne den Blick von dem Mädchen abzuwenden.

„Natürlich." *So hatte sie ihn noch nie erlebt. Höchstens…* „Wer ist sie?"

Es war so lange her. Er war damals nur ein Schatten gewesen. Ein Schatten seiner selbst, geboren aus purer Verzweiflung und Zorn. Er durfte nie wieder so werden.

„Ihr Name ist Kaleya. Ich war mir erst nicht sicher, aber dann hat sie mich Seth genannt. Es kann nur sie sein."

„Seth? So wie der Seth der deine Familie getötet hat? Dein Bruder?"

Na? Überrascht?

„Genau der. Kaleya hat ihn verehrt. Ist dauernd mit ihm rumgehangen. Ich dachte sie wäre auch gestorben, dort. Ich lebe doch auch nur noch, weil er mich schon für tot gehalten hat!" Seine Hände ballten sich zu Fäusten. „Er hatte schon immer zu viel Selbstvertrauen. Dachte wohl der eine Schlag würde genügen." Grimmige Entschlossenheit trat auf sein Gesicht. „Er wird sterben dafür was er uns angetan hat."

„Dafür müssten wir ihn erst mal finden", entgegnete Kim. So ungern sie sich ihm in den Weg stellte, beachtete man wie wenige die sich ihm je in den Weg gestellt hatten noch lebten, doch überstürztes Handeln brachte in diesem Fall doch auch nichts. „Silas findest du nicht wir sollten uns erst mal neu sortieren und mal eine Nacht darüber schlafen. Wir sind seit Tagen auf den Beinen und haben kaum ein Auge zu getan. Ihr kann hier nichts passieren, sie ist in Sicherheit."

„Du hast Recht. Vielleicht sollten wir Hammar bitten nach Seth suchen zu lassen. Er hat immerhin sie gefunden."

„Ja vielleicht. Ich suche mal nach ihm und du ruhst dich ein wenig aus. Okay?" Sie strich ihm über das Haar und küsste ihn auf die Schläfe. Er nickte, rührte sich aber nicht.

Grausam, das war grausam.

Hammar unterwies gerade drei Neuzugänge als Kim ihn fand.

„Wie bekomme ich Pain hier her?"

„Miss Duvessa, du störst!", beklagte Hammar sich, ohne den Blick von den Teenagern vor sich zu nehmen. Es waren zwei Jungen und ein Mädchen. Die Jungen wirkten aufgeregt und voller Tatendrang, dass Mädchen hatte Angst. Unverfälschte Angst. Das würde vergehen.

„Jetzt sag schon!", knurrte Kim.

„Es ist aber nicht Pain den er sehen will", entgegnete Hammar. Er umrundete einen der Jungen und nickte anerkennend. Schon möglich, dass aus diesem ein ganz außergewöhnlicher Kämpfer werden könnte.

„Silas sagt sie wäre immer bei Seth gewesen, wenn das stimmt dann muss Pain etwas wissen!"

„Natürlich weiß Pain Bescheid. Was glaubst du warum wir so lange nichts von Seth gehört haben? Jemand der wegen Mordes gesucht wird kann nicht einfach so verschwinden", bemerkte Hammar mit einem arroganten Unterton, als hätte es Kim eigentlich klar sein müssen. Und das stimmte natürlich. Niemand konnte so viele Menschen töten und dann einfach weiterleben. Er brauchte Unterstützung. Einen Platz wo er unerkannt bleiben würde, einen Ort, an dem er sich verbergen konnte.

„Wir waren ihm all die Jahre so nahe und du hast nie etwas gesagt?", fragte Kim. Langsam wurde sie ungehalten.

„Silas war noch nicht so weit. Möglich, dass er es jetzt ist, aber wir sollten lieber nichts überstürzen." Hammar legte die Stirn in Falten. „Das Mädchen, Forschung oder Kampf?"

„Kampf." Sie musste ihm etwas bieten, damit er weitersprach.

„Bist du dir sicher? Sie sieht ziemlich schwach aus…" Ja das Mädchen machte keinen sonderlich guten Eindruck.

„Das wird schon noch. Also Seth ist bei Pain, ja?"

„Du hast leicht reden, die beiden sind unzertrennlich." Hammar lachte. „Mein Pflegebruder hatte schon immer eine Schwäche für Jungen wie ihn."

„Und wie bekommen wir ihn hier her?" Sie hatten genug gespielt. Es war an der Zeit zu handeln. Silas war unschlagbar und wenn es sein Wunsch war Seth zu töten, um sich zu rächen, dann sollte es so sein. Kim würde ihm dabei helfen.

„Gib ihm ein paar Tage bis die Nachricht über die Entführung des Kaisers Pain erreicht, dann wird er innerhalb kürzester Zeit hier auftauchen. Kann ich jetzt weiter machen?"

„Eins noch. Wie steht Silas zu ihr? Wer ist sie?", wollte Kim wissen. Sie brauchte diese Information!

„Das fragst du noch? Sie sind verwandt. Er ist ihr Vetter, glaube ich", sagte Hammar.

„Aber Silas hat keine Verwandten mehr!"

„Ach nein? Sieh sie dir doch nur mal an! Besteht da noch Zweifel?"

Besteht da noch Zweifel? Es ließ sich nicht verleugnen, dass sie sich sehr ähnlich sahen, wie ein Mann und eine Frau sich eben ähnlich sehen konnten.

Als Kim zurück im Krankenzimmer war wurde es ihr umso klarer. Silas war eingeschlafen, es war eben doch ziemlich anstrengend gewesen, und sein Kopf lag auf dem Bett neben dem Arm des Mädchens.

Ja gut, sie hatten dasselbe rabenschwarze Haar, dieselbe blasse Haut. Von ihrer fast vollkommen geraden Nase, über die markanten Kieferknochen bis hin zu dem spitzen Kinn und den vollen Lippen, sie mussten einfach verwandt sein.

„Grausam, so grausam", flüsterte Kim. Dann ließ sie die beiden in Ruhe schlafen.

26. Mein Vater

Es war als wäre er aus einem langen Traum erwacht. Verworrene Bilder durchfluteten seine Gedanken, überschütteten ihn mit Emotionen. Kraftlos, nicht in der Lage sich zu bewegen. Er konnte es nur geschehen lassen. Etwas Kühles berührte seine Stirn, doch er konnte es nicht erkennen. Überall lag ein milchiger Schleier wie von schmutzigem Glas. Jemand sagte etwas, eine vertraute Stimme, eine verhasste Stimme. Aber es klang falsch.
„Ich bin ja da", flüsterte die Stimme. Das war falsch! So sprach er nie mit ihm! „Bleib ganz ruhig, ich beschütze dich."
Beschützen? Ihn? Wann hatte er ihn jemals beschützt?
Eine Hand legte sich auf seine Schulter und jagte Wellen des Schmerzes durch seinen ganzen Körper. Das entsprach schon eher der Stimme.
„Herrje! Jetzt gebt ihm doch mehr Schmerzmittel!"
Schmerzmittel? Nein auf keinen Fall! Er musste bei klarem Verstand bleiben sonst wäre er erledigt! Er wollte eine Hand heben, doch etwas schnitt unangenehm in seine Haut.
„Nein!" Hatte er es wirklich gesagt, oder sich nur eingebildet?
„Entspann dich, alles wird wieder gut. Wir kümmern uns um dich."
Diese Stimme! Das konnte nicht sein. Das war ein Albtraum, nur ein Albtraum und wenn er wieder aufwachte war alles vorbei. Dann wäre sie bei ihm und er könnte sie in die Arme nehmen und das Gesicht in ihren Haaren vergraben und…
Etwas pikste ihn am Arm, er zuckte zurück.
„Es ist gleich vorbei", sagte eine andere Stimme. „Einfach weiter atmen, so ist es gut." Das taube Gefühl in seinem Körper verstärkte sich immer weiter, unaufhörlich, bis da nichts mehr war.
„Ach mein Junge, was haben sie dir nur angetan?"
Rico lag da in seinem Dämmerzustand, ohne etwas zu fühlen oder zu sehen. Manchmal war es hell, manchmal dunkel. Manchmal sprachen Leute um ihn herum, manchmal war es still.

Irgendwann lichtete sich der trübe Schleier. Langsam fühlte er wieder etwas in den Händen und Füßen. Jemand strich ihm durch die Haare. Die Berührung war tröstlich. Er war zu Hause. Seine Männer hatten den Feind besiegt und jetzt lag er im Krankenhaus und die Person, die da bei ihm war, … Nein das war nicht das Krankenhaus.

Er war auch nicht zu Hause. Er konnte es nicht fühlen. Spürte zwar seine Finger, aber nicht den Sand. Was war da los?

„Wo bin ich?", fragte er. Doch seine Stimme war belegt und schwach.

„In Sicherheit, da wo du hingehörst", antwortete die allzu vertraute Stimme. Schon wieder. Viel zu nahe! Jetzt war er hellwach. Er setzte sich auf, wollte laufen, so weit wie möglich, doch wie zuvor hielt ihn etwas zurück, etwas das kühl über seine Handgelenke schabte.

„Hey ganz ruhig, ist schon gut. Dir passiert nichts", versprach die Stimme und ein Mann trat in sein Blickfeld. Ging neben dem Bett auf die Knie, sah zu ihm auf.

Es war nicht sein Vater, auch wenn er gleich klang und ihm auch verdammt ähnlichsah, aber die Augen verrieten ihn.

„Dallas?", fragte Rico. Was war passiert? Kaleya hatte sich dem Feuerbändiger gestellt, die Rothaarige hatte das Messer geworfen, Rico hatte Kaleya aus der Wurfbahn gestoßen und dann… Nichts mehr.

„Vorsicht Enrico du hast eine böse Verletzung an der Schulter. Diese Frau hat dich richtig erwischt." Mit gerunzelter Stirn musterte Dallas ihn. Was sah er, was hoffte er zu sehen? „Aber mit Verletzungen kennst du dich ja scheinbar aus." Sein Blick fiel auf Ricos Brust. Rico trug kein Hemd, wo waren seine Sachen? Der Raum war so hübsch eingerichtet, so völlig anders als alles was Rico kannte. Er hasste ihn, jeden Quadratzentimeter darin. „Enrico ich weiß das muss dir seltsam vorkommen und du brauchst sicher ein wenig, um das alles zu ordnen", sagte Dallas. Ach ja? Hatte er da etwas Erfahrung?

„Dann bekommst du wohl das Essen, das du wolltest." Hoffentlich konnte Rico danach wieder heim. Dallas lachte, aber es klang freudlos und seine Augen glänzten feucht als würde er gleich… Oh nein, bitte nicht!

„Die Ärztin sagt so kurz nach der Behandlung sollst du nichts Festes zu
dir nehmen. Also wird es eher eine Suppe als ein richtiges Essen." Die
Gefahr schien gebannt. Dallas richtete sich auf. „Du hast bestimmt Hunger. Ich werde gehen und etwas holen."
Hunger? Ja, auf diese Weise abgeschottet vom Sand hatte er wirklich
Hunger. Vielleicht lag es ja aber auch an dem Loch in seiner Schulter.
Der Wurf, dieser verdammte Wurf. Sie war gut sie war richtig gut. Wäre
er nicht vor Kaleya gesprungen sie wäre nur noch eine rote Pfütze auf
dem Boden gewesen. Kaleya… hoffentlich ging es ihr gut. Hoffentlich!
„So, es ist nichts Besonderes, aber sie ist heiß." Dallas stellte einen Teller
voll Suppe auf einen kleinen Tisch und legte einen Löffel daneben. Mit
erwartungsvoll geweiteten Augen sah er Rico an. Rico zog eine Augenbraue hoch. „Ach ich Schussel." Dallas schlug sich mit einer Hand gegen
dir Stirn. „Einen Augenblick." Er kramte eine Weile in seiner Hosentasche und zog einen kleinen Schlüssel hervor. „Nur eine Vorsichtsmaß-
nahme, ich hoffe du verstehst das."
„Das kommt mir so bekannt vor das ist nichts Besonderes mehr", murmelte Rico. Dallas brauchte nicht zu glauben er könnte etwas tun das
Rico noch nicht längst erfahren hatte. „Wo sind meine Klamotten?"
„Ich habe sie waschen lassen, aber das waren sowieso nicht die ange-
messenen Kleider für einen Kaiser." Dalls schloss eine der Handschellen
auf. Die zweite ließ er verschlossen. „Wir besorgen dir etwas Besseres
zum Anziehen." Er schob das Tischchen herüber und ließ sich dann in
einen Stuhl am Fußende des Bettes fallen, in dem Rico lag. Er selbst war
gekleidet wie man sich das von einem Kaiser so vorstellte. Sein Hemd
war reich verziert mit Stickereien und glitzernden Steinen.
Mit nur einer Hand war es vergleichsweise schwer anständig zu essen,
doch Rico tat sein Bestes. Die Blicke die Dallas ihm zuwarf waren dabei
aber nicht gerade hilfreich.
„Okay wie wäre es damit, ich esse und du sagst mir was du so dringend
besprechen willst, dass du mich dafür entführen lässt. Möglichst bevor
meine Soldaten dich finden." Denn sie würden nach ihm suchen, kein
Zweifel. Sie würden ihn nicht aufgeben.

„Ach Enrico, so sehr ich es hasse dir das anzutun, aber deine Soldaten haben im Moment ganz andere Probleme. Um zu gewährleisten, dass niemand dieses Treffen verhindert habe ich die Stadt belagern lassen. Solltest du also den Versuch unternehmen zu fliehen, werden 200 berittene Soldaten die Mauern stürmen." Dallas sah doch tatsächlich so aus als täte es ihm leid.

200 Reiter und eine mehr als dreitägige Wanderung trennten ihn also von seiner Heimat. Er musste wohl mitspielen. So ein Pech aber auch. „Schau mich nicht so an. Mein Bruder dachte nur weil er dich hat könnte er auf die Hälfte seiner Männer verzichten und was ist nach der Rebellion von ihnen geblieben?"

So ungern Rico es zugab, aber Dallas hatte Recht. Er hatte kaum noch drei Dutzend Soldaten geschweige denn genug Männer, um einen Krieg zu führen. Schon gar nicht gegen Dallas, der sich Jahrelang in aller Ruhe eine Armee hatte aufbauen können. Das Wüstenvolk war zu schwach, um so etwas noch einmal durchzustehen.

„Okay ich habe es verstanden. Also was willst du?"

„Sei doch nicht so unhöflich! Gehen wir ein Stück?" Dallas erhob sich und ging zu einem Schrank. „Ah das hatte ich befürchtet. Sie haben nur diese langweiligen einfarbigen Hemden hier. Aber es wird genügen."

„Zum Glück habe ich andere Sorgen als meine Kleidung", quetschte Rico zwischen zusammengebissenen Zähnen hervor. Mit nur einer Hand war es unmöglich sich anzuziehen. „Nein danke ich brauche keine zweite Hand."

„Oh verzeih mir. Ich bin solche Vorsichtsmaßnahmen nicht gewöhnt. Aber es gibt da etwas, dass es dir unheimlich erleichtern wird." So wie Dallas lächelte konnte es nichts Gutes sein. Er zog etwas aus einer Schublade hervor. „Wir wollen doch nicht, dass du ausversehen jemanden verletzt, nicht wahr?" So ähnlich hatte Ricos Vater die Vorsichtsmaßnahmen auch gerechtfertigt. Doch wenigstens waren es keine Handschellen.

„Ich will ja nicht deine Hoffnungen zerstören, aber denkst du wirklich das klappt?", fragte Rico und zog dabei eine Augenbraue hoch. Dallas lächelte und schloss den ersten Armreif mit einem leisen Klicken.

„Das funktioniert. Die besten Forscher des Landes haben daran gearbeitet", erklärte Dallas.

„Ach ja und woran haben sie es ausprobiert? Steinen?" Rico sah dabei zu wie sein Onkel den zweiten Armreif verschloss und dann seine Handgelenke von den Schellen befreite. Das war so viel leichter. Dallas war scheinbar sehr von dieser Errungenschaft überzeugt.

„Ob du es glaubst oder nicht, aber du bist nicht der einzige." Dallas straffte die Schultern. „Also los, zieh dich an."

Selbst jetzt wo er beide Hände frei hatte, war es immer noch nicht ganz leicht in das Hemd hinein zu kommen. Er biss die Zähne zusammen und versuchte den Schmerz in der Schulter zu ignorieren. Dallas bemerkte es und machte ein Gesicht das Rico gar nicht gefiel.

„Oh nein, sieh mich nicht so an. Das haben deine Männer verschuldet also sieh mich nicht so an als würde es dich quälen. Du weißt nicht was Qualen sind."

„Naja, wenn man es genau nimmt waren es nicht meine Männer, sondern das Mädchen von Hammar. Und auf deinen Vorwurf möchte ich an andere Stelle eingehen." Dallas begann seine Finger zu Kneten, wie es Terra tat, wenn sie nervös war oder sich unsicher fühlte.

Inzwischen hatte Rico es geschafft das Hemd anzuziehen. Dallas bot ihm Schuhe an, doch er lehnte ab. Wenn er seinen Händen schon nicht mehr vertrauen konnte dann wollte er wenigstens spüren wo er ging. Die Armreifen erfüllten ihren Zweck und sahen dabei so unschuldig aus als wären sie tatsächlich nur Schmuck. Sie verließen das Zimmer und traten auf einen ebenso hübsch dekorierten Flur. Rico vermisste bereits jetzt seine schlichten Steinwände.

„Ich weiß ich hätte wissen müssen, dass es riskant ist sich mit Hammar einzulassen, aber ich war mir nicht sicher wen Pain schicken würde und ich hatte die Befürchtung das meine Soldaten, so gut sie sind, es nicht mit ihr aufnehmen können. Pain hat einige wirklich faszinierende Leute unter sich. Ich wollte dich zu keiner Zeit in Gefahr bringen", erklärte Dallas ruhig. Sie schritten den Gang entlang. Von Zeit zu Zeit eilte eine weiß-gekleidete Gestalt vorbei und verschwand hinter einer unscheinbaren Tür

„Ist das ein Krankenhaus?", fragte Rico.

„Die Krankenstation bei mir im Palast. Ich habe sie erst vor zwei Jahren eröffnet, aber es lohnt sich. Hier werden Angestellte und meine Soldaten behandelt. Das Krankenhaus hat doch immer so viel zu tun." Eine Krankenstation, extra für die Angestellten? Warum war ihm das noch nicht eingefallen? „Bedauerlicherweise ist deine behandelnde Ärztin ein echter Drache. Wir dürfen die Station nicht verlassen", beklagte Dallas sich.

„Ja sehr bedauerlich." Nein, eigentlich gar nicht. So konnte Rico wenigstens Schwäche vortäuschen, wenn es ihm zu viel wurde. „Also, deine Forscher haben ja ganze Arbeit geleistet." Rico hob eine Hand und das Licht glitzerte auf dem stählernen Armband.

„Ja, nicht wahr? Es war aber eigentlich nicht so schwierig. Es sind nicht die Fesseln, die deine Gabe kontrollieren, sondern das Metall. Sie haben es an mir getestet." Dallas strahlte.

„An dir?" Ausgerechnet an ihm? Hätte Dallas auch nur ansatzweise Ricos Fähigkeiten hätte er sicher nicht den Krieg beendet!

„Hm ja ich kann keine Städte in Gebirgen errichten wie mein Großvater, oder einen Sandsturm erzeugen, ohne mit der Wimper zu zucken, aber ein bisschen was kann ich auch." Dallas sah sich um als suche er nach etwas. Schließlich entdeckte er scheinbar was er suchte. Er griff in einen Blumentopf, aus dem eine prächtige grüne Pflanze wuchs und holte eine Hand voll Erde heraus. „Mal sehen…" Mit zusammengezogenen Augenbrauen betrachtete er die Erde. Langsam begann sich aus dem unförmigen Haufen eine Blume zu formen. Als sie fertig war strahlte Dallas vor Begeisterung.

Wann hatte Rico sich das letzte Mal über seine Gabe gefreut? Als er sie Kaleya vorgeführt hatte war er fröhlich gewesen. Das schien nun so weit weg. Der Kater stand noch immer in seinem Büro. Hoffentlich räumte Terra ihn nicht weg.

„Ich weiß für dich ist das nur eine Kleinigkeit, aber ich war noch nie sonderlich gut darin. Sonst hätte dieser Krieg anders geendet. Was mich auch schon zum eigentlichen Thema bringt." Er straffte die Schultern als hoffte er Rico hätte dann mehr Respekt vor ihm. Weit gefehlt. „Ich möchte dir etwas anbieten, so von Kaiser zu Kaiser." Er machte eine Pause, die wohl dramatisch wirken sollte. Aber Rico wollte es nur endlich hinter sich haben. Vielleicht könnte er einen Zusammenbruch vortäuschen… „Ich würde unsere Reiche gerne wieder vereint sehen. Unter einem Kaiser, so wie es vor dem Disput mit meinem Bruder war." Ach, darauf wollte er hinaus. Auch er hielt Rico für Unfähig, war ja klar. „Nein, keine grimmige Miene, bitte. Du verstehst das falsch. Solange ich lebe werde ich Kaiser über die Steppe bleiben, aber ich kann leider keine Kinder mehr Zeugen und ich möchte dich als Erben einsetzen. Mit meinem Tod würde alles an dich übergehen und die Reiche wären wieder vereint unter einem fähigen, starken Anführer. So wie es sein sollte. Also was sagst du?" Dallas sah ihn hoffnungsvoll an. Ja was sagte er dazu? Das war…

„Warum?", war das einzige was Rico herausbrachte.

„Ich sagte doch, weil ich keine Kinder"

„Ja das habe ich verstanden, aber warum ich? Die anderen Kaiser halten mich alle für Unfähig und du willst mir gleich ein zweites Reich überlassen?"

„Enrico es ist alles so wie es sein soll. Du wurdest geboren, um zu herrschen. Das Reich hätte nie getrennt sein sollen und deswegen wirst du es wieder vereinen. Das ist deine Bestimmung." Etwas ganz Ähnliches hatte er schon einmal gehört. Doch schien dieser Moment so unendlich fern. Kaleya hatte es ihm gesagt. Herrschen lag ihm im Blut. Es musste so sein. Wenn er das nur auch endlich verstehen könnte…

„Ich weiß das ist ein bisschen viel auf einmal. Vielleicht sollten wir an diesem Punkt aufhören und du legst dich erst mal wieder hin. Du bist etwas blass." Dallas musterte ihn mit gerunzelter Stirn. War er besorgt? Ausgerechnet er.

„Wo warst du die letzten 19 Jahre? Wie könnt ihr nur so verschieden sein?" Es wollte einfach nicht in Ricos Kopf. Dallas war so ganz anders als sein Vater. Was wenn es den Bruderkrieg nie gegeben hätte? Wenn dieser Mann da gewesen wäre?

„Die Narben, hat er das getan?", fragte Dallas sanft. Rico zögerte, er sprach nicht darüber. Nur mit Kaleya hatte er darüber gesprochen. Das

Zögern schien Dallas zu reichen. „Das hatte ich befürchtet." Er seufzte tief und lang. „Wusstest du, dass du auf einem Schlachtfeld geboren wurdest? Es war eine wirklich sinnlose Schlacht. Deine Mutter war auf dem Weg von mir zu meinem Bruder und hatte eine Eskorte meiner Soldaten bei sich. Auf dem Weg trafen sie auf eine Gruppe von Wüsten-Soldaten, die glaubten meine Männer hätten deine Mutter entführt. Beide Gruppen wollten sie schützen und gerieten so sehr aneinander, dass sie nicht bemerkten wie sie die Wehen bekam. Sie war dort ganz allein. Dienerinnen hatte sie keine dabei, keine Hebamme, kein Arzt. Die Chancen für sie standen von Anfang an schlecht und für dich… Naja du warst zu früh dran. Selbst mit ärztlicher Behandlung wäre dein Über-leben nicht sicher gewesen." Dallas stoppte die Erzählung und drehte sich einmal um die eigene Achse. „Sie hätte dich hier zur Welt bringen sollen. In Sicherheit und unter ärztlicher Aufsicht."

„Und warum hätte sie ausgerechnet hier sein sollen? Wieso war sie über-haupt bei dir? Du warst doch der Feind!" Das ergab alles keinen Sinn! Die schwangere Frau eines Kaisers hatte nichts im Kriegsgebiet verlo-ren!

„Ach Enrico du bist jung, kannst du es dir nicht vorstellen? Ich war ja kaum älter als du jetzt und sie war wirklich bezaubernd und mein Bru-der… sagen wir einfach er war noch nie sonderlich liebevoll." Wenn Dallas da gerade das andeutete was Rico fürchtete… „Glaubst du denn mein Bruder hätte Kahn jemals so behandelt wie dich? Oder Terra? Das liegt nicht daran, dass sie deine Gabe nicht Teilen. Kam dir nie in den Sinn, dass es einen anderen Grund haben könnte als diesen?" Einen an-deren Grund? Eine andere Ursache für all das?

Dallas hatte sich als junger Mann in Ricos Mutter verliebt und er konnte der Erde befehlen und er hatte dieselben Augen und… Rico musste es gar nicht vortäuschen. Er brach zusammen. Mitten im Gang, direkt vor den Augen seines…

„Vater?"

27. Zwillinge

Kaleya wusste nicht gleich wo sie war. Das Bett, in dem sie lag, war unbequem und künstliches Licht blendete sie. Neben ihr saß jemand in einem Stuhl, die Arme auf der Matratze verschränkt und den Kopf darauf abgelegt. Die schwarzen Haare kamen ihr so vertraut vor. Sie wollte sie berühren, musste wissen, dass es echt war.

Seth. Er war hier. Er war in einem heldenhaften Moment aufgetaucht und hatte sie gerettet. So musste es einfach sein.

Ihre Finger strichen durch die zerzausten Haare. Ein leises Stöhnen entfuhr ihm. Hm, wie lustig. Hatte er sich die Haare geschnitten? Die waren doch länger gewesen als sie gegangen war…

„Lela lass das", murrte er mit verschlafener Stimme. Lela? Seth nannte sie nie Lela. Das hatte immer nur…

„Silas?", flüsterte Kaleya mit schwacher Stimme. Mit einem Ruck fuhr er in die Höhe. Sein Gesicht, dieses vertraute Gesicht! „Silas!" Sie schlang die Arme um ihn bevor er auch nur eine Bewegung machen konnte. Sein Herz schlug so wild und stark an ihrem. Dafür, dass er tot sein sollte war er ganz schön warm.

„Lela", murmelte er mit dem Gesicht in ihren Haaren und erwiderte ihre Umarmung. Es fühlte sich nicht so an wie wenn Seth sie umarmte. Silas war muskulöser als Seth. Sie ließ ihn los und hielt ihn auf Armlänge von sich, um ihn zu mustern. Auch sein Gesicht war ein bisschen anders, irgendwie stärker. Die Wangen waren nicht wie bei Seth leicht eingefallen und überhaupt wirkte er kantiger. Seine Haare waren kürzer und die Augen, diese wunderbaren dunklen Augen, in ihnen strahlte ein Licht, dass Seth schon seit Jahren nicht mehr in sich hatte.

„Ich dachte du wärst tot!", rief Kaleya. Hatte Seth sich geirrt? War Silas gar nicht tot gewesen als er ihn gefunden hatte? Sie hätten ihn retten können! Dann wären sie zu dritt gewesen und vielleicht hätte Seth sich nicht so zurückgezogen! Oder zumindest hätte Kaleya dann noch Silas gehabt.

„Das ging mir genauso mit dir." Auch Silas musterte sie sorgfältig ehe er anerkennend nickte. „War ja klar, dass du mal eine kleine Schönheit wirst."

„Du bist aber auch nicht ohne." Ja er war ein attraktiver Mann geworden, aber warum denn auch nicht? Schon als Kinder waren die Zwillinge umwerfend. Vor allem wenn sie zusammen auftraten. Kaleya war immer so gerne in ihrer Nähe gewesen.

„Was hast du gemacht all die Jahre? Wo warst du?", fragte Silas. Gerne wollte sie ihm alles erzählen doch…

„Silas wo sind wir hier?"

„Auf der Krankenstation", antwortete er. Er zuckte mit den Schultern als wäre das nicht weiter verwunderlich. Doch Kaleya war sich sicher, dass er bei IHR gewesen war.

„Wir sind bei Hammar, oder?", wollte sie leise flüsternd wissen.

„Du warst die ganze Zeit über bei Pain. Was macht das für einen Unterschied?" Er hatte ihre Miene wohl ganz richtig gedeutet und hatte er nicht Recht? Wenn es nur ein bisschen anders gelaufen wäre und Silas nicht zu Hammar gegangen wäre, oder Seth sich nicht für Pain entschieden hätte dann wären sie die ganze Zeit über zusammen gewesen! Und was, wenn Seth gewusst hatte das Silas noch lebte? Er hätte nie zugelassen, dass sein Bruder zu Hammar ging.

„Nichts für ungut, aber Hammar ist ein Arsch", stellte Kaleya klar.

„Das weiß ich selber, aber er hat mich aufgenommen als keiner da war der sich um mich gekümmert hat", entgegnete Silas verbissen.

„Wenn ich nur gewusst hätte… Seth sagte es wären alle tot!" Der Arme, die ganze Zeit auf sich allein gestellt. Wie musste das gewesen sein? Zwischen all den Leichen aufzuwachen und von einer Sekunde auf die Andere niemanden mehr zu haben? Seth hatte Kaleya immer so viel Kraft und Rückhalt gegeben. Silas war ganz allein gewesen!

„Das dachte er wahrscheinlich auch. Er hat noch nie an seinen Fähigkeiten gezweifelt", knurrte Silas. Nein, da stimmte etwas nicht. War das Hass in seinem Blick?

„Wie meinst du das Sia? Seth hat mich gerettet", flüsterte Kaleya.

„Mag sein, aber davor hat er unsere Familie umgebracht."

„Nein, das glaub ich nicht."

„Ich habe doch selbst gesehen wie er unseren Vater erstochen hat! Und dann hat er mich niedergeschlagen, das war kein Unfall!", rief Silas. Seine Stimme wurde lauter. Nein! Das durfte einfach nicht wahr sein! Hatte sie all diese Jahre einen Traum gelebt? Hatte sie sich so in Seth täuschen können? Ein ekelhaftes, fremdes Gefühl durchdrang ihren ganzen Körper.

„Ich, Sia ich…" Ihr Mund war trocken und ihre Zunge fühlte sich schwer an. Silas seufzte.

„Wie wäre es, wenn ich dir etwas Frisches zum Anziehen besorge und du solange unter die Dusche steigst? Danach führe ich dich ein bisschen rum", schlug er, ein bisschen ruhiger, vor. Blieb ihr denn eine andere Wahl? Sie nickte und Silas führte sie in ein nur notdürftig eingerichtetes Bad. Verglichen mit Ricos Badezimmer war es eindeutig ein Abstieg. Rico! Was war mit ihm?

„Silas, was habt ihr mit Rico gemacht?", fragte Kaleya.

„Rico?" Seine Stirn legte sich in Falten. „Meinst du den Kaiser? Dem geht es gut. Dallas hat ihn. Ich glaube nicht, dass er ihm etwas antut." Er zuckte mit dem Schultern als würde das keinen Unterschied machen. Doch für Kaleya machte es einen gewaltigen Unterschied. Sie war so erleichtert. Er war nicht tot.

Sie duschte kurz und zog die Sachen an die Silas ihr in der Zwischenzeit gebracht hatte. Sie waren zu lang, doch aus alter Gewohnheit krempelte Kaleya die Hosenbeine einfach hoch und schob die Ärmel über die Ellbogen. Sie kehrte zurück in das Krankenzimmer und Silas reichte ihr eine Haarbürste. Er hatte sogar das Haarband aufgehoben, mit dem Soraya ihr den Zopf zugebunden hatte. Das schien nun ewig lange her. Sie band sich die Haare zu einem unordentlichen Knoten, damit sie aus dem Weg waren und drehte sich einmal um sich selbst.

„Und?" Rico hatte gesagt sie würde süß aussehen, wenn sie zu große Kleider trug. Silas dagegen runzelte die Stirn und legte einen Finger an die Lippen.

„Es wird schon gehen für den Anfang", befand er dann und hielt ihr die Tür auf.

Für den Anfang? Was erwartete er denn? Dass sie hierblieb? So sehr sie ihn vermisst hatte, so wie sie alle ihre Verwandten vermisst hatte, sie würde nicht bleiben. Nicht bei Hammar.

Sie ging leicht versetzt hinter Silas. Die Gänge glichen denen im Bunker, waren ganz aus Stein und Fensterlos. Nur war der Bunker nicht so weit verzweigt, oder kam ihr das nur so vor?

Zwei Jungen, die vielleicht so alt wie Kaleya selbst sein mochten, kamen herumalbernd den Gang entlang. Einer rempelte Silas an und blaffte: „Pass doch auf!"

Silas schloss die Augen und atmete tief durch.

„Ich darf sie nicht töten, ich darf sie nicht töten, ich darf sie nicht töten."

„Alter hast du ein Problem?" Der zweite Junge war nun stehen geblieben.

„Nein, aber du hast gleich eins, wenn du nicht weiter gehst!", mischte eine weitere Stimme sich ein. In einer unscheinbaren Tür lehnte ein Hüne von einem Mann. Er war fast so breit wie hoch, auch wenn kein Gramm Fett an seinem Körper zu sehen war. Seine Nase sah aus als wäre sie schon mehrfach gebrochen worden. Seine Haare waren dunkelbraun, die Haut zart karamellfarben und die Augen von einem dunklen, durchdringenden braun.

Die Jungen gehorchten, nicht ohne wiederworte und zogen weiter den Gang entlang.

„Du kannst sie fertig machen, wenn sie zu euch kommen. Kasim macht nur ihr Basistraining", sagte der Mann zu Silas. Der Mann lächelte und wirkte gleich gar nicht mehr so furchterregend. Er blickte an Silas vorbei und entdeckte Kaleya. „Das ist sie also hm? Sieht gar nicht wie eine Kämpfernatur aus."

„Bin ich auch nicht", sagte Kaleya.

„Sie spricht! Hat sie auch einen Namen?" Er wackelte mit den Augenbrauen und seine Augen blitzten auf. Er spielte mit ihr.

„Sie heißt Kaleya und du?" Sie wollte gerne mit ihm spielen. Er wirkte nett. Eine echte Überraschung beachtete man für wen er arbeitete.

„Ich bin Rin. Ihr solltet vielleicht mal in der Halle vorbeischauen. Hammar lässt Kim schon seit einer halben Stunde gegen Neulinge antreten." Er zwinkerte ihr zu und wand sich wieder zu dem Raum um aus dem er gekommen war. Erst jetzt fiel Kaleya auf das in dem Raum ein Mädchen saß. Sie hatte eine blutige Lippe und war übersäht mit blauen Flecken. Auch Silas schien das Mädchen nun zu bemerken.

„Spielst du wieder mal den Babysitter?", fragte Silas.

„Kim hat mich gebeten ein Auge auf sie zu haben. Die zwei Flachnasen, die hier gerade durch sind, haben sie ganz schön hart rangenommen. Aber ich mach schon eine anständige Kämpferin aus ihr", sagte Rin. Das glaubte Kaleya ihm gerne. Wenn jemand einem kleinen Mädchen kämpfen beibringen konnte dann war das vermutlich dieser Mann. Er erinnerte Kaleya ein bisschen an ihren eigenen Trainer, damals als…

„Sag Bescheid bevor Kasim die Jungen rüber schickt dann sorg ich dafür, dass sie in meine Gruppe kommen dann stecken die auch mal ein", bat Silas grinsend.

„Mach ich, aber ich befürchte da ist Kim schneller." Rin lächelte ein letztes Mal, dann schloss er die Tür hinter sich.

„Du unterrichtest die Neuzugänge?", hackte Kaleya nach.

„Nein, ich habe schon genug mit meinem eigenen Training zu tun, aber Hammar sieht seine Jungen so gerne scheitern." Er machte eine grimmige Miene. „Er lässt sie als eine Art Aufnahmeritual gegen die besten Zehn antreten. Sie müssen eine gewisse Zeit bestehen dann sind sie vollwertige Krieger und kommen in den Außendienst."

„Und ich dachte immer Hammar hätte sich auf Forschung spezialisiert", murmelte Kaleya. Hatte Pain ihr das nicht erzählt?

„Ja hat er auch, aber die Forscher sind echt Schwächlinge, die müssen ja auch irgendwie beschützt werden. Und Manchmal muss man Dinge für sie besorgen und da können sie natürlich nicht selber gehen." Es klang als wäre das keine große Sache und würde ihn wahnsinnig nerven.

Sie erreichten eine Flügeltür und Silas stieß sie auf. Sofort waren sie im Mittelpunkt der allgemeinen Aufmerksamkeit.

„Hey Silas bringst du uns Frischfleisch?", rief jemand.

„Heute nicht Leute. Ihr könnt mit anderen Mädchen euren Spaß haben“, rief Silas zurück.

„Schade. Sie sieht aus als könnte sie was draufhaben.“

Gab es hier außer den Neulingen auch nur einen Menschen, der nicht wenigstens 90 Kilo auf die Waage brachte?

Es krachte laut vom anderen Ende der Halle her und Kaleyas Frage beantwortete sich von selbst. Die hatte bestimmt keine 90 Kilo und sie war auch ganz sicher kein Anfänger.

Sie hatte hellrote Haare, die in einem strengen Zopf auf ihren Rücken fielen als sie sich schwungvoll umdrehte und einem Fausthieb auswich. Das Krachen war von einem Mann gekommen, der aus dem Boxring gefallen war, in dem sie stand, mit zwei weiteren Männern. Die Männer versuchte sie von zwei Seiten gleichzeitig anzugreifen. Sie wehrte einen Schlag ab indem sie sich abwandte und sein Handgelenk abfing. Dann warf sie sich nach hinten und entging so dem Schlag von der anderen Seite, der nun mit voller Wucht auf den anderen Mann niederging, der sofort am Boden lag. Sie kam wieder hoch, packte den letzten stehenden Gegner an der Hand und verdrehte ihm den Arm auf den Rücken bis er auf die Knie ging.

„Herzlichen Glückwunsch Miss Duvessa. Du hast gerade meine Hoffnung in den Dreck gestoßen“, bemerkte jemand mit trockener Stimme. Kaleya sah sich um und entdeckte Hammar gar nicht weit von sich selbst entfernt. Er klatsche verhalten. Miss Duvessa? Das war SIE! Kaleya hatte also Recht gehabt. Diese Frau war absolut tödlich.

„Es war mir ein Vergnügen.“ Sie verneigte sich gekünstelt und sprang aus dem Ring.

„Das soll doch wohl ein Scherz sein“, knurrte Kaleya zwischen zusammengebissenen Zähnen hervor.

„Mit Nichten! Willkommen im Untergrund Kaleya!“, rief Hammar. Wie sehr er sich freute! Ekelhaft!

28. Menschen die mir am Herzen liegen

Etwa zur selben Zeit, als Kaleya endlich persönlich auf Kim traf, erholte Enrico sich gerade von seinem Zusammenbruch. Dass eine so kleine Verletzung jemanden so sehr schwächen konnte...

Rico träumte. So neu diese Erfahrung für ihn war, so bedeutend wurde sie. Als er erwachte war da nichts als kälte in ihm. Kälte und ein seltsames Gefühl, dass nicht da sein sollte. Neben sich hörte er das kratzen eines Stiftes über Papier und eine leise Stimme. Vielleicht könnte er sich weiterschlafen stellen. Wenn er lange genug ruhig liegen blieb verschwand Dallas vielleicht wieder. Aber wer wusste schon wie lange er da schon saß? Er konnte erst seit zehn Minuten hier sein, oder ebenso gut seit drei Stunden. Wie lange auch immer es sein mochte, dieser Mann hatte Ausdauer bewiesen.

„Hältst du bei allen Patienten wache?", fragte Rico etwas heißer. Er hatte ja doch keine andere Wahl als sich dem zu stellen. Vergessen was geschehen war? Wie denn, wenn es ihn sogar in seine Träume verfolgte?

„Nein, nur bei denen die mir am Herzen liegen", entgegnete Dallas. Er hatte nicht mal aufgeblickt, eine Angewohnheit für die Terra Rico selbst manchmal tadelte.

„Arbeit?", erkundigte Rico sich.

„Es ist nicht entscheidend wo ich arbeite, entscheidend ist, dass ich es tue. Oder etwa nicht?" Wie Recht er damit doch hatte. Rico ging es doch genauso! Wie hatte das nur passieren können? Wie waren sie hierhergekommen?

„Wegen gestern", begann Rico.

„Du darfst nicht mehr aufstehen, Anweisung deiner Ärztin. Sie sagt dein Kreislauf ist nicht stabil genug, um durch die Gegend zu laufen", unterbrach Dallas ihn. Versuchte er ihm aus dem Weg zu gehen? Nicht mit ihm! Rico war selbst Meister darin Leuten aus dem Weg zu gehen!

„Also habe ich das richtig verstanden? Du bist...", setzte Rico noch einmal an.

„Enrico ich habe nicht die Absicht mich in dein Leben einzumischen, wenn du das befürchtest. Du sollst es nur wissen. Vielleicht verstehst du jetzt warum ich will das du mein Erbe bist“, sagte Dallas mit einem langen Seufzer.

„Bin ich das nicht sowieso?“ Es war ja nicht so als hätte er große Konkurrenz. Da Dallas ja nach eigener Aussage keine Kinder mehr Zeugen konnte.

„Nicht nach dem Gesetz. Aber keiner braucht zu wissen, dass es so ist. Für dich ändert sich ja nichts und ich übertrage mein Reich meinem fabelhaften Neffen. So wird es offiziell lauten.“ Es klang so simpel. Was für ein Chaos. So viele Gedanken. Warum hatte Dallas nie etwas unternommen um… Aber hatte er das nicht? Er hatte Rico geschrieben. Oft. Immer wieder. Und davor?

„Du hast den Krieg meinetwegen beendet, nicht wahr?“

„Hätte nur mein Leben auf dem Spiel gestanden ich hätte nie aufgehört zu kämpfen. Aber da war plötzlich viel mehr. Da warst du.“ Jetzt hob Dallas doch den Blick. „Ich kam ein paar Tage nach deiner Geburt in die Wüste, um Friedensgespräche mit meinem Bruder zu führen. Natürlich hatten diese Gespräche das Ziel dich zurück zu bekommen. Mein Bruder ahnte das aber bereits. Als ich eintraf trug er dich auf dem Arm und meinte, war für eine Schande es wäre, wenn seinem Neffen etwas zustieße. Er sagte er würde dich als sein Kind aufziehen und wenn ich es wagen sollte noch einmal seine Leute anzugreifen würde er dich, ohne zu zögern töten. Also beendete ich den Krieg.“ Dallas atmete tief durch. „Damit ich seine Drohung auch ja nicht vergaß ließ er mich Kastrieren.“ Eine leichte röte stahl sich auf Dallas Wangen. War es ihm etwa peinlich?

„Er konnte uns wohl echt nicht leiden“, murmelte Rico. Vom eigenen Bruder kastriert. Was für eine Qual. Qual, ja Dallas kannte sie doch.

„Es war ein cleverer Schachzug. So würde nach dem Gesetz mein Reich an Kahn fallen, wenn ich starb. Wüste und Steppe wären wieder vereint, aber unter deinem Bruder.“

„Bruder?“, überlegte Rico laut. War Kahn das denn länger? War Terra wirklich seine Schwester?

„Ihr habt dieselbe Mutter das macht euch zu Brüdern, aber noch viel mehr die Dinge, die ihr erlebt habt. Sie werden immer deine Geschwister sein und ich werde wohl für immer der abwesende Onkel bleiben." Dallas seufzte noch einmal und legte dann die Papiere, an denen er gearbeitet hatte auf einen Stapel. „Das hier ist der Erbvertrag. Du musst nur noch unterzeichnen." So einfach ging das?

„Kann ich Kahn auch so leicht enterben?", fragte Rico und hoffte, dass es wie ein Scherz klang. Auch wenn Rico seinen Bruder als Mensch sehr schätzte, aber Kahn wäre ein wirklich miserabler Kaiser.

„Nur wenn du jemanden mit höherem Rechtsanspruch findest", antwortete Dallas und lächelte als verstünde er Ricos Motivation. „Aber solange du keine Kinder hast wird das wohl nichts."

Kinder? Rico war eindeutig zu jung für Kinder und vor allem mit wem? Über sowas wollte er sich den Kopf noch nicht zerbrechen.

„Ich glaube Kinder sind nichts für mich", murmelte Rico.

„Ich glaube, wenn die richtige Frau da ist sind Kinder für jeden was", entgegnete Dallas und zuckte mit den Schultern. „Gibt es denn schon eine Frau in deinem Leben?" Wie neugierig!

„Dafür habe ich noch ein Weilchen Zeit", wich Rico aus.

„Oh da habe ich aber was ganz anderes gehört. Es soll da ein ganz reizendes Mädchen geben, dass dir den Kopf verdreht hat", sagte Dallas. Worauf wollte er hinaus?

„Schon möglich", gab Rico ausweichend zur Antwort. Er wusste ja selbst nicht, was es mit Kaleya auf sich hatte und ganz bestimmt wollte er nicht mit Dallas darüber reden!

„Ich erinnere mich an sie als sie noch jünger war. Ich habe sie ein paarmal getroffen, wenn ich mit Pain zu tun hatte. Ich verstehe dich ja, aber das ist doch mehr ein Abenteuer oder nicht?"

„Dallas ich weiß nicht was es ist. Ich kenne sie doch kaum."

„Genau das meine ich. Es wäre ziemlich idiotisch sein eigenes Leben für eine Fremde zu riskieren!"

„Wieso sollte ich mein Leben für sie riskieren?" Rico ignorierte seine Schulter, die ihn Lügen strafte. Irgendwas stimmte nicht und Dallas war offensichtlich hin und her gerissen ob er Rico die Wahrheit sagen, oder ihm etwas Entscheidendes verschweigen sollte.

„Ach ist auch nicht mehr so wichtig. Es ist sowieso zu spät. Hammar hat sie mitgenommen, vermutlich ist sie schon tot", rückte Dallas schließlich mit der Sprach heraus.

„Was?!", schrie Rico. War das sein scheiß ernst?

„Ah da ist ja mein Patient." Die resolute ältere Frau, die eben eintrat, zumindest sah sie sehr resolut aus, trug einen weißen Mantel über einer weißen, schlichten Hose und einer ebenso weißen Bluse. Das musste wohl die Ärztin sein. Ihr Gesicht war von ein paar Falten durchzogen, die deutlich dafürsprachen, dass ihre besten Jahre schon vorbei waren und in ihren dunklen Haaren zeigten sich etliche silbern schimmernde Strähnen. „Ich dachte schon Dallas verschwindet nie. Ich habe ihm von Anfang an gesagt das ist zu viel auf einmal. Dummer Mann…" Sie schüttelte den Kopf und holte, ohne richtig auf ihre Umgebung zu achten, ein Blutdruckmessgerät hervor. „Wenn du mich fragst gehören Besucher verboten."

„Ich wäre dafür", bemerkte Rico. Sie streifte die Manschette über seinen Arm ohne ihn um Erlaubnis oder Verzeihung zu bitten.

„Ich hatte es ja befürchtet! Und habe ich nicht Recht behalten. Dallas, habe ich gesagt, Dallas lass den Jungen in Ruhe er ist noch nicht so weit! Er braucht ruhe!" Etwas ruppiger als nötig löste sie die Manschette wieder und warf das Messgerät achtlos auf das nächste Tischchen. „Und hat er auf mich gehört? Nein! Und was ist passiert? Du bist direkt vor seinen Augen zusammengebrochen! Und reicht ihm das? Nein! Er hält Bettwache und sobald du wieder aufwachst fängt das Theater von vorne an!"

„Könnte ich sie irgendwie überzeugen für mich zu arbeiten?", fragte Rico hoffnungsvoll. Diese Frau wäre eine Bereicherung für alle! Sie lächelte milde, doch es erreichte ihre Augen nicht.

„Ach Jungchen, ich arbeite nur für die Kranken." Sie setzte sich auf die Bettkante. „Was dich angeht, von der Stichwunde mal abgesehen bist du kerngesund. Was mich ehrlichgesagt wundert. Du solltest etwas mehr essen." Nun ging das schon wieder los.

„Ich esse genug“, protestierte Rico.

„Na sicher doch. Woher hast du die Narben? Ist das während der Rebellion passiert?“, frage sie ganz unverblümt. Oh ja, er mochte sie jetzt schon.

„Nein, ich finde das sieht gut aus.“ Rico verdrehte die Augen. Sie nickte als hätte sie verstanden.

„Also gut, ich halte dir Dallas ein Weilchen vom Hals und später bringt dir jemand was zu Essen. Kann ich sonst noch etwas für dich tun?“

„Darf ich Duschen oder bekomm ich dann ärger?“, erkundigte sich Rico. Sie sah ihn überrascht an.

„Tatsächlich muss ich deine Schulter vorher wasserdicht verbinden.“ Tja bedauerlicherweise kannte Rico sich damit ziemlich gut aus. „Ach ich vergaß, der Junge Herr hat ja Erfahrung“, bemerkte die Ärztin, als sie seine Miene sah. Sie hieß ihn das Hemd ausziehen und wühlte eine Weile in einem Schränkchen. „Da haben wir es ja.“

„Kann ich irgendwie behilflich sein?“

„Ruhig sitzen bleiben wäre schon ein Anfang.“ Sie kam um das Bett herum und löste vorsichtig den Verband um Ricos Schulter. Es ziepte ein wenig, doch weiter geschah nichts. „Die Wunde heilt ziemlich gut. In ein paar Tagen kannst du langsam wieder Anfang die Schulter zu belasten.“ Sie sah ihn scharf an. „Das hätte auch ganz anders ausgehen können. Du hast wirklich großes Glück gehabt. Ein besserer Wurf und deine Sehnen und Bänder wären durch gewesen. Das hätte nicht mal ich wieder richten können.“

„Ja ich bin ein Glückspilz“, stimmte Rico wenig überzeugend zu. Sie bedeckte den Einstich mit einem sterilen Verband und befestigte ihn sorgfältig. Über den Verband legte sie ein mit Wachs versiegeltes Tuch, das durch eine dünne Klebeschicht an seiner Haut haftete.

„Ich mag dich. Vielleicht überleg ich mir das mit dem Stellenangebot nochmal“, ließ die Ärztin ihn wissen. Sie zwinkerte ihm zu und wies dann mit einer Hand auf eine Tür, die weg vom Gang führte. „In einer halben Stunde schicke ich jemanden vorbei der den Verband nochmal wechseln wird. Bis dahin liegst du hoffentlich wieder im Bett.“

„Ich tue mein Bestes, garantiere aber für nichts." Er grinste sie an, sie lächelte zurück. Diese Frau wäre wirklich eine Bereicherung. Sie ging ebenso zügig hinaus wie sie hereingekommen war und hinterließ eine seltsame Stille. Das Summen das Ricos Kopf erfüllt hatte war verschwunden. Es war ganz still um ihn her. Kein Dallas, keine Terra, keine Kaleya.

Das Badezimmer war schlicht, wie sein eigenes Daheim. Er konnte zwar den einen Arm kaum benutzen, doch das Wasser tat gut und schien so viel mehr weg zu waschen als nur Schmutz. Er war so müde gewesen. Jetzt war er wach. Das Handtuch war weich und in einem Schrank fand er frische Kleider und in einer Ecke stand ein Wäschekorb, in den er die alten Sachen werfen konnte.

Er war noch keine fünf Minuten zurück im Bett als die Tür sich nach einem zögerlichen Klopfen leise öffnete. Eine junge Frau streckte den Kopf zur Tür herein.

„Darf ich reinkommen?", fragte sie mit leiser Stimme. Rico nickte nur und sie trat ein. Sie war hübsch, hatte hellblonde Haare und hellblaue Augen. Sie mochte vielleicht in Ricos Alter sein. „Ich soll den Verband wechseln und hier ist dein Abendessen."

Abendessen? Rico hatte keine Ahnung gehabt wie spät es war. In diesem Fensterlosen Raum hatte er das Zeitgefühl völlig verloren. Sie stellte ein Tablett mit Suppe und Brot auf dem kleinen Tischchen ab und kam dann mit Verbandmaterial auf die andere Seite.

„Ich versuche ganz vorsichtig zu sein", versprach sie und begann zaghaft den Verband zu lösen. Rico seufzte. Er wollte die Ärztin wiederhaben.

„Ich bin immer noch etwas ungeschickt damit. Ich bin noch in der Ausbildung", erklärte sie lächelnd. „Die Naht sieht wirklich klasse aus, da wird nur eine ganz kleine Narbe bleiben." Sie erstarrte. „Oh, entschuldige. Ich sollte vielleicht nicht über Narben sprechen…"

„Weil das Taktlos wäre? Ist schon okay. Eine mehr oder weniger, was macht das schon", entgegnete Rico. Er sah dabei zu wie sie ganz vorsichtig den neuen Verband befestigte. Ihr Gesicht leuchtete auf vor Stolz.

„Fertig. Ich soll dir beim Essen Gesellschaft leisten. Also du isst und ich rede. Gibt es irgendetwas was du gerne wissen würdest?" Sie setzte sich, wie zuvor Dallas, auf den Stuhl am Fußende des Bettes und schlug die langen Beine übereinander.

Das war hoffentlich nicht ihr Ernst. Sie wollte wirklich hierbleiben und beaufsichtigen wie er aß? Das hatte ja gerade noch gefehlt.

„Du bist nicht von hier, oder?", gab er schließlich nach. Er konnte sich ja doch nicht dagegen wehren.

„Ja ich komme eigentlich von der Küste. Dallas war so freundlich mich aufzunehmen als ich" Sie zögerte. „Also ich bin von zu Hause abgehauen."

„Wieso?" Was könnte eine junge Frau veranlassen in ein anderes Land zu ziehen?

„Meine Eltern wollten mich mit einem völligen Fremden verheiraten. Ich war dagegen, aber mich hat man nicht mal gefragt." Das war allerdings ein guter Grund, um wegzulaufen. „Der Kaiser hat es angeordnet und meine Eltern haben gehorcht."

„Da würde ich auch abhauen", murmelte Rico zwischen zwei Löffeln Suppe.

„Bist du aber nicht", bemerkte sie spitz. Sie sah ihn aus überraschend klaren Augen an. Wie meinte sie das?

„Mein Vater" Nein das war falsch, es war sein Onkel... „Also ich weiß, dass mein Bruder einem Mädchen versprochen war", überlegte Rico laut. Hatte so eine Vereinbarung auch für ihn bestanden? Aber natürlich hatte sie das! Nicht das Rico sein Schicksaal wirklich mit jemandem hätte Teilen wollen aber hatte das Mädchen nicht Recht? Sie waren einfach nicht gefragt worden.

„Tief in dir drinnen hast du es gewusst, nicht wahr? Du wusstest, dass du nicht dein eigenes Leben lebst, sondern das eines anderen. Eines Fremden, und du spielst nur seine Rolle. Meine Eltern wollten immer das Beste für mich und was wäre denn Besser als einen Prinzen zu heiraten?" Da hatten ihre Eltern aber eine gute Partie aufgetan.

„Einen Prinzen? Die sind selten geworden."

„Ja und jener Prinz hatte nicht unbedingt den besten Ruf. Ich hatte einfach Angst. Was wenn ich ihn heirate und danach wird alles schrecklich?" Sie schüttelte den Kopf so dass ihre glatten Haare heftig hin und her schwangen. „Ich glaube, wenn ich die Chance gehabt hätte ihn vorher kennen zu lernen, dann wäre ich nicht gegangen. Bisher finde ich ihn nämlich eigentlich ganz nett." Eine leichte röte fuhr ihr in die Wangen. Okay, irgendetwas sehr wichtiges war scheinbar gerade an Rico vorübergegangen. Er zog eine Augenbraue hoch. Sie lächelte schüchtern und senkte den Blick.

„Nein!", rief Rico aus. Dieses Mädchen hätte seine Frau werden sollen? Sein Vater… nein Onkel hatte bereits jemand ausgewählt? Einfach so? Wie lange war das schon geplant gewesen?

„Ich befürchte doch", sagte das Mädchen etwas kleinlaut. Sie hob langsam den Blick. „Aber das wurde ja nichts." Ja und das würde auch nichts mehr werden. Denn jetzt war niemand mehr da der über Rico bestimmen konnte, auch wenn Terra sich das manchmal einbildete

„Und warum bist du dann noch hier?", fragte Rico. Jetzt, da die Vereinbarung mit der Heirat nicht mehr im Raum stand, hätte sie ja zu ihren Eltern zurückkehren können.

„Ich gehe jetzt meinen eigenen Weg. Werde heiraten wen ich will und selbst darüber Endscheiden welche Rolle ich in Zukunft einnehmen will." Sie erhob sich. „Vielleicht führt mich mein Weg ja doch einmal in die Wüste."

„In diesem Fall wird es mir eine Freude sein dich als meinen Gast zu begrüßen." Rico lächelte. Blöde Diplomatie!

29. Der Untergrund

Vielleicht, wenn Kaleya von Anfang an gewusst hätte was auf sie zukommt, wäre sie in der Stadt geblieben wie das brave kleine Mädchen, dass sie sein sollte. Doch weder war sie brav, noch konnte sie in die Zukunft sehen. So war sie also völlig blindlings losgezogen, um Enrico aus der Patsche zu helfen. Wie lächerlich. Hätte Enrico nicht gezögert, er wäre nie in Gefangenschaft geraten. Feingefühlt, besonders gegenüber Frauen, war schon immer der Tod eines jeden Mannes.

Kaleya sah dabei zu wie ein älterer Mann die drei jungen Männer auf den einen oder anderen Fehler in ihre Strategie aufmerksam machte. Den einen oder anderen! Die Tipps hätten ihnen auch nichts gebracht. So wie Kaleya das beurteilte was diese Frau verdammt gut.

Sie kam auf sie zu und als sie Silas erreichte streckte sie sich, um ihn zu küssen. Das war…

„Seid ihr etwa ein Paar?", fragte Kaleya perplex. Wie konnte Silas sich mit so einer Frau einlassen? Sie war ein Killer!

„Bedauerlicherweise ja", bemerkte Hammar bevor die Frau antworten konnte. So wie sie schaute hatte sie eine äußert gehässige Bemerkung auf den Lippen gehabt.

„Kaleya das ist Kim", stellte Silas die Frau vor. Er schaute kurz zwischen ihnen hin und her. Aus der Nähe betrachtet wirkte Kim nicht gerade wie eine Kämpferin. Im Gegenteil! Sie hatte ein ausgesprochen hübsches Gesicht, mit Wasserblauen Augen, einer süßen Stupsnase und hohen Wangenknochen. Sie war groß und schlank, eigentliche niemand der zum Boxen geeignet war. Andererseits hatte sie ja auch nicht wirklich geboxt. Es hatte so ähnlich ausgesehen wie das was Kaleya selbst gelernt hatte.

„Hallo Kim", sagte Kaleya.

„Kaleya", entgegnete Kim und damit war die Begrüßung erledigt.

„Ist das nicht schön, wenn alle so freundlich zu einander sind?" Hammar schlug die Hände zusammen und lächelte. Es schien ihn wirklich zu freuen.

„Meint er das ernst?", fragte Kaleya. Ihr fiel es schwer zu glauben, dass Hammar die feindselige Stimmung tatsächlich hatte entgehen können.

„Ich befürchte ja", antwortete Kim. Auch sie betrachtete Hammar kurz mit einem eindeutig missbilligenden Blick.

„Er ist nicht unbedingt der Hellste", stimmte Silas zu.

„Mittagessen?" Kim sah zu Silas auf, sie war kaum zehn Zentimeter kleiner als er.

„Gerne. Kaleya komm", befahl Silas.

„Ich bin kein Hund", blaffte Kaleya ihn an.

„Hihihi", erklang ein leises Kichern. Kaleya drehte sich mit hochgezogener Augenbraue um. Der ältere Mann, der die Kämpfer belehrt hatte, kicherte vor sich hin. „Das sagt Kim auch immer", stellte er glucksend fest. Kim verdrehte die Augen.

„Ja Kasim das ist total witzig", bemerkte Kim in gelangweiltem Ton. Silas packte Kim am Arm und zog sie fort. Kaleya folgte ihnen.

„Ihr habt es nicht so mit Vorgesetzten was?", erkundigte Kaleya sich.

„Du etwa?", warf Kim ein. Da hatte sie natürlich Recht. „Wir sollten zusammenarbeiten wusstest du das?"

„Ja, hab mich geweigert. Ich wollte nicht mit einer Bestie wie dir rumhängen", antwortete Kaleya.

„Und ich nicht mit einem nichtsnutzigen Kind", erklärte Kim. Da waren sie sich also zumindest einig.

„Schön, dass ihr euch versteht." Silas rollte mit den Augen. Schweigend gingen sie weiter bis sie zu einem Speisesaal kamen. „Kim soll ich dir was mitbringen?"

„Nein danke." Kim lächelte träge und ließ sich auf eine Bank gleiten. Silas führte Kaleya zur Essensausgabe. Sowas hatten sie im Bunker nicht.

„Silas! Ich habe dich vermisst, bin immer auf deiner Portion sitzen geblieben!", rief der Mann an der Essensausgabe, als er Silas da. Der Mann grinste und in seinen Augen blitzte es.

„Freu dich, jetzt darfst du nochmal einen von meiner Sorte durchfüttern." Silas nickte zu Kaleya herüber. Der Mann sah sie mit geweiteten Augen an.

„Ach ja? Die sieht mir aber nicht wie ein Vielfraß aus", stellte der Mann fest.

„Da könntest du dich täuschen", murrte Kaleya. Das man sie immer unterschätzen musste! Der Mann runzelte die Stirn und reichte zwei, bis an den Rand gefüllte, Teller über den Tresen. Dazu Besteck. Silas nahm seinen Teller und wand sich zum Gehen. Kaleya beeilte sich ihm zu folgen. Wieder bei Kim angekommen setzte Silas sich neben seine Freundin, Kaleya nahm ihm gegenüber Platz.

„Ich mag ihn nicht", stellte Kaleya fest. Der Mann war ihr irgendwie suspekt.

„Silas hat auch ewig gebraucht, um sich an ihn zu gewöhnen", bemerkte Kim und zuckte mit den Schultern.

„Willst du nichts essen?", fragte Kaleya. Kim brauchte doch bestimmt Unmengen an Energie, wenn sie kämpfte. Oder nicht? Vielleicht war Kim ja so wie Rico.

„Hab vorhin schon gegessen, als ihr beide euer Nickerchen gemacht habt", entgegnete Kim. Also doch nicht wie Rico.

„Ich habe das Gefühl sie nimmt dich nicht ernst", bemerkte Kaleya an Silas gewandt. Der seufzte.

„Tut sie auch nicht", gestand er.

„Schön, wenn du es einsiehst." Kim stibitzte eine Kartoffel von Silas Teller und küsste ihn auf die Wange. „Ich sehe mal nach Rin. Sicher ist er enttäuscht, weil ich so lange weg war."

„Grüß ihn von mir", sagte Silas noch ehe sie ging. Er ergriff sein Besteck und sah sich nicht mehr nach ihr um. Das war alles zutiefst ungewohnt.

„Hey Silas, wer ist denn deine kleine Freundin? Willst du uns nicht vorstellen?", fragte eine unbekannte Stimme. Vier junge Männer, alle etwa in Silas Alter, setzten sich zu ihnen. Zwei davon nahmen Kaleya in ihre Mitte.

„Finger weg Leute. Das ist meine Cousine", erklärte Silas. Überraschter hätten die Männer nicht aussehen können. Kaleya grinste leise in sich hinein. Das Essen sah gar nicht schlecht aus, also griff auch sie zum Besteck. Ein Haufen Bratkartoffeln und Unmengen von Fleisch. So ließ es sich glücklich leben.

„Ich dachte schon Hammar hätte es endlich geschafft dich und Kim zu kombinieren, hätte aber nie erwartet, dass da ein Mädchen rauskommt", scherzte einer der Männer.

„Sie halten sich für lustig was?", fragte Kaleya. Ihr war gar nicht nach Lachen zumute.

„Sie nehmen alles mit Humor, ist leichter so." Silas zuckte nicht mal mit der Wimper. „Das ist meine Allkampf-Truppe."

„Wir sind schon von Anfang an zusammen", bemerkte der eine grinsend. „Wir kennen all die dunklen kleinen Geheimnisse und wenn du lieb fragst verrate ich sie dir vielleicht." Er zwinkerte ihr zu. Eindeutig Testosteronüberschuss.

„Klappe Collin", drohte Silas.

„Dunklere Geheimnisse als die die ich kenne? Vergesst nicht ich war mit ihm von Geburt an zusammen", nahm Kaleya den Faden wieder auf. Sie würde sich bestimmt nicht von Silas stoppen lassen. Sie versuchte ein verschlagenes Grinsen und die jungen Männer strahlten wissbegierig.

„Kaleya iss!", forderte Silas grob. Enttäuschung machte die Runde breit.

„Ich komm nachher nochmal auf dich zurück", flüsterte Collin ihr zu, dann standen die Männer wieder auf und zogen ab.

Ja so war das im Untergrund. Viele erinnerten sich kaum an die Zeit bevor sie zu Hammar gekommen waren. Die meisten waren als Teenager bei ihm gelandet und kannten nichts anderes als den ständigen Kampf ums Überleben. Da war jemand fremdes, jemand der Informationen hatte, so wie Kaleya, natürlich sehr aufregend. Besonders für diejenigen die Silas nahe standen.

Silas führte sie herum. Aber eigentlich sah es fast überall gleich aus. Der Tag verging wie im Flug. Sie schauten bei den Kämpfern vorbei, zu denen auch Silas Gruppe gehörte, doch heute trainierten sie ohne ihn. Jeder einzelne von ihnen war überragend gut. In der Gruppe wären sie eine echte Bedrohung für ein kleines Kaiserreich wie die Wüste.

„Hammar züchtet sich also eine Killerarmee", stelle Kaleya fest.

„Noch hat er sich nicht an Zucht versucht auch wenn er sich sehr für Genetik interessiert. Und wir sind keine Armee“, wiedersprach Silas in genervtem Ton.

„Ich wette dich und deine Freundin hätte er gerne gemischt“, überlegte Kaleya. Kim alleine war ja bereits tödlich. Kaleya hatte zwar Silas noch nicht kämpfen sehen, aber er beherrschte das Feuer, so wie sie. Mit Sicherheit war auch er eine echte Bedrohung.

„Er hat da mal sowas erwähnt.“ Silas rieb sich das Kinn. „Nicht, dass wir das zulassen würden“, bemerkte er dann steif.

„Ich frage mich ob ihr da groß ein Mitspracherecht hättet.“ Sicher wäre Hammar sich nicht zu schade sie irgendwie zu zwingen. Künstliche Befruchtung oder sowas.

„Du unterschätzt mich Lela.“ Hm, wie er ihren Kosenamen aussprach. So vertraut. Vielleicht könnte es ja wieder wie vorher werden.

„Silas!“, rief eine helle Stimme. Kim und der große Mann, den sie im Gang getroffen hatten, standen in der Tür. Kim winkte hektisch. Ihr Gesicht war angespannt.

„Entschuldige mich kurz.“ Silas wand sich den beiden zu. Sie steckten kurz die Köpfe zusammen. Erst sagte Kim etwas, dann der Mann. Worüber redeten die? Silas wurde mit jedem Wort angespannter. „Ihr habt was?!“, rief er aus. Kim legte ihm eine Hand auf die Schulter und warf einen Blick zu Kaleya. Es ging um sie. Ganz sicher. Was war los? Jetzt sah auch Silas herüber. Er nickte kurz, murmelte noch etwas und gab Kim einen Kuss auf die Wange. Sie und der Mann verschwanden. Silas fuhr sich mit einer Hand durch die Haare als er zurückkam.

„Wir beenden die Führung für heute. Ich bring dich zu einem Zimmer in dem du vorerst schlafen kannst.“

„Irgendwas wichtiges?“, erkundigte Kaleya sich. Er musste es ihr sagen! Wenn es um sie ging musste er es ihr sagen!

„Nein, alles in Ordnung. Die beiden haben sich nur ein neues Spielzeug zugelegt.“ Es sollte wohl witzig klingen, doch seine Lippen waren schmal vor Anspannung und um seine Augen lag ein zorniger Zug.

In diesem Moment wurde es Kaleya klar. Silas hatte sich so weit von ihr entfernt. Sia, den kleinen Jungen, mit dem sie gespielt hatte, gab es nicht mehr. Er war jetzt ein erwachsener Mann und sie war nicht mehr Teil seines Lebens und würde es auch nie wieder werden.

Kaleya träumte.

Seth sprintete davon. Nein das war nicht richtig, er sah viel jünger aus. Das war nicht Seth. Oder doch?

Er sprintete einen sandigen Hang hinab, schlitterte unter einem geschwungenen Saif hindurch, kam wieder auf die Beine und stürzte sich ins Kampfgetümmel.

Dutzende Männer und auch Frauen waren in einen erbitterten Kampf vertieft. Soldaten der Wüste gegen nahezu unbewaffnete Zivilisten. Sie musste dort hin! Musste ihnen helfen! Konnte helfen!

„Bleib hier! Das ist zu gefährlich!" Kai, ganz dicht bei ihr. Doch auch er sah jünger aus. Irgendetwas stimmte da ganz und gar nicht!

„Ich muss!" Sich losreißen und den Hang hinunter rennen war eins. Fast wäre sie über ihre eigenen Füße gestolpert. Das durfte nicht geschehen! Die Menschen, all die Menschen! Die Frauen! Die Kinder!

Seth kämpfte unerbittlich. Zwei Männer waren an seiner Seite. Der Eine hielt ein Küchenmesser der Andere eine Axt. Keine Krieger, sie waren keine Krieger! Unschuldig!

„Seth!", schrie Kaleya. Ihre Stimme klang anders als jetzt. Irgendwie höher.

Ein Beben ließ den Boden erzittern und entfesselte den ganzen Zorn der Wüste. Jubel unter den Soldaten der Wüste, Verzweiflungsrufe unter den Opfern. Eine Lawine aus Sand jagte den Hang hinab, auf dem eine kleine Gruppe von Leuten stand. Sie konnte sie nicht erkennen, nur die Gefahr. Die Soldaten traten den Rückzug an und machten so der Lawine Platz. Es blieb keine Zeit. Der Sand würde alles überrennen, alles verschütten, jeden töten!

„Nein!", schrie sie wieder. Sie warf sich vor Seth, streckte die Arme aus und stellte sich mit aller Kraft der Lawine entgegen. Ihr Körper war schwach, doch ihr Geist willig und erschuf, aufgeladen durch Angst, Verzweiflung und Zorn, eine undurchdringliche Wand aus Hitze und Licht. Sie spürte wie die Sonnenstrahlen durch ihren Körper hindurch schossen und sich ungefiltert der Lawine in den Weg stellten, wie eine unsichtbare Mauer. Kaleya fungierte nur noch als Katalysator. Und dann war es plötzlich vorbei.

Verschwommen, durch eine Scheibe aus milchigem Glas, bewegten sich Gestalten. Eine, viel kleiner als die anderen, blieb vor der Scheibe stehen und legte eine Hand darauf. Die Geste zu erwidern war so leicht wie natürlich. Mit einem krachen brach die Scheibe in sich zusammen und gab den Blick auf einen Jungen frei.

Sein Gesicht war viel zu schmal, seine Haare hingen ihm zerzaust in die hellgrünen Augen. Sein Blick hatte etwas Magisches an sich.

„Worauf wartest du? Töte sie!", befahl eine kalte, raue Stimme.

Was? Sie töten? Aber warum? Warum sollte jemand ihren Tod wollen?

Eine weitere Gestalt trat hinzu, eine ältere Version des Jungen, das Gesicht immer noch schmal, doch seine Augen verrieten seine unglaubliche Kraft.

„Tu es nicht", sagte der erwachsene Rico sanft. Er legte eine Hand auf die Schulter des Jungen.

„Danke, ich werde mich dafür revanchieren." Die milde Stimme kam von einer Frau, die genau so aussah wie Kaleya jetzt. Nur das Kaleya selbst im Moment viel kleiner war. Ihr älteres Ich lächelte das ältere Ich von Rico traurig an. Sie alle wussten was jetzt kam. Nur der kleine Rico nicht. Er wurde aus dem Traum fortgerissen. In der Ferne hörte man noch einen heißeren Schrei, dann beugte sich Kai über sie.

„Kaleya? Kaleya ist alles in Ordnung?" Sein Gesicht verschwamm und wich kalter Dunkelheit.

Nur ein Traum, es war alles nur ein Traum. Ja, Kai konnte sich Gesichter wirklich verdammt gut merken. Und Enrico? Ob er sich je daran erinnern würde, dass es Kaleya gewesen war die ihm an jenem verhängnisvollen Tag gegenüberstand? Das Kaleya, das Mädchen gewesen war, das er nicht hatte töten können? Das sie zu seiner allerersten Narbe geführt hatte?

30. Der Beschützer

Rico wachte auf und erinnerte sich. Er konnte die vielen Narben auf seiner Haut kaum noch zählen. Es war auch nicht so dass er sich an jede einzelne, oder gar den Grund dafür, erinnerte. Doch dieser Traum… Es lag etwas Schmerzliches darin. Diese allererste, welche von den vielen es auch war, war bedeutend. Es war sein freier Wille gewesen, seine erste eigene Entscheidung. Und hatte Kaleya nicht Wort gehalten? War sie nicht zu ihm zurückgekommen? Hatte sie ihn nicht, zumindest auf einer emotionalen Ebene, gerettet?

„Guten Morgen!", rief die vertraute Stimme.

„Gibt es einen Grund oder bist du immer so fröhlich?", fragte Rico kühl. Wenn Dallas auch nur einen Funken Anstand in sich tragen würde wäre er nicht halb so glücklich.

„Du bist ja ein richtiger Morgenmuffel! Ich finde die frühen Morgenstunden am Schönsten. Wenn die Sonne gerade aufgeht und der Tau die Pflanzen bedeckt." Dallas trug ein Tablett mit Essen. „Frühstück?"

„Verzichte", knurrte Rico. Das war einfach zu viel. So nervig war ja nicht mal Terra!

„Ah ich glaube doch. Die Ärztin sagte", begann Dallas.

„Ist ja schon gut!", unterbrach Rico ihn ungehalten. Diese Frau! Und noch schlimmer, dieser Mann! Rico stand auf. Er hatte zu lange gelegen. „Was hast du vor? Du sollst"

„Ich brauche Bewegung. Wenn du willst das ich liegen bleibe musst du mich wohl ans Bett fesseln." Rico bot ihm die Handgelenke an. Die Armreifen lagen unverändert lästig auf seiner Haut. Dallas seufzte tief und lang.

„Du weißt ich will das nicht tun", sagte Dallas. Oh ja, das kannte Rico nur zu gut. „Enrico ich will dir nicht wehtun", fügte Dallas hinzu.

„Komisch" Ein Lächeln stahl sich auf Ricos Lippen. „dasselbe hat dein Bruder auch immer gesagt." Dallas Augen weiteten sich. Er war geschockt. Gut so.

„Ich weiß jetzt im Nachhinein fällt das leicht zu sagen, aber ich
wünschte wirklich ich hätte etwas tun können", flüsterte Dallas.
„Was hättest du denn getan? Die Stadt gestürmt und mich gerettet? Du
hättest es versucht und wärst dabei gestorben. Ich persönlich hätte dich
getötet, ohne den Befehl auch nur einmal zu hinterfragen", entgegnete
Rico. So schrecklich viele Menschen waren genauso gestorben.
„So herzlos wärst du nicht gewesen", sagte Dallas. Doch ein leiser Zweifel lag in der Stimme des Steppenkaisers. Er glaubte seinen Worten selber nicht. „Du kannst doch nicht immer blindlings gehandelt haben?!"
*Dieses Unverständnis. Es begleitete all jene die nicht die ganze Ge-
schichte kannten. So herzlos, so blind, ohne mit der Wimper zu zucken,
so kann er doch nicht gewesen sein! Seht doch was für ein Kaiser er ist!
Er kann kein gewissenloser Mörder sein! Alles nur Einbildung. Ein
Trugbild, erschaffen in den Köpfen von Menschen, die nicht verstehen
was einen anderen antreibt und wie groß diese Macht ist.*
„Ach nein? Sag mir ein Alter und ich sag dir den Grund, für den ich dich
getötet hätte." Über die Jahre hinweg hatte Ricos Vater, nein falsch,
Ricos Onkel, versucht ihn zu konditionieren. Das hatte mal mehr, mal
weniger gut geklappt. An einen Mord erinnerte sich Rico noch sehr ge-
nau. Es war das Jahr, in dem der Regen ausgefallen war und seine Be-
lohnung war ein Glas Wasser gewesen.
„Enrico bitte", flehte Dallas.
„Willst du es nicht hören? Dein Gewissen nicht noch mehr belasten?"
Er reagierte genauso wie Kahn und Terra, genau wie Marek. Sie alle
wollten am liebsten Vergessen was geschehen war. Vermieden das
Thema. Fragten nicht danach. Kaleya hatte danach gefragt. Nach seinen
Motiven, seinen Gedanken und Sehnsüchten, seinen Träumen… Sie
war zurückgekommen, hatte nach ihm gesucht. Hatte ihr Versprechen
gehalten.
„Es ist in Ordnung weißt du. Ich habe es beendet. Und seitdem versuche
ich Menschen zu retten, statt sie zu töten. Aber das kann ich nicht, wenn
ich hier bin."
„Ach Enrico", seufzte Dallas. Wie konnte jemand so unglücklich aussehen? „Hast du denn keine Angst darüber zu zerbrechen?"

Zerbrechen? Kaleya hatte ihm von zerbrochenen Jungen erzählt. Jungen, die sich das Leben genommen hatten, weil sie nicht klarkamen. War es das was Dallas in ihm sah?

„Nein, davor habe ich keine Angst." Und das war die Wahrheit. Er würde sein Leben nicht beenden, egal was ihm noch wiederfahren könnte, nichts wäre so schlimm wie die Gewissheit…

„Du wirkst fest entschlossen. Das ist gut. Sehr gut." Dallas schien beruhigt.

„Also kann ich dann gehen?", fragte Rico. Er war schon viel zu lange von zuhause weg.

„Ich kann dich wirklich nicht überreden hier zu bleiben, bis deine Schulter wieder heil ist? Deine Ärztin wird sich sehr aufregen", bemerkte Dallas.

„Wird sie nicht", hallte eine schneidende Stimme von der Tür her. „Sie wird ihn begleiten." Die Ärztin kam herüber und warf eine Tasche auf das Bett. „Hier sind deine Kleider. Sie kamen heute aus der Reinigung."

„Na endlich!" Rico nahm die Tasche und ging ins Bad.

„Spar dir die traurige Miene Dallas!", hörte er die Ärztin noch sagen. Oh ja, diese Frau war wirklich ein Schatz. Die Tür schloss sich hinter Rico.

„Ich werde das Gefühl nicht los, dass ihr meinetwegen geht", beklagte Dallas sich. Der war ja wirklich clever.

„Sagen wir ihm die Wahrheit?", fragte die Ärztin.

„Willst du ihn so unbedingt traurig machen?", fragte Rico zurück. Dallas verdrehte die Augen und zog einen Schlüssel aus seiner Tasche.

„Schon verstanden. Ich bin der Staatsfeind Nummer Eins", murrte Dallas. War er etwa beleidigt? Ausgerechnet er? Die Armreifen fielen zu Boden und mit einem Kribbeln kehrte der Sand zu Rico zurück. War das herrlich! „Ich bekomme noch eine Unterschrift", sagte Dallas. Rico musste seine ganze Selbstbeherrschung zusammennehmen, um den Steppenkaiser nicht mit Sand zu bewerfen.

„Ach ja", sagte er stattdessen. Rico nahm den Stift entgegen und Unterzeichnete den Erbvertrag den ein Diener ihm reichte. Ja Dallas hatte tatsächlich Diener. Völlig überflüssig. „So erledigt. Bist du jetzt glücklich?“

„Du etwa nicht?“ Dallas lächelte zufrieden.

„Ich wünsche dir ein langes und erfülltes Leben“, entgegnete Rico. Hoffentlich hatte er die Wüste im Griff bevor Dallas starb.

Gekleidet in seine eigenen Sachen fühlte er sich so viel wohler. Das einzige was er von Dallas angenommen hatte war ein Reiseumhang.

Mit der Ärztin im Schlepptau und Proviant für die Reise machte Rico sich auf den Weg nach Hause. Es fühlte sich an als wäre er schon ewig nicht mehr dort gewesen.

„Wie lange wird die Reise dauern?“, fragte die Ärztin.

„Wenn wir schnell sind drei Tage.“ Rico würde es in drei Tagen schaffen. Da war er sich sicher.

„Ach ich enttäusche dich nur ungern Jungchen, aber ich habe meine besten Tage hinter mir.“ Ja, da war was Wahres dran.

„Na schön. Fünf Tage.“ Das würde ein Spaß werden… Oder auch nicht.

Die Reise verlief ruhig. Fünf Tage durch die Wüste zu wandern hält allerdings auch selten Überraschungen bereit. Bis auf den Anblick der sich unserem jungen Kaiser am Ende seiner Reise bot. Seine Stadt umgeben von einer massiven Mauer aus Sand und belagert von Steppensoldaten. Dallas hatte also nicht gelogen.

„Sie ist wunderschön!“, bemerkte die Ärztin, sie hatte sich ihm gleich zu Beginn der Reise als Maria vorgestellt, mit einem Blick auf die Stadt. Rico dagegen betrachtete die Belagerer. Höchste Zeit ihnen zu zeigen wo sie hingehörten. Er ging den Hang hinunter. Schon liefen ihm zwei Soldaten entgegen.

„Dallas?“, rief der eine. Sicher hielt er ihn für ein Trugbild. Warum denn sollte ausgerechnet Dallas hier auftauchen.

„Nein, aber ich soll euch von ihm Ausrichten das ihr sofort aus meinem Land verschwinden sollt.“ Rico ging an ihnen vorbei. Sah sie nicht mal an. Sollten sie es doch ruhig wagen. Er würde sie nicht schonen.

„Enrico! Aber natürlich. Wir wurden nicht darüber informiert, dass“

„Verschwindet einfach. Bis zum Sonnenuntergang will ich keinen von euch mehr hier sehen." Hoffentlich begriffen sie wie Ernst ihm das war. Er wollte sie nicht hier haben. Für nichts auf der Welt.

Maria folgte ihm schweigend bis zum Tor. Besser bis dahin wo das Tor sein sollte. Die Mauer. Sie war ein echtes Kunstwerk. Sie hatte seine Stadt beschützt während er fort gewesen war. Doch jetzt war sie im Weg.

„Bleib zurück", wies er Maria an. Er legte eine Hand auf die Wand, sie begann zu beben und zu zittern, dann brach sie zusammen. Erschrockene Gesichter blickten Rico entgegen. Zwei Soldaten, die am Tor standen und mit weit aufgerissenen Augen dorthin starrten wo die Mauer gewesen war. „Habt ihr nichts Besseres zu tun?", blaffte Rico die Soldaten an.

„Rico!" Der erste Soldat stürmte los und umarmte ihn. Wie um alles in der Welt kam der nur auf diese Idee? „Geht es dir gut? Wir haben uns solche Sorgen gemacht!" Er hielt ihn auf Armeslänge von sich und musterte ihn.

„Lass ihn in Ruhe. Ich sagte doch er kommt heil zurück." Der zweite Soldat zog den anderen fort. Zum Glück. Doch zu früh gefreut. Er wagte es doch tatsächlich Rico die Haare zu zerzausen!

„Haben sie vergessen wer du bist?", fragte Maria doch ihre Stimme glich mehr einem Glucksen.

„Ich befürchte es fast", murmelte Rico.

„Hey wir mussten Terra ertragen, nicht du." Der Soldat grinste breit. Ach ja, Terra. Sie musste Todesangst gehabt haben. „Ich geh schon mal im Palast Bescheid sagen", rief der Soldat. Er rannte davon. Rennen. Nie im Leben würde Rico rennen. Zumal Maria es sowieso nicht geschafft hätte. Sie war eben auch nicht mehr die Jüngste.

„Also schön. Wollen wir?" Er bot ihr den Arm an, doch sie lehnte ab. Der Weg zum Palast, war noch unangenehmer als sonst. Überall wurde geflüstert.

„Sie haben dich wirklich vermisst." Maria lächelte. Hatten sie das? Rico war sich da nicht so sicher. War es nicht viel mehr…

„Er ist wieder da!", tuschelte einer.

„Was für ein Glück!", erklang eine Frauenstimme.

„Es geht ihm gut!", rief ein anderer.

Nein er hatte sich nicht verhört. Sie waren wirklich froh über seine Rückkehr. Sein Herz machte einen Hüpfer. Es fühlte sich fast so an wie bei dem Kuss. Diesem ersten zarten, flüchtigen Kuss. Erleichterung. Pure Erleichterung. Ja er war wieder da. Zum Glück.

Am Palast angekommen wurde er gleich noch einmal umarmt, doch nicht von Terra.

„Mensch Rico du hast uns echt einen Schrecken eingejagt!", rief Jannik während er Rico fest in die Arme schloss.

„Jannik, solltest du nicht schon wieder weg sein?", fragte Rico und versuchte seinen Freund von sich zu schieben. Rico war sich sicher, dass die Schüler mittlerweile an der Küste sein sollten.

„Ich bin geblieben, so leicht entkommst du einer Verabschiedung nicht!", entgegnete Jannik. Leicht? Rico war entführt worden! Doch Jannik stellte es hin, wie einen genialen Plan, um ihm aus dem Weg zu gehen. Warum auch nicht. Vielleicht könnte Rico ja eine Entführung inszenieren... Hauptsache Jannik ließ ihn wieder los!

„Jannik bitte ich kann nicht atmen", quetschte Rico hervor.

„Jannik lass ihn los!" Terra! Die Gute! „Ich bin dran." Oh nein. Vom Regen in die Traufe.

„Sonst wird hier nicht so viel umarmt", flüsterte Rico über Terras Schulter hinweg Maria zu. Sie verkniff sich ein lachen.

„Enrico was hast du dir nur dabei gedacht! Einfach so zu verschwinden!", tadelte Terra und ließ ihn los. Hinter ihr stand Marek. Doch zu seinem Glück wusste er es besser.

„War ja nicht ganz freiwillig. Aber wenn mich nochmal einer Umarmt geh ich wieder und komm nicht zurück", drohte Rico und meinte es bitter ernst. Terra lachte, doch das Lachen klang erstickt. Sie weinte. Bitte nicht! Rico ließ den Kopf sinken.

„Ist ja schon gut Terra. Er ist wieder da und es geht ihm gut", mischte Marek sich ein. Er nahm sie bei den Schultern und führte sie zurück nach drinnen.

Jannik folgte nicht ohne Rico noch einmal auf die Schulter zu klopfen.
Die verletzte Schulter natürlich.

„Hey Jungchen mach die Augen auf!", schnauzte Maria ihn an. Jannik
drehte sich um. So hatte bestimmt noch nie jemand mit ihm gesprochen.
Maria beachtete ihn gar nicht. Sie kontrollierte gewissenhaft den Verband um Ricos Schulter. „Es ist wieder aufgegangen. Ich muss da noch
mal ran."

„Och nö", maulte Rico. Ja, er klang wie ein kleines Kind. Das war aber
auch einfach alles blöd. Sie gingen nach drinnen wo Terra wartete.
Scheinbar hatte sie sich beruhigt.

„Wen hast du denn da mitgebracht?", fragte Terra mit einem neugierigen Blick auf Maria.

„Das ist Maria. Sie ist Ärztin. Marek sei doch bitte so gut und bring sie
auf ein Freies Zimmer und dann führ sie rum. Terra wo ist Kahn? Wir
müssen reden." Er hatte seinen Geschwistern viel zu erzählen.

„Wer auch immer Marek ist zeigt mir zuerst wo ich Nadel, Faden und
Verbandsmaterial herbekomme und dann führt er mich zu dir. Ich muss
deine Schulter vielleicht noch mal nähen", korrigierte Maria.

„Nähen? Was ist passiert?", fragte Terra, in ihren Augen glänzte es schon
wieder bedrohlich.

„Nichts Schlimmes. Ich erzähl es dir gleich. Also schön Marek. Maria
will mich nochmal quälen, hilf ihr dabei. Dann zeigst du ihr ein freies
Zimmer", wies Rico Marek an.

„Natürlich." Marek nickte ihm noch kurz zu und führte Maria weg. Vermutlich direkt zum Krankenzimmer. Nur ein Zimmer, wohl gemerkt.
Sie brauchten auch ganz dringend eine Abteilung hier. Vielleicht
konnte Maria ja helfen die Station aufzubauen.

Rico ging zur Treppe, Jannik wollte folgen.

„Du nicht. Das geht nur meine Geschwister etwas an. Wenn du eine
richtige Verabschiedung willst bleib zum Abendessen", sagte Rico. Jannik blieb also an der Treppe zurück.

„Rico was ist los?", fragte Terra. Sie klang besorgt über sein Verhalten.
Ausnahmsweise konnte Rico es ihr auch gar nicht verübeln. Jeder wäre
wohl besorgt, wenn der kleine Bruder Tagelang verschwand.

„Wo ist Kahn?", fragte Rico statt einer Antwort. Er würde ihr nichts sagen solange Kahn nicht da war. Wenigstens einer sollte fähig sein sie in den Arm zu nehmen, wenn es so weit kam.

„In deinem Büro. Er versucht dein Chaos zu durchschauen. Aber ich befürchte er wäre ein ganz schrecklicher Kaiser", antwortete Terra.

„Das wäre er in der Tat", stimmte Rico zu. Allein die Vorstellung! Was hatte Dallas noch gleich gesagt? Nur sein eigenes Kind könnte das Volk vor seinem Bruder schützen. Das waren ja rosige Aussichten…

Als Rico sein Büro betrat stand Kahn mit dem Rücken zu ihm am Fenster. Er hatte die Tür nicht geschlossen. Der Anblick war seltsam vertraut. Kahn glich ihrem, nein seinem Vater wirklich sehr. Vom Äußeren zumindest.

„Ich räum das später weg", sagte Rico statt einer Begrüßung, trat an die Seite seines Bruders und folgte seinem Blick nach draußen. Um die ganze Stadt herum lagen Sandhaufen. Überreste der Mauer.

„Ich wusste es war nur eine Frage der Zeit bis du zurückkommst. Du wirst uns immer beschützen, nicht wahr?", bemerkte Kahn.

„Ich werde es versuchen", bestätigte Rico und warf ihm einen Blick zu. Kahn musste mühsam ein Grinsen unterdrücken.

„Entschuldige, dass ich nicht bei der Begrüßungszeremonie dabei war. Aber ich hatte wichtigeres zu tun."

„Kahn!", rief Terra schockiert aus.

„Ich habe versucht mich hier zurecht zu finden falls du stirbst und ich Kaiser werde, aber dieses Chaos kannst du gerne behalten."

„Das ist zu gütig von dir", entgegnete Rico und grinste. „Aber ich glaube ich mache mich besser als Maurer."

Terra blickte fassungslos zwischen den Beiden hin und her.

„Ich fasse es nicht, dass ihr so entspannt sein könnt! Rico wurde entführt!", rief sie aufgebracht.

„Und jetzt bin ich zurück. Willst du die Geschichte hören oder nicht?", fragte Rico barsch. Er atmete tief durch und rief sich zur Ruhe. Terra konnte ja nichts für all das. Sie hatte vermutlich von allen am meisten gelitten und jetzt musste er ihr noch mehr aufbürden. Hatte Dallas nicht

Recht? Keiner brauchte es zu wissen. Doch. Terra musste es erfahren und Kahn. Aber sonst niemand. Zumindest vorerst nicht.

„Ja natürlich will ich es hören!", rief Terra. Sie sah ihn so erwartungsvoll an. Das würde wirklich hart werden.

„Setzten wir uns vielleicht, das könnte etwas dauern." Rico wies zum Sofa. Terra nahm Platz, die Augenbrauen zusammengezogen. Sie misstraute seiner entspannten Haltung. Kahn ließ sich in einen der beiden Sessel fallen und lehnte sich zurück. Sein Gesicht zeigte nichts als neugierige Erwartung.

„Also schön. Vielleicht das leichteste zuerst…", begann Rico. Doch dann kam er nicht mehr weiter. Das konnte doch nicht so schwer sein! Andererseits hatte er es noch nie laut ausgesprochen.

„Wie wäre es, wenn du uns zuerst sagst wo du warst?", fragte Terra zaghaft.

„Bei Dallas. Er und der Untergrund haben zusammengearbeitet, um Kaleya aus dem Weg zu räumen und mich zu entführen", antwortete er. Soweit so einfach. Von den Mordplänen gegen ihn musste er ja nicht unbedingt erzählen. Das würde Terra nur unnötig stressen.

„Kaleya? Was hat sie denn damit zu tun?", war Kahns erste Frage.

„Warum interessieren sich Dallas für dich und was ist der Untergrund?", wollte Terra wiederum wissen.

„Kaleya kommt von der Initiative. Der Untergrund und die Initiative sind die beiden Organisationen, die von den Rebellen übriggeblieben sind. Kaleya hatte den Auftrag mir ein Angebot zu einem Bündnis zu unterbreiten. Ich bin geneigt es anzunehmen wollte es aber vorher mit euch besprechen", antwortete Rico zuerst seinem Bruder und erklärte den Umstand, dass die Rebellen noch existierten. Terra riss die Augen weit auf.

„Ich wusste doch, dass da etwas nicht stimmt!", rief sie aus.

„Was den Untergrund betrifft", machte Rico weiter. Er ignorierte Terra. „weiß ich genau so viel wie vorher, nämlich dass man ihnen nicht trauen kann. Dallas dagegen hatte äußerst interessante Motive, die uns alle betreffen." Jetzt war es also soweit. Rico wurde abwechselnd heiß und kalt. Er konnte Terra nicht in die Augen sehen. Aber Kahn. „Erinnerst du dich an ihn?"

„Ja, ein wenig", antwortete Kahn, unsicher worauf Rico hinauswollte. Kahn war der einzige von ihnen der überhaupt noch echte Erinnerungen an die Zeit kurz vor dem Krieg hatte. Terra war zu jung gewesen von Rico mal ganz zu schweigen. „Ehrlichgesagt muss ich zurzeit immer öfter an ihn denken, er war etwa so alt wie du jetzt als der Krieg begann. Du siehst ihm unheimlich ähnlich", bemerkte Kahn.

„Ja, da hast du wohl Recht", stimmte Rico zu. So ein Pech das Kahn nicht etwas kombinationsfreudiger war. Es wäre so simpel, wenn er es einfach verstehen würde. „Dallas erzählte, dass er und unsere Mutter sich sehr nahestanden", berichtete Rico. Kahn musste es doch verstehen!

„Schon möglich, worauf willst du hinaus?", fragte Kahn. Sein Blick ruhte auf Rico und als er nicht antwortete weiteten sich Kahns Augen. Er hatte es verstanden. Was für ein Glück. „Das erklärt natürlich einiges", stellte Kahn nüchtern fest.

„Es erklärt alles", korrigierte Rico. Terra sah besorgt zwischen ihnen hin und her.

„Was denn? Wovon redet ihr?", fragte sie.

„Ich wusste schon immer, dass wir nicht mit einander verwandt sind", behauptete Kahn und sein Grinsen war zurückgekehrt.

„Es ist eine gewisse Erleichterung, das stimmt. Aber ich muss dich korrigieren. Wir sind dennoch verwandt", stellte Rico klar.

„Hm ja, na dann willkommen daheim Cousin", sprach Kahn nun endlich die Wahrheit aus. Rico nickte knapp. Kahn störte sich also nicht daran.

„Hört auf rumzualbern und sagt mir lieber was los ist!", fauchte Terra wütend und sowohl Kahn als auch Rico verstummten. Kahn wurde sogar etwas blass.

„Dallas und unsere Mutter hatten eine Affäre. Ich bin der lebende Beweis dafür", erklärte Rico ruhig, um sie nicht allzu sehr aufzuregen. So gut wie Kahn würde sie es sicher nicht wegstecken.

„Mutter hätte so etwas niemals getan!", war Terras erste Abwehrreaktion. „Das ist eine Lüge, um dich zu manipulieren!" Ihre Stimme wurde immer schriller, was eher ungewöhnlich für Terra war.

„Ich sag es ja nur ungern Terra, aber Mutter war sehr unglücklich mit unserem Vater. Sie sind sich die meiste Zeit nur aus dem Weg gegangen“, versuchte Kahn ihr vorsichtig klar zu machen.

„Aber“, sie zögerte und warf einen zaghaften Blick auf Rico. „Wirst du zu ihm ziehen?“, fragte sie schließlich und Rico sah, dass sie den Tränen nahe war.

„Wieso sollte ich. Hier ist mein Zuhause.“ Der Gedanke war ihm noch nicht mal gekommen. Das war absurd!

„Aber er ist dein Vater!“ Die erste Träne sammelte sich in ihrem Augenwinkel während sie sprach.

„Ja klar biologisch vielleicht. Aber ihr seid meine Familie! Du und Kahn! Und wenn ich das Bedürfnis habe mich bevormunden zu lassen geh ich zu Marek!“ Diese Sorgen waren so unnötig. Sah sie es denn nicht? Wie sehr er sie brauchte! Sie liebte und immer lieben würde! Sie war seine Schwester verdammt! „Terra ich werde immer hierbleiben. Einer muss ja auf euch aufpassen“, versprach er weiter und streckte eine Hand aus, um ihr die Träne wegzuwischen. Überrascht riss sie die Augen auf. „Ich werde immer dein Bruder sein.“

„Oh Rico!“ Sie fiel ihm abermals um den Hals und diesmal ließ er es über sich ergehen. Das war ein Anstrengender Tag, für sie alle.

31. In Teilen

Während Kaleya also von Silas durch die Tunnel geführt wurde und Enrico sich mit Dallas herumschlagen musste hatte Die Hexe ganz andere Sorgen…

„Es gefällt mir nicht, aber was soll ich dagegen machen?", überlegte Kim. Die Frage aller Fragen. „Hammar wusste es schon die ganze Zeit. Warum lässt er sie sich ausgerechnet jetzt treffen?"

„Du weißt doch wie er ist. Er gönnt niemandem ein bisschen Frieden", meinte Rin und zuckte mit den massigen Schultern. Natürlich hatte er in diesem Punkt Recht, aber etwas stimmte da ganz und gar nicht. Kim fühlte es.

„Ausgerechnet jetzt wo es Silas gerade so gut mit allem ging. Hammar will nur nicht das wir zur Ruhe kommen", bemerkte sie und ihre Stimme ging fast in ein Fauchen über.

„Oder", mischte Kasim sich nun ein. Der Lehrmeister saß auf einem Stuhl am Rand der Halle. Kim und Rin hatten sich neben ihm, auf dem Boden, niedergelassen. Der Rat dieses Mannes war Kostbar wie Gold. Niemand hier kannte Hammar schon so lange wie Kasim. „Oder aber, Hammar sieht eine Chance seinem Bruder eins auszuwischen. Wenn er glaubt Silas wäre jetzt stark genug, um es mit Pain aufzunehmen warum sollte er die Konfrontation nicht herausfordern?"

„Silas will es nicht mit Pain aufnehmen, sondern mit Seth. Hammar befürchtet doch nur sein kostbares Spielzeug zu verlieren, wenn er Seth nicht irgendwie erpressen kann", warf Kim ein.

„Kim, glaubst du wirklich Hammar wäre so dumm sich jemanden wie Seth zum Feind zu machen?", fragte Rin und schüttelte den Kopf. Natürlich wusste man nicht sehr viel von Seth. Schließlich war er schon vor Jahren untergetaucht. Doch unter den Rebellen hielten sich hartnäckige Gerüchte über Silas' älteren Zwilling.

„Vielleicht hat er es schon längst getan", bemerkte Kasim und tippte sich mit einem Finger ans Kinn. „Vielleicht hatte er schon vor langer Zeit

Probleme mit Seth. Dann wäre das seine Chance, um einen sehr gefährlichen Feind aus der Welt zu schaffen." Kim löste den Schneidersitz und strecke die Beine aus. Das tat gut.

Vor langer Zeit? War Kasim denn nicht klar das Seth nur ein Junge war? Er war so alt wie Silas selbst, so wie es Zwillinge eben an sich hatten. Vor langer Zeit! Wann denn? Als er ein Baby war? Aber völlig gleich, etwas behagte Kim ganz und gar nicht.

„Er spielt mit uns und dass ich ihn noch nicht durchschaut habe nervt. Ich habe keine Lust nachher die Scherben aufsammeln zu müssen", stellte Kim klar.

„Stimmt du bist eine miserable Putzfrau", scherzte Rin, doch gleich darauf verdunkelte sich sein Gesicht. „Ich habe es schon vor längerem gesagt. Silas und du ihr seid jetzt stark genug, um es mit Hammar aufzunehmen. Ihr seid längst nicht mehr seine Spielzeuge. Vielleicht ist er der Meinung, dass ihr ihm gefährlich werden könntet und sucht einen effektiven Weg euch los zu werden. Es hat ihn schon immer gestört, dass ihr beiden eigenständig agiert."

„Das wäre in der Tat ein cleverer Plan. Er holt sich durch einen Köder einen der gefährlichsten Krieger im näheren Umkreis ins Haus. Er ist sich sicher das Silas gegen Seth antreten wird und du wirst ihn natürlich unterstützen. Selbst wenn es Seth nicht gelingt euch zu töten hättet ihr zumindest einen Denkzettel bekommen. Eine kleine Lektion sozusagen", überlegte Kasim. Er beugte sich vor und begann zu flüstern. „Wenn ihr beide tot wärt würde er den Köder freiwillig ziehen lassen, um Seth von sich abzulenken. Dann hätte Hammar gewonnen."

„Na? Verschwört ihr euch mal wieder gegen mich?", fragte Hammar. Warum kam er nur immer zu so ungünstigen Momenten?

„Woher weißt du das? Wer hat gepetzt? Rin?" Kim spielte die schockierte.

„Ach kein Grund für dieses Theater. Ich habe nicht das Bedürfnis mich mit dir zu streiten. Allerdings wäre es mir lieb, wenn du heute die Wachen unterstützen könntest", erklärte Hammar trocken.

„Erwarten wir etwa besuch?", fragte Kim.

„Ich weiß nicht ob ich deinen zukünftigen Schwager als Besuch bezeichnen würde, aber ja." Hammar sah etwas blass aus um die Nase herum. Blasser als sonst. Er machte sich wirklich Sorgen. Hatte er so wenig Vertrauen in sie? Oder hatte er Angst sie würde sein Spiel durchschauen und nicht nach seinen Regeln spielen? Was war es?

„Kann ich noch schnell bei Silas vorbei oder muss ich gleich raus?", fragte Kim genervt. Sie hasste Wachdienst und Hammar wusste das ganz genau.

„Gibt es denn einen guten Grund für den Abstecher bei Silas?" Hammar zog eine Augenbraue hoch. „Vielleicht willst du ihn über die neuesten Verschwörungen informieren. Nur das er viel zu beschäftigt dafür sein wird. Sind wir doch mal ehrlich. Die lang für tot gehaltene Cousine wieder zu sehen ist sehr zeitaufwendig." Dieser ignorante, eingebildete, vertrottelte Klugscheißer!

„Schon gut, ich gehe ja schon", murrte Kim. Er hatte Recht. Kim hasste es, aber er hatte Recht. Silas war voll auf mit seiner Cousine beschäftigt. Seit sie zum Essen gegangen waren hatte Kim sie nicht mehr gesehen. Auch im Training war er nicht aufgetaucht und ausnahmsweise schien sich Hammar nicht daran zu stören.

Am Eingang zu den Tunneln standen zwei Krieger. Sie waren eher durchschnittlich, andererseits verschwendete man ja auch nicht seine Champions als bessere Torwächter.

„Hey eure Rettung ist da!", rief Kim, als sie näherkam. Der eine schreckte von seinem Nickerchen hoch, der andere blinzelte verschlafen vor sich hin.

„Wohl eher unser Untergang. Wenn er dich schickt muss der Besuch ja richtig boshaft sein", bemerkte einer der Wächter.

„Wir wissen nicht ob unser Gast heute eintrifft. Vielleicht kommt er erst morgen, vielleicht gar nicht und ich habe keine Lust meine Zeit hier zu verschwenden. Wenn ihr jetzt also so freundlich wärt eure Pflicht zu erfüllen, damit ich ein Nickerchen machen kann." Sie setzte sich auf den Boden und lehnte sich mit dem Rücken an die kühle Wand. Die Krieger machten frustrierte Mienen. Eher halbherzig nahm der Eine Haltung an, der Andere setzte sich Kim gegenüber.

„Wer ist schon so blöd freiwillig hier her zu kommen?", fragte einer und verdrehte die Augen.

„Ich zum Beispiel", sagte eine Stimme. Diese Stimme, diese seltsam vertraute Stimme. Sie war trügerisch sanft, geschliffen wie ein Diamant und mindestens genauso hart. Kim sprang auf. So schnell? So schnell war er hier?!

„Hey Silas", grüßte einer der Krieger. Aber dieser Mann war nicht Silas. Er war ein winziges Stück größer und nicht ganz so muskulös. Sein Gesicht war schlanker und die Wangen leicht eingefallen. Nur seine Augen waren exakt dieselben. Als hätte jemand ein perfektes Duplikat hergestellt und in dieses Gesicht gepflanzt. Seine Haare hatten zwar dieselbe tiefschwarze Farbe, doch sie waren länger und wirkten nicht so zerzaust.

„Seth!", rief Kim und sprang auf die Füße.

Ja, das war Seth. Zügig, nicht wahr?

Kim hatte kaum geblinzelt da lag der erste Krieger schon regungslos am Boden. Es kam ihr vor als würde sie sich in Zeitlupe bewegen. Seth dagegen war absolut tödlich. Er erledigte den zweiten scheinbar mühelos dann wand er sich Kim zu.

„Wo ist sie?", fragte Seth mit seiner weichen Stimme. Kim nahm Kampfhaltung ein. Mit dem würde sie es doch locker aufnehmen! „Ich will dir nicht wehtun. Sag mir einfach wo sie ist." So sanft. Das war falsch! Ganz falsch! „Komm schon Kim! Ich würde dich wirklich nur ungern verletzen!" Woher kannte er ihren Namen? Irgendetwas stimmte hier ganz und gar nicht!

„Versuchs doch!", spie sie ihm entgegen. Nein, sie würde nicht klein beigeben. So hilflos war sie nicht und wie so viele andere würde auch er sie unterschätzen. Sie griff an.

Sie wusste nicht wie, sonst passierte ihr das nie, aber plötzlich lag sie flach auf dem Rücken. Ihre Lungen weigerten sich Luft auf zu nehmen. Er kniete über ihr, eine Hand an ihrer Kehle, er war nicht mal außer Atem.

„Sag mir einfach wo sie ist. Dann bin ich gleich wieder weg. Als wäre nie etwas gewesen", sagte Seth kühl.

„Er wird dich töten!", quetschte Kim hervor. War das wirklich ihre Stimme? So kratzig und erstickt?

„Er kann es ja versuchen." Seth erhob sich und ging in den Tunnel hinein. Er durfte nicht weiter! Er würde Silas völlig überraschen! Das durfte nicht sein! Kim drehte sich auf den Bauch.

Er war so entspannt, wie konnte er so entspannt sein? Drängte es ihn denn nicht schneller zu laufen, um seine ach so kostbare Cousine zu retten? Sein Pech.

Sie streckte eine Hand nach ihm aus. In ihren Fingerspitzen pulsierte es, als hätte die Luft einen Herzschlag. Seth blieb stehen, blickte über die Schulter, Erkenntnis trat in seine Augen. Kim schloss die Hand zur Faust, das Pulsieren riss ab und Seth brach zusammen.

Wenn er spielen wollte würden sie spielen verdammt!

„Ach Kimmy Kim Kim." Rin schüttelte den Kopf. „Du bringst immer Recht merkwürdige Dinge mit nach Hause."

„Quatsch nicht so viel! Hilf mir mal lieber!", fauchte Kim ihn an. Sie mühte sich mit dem leblosen Seth ab.

„Dein Männergeschmack ist eigenartig, hast du nicht schon einen von der Sorte?" Rin packte einen von Seth´ Armen und zog ihn mit einem Ruck hoch. „Der hier ist jedenfalls leichter."

„Lass ihn uns schnell loswerden damit ich endlich zu Silas kann", drängte Kim.

„Ja Fräulein Ungeduldig. Wo sollen wir unseren unfreiwilligen Gast denn unterbringen?", fragte Rin.

„Mir doch egal. Soll Hammar sich doch mit ihm rumschlagen." Wie auch immer Hammar hoffte, dass die Geschichte endete, Kim wollte sich nicht dran beteiligen.

Sie brachten Seth in eine Zelle. Kim vergewisserte sich, dass er noch atmete, bei dieser Art von Spiel wusste sie nie so genau wann es besser war aufzuhören, und schloss dann hinter sich ab. Rin lehnte an der Wand.

„Du wirst Silas gleich informieren?", erkundigte sich Rin. Er wirkte etwas angespannter als sonst. Aber wen hätte die Anwesenheit eines Massenmörders schon lockergelassen?

„Ja, möglichst bevor Hammar was erfährt. Der braucht nicht zu wissen das er hier ist", antwortete Kim. Sie machte sich auf den Weg. Nur hatte sie keine Ahnung wo sie suchen sollte.

„Du solltest es in der Trainingshalle versuchen", riet Rin ihr.

„Und du hast deine Informationen von?" Sie zog eine Augenbraue hoch. Das war ja echt unglaublich! Konnte hier denn niemand etwas für sich behalten?

„Alle reden darüber, das kannst du mir nicht vorwerfen! Sie ist sehr interessant." Kim warf ihm einen verächtlichen Blick zu. „Für die Meisten meine ich. Nicht für mich! Mir ist es natürlich egal wie Silas als Kind so drauf war!"

Ach ja, richtig. Kaleya kannte Silas von klein auf. Natürlich.

„Schon gut. Die ganze Situation ist so ungewohnt", murmelte Kim.

„Seltsames Gefühl teilen zu müssen, nicht wahr?" Ja, jetzt verstand sie Rin. Nicht das zwischen ihnen je etwas gelaufen wäre.

„Hast du manchmal das Gefühl ich vernachlässige dich?", fragte sie besorgt. Rin war ihr bester Freund, aber in letzter Zeit hatte sie ihre Zeit fast nur mit Silas verbracht. Vielleicht fühlte Rin sich ja einsam.

„Sich nachträglich schuldig fühlen ändert nichts. Sieh nur zu, dass du gelegentlich noch vorbeikommst. Sonst macht das Training keinen Spaß mehr." Er zwinkerte ihr zu und legte einen seiner massigen Arme um ihre Schulter. Ja Rin war wirklich ein Schatz.

Sie kamen an der Trainingshalle an. Silas und Kaleya standen etwas am Rand und Kaleya musterte interessiert die Kämpfer. Ja kleines Mädchen! Sieh sie dir nur an!

„Silas!", rief Kim. Sein Blick glitt sofort herüber, auch Kaleyas Kopf fuhr herum. Kim winkte Silas zu sich. Das würde nicht einfach werden.

Er sagte kurz etwas zu Kaleya, dann kam er herüber.

„Was ist?", wollte Silas wissen.

„Wir haben ihn", erklärte Kim. Silas sah sie stirnrunzelnd an. Sie atmete tief ein.

„Seth, wir haben ihn. Kim hat ihn überwältigt." Rin sprach sehr leise und bedacht.

„Ihr habt was?!" Silas Stimme wurde laut. Seine Augen waren geweitet, seine Miene angespannt. Er musste sich beruhigen und zwar schnell. Kaleya brauchte das alles nicht zu wissen. Die Hand auf seine Schulter gelegt sah sie ihm tief in die Augen.

„Ganz ruhig. Er ist in einer Zelle, bewusstlos. Sie braucht es nicht zu erfahren!", rief Kim ihm ins Gedächtnis.

„Sie hat immerhin bei ihm gelebt, wer weiß wie nah sie sich stehen", mischte Rin sich ein. Silas warf einen kurzen Blick über die Schulter, musterte seine Cousine.

„Ich bringe sie in ein Zimmer, dann komm ich zu euch. Seht zu das Hammar es nicht erfährt!", entschied Silas schließlich.

„Nicht von mir jedenfalls", sagte Kim. Nein, über ihre Lippen würde kein Ton kommen. Silas atmete tief durch, versuchte sein Gesicht unter Kontrolle zu bekommen. Dann küsste er sie auf die Wange und ging zurück zu Kaleya.

Nein, Kim war wirklich nicht gut im Teilen.

32. Unser Lehrer

Kaleya wachte auf und war voller Zweifel. Es war merkwürdig. Dieser Ort war fern von aller Hoffnung, er zerstörte sie. Die kahlen Wände spiegelten die gähnende Leere wider, die sich tief in Kaleya breit machte. Wenn es stimmte, wenn Seth wirklich ihre ganze Familie getötet hatte, was sollte sie dann tun? Was könnte sie denn tun? Würde es denn etwas ändern? Diese Gerüchte… sie kannte sie nur zu gut und hatte sie ihm nicht schon längst verziehen?

Im Schrank lagen frische Klamotten und in Ermangelung einer besseren Option zog Kaleya sich um. Sie band sich die Haare zusammen und durchsuchte das Bad bis sie eine Zahnbürste fand. Das Zimmer war komplett ausgestattet, als würde es nur darauf warten, dass jemand hier einzog. Aber Kaleya würde es nicht sein.

Sie ging zur Tür. Die Klinke war kühl unter ihrer Hand. Sie drückte, die Tür öffnete sich.

Was hatte sie erwartet? Das Silas abgeschlossen hatte? Natürlich nicht! Sie war ja schließlich keine Gefangene. Oder?

Vor der Tür saß der Mann vom Vortag.

„Hey ich bin", begann er.

„Rin, ich erinnere mich. Bist du als Babysitter abgestellt?", fragte sie mit müder Stimme. Wo war Silas?

„Schon möglich. Du sollst eben nicht alleine durch die Gänge streifen, sonst passiert dir noch was." Er lächelte, es sah ehrlich aus.

„Wo ähm" Wollte sie es denn wirklich wissen? Als er gestern verschwunden war hatte er so ernst ausgesehen. Vielleicht war es besser, wenn sie nicht wusste worum es ging.

„Keine Sorge, es geht ihm gut. Hammar braucht ihn nur für einen Versuch." Rins Blick war sanft. Hatte er sie so leicht durchschaut?

„Was für einen Versuch?" Wenn es so etwas Banales war konnte Rin es ihr bestimmt sagen!

„Ich weiß nicht genau. Sollen wir frühstücken gehen?", schlug er ihr
ausweichend vor.

„Ja gut." Hatte sie denn groß eine Wahl?

„Nana, kein Grund den Kopf so hängen zu lassen. Du darfst mich heute
den ganzen Tag begleiten und Silas kommt so schnell es ihm möglich ist
dazu." Sollten seine Worte trösten, verfehlten sie ihre Wirkung. Begriff
er denn nicht? Kein Trost der Welt konnte den Schmerz heilen. Dieser
gefährliche Schmerz, der sie dazu brachte zu zweifeln. Zu zweifeln an
Seth. Hatte er wirklich ihre Familie getötet? Wirklich versucht Silas zu
töten? Aber wozu? Und warum hätte er ausgerechnet sie verschonen
sollen?

„Rin, wo hast du gelebt bevor du hierherkamst?", fragte Kaleya.

„Ich weiß es nicht genau. Natürlich kann ich raten. Rein vom äußeren
Anschein her muss ich aus der näheren Umgebung stammen, aber sicher
sagen kann ich es nicht." Er zuckte mit den Schultern. War es ihm denn
völlig gleichgültig? Er bemerkte ihren Blick. „Die wenigsten hier wissen
wo sie herkommen. Kim stammt ursprünglich von der Küste glaube ich,
aber keiner hat detailreiche Erinnerungen daran. Silas ist der einzige,
der sich ganz genau erinnert."

„Es tut mir leid. Das muss schrecklich sein." Sich nicht zu erinnern,
nicht zu wissen woher man kam, oder wer einen zuvor geliebt hatte.
Mutter, Vater, Geschwister, so viele Menschen, die einmal Teil des Lebens gewesen waren und nun waren sie vergessen.

„Ja sich zu erinnern ist ein Fluch", sagte Rin und runzelte die Stirn. Okay
so hatte Kaleya das nicht gemeint.

„Bin ich deswegen so interessant für die anderen? Weil ich mich erinnere?" Sie alle waren so wissbegierig gewesen.

„Dein eigenes Leben interessiert sie reichlich wenig. Sie wollen Dinge
wissen, Dinge über Silas, die er lieber für sich behält. Du solltest nicht
mit ihnen sprechen. Auch mit mir nicht. Er kam freiwillig hier her und
dass ist alles was wir wissen müssen. Seine Motive gehen uns nichts an."

„Aber du kennst sie! Nicht wahr?" Kaleya musste sich beeilen, um mit
ihm Schritt zu halten. „Du kennst die Geschichte!"

„Nicht mehr als unbedingt nötig“, entgegnete Rin. Seine Miene war verschlossen. „Du müsstest ihn doch am besten verstehen.“ Ja, das sollte sie wohl, doch konnte sie es einfach nicht. Wie denn auch, wenn er ihr solche Sachen erzählte? Seth war… Nein das war einfach unmöglich! Sie hatte ihr ganzes Leben mit Seth verbracht! Die Schuld! Die Schuld, die er zweifellos hätte empfinden müssen, sie hätte es doch gesehen! Sie hätte es erkannt!

„Ich befürchte nein, dem ist nicht so. Ich kenne nämlich eine ganz andere Geschichte“, brachte Kaleya mühsam heraus.

„Ist dir nie in den Sinn gekommen sie zu hinterfragen?“, fragte Rin. Oh, wenn er nur wüsste wie oft.

Sie hatten den Speisesaal erreicht und stellten sich bei der Essensausgabe an. Der Mann vom Vortag stand hinter dem Tresen und musterte sie mit grimmiger Miene. Wortlos schob er ihr einen Teller hin, randgefüllt mit Rührei, Würstchen und Speck. Rins Augen weiteten sich kurz. Überraschung!

„Vielleicht ein bisschen Obst dazu?“ Rin hob eine kleine Schale mit Obstsalat an. Es war so albern, sie musste lachen.

„Ja gerne“, sagte Kaleya schmunzelnd.

„Hm Vitamine sind gut.“ Rin balancierte seinen eigenen Teller, dem von Kaleya nicht ganz unähnlich und zwei Schälchen Obstsalat. Kaleya trug das Besteck. Sie setzten sich an einen anderen Tisch als am Tag zuvor.

Eine Gruppe von Männern, darunter die aufmüpfigen Jungen und das unscheinbare Mädchen, saßen bereits auf den Bänken. Die Männer, alles Muskelpakete wie Rin, verschlangen Unmengen an Essen. Sicher brauchten sie das, um ihr Kampfgewicht zu halten, oder wie im Fall der beiden Jungen, zu erhöhen.

„Ah hallo weiblicher Silas!“, begrüßte einer sie mit lauter, dröhnender Stimme. Zustimmendes Gemurmel wurde laut.

„Kaleya, aber nett, dass ihr euch erinnert“, erwiderte Kaleya.

„Leute seid nett. Sie begleitet uns heute“, erklärte Rin. Er schien einer der ältesten in der Gruppe zu sein, was nichts heißen mochte. Keiner hier war sonderlich alt. Vermutlich überlebten nur die Besten und wenn jedes Jahr vielversprechender Nachwuchs kam? Hieß das nicht, dass irgendwann jeder von ihnen übertrumpft wurde? Mit der Zeit?

„Haltet euch bloß nicht meinetwegen zurück. Ich bin unter Jungs aufgewachsen ich komm mit allem klar." Sie lächelte. Ja eigentlich war es gar nicht so anders als im Bunker zu Hause.

„Dann wollen wir doch mal sehen ob wir dich noch überraschen können", sagte der junge Mann ihr gegenüber. Er war vermutlich ein paar Jahre älter als Silas. Er hätte ein hübsches Gesicht gehabt, doch eine Narbe verlief quer über seine Wange und entstellte ihn.

„Böser streit?", fragte sie und deutete mit der Messerspitze auf die alte Verletzung. Er lachte laut und schallend.

„Das Mädchen gefällt mir, nimmt kein Blatt vor den Mund, genau wie Silas!", sagte der Mann mit der Narbe.

„Vielleicht kämpft sie ja auch wie Silas", spekulierte ein anderer. Ja, es war wirklich fast wie zu Hause.

„Bei Gelegenheit muss sie mal in den Ring!", rief ein Dritter.

„Immer mit der Ruhe! Vielleicht kämpft sie auch gar nicht!", warf Rin ein. Armer Rin, der würde sein blaues Wunder erleben! Aber verraten musste sie sich ja auch nicht gleich. Stattdessen begann sie schweigend zu essen. Die anderen begannen alltägliche Gespräche untereinander und alberten herum. Sie waren wirklich eine ausgelassene Gruppe. Nur die beiden Jungen und das Mädchen nicht.

Die Jungen musterten Kaleya mit unverhohlener Neugierde. Erkannten sie sie vom Vortag? Und das Mädchen… Armes Mädchen! Sie war so fehl am Platz. Sie gehörte hier nicht her. Genau wie Kaleya.

Nach dem Frühstück machte sich die ganze Gruppe auf den Weg zur Trainingshalle. Die Halle in der Kim gegen die drei Männer angetreten war, nicht die Halle in der Silas Gruppe trainiert hatte.

„Gibt es viele unterschiedliche Sporthallen?", fragte Kaleya. Sie berührte Rin vorsichtig am Arm, bremste seinen schnellen Schritt.

„Es gibt verschiedene Gruppen, je nach Veranlagung. Damit wir uns beim Training nicht in die Quere kommen gibt es für jeden Bereich eine Halle." Rin zuckte mit den Massigen Schultern.

„Wie kommt es das jemand wie Kim bei euch ist?" Wo war Kim eigentlich? Auch mit Silas unterwegs?

„Du bist zu neugierig, das kostet dich womöglich mal das Leben", stellte Rin fest. Kaleya lachte. Genau das hatte ihr Trainer damals auch immer gesagt. Sei nicht so neugierig!

In der Halle begrüßte der alte Mann jeden einzelnen und wies ihm einen Übungspatz zu. Die Gruppen setzten sich scheinbar willkürlich zusammen. In Paaren verzogen sich die Kämpfer zu den ausgelegten Matten und schwatzten dabei miteinander. Dann kam der Mann zu ihnen.

„Rin, machst du mit dem Training für die Neuzugänge weiter?", bat der Mann.

„Ich muss mich heute ein bisschen um die Kleine hier kümmern." Rin deutete mit dem Kinn auf Kaleya.

„Ah das ‚ich bin kein Hundchen'" Der Mann lächelte breit. „Ich bin Kasim. Ich trainiere die Boxer und mache das Basistraining für die Neuzugänge. Möchtest du dich uns anschließen kleine Lady?"

„Ich glaube für Boxen eigene ich mich nicht dafür fehlt mir das nötige Gewicht", bemerkte Kaleya.

„Das nötige Gewicht!", rief Kasim. Er japste vor Lachen. „Die Kleine gefällt mir. Das nötige Gewicht! Als ob Kim das nötige Gewicht hätte!"

„Tut mir ja leid euch enttäuschen zu müssen, aber so skrupellos bin ich nicht", bemerkte Kaleya.

„Ach nein? Wie schade. Na schön. Ich übernehme die Jungs, Rin du kümmerst dich um das Mädchen und wenn das Hundchen sich anschließen möchte darf sie das gerne tun." Kasim dirigierte die Jungen zu einer Matte und begann mit ihrem Unterricht. Er war gut der alte Mann, das musste sie ihm lassen. Andererseits musste er ja gut sein, wenn er noch lebte. Ob er schon einmal gegen einen seiner Schüler verloren hatte?

Kaleya hatte nie verloren. Ob das jetzt tatsächlich an ihren Fähigkeiten lag, oder eher daran, dass sie sich ihre Gegner zumeist sehr geschickt auswählte... wer weiß? Auf jeden Fall wäre ihre Lehrer schwer enttäuscht könnte er sie jetzt sehen. Wie sie sich vor dem Training drückte. Als ob sie Angst davor hätte. Als befürchtete sie, sie könnte nicht mithalten.

„Na schön ich mache mit“, beschloss Kaleya. Sie ging hinüber zu den Jungen und stellte sich zu ihnen in die Reihe.

„Schließ dich doch lieber Rin an“, bemerkte Kasim mit einem überheblichen Lächeln. Das konnte er sich gleich abschminken!

„Rin macht nur Muskelaufbau, das brauch ich nicht“, entgegnete Kaleya.

„Oh starke Worte, na dann wollen wir doch mal sehen.“ Kasim nickte einem der Jungen zu und der holte aus. Was für ein Idiot. Kaleya atmete ein. Die Zeit schien wie in Zeitlupe zu laufen. Ein Schritt zur Seite, sein Handgelenk fassen, den Arm verdrehen. Der Junge saß nun auf den Knien vor ihr, den Arm schmerzhaft auf dem Rücken fixiert. Kaleya atmete aus. Kasim klatschte verhalten.

„Mal davon abgesehen, dass dieser Angriff absolut schändlich war, nicht schlecht. Du bist wirklich mit Silas verwandt, kein Zweifel“, bemerkte Kasim.

„Hast du auch sein Basistraining gemacht?“, fragte Kaleya.

„Basistraining? Nein das hatte der Junge nicht nötig.“ Kasim rieb sich das Kinn. „Aber vermutlich hat er es von demselben gelernt von dem du es auch hast.“

„Schon möglich“, wich Kaleya aus. Ja, sie hatten es von der gleichen Person gelernt.

„Ich wusste doch, dass ich dich keine Sekunde aus den Augen lassen kann“, bemerkte eine ihr wohl vertraute Stimme. Silas kam mit geschmeidigen Schritten näher. Es schien ihm gut zu gehen, also hatte Hammar ihm nichts getan.

Dummes Mädchen, Hammar hatte so oft Gelegenheit ihm zu Schaden. Warum sollte er ausgerechnet jetzt damit anfangen?

„Dein Lehrmeister hat bei ihr gute Arbeit geleistet.“ Kasim lächelte Silas milde an. Ein leichter Tadel lag in seiner Stimme. „Du hättest ihm besser zuhören sollen.“

„Nein, er hatte bei ihr nur mehr Zeit“, widersprach Silas. Sein Gesicht war ausdruckslos. Irgendwas war passiert. Seth hatte genau denselben Blick, wenn etwas vorgefallen war von dem Kaleya nichts erfahren sollte.

„Was machst du hier?“, fragte Kaleya.

„Ich wollte dich zum Frühstück holen“, antwortete Silas.

„Was denn schon wieder? Wir haben doch eben erst gefrühstückt!“

„Ihr vielleicht, aber ich noch nicht. Komm schon.“ Er griff nach ihrem Arm, zog sie mit sich.

„Silas? Ist alles in Ordnung?“, fragte Rin. Seine Stimme war ruhig, aber nachdrücklich.

„Ja Rin, alles bestens“, erwiderte Silas. Dieser Lügner. Was war los? Was war das für ein Auftrag gewesen?

Silas holte sich sein Essen, doch Kaleya hätte keinen Bissen hinunter bekommen. Selbst wenn sie nicht erst kurz zuvor gegessen hätte.

„Also was hattest du Wichtiges zu tun?“, fragte sie zaghaft. Dieser schweigsame Silas gefiel ihr gar nicht. Früher war er nie so gewesen. Aber war das nicht der beste Beweis dafür, dass sie ihn nicht kannte? Nicht mehr?

„Wir haben einen neuen Gefangenen, der besondere Sorgfalt erfordert.“

„Ihr macht Gefangene?“ Welche arme Seele hatten sie hier her verschleppt? Abgesehen von ihr selbst natürlich.

„Manchmal.“ Er stocherte in seinem Rührei herum, runzelte die Stirn.

„Er hat weiter gemacht?“, fragte Silas. Kaleya brauchte eine Weile, bis sie begriff was er meinte. Es ging ihm um ihr Training.

„Ja, danach war es ihm umso wichtiger, dass ich lerne mich zu verteidigen. Ich war aber nie sonderlich motiviert.“ Sie stützte das Kinn auf einer Hand auf. „Ich war nicht da damals. Ich habe es nicht gesehen. Ich weiß nur, dass ich allein war und da war überall das Blut und dann war er da.“

„Er hat dich mitgenommen?“, fragte Silas leise weiter. Sie nickte, doch er wich ihrem Blick aus. Was erwartete er? Seth hatte ihr nie gesagt was wirklich geschehen war. Sie hatte ja auch nicht gefragt! Und nun? Silas lebte! Sollte das nicht ein Grund zur Freude sein? Wieso ließ sie dann das Gefühl nicht los, dass es Unheil bedeutete? Ganz großes Unheil.

„Hätte er gewusst, dass du lebst, er hätte dich sicher auch mitgenommen“, flüsterte Kaleya. Seth muss es übersehen haben, kein Zweifel. Er war vermutlich zu geschockt von den Leichen seiner Eltern, um die schwachen Lebenszeichen zu erkennen.

„Kaleya so war das nicht. Es war, ich weiß nicht mehr genau...“ Er schwieg, doch seine Lippen waren schmal vor Anspannung. „Ich war ohnmächtig, glaube ich und als ich wieder zu mir kam lag Mutter tot am Boden und Seth hat eben unseren Vater erstochen. Dann hat er mich gesehen und hat mich niedergeschlagen. Das ist passiert. Daran erinnere ich mich ganz genau.“

„Oh Silas!“ Eine einzelne Träne rann ihr über die Wange. Sie hatte schon viel zu viel wegen dieser Nacht geweint. Viel zu viel.

„Ich werde unsere Familie rächen. Das verspreche ich dir. Ich werde ihn dafür zahlen lassen was er uns angetan hat!“, knurrte Silas. Meinte er das ernst? Feuer mit Feuer bekämpfen? Selbst wenn es stimmte was er sagte! Aber, warum sollte er lügen?

„Silas, nein. Weißt du nicht mehr was Seth uns beigebracht hat? Wir dürfen einander niemals bekämpfen! Bruder gegen Bruder das ist doch Wahnsinn!“, rief Kaleya mit nur mühsam beherrschter Stimme. Hier waren zu viele neugierige Ohren.

„Alles was er uns gelehrt hat zählt für mich nicht mehr. Er hat uns verraten und unsere Eltern getötet, deine Mutter getötet! Das kann ich so nicht hinnehmen und ich werde dafür sorgen, dass er seinen Fehler bereut!“ Silas stand auf.

„Tu das nicht, bitte Silas! Selbst wenn es stimmt, was macht das noch? Du kannst sie nicht wieder lebendig machen!“ Warum sollte er lügen? Vielleicht hatte er sich nur falsch erinnert! Vielleicht hatte es nur so ausgesehen als wäre Seth es gewesen! Vielleicht… Ach, wem machte sie eigentlich etwas vor? Aber konnte er denn nicht sehen wie sehr sie Seth brauchte? „Mir ist gleich was er getan hat. Ich will ihn nicht verlieren. Silas bitte. Ich habe mich so gefreut dich zu sehen! Aber ich erkenne dich nicht wieder.“

„Ja Kaleya, ich habe mich verändert, diese Nacht hat mich verändert“, sagte Silas mit kalter Stimme. Er wand sich zum Gehen. Erwartete er, dass sie ihm folgen würde? Da könnte er sich täuschen. Doch er drehte sich nicht mal nach ihr um.

So blieb Kaleya allein im Speisesaal zurück. Tief in Gedanken, wie ich vermute. So viele Fragen, so viele Ungereimtheiten. Wie konnte das alles zusammenpassen? Das Bild von Seth dem Mörder und Seth dem Fürsorglichen. Das ließ sich einfach nicht vereinen. Oder?

33. Ein Bild von dir

Ich denke es wird langsam Zeit Seth etwas näher kennen zu lernen.
Vielleicht klären sich dann ein paar der Ungereimtheiten…

Silas saß vor der Zelle auf dem Boden, den Rücken an die Wand gelehnt
die Beine angezogen, den Kopf auf den Knien abgelegt. War er denn gar
nicht im Bett gewesen? Kim setzte sich neben ihn, lehnte den Kopf an
seine Schulter. Seine Augenbrauen zogen sich zusammen, er hatte sie
bemerkt.

„Wie spät ist es?", fragte er mit belegter Stimme.

„Früh, sehr früh. Hast du hier übernachtet?" Sie strich seine zerzausten
Haare glatt, was aber kaum eine Wirkung erzielte.

„Bist du sicher, dass er noch lebt?", fragte Silas weiter. Hörte er ihr überhaupt zu?

„Dabei bin ich mir nie sicher, das weißt du doch", antwortete Kim. Sie
rieb sich die Augen. Der Schlafmangel der letzten Tage machte sich
langsam bemerkbar. Das war aber auch aufregend gewesen. Der kleine
Kaiser, Kaleya, Seth. Hörte das denn nie auf?

„Ich sehe mal nach", beschloss Silas. Er stand auf und ging zu der fest
verschlossenen Tür. Er steckte den Schlüssel ins Schloss und mit einem
leisen Klicken sprang es auf. Er zögerte. „Hast du ein Messer dabei?"

Ein Glück, dass sie immer gut vorbereitet war. Sie klappte die Klinge auf
und ließ sie einrasten, dann stand sie auf. Silas öffnete die Tür.

„Ah kleiner Bruder, ich wusste es ist nur eine Frage der Zeit bis du mich
besuchst", sagte Seth, kaum das er erkannt hatte, wer vor der Tür stand.

Das war unmöglich! Kim warf einen Blick über Silas Schulter. Seth saß
auf der Liege, die Ellbogen auf die Schenkel und den Kopf in die Hände
gestützt. Das ging nicht! Wie konnte er sich so schnell erholt haben?
Manche brauchten Tage bis sie wieder zu sich kamen! Kim hatte sein
Herz angehalten verdammt!

„Lass die dummen Sprüche! Ich bin nicht hier, um Erinnerungen auszutauschen!", blaffte Silas seinen Bruder an.

„Ich bezweifele stark, dass wir damit Freude hätten, aber zumindest eine Umarmung hätte ich erwartet. Wir haben uns ja so lange nicht mehr gesehen", erwiderte Seth.

„Noch nicht lange genug." Silas Stimme senkte sich zu einem tiefen Knurren. Wie konnten sie sich nur äußerlich so ähnlich sein, aber innerlich so verschieden? Machte es Seth etwa spaß? Spielte er gerne mit den Gefühlen anderer? Da würde er bei Kim seine liebe Mühe haben! Aber Silas…

„Das liegt im Bereich des Möglichen aber dennoch, weniger lang als du vielleicht annimmst", sagte Seth. Er lächelte und sah gleich so viel jünger aus. Wie leicht man sich in dieses Lächeln verlieben konnte! Nur gut das Kim es besser wusste.

„Hör auf rum zu albern ich habe keine Zeit für diese Spielchen!", knurrte Silas. So gereizt war er selten gewesen. Meistens nur dann, wenn er zu wenig gegessen hatte. Diese Seite an ihm mochte Kim gar nicht.

„Ach nein? Früher hast du immer so gerne mit mir gespielt", entgegnete Seth. Konnte ein Mensch noch unschuldiger aussehen? Wie machte er das nur? Er zeigte keine Anzeichen von Angst, nicht das kleinste Zittern! Sein Blick war ruhig und gelassen als wäre er auf alles vorbereitet und das obwohl er nichts hatte, um sich zu verteidigen!

„Hast du nichts Besseres zu tun als uns auf die Nerven zu gehen?", fauchte Kim. Er musste doch irgendwie reagieren!

„Aktuell nicht und du Assassine? Keine Morde zu begehen?", fragte Seth im Unschuldston. Jetzt reichte es aber! Kim warf noch bevor Silas auch nur einen Finger rühren konnte. Sie hatte Seth nur streifen wollen, ein kleines bisschen Blut vergießen damit er nicht vergaß wer hier das Sagen hatte. Das Messer hatte sich in den Felsen gebohrt und steckte nun fest. Seth saß mit leicht schief gelegtem Kopf da. Sonst hatte er sich nicht bewegt. Keinen Zentimeter.

„Du hast einen Rechtsdrall. Ist das immer so oder nur wenn du dich aufregst?", fragte Seth. Jetzt wagte er auch noch sie zu tadeln! Wer war er? Ihr Lehrer?

„Kim beruhige dich." Silas warf ihr einen kurzen Blick zu. „Du wirst ihn nicht töten." Er hatte ja Recht. Es war nicht ihre Rache. Auch wenn sie so gut nachfühlen konnte wie es Silas ging. Aber es war nicht ihre Rache.

„Da bin ich aber froh. Ich lebe ziemlich gerne weißt du", sagte Seth und lächelte wieder. Er griff mit einer Hand nach dem Griff des Messers und zog es aus der Wand. Jeder Muskel in Kims Körper spannte sich an. Wenn er nur halb so gut werfen konnte wie Silas war er jetzt gerade eine tödliche Gefahr. „Da gibt es so ein kleines Mädchen" Seth stand auf. „Schwarze Haare, graue Augen, du müsstest sie kennen!" Ganz langsam kam er auf Silas zu, das Messer fest in der Hand. Silas rührte sich nicht. Er war wie erstarrt! Nein! Das war gefährlich! „Dieses Mädchen wäre sicher sehr traurig, wenn es mich nicht mehr gäbe. Ach, wo wir das Thema gerade ansprechen" Seth warf das Messer lässig in die Luft und fing es an der Klinge wieder auf. Kims Herz machte einen Satz. Er spielte mit ihnen! Machte sich über sie lustig! „Wo ist sie kleiner Bruder?" Er steckte die Hand aus, bot Silas das Messer an.

„In Sicherheit", erwiderte Silas und nahm das Messer. „Was man von dir nicht behaupten kann." Silas trat einen Schritt zurück und knallte die Tür zu. Hoffentlich mit der Absicht sie nie wieder zu öffnen. Von hinter der Türe erklang ein leises Lachen. Dieses Lachen! Oh nein, so leicht hätte sie vergessen können, dass dieser Mann ein Serienkiller war.

„Hattet ihr euren Spaß?", fragte eine Stimme hinter Kim. Hammar? Wo kam der denn her? „Dachtet ihr ernsthaft ich würde nicht erfahren, dass er hier ist? In diesen Tunneln entgeht mir nichts!"

„Was willst du? Das geht dich nichts an", knurrte Silas und straffte die Schultern.

Ja Hammar! Das geht dich nichts an! Das war eine Sache unter Brüdern!

„Ich weiß ja, dass er auf deiner Abschussliste steht und ich bin voll dafür! Aber", setzte Hammar an.

„Oh nein, wenn er ,aber' sagt heißt das nichts Gutes", bemerkte Kim. Sie verschränkte die Arme vor der Brust. Das durfte doch nicht wahr sein! Musste der sich überall einmischen?

„Aber", wiederholte Hammar eindringlicher nun. „gestattet mir, dass ich ein paar Versuche mit euch mache! Ich wollte schon immer mal mit Zwillingen arbeiten! Wäre das nicht unheimlich interessant?"

„Interessant? Wohl kaum! Was willst du machen? Sie im Kampf vergleichen? Dieser Mann kommt nicht mehr in die Nähe einer Waffe!", rief Kim. Nicht nochmal, nein. Das würde ihr Herz nicht aushalten. Zu sehen wie Silas da stand, völlig ungeschützt, gebannt, und Seth mit dem Messer, nein, nicht nochmal.

„Du meinst so wie eben?", fragte Hammar und zog eine Augenbraue hoch. Das hatte er gesehen? Dieser…! Kim ballte die Hände zu Fäusten.

„Ist schon gut Kim. Wenn er will soll er seine Versuche bekommen." Silas' Gesicht verriet nichts. „Mein Bruder soll ruhig ein bisschen Leiden bevor er uns verlässt." Für immer! Bevor er uns für immer verlässt! Kein Zweifel! „Was machen da schon ein paar Tage."

„Im Besten Fall nur Stunden", versprach Hammar und klatschte begierig in die Hände. „Ach Miss Duvessa?"

„Was willst du?", fauchte Kim. Wenn er sie so ansah bedeutete das meistens nichts Gutes.

„Ich denke es wäre angemessen, wenn unser Gast einen persönlichen Aufpasser hätte während unserer Versuche. Du wirst dich beteiligen und notfalls eingreifen."

„Ist gut." Nein dagegen würde sie sich nicht wehren. Wer weiß, vielleicht bekam sie ja die Gelegenheit ihm doch noch ein Messer in den Körper zu jagen. Völlig gleich wo, auch wenn ihr gleich ein paar bevorzugte Regionen einfielen…

„Ah ich wusste es würde ein Vergnügen sein mit euch beiden zu arbeiten." Hammar grinste breit und sah dabei aus wie ein kleiner Junge.

„Wieso musste ich dann auch aufs Laufband?", fragte Kim genervt. Das monotone rhythmische surren der Antriebswelle vereinte sich mit dem Gleichklang ihrer Schritte. Dieses Tempo konnte Kim locker zwei Stunden durchhalten.

„Man merkt sofort, dass du jünger bist als Pain. Diese übertriebene Begeisterung ist doch albern", meinte Seth. So ungern Kim es zugab, aber sie musste ihm Recht geben. Man hätte doch erwarten müssen, dass jemand so skrupelloses wie Seth sich super mit Hammar verstand. Wieso konnte es nicht leichter sein ihn zu hassen?

„Vorsicht mein Junge! Pain mag dich lieben, aber mir ist dein Leben nicht heilig!" Hammars Miene verfinsterte sich und seine Augenbrauen zogen sich bedrohlich zusammen. Hatte sie da eben richtig gehört?

„Und wenn ich Pains schlimmster Albtraum wäre, du brauchst mich." Seths Stimme war ruhig, aber unnachgiebig.

„Was kannst du ihm schon bieten was ich nicht kann?", knurrte Silas mit zusammengebissenen Zähnen. Er hasste Joggen. Seltsam, Seth schien es nicht das Geringste auszumachen.

„Absoluten gehorsam. Und ich habe die bessere Ausdauer", bemerkte Seth. War er wirklich blöd genug Silas jetzt auch noch zu reizen? Sein Leben hing an einem seidenen Faden! War er sich darüber überhaupt im Klaren? Silas ballte die Hände zu Fäusten und versuchte mühsam seine Atmung zu kontrollieren. Seufzend notierte Hammar sich etwas auf seinem Block.

„Wie soll ich ordentliche Messergebnisse bekommen, wenn ihr euch gegenseitig permanent ankeift?!", fragte Hammar einen Anflug von Zorn in der Stimme.

„Was meintest du damit Pain würde ihn lieben?", fragte Kim. Vielleicht half ein Themenwechsel ja die Gemüter etwas zu beruhigen.

„Er ist Pains Liebling was denn sonst?", gab Hammar zu Antwort. Dieses Thema schien Hammar nicht zu behagen. Viel besser.

„Silas ist auch dein Liebling, aber du kannst ihn eigentlich gar nicht leiden", widersprach Kim.

„Das gilt für euch alle und jetzt halt einfach die Klappe!", befahl Hammar kalt. Ja ganz eindeutig, sie hatte einen Nerv getroffen, aber wieso? Was störte ihn? Kim warf einen kurzen Blick zu Seth. So ähnlich, sie waren sich ja so ähnlich!

„Du läufst gut", stellte sie fest. Das ließ sich nicht verleugnen. Er zeigte kaum mehr Anstrengung als sie selbst empfand. Silas dagegen war noch nie der Ausdauernde Typ gewesen. Ihm war deutlich anzusehen, dass Joggen nicht zu seinen bevorzugten Sportarten gehörte.

„Ist meine Art Stress zu bewältigen", erklärte Seth. Er sah sie nicht mal an. Wie arrogant!

„Als Massenmörder hat man Stress?", fragte Silas. Seine Stimme war kaum mehr als ein knurren.

„In letzter Zeit immer öfter", seufzte Seth.

„Seltsam, Silas stürzt sich immer direkt in den Kampf, wenn er gestresst ist", stellte Hammar fest. Er machte sich noch eine Notiz und legte dann die Stirn in Falten.

„Wir haben dieselben Gene, nicht dieselben Gedanken. Ich weiß das muss verwirrend sein, weil beides mit G anfängt", bemerkte Seth. Kim kicherte. Sie konnte es nicht unterdrücken. Es ging einfach nicht anders. Scheinbar konnte Seth Hammar genauso wenig leiden wie sie.

„Ah ihr könnt euch also gegenseitig Hassen so viel ihr wollt aber tief in euch wollt ihr doch alle dasselbe, habe ich Recht?", provozierte Hammar.

Dumm Hammar, einfach dumm. Er war in einem Raum mit drei absolut tödlichen Menschen und hatte keine bessere Idee als jeden einzelnen davon zu reizen? Dumm!

„Ich wollte nie meine Familie umbringen", sagte Silas. Er war so angespannt. Mühsam beherrscht waren die Worte leise und bedrohlich aus seinem Mund gekommen.

„Du hast bestimmt schon mal darüber nachgedacht", widersprach Seth. Was? Meinte Seth das ernst?

„Ich hätte es nie getan!", rief Silas.

„Aber darüber nachgedacht!", blaffte Seth. Für einen kurzen Moment schien die gelassene Fassade von ihm abzufallen. Seine Stimme wurde lauter, sein Blick verriet blanken Zorn. „Du wolltest es tun, nicht wahr? Du wolltest ihn töten!"

„Und wenn schon! Er war ein Arsch, aber du hast das ja nicht mitbekommen! Du warst ja immer sein Liebling! Hast du überhaupt eine Ahnung wie es mir dabei gegangen ist?!", schrie Silas. Kim zuckte zusammen, so hatte sie ihn noch nie erlebt. Silas wurde sonst nicht so laut. Doch während Kim darüber völlig entsetzt war schien Seth zufrieden. Dann wurde sein Gesicht wieder undurchdringlich nur ein leichter kaum wahrnehmbarer trauriger Zug lag um seine dunklen Augen.

„Ich habe Mutter nicht getötet", flüsterte Seth, ohne seinen Bruder anzusehen.

„Ach dann ist sie einfach so tot umgefallen?!", knurrte Silas.

„Sei nicht albern." Seth´ Miene verhärtete sich. „Aber ich war es nicht."

„Und wenn schon." Silas stoppte das Laufband und riss sich den Pulsmesser vom Arm, den Hammar für seine Messungen angebracht hatte.

„Wir sind hier fertig." Er durchquerte, ohne zurück zu blicken den Raum. Hammar war wie erstarrt seit Silas' Ausbruch. Er versuchte gar nicht erst ihn aufzuhalten.

„Dann ähm, ist der Versuch wohl vorerst beendet", murmelte Hammar. Er klappte den Block zu und betrachtete kurz das leere Laufband in der Mitte.

„Ich würde gerne noch weiterlaufen", bat Seth leise. Hammar schielte zu Kim.

„Ja von mir aus", gab sie ihr Okay. Es war ihr gleich. Hammar folgte Silas durch die Tür und schloss sie leise hinter sich. Kim erhöhte die Geschwindigkeit, Seth folgte ihrem Beispiel.

„Es ist gut, dass er dich hat", sagte Seth plötzlich in die andauernde Stille hinein.

„Wie bitte?" Sie hatte sich verhört! Ganz eindeutig! Doch er wiederholte sich nicht. Wieso war es nur so unheimlich schwer ihn zu hassen? Wieso konnte er kein Arschloch sein wie Hammar? Wieso war er so… nun ja vielleicht nicht gerade freundlich, doch er hatte sie stets höflich behandelt und auch Silas gegenüber war er umgänglich und beinahe schon versöhnlich.

„Auch wenn Silas es gerne so hätte, aber ich bin nicht der Böse in dieser Geschichte", sagte Seth.

„Das sieht die breite Masse aber anders." Glaubte er sie auf seine Seite ziehen zu können? Keine Chance!

„Zerstöre niemals den gefälschten Ruf eines Mannes." Er lächelte, dann schwiegen sie. Den gefälschten Ruf? Was meinte er? Es sollte doch eigentlich so viel einfach sein! Schwarz und Weiß! Nicht dieses verwirrende Grau-Gemisch!

Eine Stunde später brachte sie ihn zurück zu seiner Zelle. Er hatte keinen Ton von sich gegeben, sich nicht beklagt und war ihr ohne Zögern gefolgt.

„Ich bring dir gleich noch was zu essen", sagte Kim. Ja sie wollte ihn wirklich hassen. Wenn das nur nicht so verdammt schwer wäre.

„Mach dir keine Mühe. Ich brauche nicht viel", entgegnete Seth. Er ließ sich auf der Liege in seiner Zelle nieder und verschränkte die Arme vor der Brust. Na gut, eine Aufgabe weniger. Auch nicht schlecht. „Ich habe dich unterschätzt. Der Trick war gut." Was hatte er da gesagt? Sie blinzelte ein paarmal, doch seine ernste Miene verrutschte nicht zu einem belustigten Blick.

„Welcher Trick?" Sie kannte so viele!

„Der." Er legte eine Hand über sein Herz. „Wie machst du das?"

„Das wüsste Hammar auch gerne." Ach, wenn sie es doch wenigstens selbst wüsste. Aber wie beherrschte man einen anderen Menschen? Oder genauer gesagt, dessen Blut?

Sie schloss die Tür hinter sich ab und steckte den Schlüssel ein. Hier würde er nicht rauskommen. Zumal er kein einziges Mal den Anschein erweckt hatte fliehen zu wollen. Nicht einmal hatte er es versucht. Lag ihm wirklich so viel an Kaleya das er bereit war sich dafür zu opfern? Aber ließ sich das überhaupt vereinbaren? Das Bild von Seth dem Mörder und Seth dem Führsorglichen verschwamm immer mehr zu einer komplexen Person. Könnte es doch nur einfacher sein.

34. Wie normale Menschen

Eine wohltuende Dusche später saß Rico mit frischen Klamotten in seinem Büro auf dem Sofa und wartete. Der Rat wollte ihn sprechen. Ausgerechnet jetzt. Er wollte sich nicht mit ihnen auseinandersetzen, dazu hatte er nicht die Kraft. Nicht heute. Sein Rat aber scheinbar auch nicht.

„Mein Kaiser", begrüßte Enes aus alter Gewohnheit. Er sah aus als wäre er gerade aus dem Bett gefallen. Seine Haare waren zerzaust und er trug kein edles Hemd wie sonst.

„Ihr wolltet uns sprechen?" Auch Kemal sah nicht gerade begeistert aus.

„Nein, aber ihr mich", entgegnete Rico.

„Nein, Terra sagte uns", begann Enes. Ach so, war das. Auch Enes schien ein Licht aufzugehen. „Oh."

„Mein Beileid zu dieser Schwester", bemerkte Kemal, setzte sich in einen der beiden Sessel und lehnte sich zurück. Ja mit einer Schwester wie Terra brauchte man keine Feinde mehr.

„Ich hoffe wir müssen nicht zu lange warten", sagte Enes seufzend. Auch er setzte sich dazu. Rico zog die Beine an und schloss die Augen. Nur ganz kurz, er war so müde.

„Enrico?"

„Hm?" Was wollte Kemal? Sah er denn nicht das Rico zu erschöpft war.

„Du siehst krank aus. Ist alles in Ordnung?" Krank? War es das? War er gar nicht müde, sondern vielleicht einfach krank? Aber er wurde nie krank! Und seit wann duzte Kemal ihn?

„Es war eine Anstrengende Woche", antwortete Rico. Das war zumindest nicht gelogen.

„Wo ist mein Patient?", rief eine Frauenstimme. Maria platzte einfach zur Tür herein ohne Rücksicht auf irgendwas. Sie entdeckte Rico und machte sofort ein besorgtes Gesicht. „Kann man dich denn keine Sekunde aus den Augen lassen? Du siehst furchtbar aus."

„Danke ich freu mich auch dich zu sehen. Darf ich vorstellen, das ist Maria. Sie ist Ärztin und unheimlich nervig", erklärte Rico seinen verwirrt dreinblickenden Beratern.

„Und den eingebildeten kleinen Lümmel da kennt ihr ja schon!" Maria war also in Höchstform. Enes unterdrückte ein glucksen. Kemal blinzelte entschieden verwirrt zu Maria empor. „Schick sie raus! Ich muss dich untersuchen", befahl Maria. Rico hasste es Befehle von anderen anzunehmen, doch er war zu schwach, um sich gegen sie zu wehren.

„Aber wir haben gleich eine Versammlung, wir warten nur noch auf Marek und Terra", entgegnete Enes. Er war also nicht bereit sich einfach von Maria vertreiben zu lassen. „Enrico sag, was ist passiert? Bist du etwa verletzt?"

„Dann eben so." Maria nahm neben ihm Platz und tastete nach seinem Puls. So erschöpft wie er war… „Zu langsam", bemerkte sie prompt. Wie vermutet. Dann legte sie eine Hand an seine Stirn.

„Hey!", rief Rico und wich zurück, doch die kurze Berührung schien ihr zu genügen.

„Strickte Bettruhe! Du hast Fieber! Bestimmt hat sich deine Schulter entzündet!", schimpfte Maria. Sie war böse mit ihm. Oh nein!

„Maria es geht mir gut. Ich brauche nur etwas Schlaf", versuchte Rico ihr auszuweichen.

„Was du brauchst ist ein Schlag auf den Hinterkopf aber weil ich Gewalt gegen Kinder verabscheue wird das reichen müssen!" Sie sah ihn absichtlich tadelnd an. Gewalt gegen Kinder? Er war doch kein Kind mehr!

„Beansprucht ihn nicht zu lange und dein Abendessen nimmst du im Bett zu dir", ging sie wieder dazu über Befehle zu erteilen.

„Ist in Ordnung", gab Rico nach. Es hatte ja auch etwas Gutes. So würde er Jannik entgehen. Perfekt.

Terra und Marek traten ein. Marek sah aus als hätte er Maria von ihrer besten Seite kennengelernt. Er wirkte niedergeschlagen. Sicher hatte sie ihm lauter Dinge vorgeworfen, für die er überhaupt nichts konnte. Terra setzte sich auf den letzten freien Platz auf dem Sofa, neben Maria, und Marek stellte sich hinter sie. Alle blickten erwartungsvoll zu ihr. Was wollte sie?

„Rico du musst es ihnen erzählen", beschloss Terra. Meinte sie das ernst? Keiner brauchte es zu wissen! Es wäre so viel einfacher, wenn niemand es wusste.

„Bist du dir da sicher?", fragte er deshalb vorsichtig nach. Sie nickte. Na gut, wenn es ihr so ernst damit war. Er atmete tief ein und aus. „Also schön. Wenn Terra darauf besteht will ich euch erzählen was vorgefallen ist und was ich erfahren habe."

Enrico erzählte ihnen also, dass er bei Dallas gewesen war und was der Steppenkaiser ihm verraten hatte und wie er weiter vorgehen würde, dass sich nichts ändern würde. Als ob das noch möglich wäre. Es hatte sich schon zu viel geändert.

Währenddessen kümmerte sich Maria um seine Schulter, die Wunde hatte sich tatsächlich entzündet. Sie erneuerte die Naht und während Rico es kaum wahrnahm zuckten Enes und Kemal bei jedem Stich zusammen. Plagte sie etwas das schlechte Gewissen? Weil sie zugelassen hatten das Enrico schon zuvor so verletzt worden war?

„Rico ich fass es einfach nicht", flüsterte Marek und schüttelte den Kopf. Ja das konnte Rico gut nachvollziehen.

„Jetzt wo du es sagst fällt mir auf wie ähnlich ihr euch seid. Wir hätten es schon viel früher bemerken müssen", sagte Enes, runzelte die Stirn und beugte sich nach vorne. „Das bedeutet aber nicht unbedingt, dass es schlecht ist. Dallas hat seinen Anspruch auf den Thron damals mir Recht geltend gemacht und du als sein Erbe bist natürlich als sein Nachfolger vorgesehen. Hätte Dallas den Krieg gewonnen wärst du jetzt Kronprinz und nicht Kahn."

„Wusste der Kaiser es? Dein… äh Onkel, meine ich", erkundigte sich Kemal. Er trommelte mit den Fingern auf seinen Schenkeln. Warum war er so nervös?

„So wie ich es verstanden habe, ja", antwortete Rico.

„Du musst mir alles ganz genau erklären!", rief Marek. Oh Marek. Könnte er doch nur einmal aufhören sich um Rico zu kümmern und nach sich selbst schauen! Rico hatte nicht vor sich von dieser Information beeinflussen zu lassen und ganz bestimmt würde er nicht anfangen wie ein selbstmitleidiges Kind herum zu jammern.

„Nein muss er nicht!“, fauchte Maria. Sie sprach bestimmt und nachdrücklich. „Er muss ins Bett! Er ist krank!“

„Rico ist nie krank“, wiedersprach Marek und verdrehte die Augen. Ja, Rico ist nie krank. Lasst Rico doch wenigstens einmal krank sein! Bitte!

„Rico? Was ist los?“, fragte Terra. Sie sprang von ihrem Platz auf und ging vor ihm auf die Knie. Ihr Gesicht wirkte seltsam verzerrt. „Du zitterst ja!“ Ihre Stimme wurde schrill vor Panik doch ein seltsames Pochen in seinen Ohren dämpfte jedes Geräusch auf eine angenehme Lautstärke. Sie legte eine Hand an seine Wange und er war zu müde, um ihr auszuweichen.

„Maria?“ Er konnte sich selbst kaum hören. „Darf ich“ Doch mehr kam nicht über seine Lippen. Plötzlich bewegten sich alle unheimlich schnell, oder waren seine Sinne so betäubt, dass es ihm nur so vorkam? Marek eilte an seine Seite und legte einen Arm um ihn. Den Boden unter seinen Füßen spürte er kaum, auch wenn er sicher war, dass er ihn berührte. Sein ganzer Körper fühlte sich schwer an. War das wirklich noch er? Irgendwie verschwamm alles. Wo war oben? Wo unten? Links, rechts, dort und hier? Jetzt oder später vielleicht aber auch gar nicht. So war es also, wenn man Krank war. Das durfte nie wieder passieren. Noch einmal würde er das nicht aushalten. So orientierungslos zu sein, so hilflos. Ihm war heiß und kalt gleichermaßen. Es war als hätte man ihm ein Schmerzmittel verabreicht, dass ihn zwar betäubte aber den Schmerz nicht linderte.

Etwas Kühles legte sich auf seine Stirn und vertrieb die Hitze ein wenig. Wo war er? Schrecklich seinen eigenen Körper nicht unter Kontrolle zu haben.

„Ich hätte nicht geglaubt, dass ich sowas mal erlebe. Dutzende Male habe ich dabei zugesehen wie sie ihn einfach zusammengeflickt haben und nie gab es Probleme“, sagte eine vertraute Stimme. Das war nicht Terra, wer dann? Wer war da bei ihm? Maria? Nein, nicht Maria. Marek? Ganz bestimmt nicht, es war eine Frau, nur wer?

„In Stresssituationen geht der Körper mit vielen Dingen anders um. Dann sind Verletzungen, die er sonst leicht übersteht, lebensbedrohlich.“ Okay das war eindeutig Maria.

„Das hier hat ein Kräuterweib vorbeigebracht. Die helfen gegen Fieber und bekämpfen Entzündungen", sagte die Stimme, die er nicht zuordnen konnte.

„Ah kenn ich, hochgradig wirksam, aber verdammt selten. Schwer da ran zu kommen", erklärte Maria.

„Bald nicht mehr", murmelte Rico. Hatten die Worte wirklich seinen Mund verlassen? Er öffnete die Augen.

„Eignet sich auch ausgezeichnet als Tee. Nicht wahr Junge?" Maria lächelte auf ihn herab. Rico lag flach auf dem Rücken. Alles schien irgendwie verschwommen, doch es reichte, um sich zu orientieren. Er war im Bett. In seinem eigenen Bett. Herrlich!

„Hey Maya", nuschelte Rico. Natürlich! Maya!

„Es bricht mir das Herz dich so zu sehen", sagte Maya. Sie ergriff seine Hand und drückte sie. „Als Terra sagte du hättest Fieber konnte ich es gar nicht glauben. Dummer Junge! Weißt du denn immer noch nicht das du sterblich bist?!" Wie kam sie darauf ihn jetzt zu tadeln? Er war krank verdammt! Sollten kranke Menschen nicht freundlich behandelt werden?

„Ganz meine Meinung. Aber jetzt da du wach bist können wir dich richtig behandeln. Mit ganz altmodischer Kräuterheilkunde. Hier", befahl Maria. Sie hielt ihm eine Tasse hin. Dampf stieg in weißen Schwaden vom Rand auf. Rico versuchte sich aufzusetzen, doch er spürte seine Arme kaum. Alles tat ihm weh.

„Warte ich helfe dir." Maya fasste ihn sanft bei der unverletzten Schulter und half ihm in eine sitzende Position. Dann schüttelte sie das Kissen auf während Rico vorsichtig an der Tasse nippte.

„Die Höhle?", fragte Rico. Maya nickte. Sie fuhr ihm mit einer Hand durch die Haare. An jedem anderen Tag wäre er zurückgewichen oder hätte ihr einen bösen Blick zugeworfen. Doch es fühlte sich einfach zu gut an wie sie sich um ihn kümmerte.

„Das Bewässerungssystem ist eingebaut und aus der nächsten Abschlussklasse gibt es drei Freiwillige die lernen wollen wie man die Kräuter anpflanzt und züchtet und natürlich ihren Nutzen und wie man sie verwendet", erklärte Maya.

„Wenigstens eine Sache funktioniert“, seufzte Rico. Der Dampf legte sich auf Ricos Gesicht wie eine Maske, verschleierte seinen Blick, hing schwer in der Luft.

„Eine? Mein Lieber alles! Der Wiederaufbau des Ostviertels wurde vor drei Tagen beschlossen und nächste Woche beginnen die Arbeiten. Die Räume für die Kinderbetreuung sind fertig eingerichtet und müssen nur noch eröffnet werden. Und Marek hat die Zeit genutzt, um ein Soldatenausbildungsprogramm zu erarbeiten.“

„Was?“ Das war doch nicht möglich!

„Jaja. Du würdest dich wundern wie fleißig alle waren.“ Maya lächelte. „Auch wenn sie dir häufig lästig erscheinen. Sie tun doch ihr bestes, immer.“

„Enrico wie kommt es, dass du jemanden wie sie an deiner Seite hast und trotzdem so schlank bleibst?“, fragte Maria. Sie klang vorwurfsvoll. Ja klar, sie wollte wissen warum Rico so wenig aß. Konnten sie denn nicht einfach akzeptieren, dass es reichte?

„Ach er war schon als Baby schwierig.“ Maya seufzte. Was? Als Baby? Aber wie? „Er war ein Frühchen, die ersten drei Monate dachten wir jeden Tag er würde sterben.“ Ach ja?

„Hm. Siebter Monat wie ich gehört habe. Manche Babys können dann nicht selbständig atmen. Traurige Geschichte. Ich würde gerne herausfinden wie man sie retten kann. Es muss möglich sein! Manche schaffen es ja auch so!“ Marias Stimme war voller Tatendrang. Hatten die beiden etwa vor hier zu bleiben? Womöglich sogar die ganze Nacht?

„Wollt ihr euer Gespräch nicht wo anders hin verlegen?“, fragte Rico.

„Er war lustiger als er Ohnmächtig war“, sagte Maria.

„Ja ganz eindeutig“, stimmte Maya der Ärztin zu. „Wir bleiben mindestens so lange bis du deinen Tee getrunken und die Suppe gegessen hast.“ Suppe? Essen? Er hatte ja kaum genug Kraft, um aufrecht zu sitzen!

„Schau nicht so griesgrämig!“, tadelte Maria. „Trink lieber.“ Er hatte ja sonst nichts zu tun. Wie spät war es überhaupt?

Die Tasse war leer doch die beiden Frauen ließen nicht mit sich diskutieren. Sie blieben bis er die Gemüsebrühe komplett geleert hatte. War auch entschieden schwierig mit ihnen zu streiten, so kraftlos wie er war und so begeistert wie die beiden zusammenhielten. Da hatten sich wohl zwei gefunden.

„Alles in Ordnung? Brauchst du noch etwas?", fragte Maya und zupfte die Decke zurecht. Handelte so eine Mutter? Nur das Rico kein Kind mehr war und Maya… nun ja eben nicht seine Mutter. Gerade jetzt war er wunschlos glücklich, von den Schmerzen in seinen Gliedern und dem Fieber mal abgesehen.

Maria war schon an der Tür und öffnete sie gerade. Ein Schatten flitzte herein und sprang flink durch das Zimmer. Erst glaubte Rico sich das eingebildet zu haben, doch dann hörte er Marias spitzen Aufschrei. Maya lachte. Etwas Warmes und Weiches kroch unter Ricos Arm hindurch und schmiegte sich an seine Seite.

„Was ist das?" Maria schien entsetzt.

„Ach gar nichts. Das ist nur mein Kater", murmelte Rico. Er war schon fast wieder eingeschlafen. Ja, sein Kater. Er war es doch schon immer gewesen! Auch wenn Rico das nie so gesehen hatte.

„Gute Nacht ihr zwei." Maya strich ein letztes Mal durch seine Haare. Der Kater fauchte sie an dann legte er sein Köpfchen auf Ricos Brust. Gute Nacht.

„Maya?", nuschelte Rico mit halb geschlossenen Augen. An der Tür blieb sie stehen und drehte sich um. „Irgendwann musst du mir die ganze Geschichte erzählen."

„Irgendwann, versprochen." Sie schaltete das Licht aus und die Tür fiel ins Schloss. Rico war so müde. Wie konnte man nur so müde sein?

35. Kalte Gedanken

Es musste schon Mittag sein als Rin zu Kaleya kam. Sie saß immer noch genau da wo Silas sie zurückgelassen hatte. Es fühlte sich an wie Stunden.

„Nimm es nicht so schwer. Für Silas ist das alles neu", sagte Rin. Ach, und für sie etwa nicht?

„Er kann ihn nicht töten", flüsterte Kaleya.

„Zweifelst du an seinen Fähigkeiten?" Rin legte die Stirn in Falten, er dachte nach.

„Er darf ihn nicht töten", korrigierte Kaleya. Nein sie zweifelte nicht. Aber sie konnte doch nicht zulassen, dass sich die beiden Gegenseitig an die Gurgel gingen!

„Danach fragt Silas nicht. Hör mal, mag ja sein, dass du andere Erfahrungen gemacht hast, aber Silas hat ein klares Bild vor Augen und ein Ziel und niemand wird ihn davon abbringen. Auch du nicht."

Und wenn Rin Recht hatte? War es wirklich unmöglich die beiden wieder zu vereinen? Aber sie waren doch Brüder! Seinem eigenen Bruder den Tod zu wünschen… Das würde Seth nie tun! Und Silas? Hatte er denn nicht schon längst bewiesen, dass er nicht mehr der Junge von damals war?

„Was machen wir heute Mittag?", fragte Kaleya. Allein darüber nachzudenken, was Silas vorhaben könnte, verursachte ihr Übelkeit. Hoffentlich ließ Rin sich ablenken. Außerdem war Seth ja nicht in unmittelbarer Gefahr solange Silas ihn nicht fand und wie wahrscheinlich wäre das denn?

„Kim und Silas sind mit ihrem Auftrag fertig das heißt heute Mittag geht es richtig zur Sache." Rin grinste breit. Das Thema war ihm wohl auch lieber.

„Dreht sich hier denn alles um diese Frau?", fragte Kaleya genervt. War es denn noch nicht genug, dass sie ständig um Silas kreiste?

„Nicht alles", antwortete Rin. Er tätschelte ihr die Schulter, seine Hand war so riesig, dass er sie fast ganz bedeckte. Oh man, das könnte anstrengend werden. Hoffentlich schickte Kasim sie nicht nochmal auf die Matte.

In der Halle war umgeräumt worden. Die blauen Matten waren verschwunden und die Männer machten Krafttraining und trainierten ihre Geschicklichkeit. Bei den Gewichtsklassen eine echte Herausforderung. Nur eine Person stach klar hervor.

„Hast du denn noch nicht genug? Du warst doch heute Morgen erst Joggen!", rief Rin. Kim unterbrach ihr Seilspringen nicht sondern verzog nur kurz das Gesicht.

„Meine Gegner waren Loser", sagte Kim schließlich.

„Ich dachte du bist gegen Silas gelaufen?" Rin rieb sich das Kinn.

„Loser, sag ich doch." Kim brach ab und musterte Kaleya. „Das kleine Mädchen."

„Die Bestie", grüßte Kaleya und verschränkte die Arme vor der Brust. „Hast du mal wieder Hammar bloßgestellt?"

„Wenn er bloßgestellt werden will schickt er mich nicht aufs Laufband, sondern in den Ring. Vielleicht will er dich mal da oben sehen." Sie lächelte doch in ihren Augen blitzte es gefährlich. „Ich habe gehört du hast einen von den Anfängern umgelegt."

„Ich habe mich nur verteidigt und der Schlag war ziemlich schlampig ausgeführt", wich Kaleya aus. Keine sollte glauben sie könnte tatsächlich kämpfen. Das würde sie bestimmt nur in Schwierigkeiten bringen.

„Trotzdem das traut man so einem kleinen Kind gar nicht zu", bemerkte Kim. Sie legte die Stirn in Falten. „Wo hast du das gelernt?"

„Von wem hast du denn kämpfen gelernt?", fragte Kaleya. Sie wollte mit Kim nicht über Seth sprechen. Das ging diese Frau nun wirklich nichts an.

„Von Kasim und Rin", erklärte Kim ohne zu zögern.

„Und Silas!", fügte Rin hinzu. „Der war wirklich eine große Hilfe. Ausgefeilte Technik, Geschickt, genau das richtige für ein Leichtgewicht wie Kim." Sein Strahlen war kaum auszuhalten. Silas! Natürlich! Dass sie das nicht gleich gesehen hatte! Deswegen war ihr Kims Kampfstiel so bekannt vorgekommen!

„Ja Silas war sehr aufmerksam", murmelte Kaleya. Sie konnte Kim nicht ansehen. Silas hatte die Verteidigungstechnik, die Seth für Kaleya entwickelt hatte, zu einer Kampftechnik gemacht.

„Ah Kaleya, traust du dich wieder zu uns?" Kasim kam herüber. „Hätte nicht gedacht dich nochmal hier zu sehen."

„Ich kann ja sonst nirgends hin", klagte Kaleya. Wenn Silas seine Drohung war machte, könnte sie ihm dann noch in die Augen sehen? Es wäre pure Folter. Dieses Gesicht, dieses zauberhafte Gesicht. Sie durfte nicht zulassen, dass es zu etwas wurde das sie hasste.

Ja wie wäre das wohl wenn man jemanden verlor der einem sehr viel bedeutete und dann den Mörder ansah, ein Spiegelbild des Toten. Könnt ihr euch das vorstellen? Nur gut das Kaleya noch nichts von Seths Gefangennahme wusste.

„Gut üblicherweise veranstalten wir im Nachmittagsprogramm einen Showkampf. Zur Erheiterung." Kasim lächelte und sein Faltiges Gesicht wirkte beinahe freundlich dabei.

„Ich wüsste nicht was an einem Kampf erheiternd sein soll", sagte Kaleya. Gab es denn wirklich Leute die Kämpfen lustig fanden? Aber ja! Natürlich! Es hatte sie schon immer gegeben. Selbst im Waldreich hatten die Leute ihren Spaß daran gehabt. Nur hatte man es dort als Sport betrieben.

„Natürlich nicht", grummelte Kim. Sie verdrehte die Augen und widmete sich wieder ihrem Seil. Sie stellte einen Fuß in die Mitte, um die richtige Länge abzumessen und wickelte sich die Enden dann einmal um die Handgelenke. „Du bist ja schließlich die Unschuld in Person."

„Im Vergleich zu dir", konterte Kaleya.

„Ist gut jetzt ihr beiden! Tragt eure Streitigkeiten doch im Ring aus, wenn ihr wollt!", rief Kasim sie zur Ordnung. Er wies mit einer Hand auf den Unbemannten Ring.

„Mit dem größten Vergnügen." Kim warf das Seil zur Seite. „Aber nur wenn ich ernst spielen darf."

„Ich glaube nicht das Silas sich sehr darüber freuen würde", überlegte
Rin und kratzte sich am Kopf. Nein, abgeneigt war Rin nicht. Sicher
hätte er gerne gesehen was Kaleya wirklich drauf hatte. Aber sich womöglich mit Silas anlegen? Erschien ihm das so riskant? Riskant genug
das er selbst Kim davon abriet?

„Na gut, lasst es uns versuchen", beschloss Kaleya. Sie versuchte sich an
einem Lächeln. Kim grinste breit.

„Jungs! Wir haben zwei freiwillige für den heutigen Kampf!" Kasim rief
die anderen zum Ring. Kaleya hievte sich nach oben. Kim überwand den
Höhenunterschied mit einem einzigen geschmeidigen Schritt. Größe
war hier eindeutig von Vorteil.

Die Boxer versammelten sich um den Ring. Der ein oder andere grinste
süffisant, manche lachten.

„Wollen doch mal sehen was die Kleine so draufhat", rief einer.

„Einen Augenblick", rief Kaleya und hob die Hände. Kim musste warten, alles andere wäre unfair. Die Ärmel ihrer Jacke waren viel zu lang.
Sie zog sie aus und warf sie über die Seile. Dann krempelte sie die Hosenbeine hoch und entledigte sich der Schuhe. Jetzt hatte sie einen besseren Halt und musste nicht mehr befürchten zu stolpern oder sich zu
verfangen. Kim war natürlich perfekt ausgestattet, um zu kämpfen.

„Hast du es jetzt dann?", maulte Kim. Nicht so ungeduldig bitte!

„Ja gleich." Nur noch die Haare zusammenbinden. Fertig. „Wir können."

„Gut." Und Kim legte los. Der plötzliche Angriff hätte Kaleya fast be-
zwungen, doch nur fast. Kaleya blieb keine Zeit sich zu orientieren, sie
duckte sich weg, rollte ungebremst über den Boden und fand erst halt
als sie beinahe aus dem Ring gefallen wäre. Sie sprang auf. Es herrschte
absolute Stille.

Kim lachte, erst leise dann immer lauter. Schließlich wurde ihre belustigte Miene ernst.

„Du willst es also wirklich versuchen", knurrte Kim. Sie nahm Kampfhaltung ein. „Dann komm."

Kim war eine Bestie. Sie war darauf trainiert zu töten, soviel war klar.
Schlag um Schlag und Attacke um Attacke wurde es Kaleya bewusster.
Man, wieso hatte sie nicht besser aufgepasst! Verteidigung sollte doch

reichen! Aber nein, jetzt brauchte sie den Angriff! Verflucht Seth! Wieso war er nicht strenger gewesen?

„Hmpf“ Kim hatte Kaleya getroffen und der Schlag zwang ihr die Luft aus den Lungen. Sie konnte nicht atmen, etwas verhinderte das sie atmete! Luft! Schnell!

Kaleya stolperte aus der Gefahrenzone bis sie die Seile im Rücken spürte. Die Seile! Als Kim den nächsten Schlag folgen ließ tauchte Kaleya unter ihm hinweg. Ein kläglicher Atemzug und sie legte eine Hand auf Kims Schulter. Kim hatte einen Fehler gemacht. Einen folgeschweren Fehler und den würde sie büßen. Niemand raubte Kaleya den Atem! Niemand! Kaleya stellte Kim ein Bein, sodass sie ihr Gleichgewicht verlor und von ihrem eigenen Schwung mit dem Gesicht voran in die Seile befördert wurde. Als Kim mühsam wieder auf die Beine kam sagte keiner ein Wort.

Zuvor hatten ihre Zuschauer gejohlt, geklatscht, gelacht, doch jetzt schwiegen sie. Selbst ein Herzschlag schien zu laut, ein Atemzug, jedes leise Keuchen. Etwas war geschehen. Kaleya hatte etwas bewirkt, etwas dass niemand erwartet hätte. Am allerwenigsten Kim.

„Du hast vielleicht von Silas gelernt. Aber sein Lehrer war auch meiner“, rief Kaleya ihr ins Gedächtnis. So leicht würde sie es ihr bestimmt nicht machen.

Kims wutverzerrte Miene erstarrte, sie wurde blass, aus ihren Augen wich die Kampfeslust.

„Entschuldigt mich, ich muss etwas erledigen“, sagte Kim mit monotoner Stimme. Was hatte sie vor? Kim glitt unter den Seilen hindurch, durchquerte mit langen Schritten die Halle und ließ die Tür hinter sich zufallen. Ohoh, das hieß nichts Gutes.

„Wieso starren mich alle so an?“, fragte Kaleya flüsternd an Rin gewandt. Es war ein höchst unschönes Gefühl. Wie hinter Gittern zu sitzen zur Belustigung der Menge. Nicht schlimm genug, dass sie alle neugierig musterten, weil sie mit Silas verwandt war, nein, jetzt tuschelten sie miteinander, weil… ja warum eigentlich? Sie hatten ihren Kampf ja noch nicht mal beendet!

„Es war ziemlich deutlich, dass du nicht kämpfen kannst. Aber irgendwie hast du es geschafft Kim auszutricksen." Rin schob sich eine Gabel voll essen in den Mund. „Wie hast du das angestellt?"

„Silas kann ihr unsere Art zu kämpfen beibringen, aber es gibt Dinge die kann man nicht lernen. Das was unseren Kampfstiel so gefährlich macht, wenn man ihn beherrscht ist nicht die Schlagkraft", erklärte Kaleya. Nicht, dass sie sich sonderlich für Kämpfe interessiert hätte.

„Was dann?" Rin runzelte die Stirn. War ja klar. Er verließ sich beim Kampf nur auf Stärke. Wieso denn auch nicht? Sie hatte ihm gut gedient. Aber würde er damit gegen Seth ankommen? Oder gegen Silas? Vermutlich nicht.

„Ach ich weiß auch nicht. Ist schwer zu erklären", wich Kaleya aus. Das Abendessen bestand aus Kartoffelbrei und Schweinefilets, doch Kaleya konnte nur in ihrem Essen herumstochern. Ihre Gedanken kreisten, ebenso ihr Magen, der sich munter der Karussellfahrt angeschlossen hatte. Ein Karussell das immer zum selben Punkt zurückkehrte. Seth und Silas, Silas und Seth. Sie durften einander nicht töten. Das wäre nicht richtig. Es würde sie alle zerstören.

Rin brachte sie zu dem Zimmer, in dem sie schon in der Nacht zuvor geschlafen hatte und ließ sie dort zurück. Es war noch zu früh, um schlafen zu gehen, doch was hätte sie schon anderes tun sollen?

Das Karussell drehte sich immer weiter und immer schneller und verlor dabei alle Aspekte bis eine graue Masse entstand, die nicht mehr nach einem Grund fragte.

Bilder huschten vorbei wie Schatten. Kringelten sich zu verzerrten Fetzen zusammen und verloren alle Farbe. Es war kalt und dunkel. Da war nichts was wärmen konnte. Alle schönen Gedanken, wie ausgelöscht. Getilgt, verloren, nicht existent. Aber es musste doch einen Weg geben! Es musste doch Wärme geben! Irgendwo, irgendwie!

36. Brandstifter

„Wusstest du schon, dass du ihn verlassen würdest als du ihm das Kämpfen beigebacht hast?" Kim atmete schwer. Sie war gerannt, um so schnell wie möglich ihre Antwort zu bekommen. Fragen über Fragen und keine schien sich so recht beantworten zu lassen.

„Wer hat dich darauf gebracht?", fragte Seth und legte den Kopf schief. Er hatte es nicht verneint, also hatte er zumindest geahnt, dass er würde gehen müssen. War der Plan seine Familie zu töten schon damals entstanden? Aber warum dann Silas das kämpfen beibringen?

„Sie kann es nicht sonderlich gut, aber da ist etwas, sie hat so eine Art", begann Kim ihre Erklärung.

„Das liegt in der Familie. Ich kann dir unseren Kampfstiel beibringen, aber der wird dir nicht viel nützen solange du nicht siehst wie wir sehen." Sehen? Was hatte das mit den Augen zu tun. Aber hatte Hammar nicht auch Kaleyas Augen erwähnt? Er hatte sich gefragt ob die hellere Farbe einen Unterschied machte.

„Aber was, ich meine" Kim wurde einfach nicht schlau daraus.

„Es ist schwer zu erklären. Wir haben von Natur aus, eine bessere Sicht auf die Dinge. Kleinigkeiten, die anderen verborgen bleiben entgehen uns nicht. Bewegungen, Gesichtsausdrücke, Dinge die einen Angreifer verraten. Stelle dir vor die Zeit würde plötzlich langsamer vergehen. Oder du denkst doppelt so schnell wie sonst", erklärte Seth.

„Das ist bei allen Menschen so. Das nennt sich Adrenalin", entgegnete Kim. Daran war längst nichts Besonderes.

„Ach ja? Kennst du auch nur einen Menschen der permanent so derma-ßen unter Strom steht und das längere Zeit überlebt?", fragte Seth. Worauf wollte er hinaus? „Wir sehen einfach besser. Das was ein Mensch unter Adrenalineinfluss schafft ist für uns der Dauerzustand. Das kann man nicht lernen."

War das möglich? War Hammar deswegen so an ihnen interessiert? Noch mehr Fragen, noch immer kaum Antworten.

„Also hast du schon geplant eure Eltern zu töten als du Silas zu kämpfe beigebracht hast?", widerholte sie ihre Frage vom Anfang. Sie brauchte eine Antwort verdammt! Seth seufzte und stand auf. Er streckte sich als wäre er lange gesessen. Vielleicht war er das ja auch.

„Sagen wir einfach ich hatte geplant meine Familie zu verlassen." Seine dunklen Augen begegneten ihrem Blick ungerührt. „Silas sollte sich verteidigen können, wenn ich weg bin."

„Aber warum solltest du ihm das alles beibringen, wenn du doch wusstest", begann Kim.

„Ich wusste es nicht!", unterbrach Seth sie energisch. Mit einem Satz stand er ganz nahe bei ihr. Er war ein winziges Stück größer als Silas, doch jetzt gerade kam es ihr gravierend vor. Seine Miene war kalt und wutverzerrt. Da war keine Maske der Gelassenheit mehr die seine Gefühle verbarg. „Ich wusste es nicht." Er schüttelte den Kopf und wand sich ab. Oh nein, so leicht kam er ihr nicht davon. Sie stand so kurz davor das Rätsel, um Seth zu lüften! Kim ergriff seinen Arm, wollte ihn zurückziehen. „Vorsicht Assassine, du lebst gefährlich. Es wäre wirklich schade, wenn dir etwas zustoßen würde", knurrte Seth.

„Sag mir die Wahrheit! Du verschweigst uns doch etwas! Wieso kannst du nicht einmal ehrlich sein? Wenigstens für Silas!", schrie Kim ihn an. Sie konnte sich einfach nicht zügeln.

„Es war keine Absicht okay! Der Tot unsere Familie war ein tragischer Zufall. Ein Versehen, wenn du so willst. Vielleicht habe ich es ausgelöst, wer weiß. Aber eines weiß ich sicher, ich habe es nicht verhindert", konterte Seth. Zu Beginn war seine Stimme laut und energisch, doch mit jedem Satz wurde er leiser und abweisender.

Okay, das war ja mal eine ganz neue Ansicht. Aber Silas hatte doch gesehen wie er es getan hatte. Und Seth hatte eben selbst gesagt, dass ihre Augen besser waren als die von anderen. Diese Augen. Oh nein, diese traurigen Augen. Sie konnte Seth nicht länger ansehen. Wäre es doch nur leichter. Ihr Blick schweifte durch den Raum.

„Wer hat dir zu essen gebracht?", fragte Kim. Ja, eindeutig. Da stand ein Tablett mit Essen. Kaltem Essen. Er hatte es nicht mal angerührt.

„Hammar, fast sofort nachdem wir zurück vom Laufen waren", antwortete Seth. Er zuckte mit den Schultern, genau wie es Silas tat.

„Und warum hast du nicht gegessen? Angst, dass er dich vergiftet?"

„Nein, ich mache sowas wie eine Diät", erklärte Seth. Ein Schmunzeln stahl sich auf seine Lippen.

„Eine Diät? Du willst mich verarschen!", rief Kim.

„Nein! Nein wirklich nicht!" Jetzt lachte Seth sogar. „Hast du schon mal versucht Silas sein Essen weg zu nehmen?"

„Das wäre absolut tödlich. Nur ein Narr könnte so dumm sein."

„Ein Narr, ja." Seth legte die Stirn in Falten. Worüber dachte er nach? Eine Weile schwieg er. Hatte er sie etwa vergessen? „Hast du noch zu tun? Du siehst nervös aus", stellte er dann leise fest. Nervös sie? Sie sah niemals nervös aus! Aber was taten ihre verräterischen Finger denn da? War die Hände zu kneten nicht ein deutliches Zeichen von Nervosität? Die Hände hinter dem Rück, wo er sie nicht sehen konnte, grinste sie ihn an.

„Nein, ich bin nicht nervös, aber ich habe tatsächlich noch zu tun." Ja, Silas wartete. Bestimmt war er schon ganz ungeduldig.

Silas Training war in den letzten Zügen und Kim sah mit reichlich Genugtuung dabei zu wie er einen seiner Kollegen auf den Boden beförderte.

Sie bildeten sich nicht ein unbesiegbar zu sein. Nein wirklich nicht! Aber es war schon verdammt schwer gegen jemanden wie Silas anzukommen. Das war aber auch kein Wunder, bei seinem Lehrer.

„Okay Leute, wir machen Schluss für diesen Tag. Morgen wieder pünktlich hier und bleibt nicht zu lange auf." Der Trainer, er war etwas jünger als Kasim, zwinkerte Kim zu. Jaja schon klar. Sollten sie nur reden. Sie waren doch alle nur neidisch.

Silas kam auf sie zu gelaufen und küsste sie auf den Mund. Hm, seine Lippen waren so weich.

„Du bist verschwitzt", bemerkte Kim. Sie rümpfte die Nase.

„Ja so soll das ja auch sein nach einem Anständigen Training." Er grinste breit und fuhr sich durch die schweißnassen Haare.

„Ich bin nie so verschwitzt.“

„Nein du machst ja aber auch kein richtiges Training. Das was du bei den Boxern machst ist doch eher ein Spiel.“

„Hm vielleicht willst du das Spiel auch mal ausprobieren?“ Sie legte die Arme um seinen Nacken, lächelte zu ihm auf.

„Gelten für mich besondere Regeln?“, fragte er und zog eine Augenbraue hoch, absolut sexy.

„Darüber lässt sich verhandeln. Wenn Wasser im Spiel ist würde ich vorschlagen auf Kleidung zu verzichten“, wisperte Kim. Er kicherte, küsste sie erst sanft, dann fordernd.

„Habt ihr kein Zimmer?“, blaffte einer der anderen Krieger als er an ihnen vorbei ging. Zwei weitere folgten ihm kichernd. Einer der älteren wand das Gesicht ab, sein Kollege lief rot an.

„Komm, wir machen deine Freunde nervös“, meinte Kim. Seine Finger waren warm an ihren. Sie führte ihn fort aus der Trainingshalle und schließlich fanden sie sich vor ihrer Zimmertür wieder.

„Erst unter die Dusche?“, schlug Silas vor. Ein verlockendes Angebot.

„Hm so wie ich dich kenne muss ich danach gleich nochmal duschen. Also lieber nicht“, entgegnete Kim. Sie streifte ihre Bluse ab. Sie brauchte ihn. Jetzt! Schnell! Gnadenlos!

„Ganz wie die Miss es befielt.“ Silas grinste und folgte ihrem Beispiel.

„Das war gut.“ Seine Stimme war heißer.

„Das war nötig.“ Ihre auch. Ja bitter nötig. All die Anspannung und der Stress. Da kamen die schönen Seiten des Lebens viel zu kurz.

„Dusche?“, fragte Silas.

„Ja.“ Kim quälte sich vom Bett hoch und machte gerade den ersten Schritt Richtung Badezimmer als der Alarm losging. Laut und quäkend wie ein weinendes Baby nur viel schriller schoss er durch geschlossene Türen und durchdrang sogar Wände.

„Feuer?“ Silas runzelte die Stirn. Ja Kim war auch irritiert. Feueralarm gab es sonst nur wenn…

„Scheiße!“, rief Kim. Sie hatte kaum Zeit sich etwas anzuziehen, schlüpfte eilends in ihre Hose und Silas warf ihr sein Hemd zu während er bereits den Hosenknopf schloss dann war er aus dem Zimmer. Kim folgte ihm. Der Boden war kalt unter ihren nackten Füßen. Sein Hemd war ihr zu groß und schlackerte um ihren Körper, aber das war ihr egal. Silas verschwand um eine Ecke. Rauch quoll durch den Gang in giftig schwarzen Schwaden. Es sah aus als wäre Hammar und Silas ein Experiment missglückt, nur das Silas nicht der Auslöser war. Der Boden wurde rutschig und Kim wäre beinahe hingefallen. Ein paar Krieger deren Quartiere ganz in der Nähe waren versuchten das Feuer zu löschen. Silas rannte mitten in die Flammen.

„Kim! Schnell!", brüllte einer der Krieger und warf ihr einen Eimer zu.

„Verdammt!", fluchte Kim. Was taugte der Eimer?! Solche Feuer zu löschen war eine weit schwierigere Aufgabe. Außerdem war Silas da drin! Die letzten Meter bis zum Brand dauerten kaum Sekunden. Die Männer standen im Weg. Nobel von ihnen das Feuer löschen zu wollen aber gefährlich. Sehr gefährlich.

„Aus dem Weg!", schrie Kim. Gerade noch rechtzeitig konnte sie den Krieger von den Flammen wegzerren als auch schon Silas durch die Tür stolperte, einen zappelnden, kleinen Körper in den Armen. Kaleya schrie und tobte doch ihre Augen waren geschlossen. Sie schlief. „Was verdammt nochmal ist hier los?" Warum steckte das kleine Monster ihr Zimmer in Flammen? Wusste sie denn nicht wie gefährlich das war? Wie viele Leben auf dem Spiel standen?

„Lösch es", knurrte Silas.

„Silas", wollte Kim widersprechen.

„Lösch es einfach! Wir sehen und gleich", blaffte er sie an. Ja sie würden sich sehen, das verlangte eine Antwort!

„Kim?" Ein Krieger trat zögernd einen Schritt auf sie zu.

„Geht zur Seite", befahl Kim. Na gut, sie würde das Feuer löschen und dann würde sie die beiden Brandstifter suchen. Vermutlich waren sie beim Brandstifter Nummer Drei.

Die Luft fühlte sich kühl an zwischen ihren Fingern, kühl und voller Wasser. Das war es. Das brauchte es. Die Luft im Zimmer war trocken und stickig, doch nicht mehr lange. Kim schloss die Augen, hob die Hände fühlte das Wasser in der Luft und sammelte es an einem Punkt.

Ein Regenschauer ergoss sich mitten im Flammenmeer und erstickte die beißende Hitze, gab der Luft ihr nötiges Wasser zurück, löschte die Glut. Bis es vorbei war.

„Räumt diesen Saustall hier auf", fauchte Kim die umstehenden Krieger an. Sie sah sich nicht mehr um. Der Boden war voll Wasser und Dampf stieg von den erhitzten Wänden auf.

Es war nicht schwer Silas zu folgen. Erst waren da seine Fußabdrücke, weil er durch die Pfütze gelaufen war, dann fanden sich immer wieder Rußflecken an den Wänden. Die Spur führte geradewegs zu Seth. War ja klar.

„Du siehst schrecklich aus, kleiner Bruder. Was ist passiert?" Seth klang besorgt, ehrlich besorgt. Kim kam also genau richtig. Sie blieb im Türrahmen stehen. Nun ja, er hatte vielleicht besorgt geklungen, aber sein Gesicht verriet ihn, er war amüsiert.

„Was war das?", fragte Silas mit vor Wut zitternder Stimme. Sie musste sein Gesicht nicht sehen, um zu wissen das Silas wütend war. Abgrundtief wütend.

„Was war was? Ach das!" Seth lachte. Er schüttelte den Kopf. „Nein kleiner Bruder das ist jetzt dein Problem."

„Was soll das heißen?", knurrte Silas.

„Das heißt dass das in Zukunft fast jede Nacht geschehen wird. Viel Spaß dabei", erklärte Seth.

„Du willst uns wohl verarschen!", schrie Kim. Sie konnte das einfach nicht länger mit ansehen. Seth spielte mit ihnen!

„Keineswegs, meine liebe Kim. Ich bin einfach nur froh das endlich los zu sein", entgegnete Seth. Jetzt lachte er lauter. „Ich hätte nie gedacht, dass sie mal ausgerechnet bei dir landet."

„Wie kann ich es kontrollieren?", fragte Silas.

„Das musst du noch fragen? Fällt dir denn gar nichts auf?" Seth legte den Kopf schief und lauschte. Es war still. Der Feueralarm war verklungen und

„Wieso?", fragte Silas, als sei ihm ein Licht aufgegangen.

„Weil du sie festhältst. Es gibt ihr das Gefühl von Wärme und Geborgenheit."

Sollte es wirklich so einfach sein?

Nein das war überhaupt nicht einfach! Sie halten? Die ganze Nacht?

„All die Jahre hat sie", begann Kim ungläubig. Seth konnte das doch nicht ernst meinen!

„Ich wollte nicht, dass sie bei irgendeinem Idioten liegt. Dann doch lieber neben mir. Silas wird es genauso gehen. Nicht wahr? Kleiner Bruder?" Seth wand den Blick von Kim zu Silas.

Silas betrachtete Kaleya, die in seinen Armen friedlich schlief. Seth lachte nochmal. Er hatte ihnen eine tickende Zeitbombe überlassen und er wusste es ganz genau.

„Aber sie war doch in der Wüste! Da hatte sie doch auch niemanden!", entgegnete Silas. Er schien nicht recht glauben zu wollen was Seth sagte. Wie denn auch? Kim fiel es ja selbst schwer!

„Ach ja? Meinen Informationen nach hat sie sich einen ganz passablen jungen Mann angelacht." Seth legte sich auf das schmale Bett und verschränkte die Arme hinter dem Kopf. „Den wirst du aber kaum überbieten können."

„Das muss ja ein richtiges Zuckerstück sein", bemerkte Kim abfällig schnaubend. Dafür das Seth gekommen war, um Kaleya zurück zu holen hielt er sich jetzt ziemlich zurück.

„Er ist Kaiser", sagte Seth lächelnd. War ja klar.

37. Auserwählter Nachfolger

Ja, die Entscheidung Kaleya in die Wüste zu schicken hatte nicht nur politische Gründe. Es wurde allmählich Zeit, dass sie selbstständig wurde, sich einen Mann suchte, unabhängig war. Was für ein netter Nebeneffekt.

„Enrico wie geht es dir? Bist du wieder wohl auf?", fragte Enes als er ins Büro eintrat. Maria und Maya hatten es erfolgreich geschafft Rico den gesamten Vormittag abzuschirmen. Bis jetzt.

„Es geht mir besser, danke der Nachfrage. Was kann ich für dich tun Enes?" Zumindest war das Fieber weg und die Kopfschmerzen hatten nachgelassen. Aber es grenzte schon beinahe an ein Wunder das Maria ihm gestattet hatte das Bett zu verlassen. Maya hatte sich letztlich für ihn eingesetzt. Sie wusste wie unverzichtbar die Arbeit für seine Heilung war. Rico konnte nicht einfach ruhig dasitzen und nichts tun.

„Wenn es dein Zustand zulässt würde ich dich gerne zu einem Spaziergang mitnehmen", erklärte Enes. Sein Zustand? Was sollte das denn wieder heißen?

„Ein Spaziergang? Du meinst nach draußen?", fragte Rico und zog skeptisch eine Augenbraue hoch. Das würde Maria bestimmt nicht gutheißen.

„Das bedeutet das Wort Spaziergang in der Regel", sagte Enes und lächelte sanft auf ihn herab. „Ich habe eine Überraschung für dich. War gar nicht leicht sie zu finden." Sie? Enes hatte doch nicht etwa… Nein unmöglich! Enes wusste kaum etwas über Kaleya geschweige denn dass…

„Na gut, gehen wir", gab Rico nach. Was für eine Überraschung könnte das sein? Es musste etwas Großes sein, etwas von dem alle wussten, außer er. Das ging doch nicht! Er war der Kaiser, er sollte über alles Bescheid wissen was hier geschah!

„Hallo Rico! Traust du dich auch mal unter die Lebenden?", begrüßte Marek ihn breit grinsend. Da war keine Spur von Sorge. Irgendetwas stimmte nicht. Ganz und gar nicht.

„Was ist hier los? Wieso sind alle Leute hier?", fragte Rico und schaute sich um. Grob geschätzt das gesamte Wüstenvolk stand dicht gedrängt an der Straße vom Palast bis hin zum Tor und vom Tor her kam eine kleine Gruppe Menschen herüber. Sie gingen langsam und jeder, der nicht gerade neugierig nach Rico schaute, blickte in ihre Richtung.

„Wir haben Besuch", erklärte Marek. „Das ist echt krass."

„Noch krasser als Jannik?"

„Viel Krasser, aber auf eine gute Weise." Marek schob ihn einen Schritt nach vorne. „Geh schon."

„Marek was ist los?" Dieses seltsame Gehabe! Das war ja nicht auszuhalten. Aber die Neugierde, mieser Verräter, sie trieb ihn nach vorn. Enes ging auf seiner einen, Marek auf der anderen Seite. Terra stieß zu ihnen und bei ihr war auch Kahn.

„Ihr glaubt nicht wo ich ihn gefunden habe", knurrte Terra und zog Kahn am Ärmel hinter sich her.

„Ich will es auch gar nicht wissen", murmelte Marek. Da konnte Rico Marek nur zustimmen. Aber was war so wichtig das Terra sogar Kahn von seinem Schäferstündchen weg lockte?

Die Gruppe vom Tor kam immer näher. Wage erkannte Rico eine Frau, eine sehr alte Frau, die die Gruppe anführte. Ihr folgten Männer und Frauen ungefähr im selben Alter wie Enes und danach kamen immer mehr jüngere, auch ein paar Kinder. Sie waren gekleidet wie Wüstenbewohner, die meisten sahen aus als gehörten sie genau in diese Stadt, ein paar andere hatten sogar noch dunklere Haut, beinahe schwarz. Die Frau, die sie Anführte hatte weißes Haar und ging auf einen Stock gestützt, doch ihre Augen leuchteten in einem warmen Braun und tiefe Falten zeugten von vielen erlebten Jahren, guten wie schlechten.

Nur wenige Meter trennten sie noch voneinander. Die Frau hob eine Hand und die gesamte Gruppe blieb stehen. Sie verneigte sich tief, bis sie beinahe den Boden berührte, ihr Gefolge tat es ihr gleich.

„Nein, bitte nicht", sagte Rico und schloss die letzten Meter zu ihr auf.
Die arme alte Frau. Er reichte ihr eine Hand und als sie zu griff war es
als könnte Rico zwei Bilder zur selben Zeit sehen. Da war die alte Frau,
eine Fremde, der er hoch helfen wollte. Und dann war da noch das andere Bild einer hübschen jungen Frau, einer Klassischen Wüstenschön-
heit wie es viele Gab, doch sie war gestürzt und er half ihr auf, weil…
„Tarek", flüsterte die Frau und ließ sich von ihm auf die Füße stellen.
„Nicht doch Großmutter, das ist Enrico." Enes kam schnell dazu und
lächelte die alte Frau freundlich an. Großmutter?
„Ja denkst du denn das weiß ich nicht?", blaffte sie Enes an und schlug
mit dem Stock gegen seine Beine. „Wir verstehen uns Junge, nicht
wahr?" Sie zwinkerte Rico zu und lächelte.
„Verzeiht mir, ich glaube ich kenne euch nicht", sagte Rico leise. Er hielt
noch immer ihre Hand. Sie fühlte sich so zerbrechlich an.
„Natürlich nicht. Du warst noch nicht mal auf der Welt als ich diese
Stadt verlassen habe. Aber jetzt haben wir viel Zeit, um alles nach zu
holen." Sie bedeutete ihrem Gefolge aufzustehen.
„Enrico, das ist deine Urgroßmutter Kalila", erklärte Enes. Er rieb sich
immer noch sein Bein. „Kalila, das ist Enrico der Kaiser der Wüste."
„Jaja, das sehe ich doch. Dieser Junge hält mich für blöd. Ich bin vielleicht nicht mehr gut zu Fuß, aber ich sehe noch recht gut und ich leide
auch nicht an Gedächtnisschwund." Sie hakte sich bei Rico unter, ohne
auf eine Aufforderung zu warten. „Wir haben viel zu besprechen. Diese
Narren haben dich einfach so in dieses Amt gehoben, ohne dir zu erklären wie es geht. Man wirft doch auch niemanden ins Wasser, wenn er
nicht schwimmen kann." Sie blieb stehen. Terra, Kahn und Marek standen wie versteinert da. „Was sind das für Statuen hm?"
„Ähm, das sind meine Geschwister, Terra und Kahn und Marek ist mein
engster Berater", erklärte Rico. Terra versuchte es mit einer tiefen Verneigung, Kahn schien zu irritiert, um zu irgendeiner Reaktion fähig zu
sein.
„Ah ja, Geschwister. Junge! Marek! Womit hast du es verdient dich
engster Berater nennen zu dürfen?", fragte Kalila streng. Sie zeigte mit
ihrem Stock auf ihn.

„Ich ähm, ich“, stammelte Marek.

„Marek hat Seite an Seite mit mir in der Rebellion gekämpft. Ich würde ihm mein Leben anvertrauen“, ging Rico dazwischen. So wie Kalila Marek anschaute hätte sie ihn sicher auseinandergenommen.

„Gekämpft, Tarek hat in deinem Alter auch viel gekämpft. Es war nicht leicht damals. Die ganze Stadt ist aus dem Wunsch heraus entstanden uns vor Eindringlingen zu bewahren. Wer hätte schon geahnt das der Feind aus unseren eigenen Reihen kommt.“ Kalila trat einen Schritt auf Terra zu und legte eine Hand an ihre Wange. Terra riss vor Schreck die Augen auf. „Mhm ein hübsches Kind, aber sie sorgt sich zu viel.“ Rico unterdrückte mühsam ein Kichern. Kalila zog ihn weiter zu Kahn. „Aha! Du bist deinem Vater wie aus dem Gesicht geschnitten! Ich hoffe du machst es besser als er!“

„Großmutter, wie wäre es, wenn wir zum Palast gehen? Enrico hat sich von den jüngsten Geschehnissen noch nicht ganz erholt und möchte sicher nicht alles vor dem ganzen Volk besprechen“, mischte Enes sich ein. So ungern Rico es zu gab, aber Enes hatte Recht. Überall wurde geflüstert.

„Kalila, ihr seid mir natürlich alle herzlich willkommen. Heimkehrer nehmen wir immer gerne wieder auf“, sagte Rico. Sie tätschelte seine Hand, als befürchtete sie er könnte jeden Augenblick zusammenbrechen.

„Gut mein Junge, sag deinem Volk sie müssen sich keine Sorgen mehr machen. Jetzt ist jemand da der weiß wie es richtig geht“, sagte Kalila.

„Ich glaube unser Volk hat sich schon lange nicht mehr gesorgt“, bemerkte Marek. Er lächelte Kalila an und sie lächelte tatsächlich zurück.

Es wurde auf die Schnelle eine kleine Feier organisiert, um die Neuankömmlinge und Heimkehrer willkommen zu heißen. Die ältesten im Volk kannten Kalila noch aus ihrer Jugend und viele fanden sich am Abend auf dem Marktplatz ein, um die alte Frau zu sehen und natürlich ihre Anhänger.

Was ihr nicht wisst, was Enrico bis dahin auch nicht wusste war, dass Kalila ihrer Zeit mit einem Großteil der kaiserlichen Familie aus der

Stadt verschwunden war. Nur wenige Tage nach Tareks Tod. Enes der damals schon im Rat war blieb zurück und versprach eine Nachricht zu schicken, wenn Tareks wahrer Erbe auf dem Thron sitzen würde. Tja allem Anschein nach war das jetzt der Fall. Klasse Enrico!

Aber zurück zu der Feier. Natürlich freute man sich darüber alte Verwandte und auch neue Gesichter zu sehen. Und es gab ja so viel zu erzählen, doch es gab auch zwei Menschen, die den Feierlichkeiten lieber nicht beiwohnen wollten.

Wieder klang Musik durch das Fenster, wie damals als… Die Erinnerung schien so greifbar, Kaleya wie sie lachte, fröhlich und ausgelassen. Der Kater miaute und strich an Ricos Beinen entlang.

„Jaja, ich bin ein Jammerlappen ich weiß schon", murmelte Rico. Fiel dem Viech nichts Besseres ein?

„Es ist das erste Zeichen von Wahnsinn mit Tieren zu sprechen", sagte eine Stimme von der Tür her.

„Das ändert nichts daran, dass er Recht hat", entgegnete Rico. Kalilas Stock machte leise, dumpfe Geräusche auf dem Boden.

„Ah, ich habe diesen Ausblick immer geliebt. Zu sehen wie die Stadt aufblüht." Sie seufzte. „Ich habe ihr gesagt das Faris nicht der Richtige ist. Körperlich stark ja, aber nicht geeignet unser Land zu führen. Sie hat nicht auf mich gehört. Das tun Töchter nie. Sie war verliebt und das hat sie am Ende ihr Leben gekostet."

„Ich dachte immer es wären die anderen die nicht die ganze Geschichte kennen. Und jetzt stelle ich fest, dass nicht mal ich sie durchschaue", bemerkte Rico.

„Es ist auch nicht weiter von Bedeutung. Du bist hier, das ist alles was zählt", verkündete Kalila. Sie lächelte ihn an. Der Kater wand sich zwischen Ricos Beinen hindurch und schlich zu Kalila. „Ah der Kater der Spricht. Er muss wirklich sehr weiße sein, wenn du auf ihn hörst." Sie bückte sich mit einem leisen Ächzen.

„Nicht!", rief Rico. Der Kater würde sie kratzen, so wie er jeden kratzte. Kalila hörte nicht auf ihn. Sie strich dem Kater über den Kopf, kraulte ihn hinter den Ohren streichelte in langen geschmeidigen Bewegungen über seinen Rücken. Das war doch nicht möglich! Der Kater duldete nur… nur ihn und… Kaleya.

„Tarek sagte immer er würde irgendwie zurückkehren, um auf seinen Erben zu achten", erzählte Kalila Wovon sprach sie? „Wir nannten sie Geister, oder Dschinn. Menschen, die noch eine Aufgabe hier haben oder jemanden nicht allein lassen wollen. Sie kamen als Tiere zurück und begleiteten die Hinterbliebenen. So wie du schaust kennst du die Legende nicht." Eine Legende? Selbst wenn Rico Kindergeschichten gehört hätte, zweifelte er stark daran, dass sein Vater, nein falsch, sein Onkel, viel Sinn für solche Märchen gehabt hätte.

„Nein, davon hat man mir nie erzählt", antwortete er.

„Dschinn sind unheimlich mächtig. Sie sind sehr wählerisch, wenn es darum geht ihnen nahe zu sein. Sie sind in der Lage Leiden zu lindern und können ihre Macht mit der des Menschen, dem sie dienen, verbinden", erzählte Kalila.

„Das ist doch nur ein Kater, er kann nichts von alledem", widersprach Rico. Vielleicht war die alte Frau ja doch schon etwas senil wie Enes glaubte. Dschinn, Geister, Wiedergeburt, was denn noch alles?

„Wolltest du mich nicht warnen aus Sorge er könnte mich kratzen oder gar beißen? War er dir nie nahe, wenn du krank warst? Hat er dich nie gestärkt, wenn du dich allein gefühlt hast trotz all der Menschen um dich herum? Du beherrschst die Wüste, jedes einzelne Sandkorn, fällt es dir da wirklich so schwer zu glauben, dass jemand fähig sein könnte seinen Geist in ein anderes Leben zu übertragen?"

„Aber", setzte Rico an.

„Kein aber. Vielleicht ist es an der Zeit dir doch etwas von unserer Geschichte zu erzählen." Sie wand sich ab, der Kater folgte ihr. Er sah zu Rico auf. Er wartete auf ihn. War das denn möglich?

Kalila führte ihn tief in den Berg hinein. So weit war Rico nie gegangen. Dort gab es nichts mehr. Die Räume waren alle leer, keiner wollte so tief unter der Erde wohnen.

Am Ende des dunklen Ganges lag eine Flügeltür. Kalila ließ ihm den Vortritt und Rico schob die Türe auf. Sie war schwer und knarrte bedrohlich. Staub rieselte sanft auf ihn hinab. Der Kater sprang an ihm vorbei und verschwand in der Dunkelheit.

„Nach dir", flüsterte Kalila und bedeutete ihm mit einer Handbewegung vor zu gehen.

Nichts was sie hätte sagen können wäre fähig gewesen ihn darauf vorzubereiten was er hier sah. Das Fahle Licht der Untergehenden Sonne schimmerte durch eine Öffnung in der Decke. Wie ein weiter Kamin erstreckte sich der Gang bis hoch über die Grenzen des Gebirges. Tausende Kristalle reflektierten das Licht der Sonne wie Spiegel und warfen es so in den Raum und auf einen Steintisch, der in der Mitte stand. Der Kater stand auf dem Tisch und beugte sich in dessen Mitte.

Nein! Kein Tisch, es war ein Brunnen. Ein Brunnen der bis zum Rand gefüllt war mit Wasser. Der Kater trank aus dem Brunnen dann sprang er wieder hinab.

„Dieser Ort ist der wahre Grund warum Tarek die Stadt hier gebaut hat. Weißt du wir waren damals auf der Flucht, um meinen Brüdern zu entkommen, sie waren gegen unsere Ehe und wollten sie nicht zulassen. Nicht auszudenken was geschehen könnte ich würde die Kinder des Feindes austragen. Absoluter Blödsinn." Sie schnaubte verächtlich. „In der Eile stürzte Tarek durch dieses Loch. Ich sprang ihm hinterher", berichtete Kalila.

Rico beugte sich über den Brunnen. Da war sein Spiegelbild im Wasser doch sein Gesicht sah irgendwie anders aus. Staub und Sand klebte in seinen Haaren und einige Kratzer zierten seine Wangen. Nein! Das war nicht real. Das war nur eine Halluzination. Bestimmt hatte er einfach wieder Fieber bekommen! Maria hatte ja gesagt, dass ein Rückfall möglich wäre.

Kalilas Stock machte klackende Geräusche, die seltsam dumpf von den Wänden geschluckt wurden, anstatt wie ein Echo widerzuhallen. Sie legte eine Hand in seinen Rücken und führte ihn nachdrücklich zurück zum Brunnen.

„Lauf nicht davon. Sieh es dir an", wies sie ihn an. Ihr Spiegelbild erschien neben seinem und wieder war es als würde er durch zwei paar Augen sehen. Er sah sich und Kalila so wie sie waren. Er unversehrt, sie alt. Doch dann war da auch noch ein anderes Bild. Das entstellte Gesicht, mit Kratzern und Staub und Kalila, sie war wunderschön. Jung und wunderschön. Doch auch sie war voller Staub und hatte Abschürfungen im Gesicht. Sie waren gestürzt, so tief gestürzt. Sie waren auf der Flucht, auf der Flucht, weil sie liebten. Sie waren verloren und doch, hier war der Neuanfang geschehen.

„Was bedeutet das?", flüsterte Rico. Er traute sich nicht lauter zu sprechen. Dieser Ort war etwas Besonderes.

„Das was du jetzt fühlst? Du hast eine Verbindung zu Tarek, hier mehr als irgendwo sonst. Du kannst sehen was er sah, fühlen wie er fühlte" Sie brach ab. „Hast du schon eine Frau?", fragte Kalila schließlich, anstatt ihren Satz zu beenden. Eine Frau? Nein, es gab keine. Keine die er IHR vorziehen würde und sie war... Wenn er nur herausfinden könnte wo sie war und wie er sie erreichen könnte.

„Nein, ich habe keine Frau", antwortete Rico.

„Deine Augen sagen mir, dass du lügst."

„Nein, sie ist... Kalila warum sind wir hier?", fragte Rico flehend. Er verstand das alles nicht! Diese fremden Bilder in seinem Kopf! Diese Gefühle! Waren sie nur Einbildung? Nein, er empfand all das wirklich! Für Kaleya. Das ging zu weit! Sie hatten sich nur einmal geküsst mehr war da nicht! Kahn hatte schon so viele Frauen gehabt und nie entwickelte er Gefühle für eine von ihnen! Warum konnte Rico das nicht?"

„Ich verstehe schon, es ist kompliziert. Wir sind hier damit du begreifst, dass du nie alleine warst. Tarek war immer bei dir. Er hat dich immer beschützt", erklärte Kalila. Rico blickte noch einmal zu dem Kater.

Ja so war das mit dem Kater. Ich sagte doch es war ein Geheimnis. Ein Geist aus ferner, lang vergessener, Zeit. Jetzt wisst ihr aber zumindest weshalb Enrico nie gesundheitliche Beschwerden hatte, bis zu dem Moment als man ihn von dem Kater trennte. Dschinn besitzen eine wirklich atemberaubende Magie.

38. Asche zu Asche

Kaleya wachte auf. Ihr tat alles weh, so wie wenn sie lange gerannt war. Doch eine wohlige Wärme umgab sie. Weicher Stoff glitt über ihre Haut, eine Decke. Ein schwerer Arm lag über ihr, der dazugehörige Körper in ihrem Rücken. Ihr ganzer Körper war steif. Strecken sollte das Problem beheben. Die Wärme der Umarmung war zu verlockend, um sich ihr lange zu entziehen. Doch kaum hatte ihr Bettnachbar bemerkt, dass sie wach war verschwand der Arm, der ihr als Kissen gedient hatte. Wie frustrierend.

„Ich weiß du willst das jetzt nicht hören, aber du und Seth seit euch sehr ähnlich. Er wollte mich auch nie ausschlafen lassen", brachte sie herzhaft gähnend heraus. Neben ihr erklang ein abfälliges Schnauben, kurz gefolgt von einer ruckartigen Bewegung. Silas hatte sich aufgerichtet und saß nun auf der Bettkante. Kaleya streckte eine Hand nach ihm aus. Warum wollte er jetzt schon aufstehen? Und wurde prompt vom Bett gerissen. Ihre Haare fielen ihr ins Gesicht, sie wischte sie bei Seite. „War das unbedingt nötig?", maulte sie. Sie hätte gut und gerne noch etwas schlafen können.

„Ich befürchte ja, du hast etwas sehr dummes gesagt", bemerkte Silas mit angespannter Miene.

„Wo ist deine schlechtere Hälfte?", fragte Kaleya und rappelte sich auf. Sonst hingen die beiden doch aneinander wie Kletten.

„Vermutlich schon beim Frühstück. Sie ist ein Frühaufsteher." Silas ging zu einer Tür gegenüber dem Bett und öffnete sie. Dahinter verbarg sich ein Badezimmer. Das hier war nicht das Zimmer, in dem sie eingeschlafen war. Kaleya konnte sich nicht daran erinnern aufgestanden oder gar geweckt worden zu sein. Nur an den Albtraum erinnerte sie sich noch sehr gut. Es war grausam gewesen. Seth und Silas, beide tot.

„Wieso hast du mich in ein anderes Zimmer gebracht?", fragte sie mit erhobener Stimme, um das Wasserrauschen zu übertönen, das aus dem Bad drang.

„Weil du dein Zimmer abgefackelt hast", erklärte Silas knapp. Kaleya lehnte sich an den Türrahmen und sah dabei zu wie Silas sein Gesicht mit Wasser wusch und die Haare mit den feuchten Fingern zerzauste.

Die Basisausstattung schien die gleiche wie in dem anderen Zimmer zu sein. Das Bett, der Schrank, ein Regal, eine Kommode, auch das kleine Bad war beinahe identisch. Doch viele persönliche Gegenstände gaben dem Raum eine heimelige Note.

Kaleya begann ihre Musterung im Bad. In einem Wäschekorb lag ein zusammengeknülltes Hemd mit kurzen Ärmeln, über einer an der Wand montierten Halterung hing ein dunkelblaues Handtuch und auf einem kleinen Schränkchen standen drei verschiedene Fläschchen, jedes mit einer milchigen Flüssigkeit gefüllt. Alles samt die Ausstattung eines Mannes. Bis auf… War das eine Haarspange? Und da aus einem schwarzen Täschchen lugte ein Schminkpinsel und daneben stand ein Cremedöschen. Es blieb zu bezweifeln das Silas Creme verwendete.

„Also? Letzte Nacht?", unterbrach Silas ihre Musterung. Er sah sie kritisch an. Fast glaubte Kaleya Sorge in seinem Blick zu erkennen.

„Ja ähm das passiert mir manchmal. Ich habe Albträume weist du und wenn sie zu schlimm werden steck ich alles in Brand. Normalerweise habe ich es besser im Griff", antwortete sie.

Was war das für ein Zimmer? Vielleicht ließ es sich ja herausfinden. Sie öffnete den Schrank und fand ausschließlich Männerkleider. Stoffhosen reihten sich an Leinen und Leder. Sogar zwei Hosen in fein gewebter Wolle hingen ordentlich verstaut auf der Stange. Nichts was Aufschluss hätte geben können. Vielleicht verriet die Kommode mehr.

In der ersten Schublade lagen Socken und Seidenshorts. In der Zweiten diverse Hemden aus ebenso unterschiedlichen Stoffen wie die Hosen. Einige davon waren sogar aus purer Seide. Passend zu den Wollhosen.

In der dritten Schublade lag ordentlich zusammengefaltet zwei Wolljacken, passend zu den Hosen und den Seidenhemden und daneben… zwei Sätze Frauenkleider. Zwei komplette Outfits, von der eleganten Unterwäsche bis zur farblich zur Hose passenden Bluse.

Neben der Kommode standen drei paar Schuhe, zwei davon eindeutig Männerschuhe, das dritte Paar gehörte aber wiederrum einer Frau.

Hier lebte also in erster Linie ein Mann, der aber von Zeit zu Zeit Frauenbesuch hatte. Womöglich ein Liebespaar. Na klar! Das war Silas privates Zimmer! Und Kim hatte überall ein paar Kleinigkeiten hinterlassen. Sie waren also wirklich richtig zusammen.

Kaleya setzte sich aufs Bett. An für sich gefiel ihr das Zimmer. Die Einrichtung war praktisch und sparsam wie bei Rico, doch die vielen persönlichen Gegenstände gaben dem Raum eine unverkennbare Note.

Das Regal war nur halb mit Büchern gefüllt, dafür lagen ein paar Waffen herum. Wie achtlos von Silas. Hatte er denn vergessen was sie mit einem Messer alles anstellten konnte?

Ein seltsames Ding lag auf einem der Regalbretter. Es übte eine schon beinahe magische Anziehungskraft aus. Ihre Füße bewegten sich wie von selbst.

„Finger weg, das ist nichts für kleine Kinder." Silas ergriff ihr Handgelenk bevor sie das seltsame Gerät auch nur gestreift hatte. Irgendwas war seltsam an diesem Ding. Es schlummerte eine Macht darin von der manche Menschen nicht mal zu träumen wagten.

„Was ist es?", fragte Kaleya.

„Eine Waffe." Silas Augen blitzten kurz auf. Würde er ihr mehr darüber erzählen? Oh, bitte bitte bitte! Reden! Nicht streiten! Reden!

„Darfst du es mir sagen oder habe ich dafür die nötige Sicherheitsfreigabe noch nicht?", scherzte Kaleya. Irgendwie schaffte sie es ihrer Stimme einen weichen Klang zu geben. Sie wollte ihn nicht reizen, wollte sich nicht mit ihm streiten.

„Hm, darüber könnte ich mit dir reden. Es ist sogar ziemlich interessant." Silas, der bereits komplett fertig gerichtet war, inklusive frischer Kleidung, nahm das Ding aus dem Schrank und hielt es lässig in einer Hand. Auf dem etwas klobig aussehenden Griff waren ein kleiner Kasten und ein schmales Rohr montiert. „Wir haben eine Waffe entwickelt die Feuerbälle schießt. Bisher ist sie noch in der Testphase, aber es läuft echt gut." Er klang fast ein wenig Stolz. Kaleya fühlte wie das Blut aus ihrem Gesicht wich. Ihr wurde abwechselnd heiß und kalt. Eine Waffe die Feuer schoss, was für ein Albtraum.

„Du hast also dabei geholfen etwas zu Bauen das dich ersetzten kann?“, fragte sie vorsichtig nach. Das Thema wurde langsam heikel. Gab es denn gar nichts worüber sie reden konnten, ohne sich sorgen zu müssen was der andere davon halten würde? Silas legte für einen Moment den Kopf schief und schien darüber nachzudenken.

„Jetzt wo du es sagst“, gab er schließlich nach und legte die Waffe wieder weg. Auf dem Gang näherten sich leise Schritte und Silas seufzte bereits bevor das erste Klopfen ertönte.

„Mister Nowikow! Darf ich dich daran erinnern, dass ich dich heute für das Probetraining mit den Neuen eingetragen habe? Wehe du kommst zu spät!“, keifte Hammar durch die geschlossene Tür hindurch.

„Weiß er, dass ich hier bin?“, flüsterte Kaleya. Silas schüttelte den Kopf und seine Augen verengten sich zu schmalen Schlitzen.

„Silas?!“, rief Hammar noch einmal.

„Verdammt ich komm ja!“, brüllte Silas wütend zurück. Kaleya hörte wie Hammar etwas fallen ließ und musste ein Kichern unterdrücken. Ohne eine weitere Reaktion schlurfte Hammar wieder davon, seine Schritte nun deutlich schwerer als zuvor. Silas seufzte gelangweilt.

„Macht er das öfters?“, fragte Kaleya.

„Meistens sind es irgendwelche Kinder, von denen er glaubt, sie könnten irgendwann besser sein als ich.“

„Ich habe dich zwar noch nicht kämpfen gesehen, aber wenn du nur halb so gut bist wie Seth schafft das keiner.“

„Nur halb so gut? Du hältst ja ganz schön viel von ihm“, brummte Silas. Seine Miene verfinsterte sich.

„Du hast ihm zugesprochen unsere Familie getötet zu haben. Denkst du denn das hätte er geschafft, wenn er nicht gut wäre?“, entgegnete Kaleya. Also nur mal angenommen Seth hätte es wirklich getan. Ihre Familie bestand nicht aus sanften, friedliebenden Wesen. Mindestens jeder Zweite hatte gelernt zu kämpfen, richtig zu kämpfen. Um das zu schaffen mussten ganz und gar besondere Kräfte eingesetzt werden.

„Ich bring dich wo anders unter solange ich weg bin“, lenkte Silas ab und damit war das Thema beendet.

„Kannst du mich zu Rin bringen? Ich mag ihn“, bat Kaleya leise. Gut, wenn er nicht weiter darüber reden wollte, sie mussten ja nicht. Sie würde ihn zu nichts zwingen.

„Klar magst du ihn. Jeder mag Rin, wenn man sich mal nicht mehr vor dem Äußeren erschreckt.“ Silas zog eine kleine Sporttasche unter dem Bett hervor. „Hier das habe ich für dich eingepackt. Klamotten, Zahnbürste, Kamm.“ Er reichte ihr die Tasche. „Beeil dich ich muss in einer halben Stunde bei Hammar sein.“

In der Halle der Boxer herrschte eine extreme Unruhe. Keiner schien sich so recht auf sein eigenes Training konzentrieren zu können, oder eher zu wollen. Kim bescherte gerade einem Mann eine gebrochene Hand und wand sich gleich darauf an den nächsten Gegner, dem es kaum besser erging. Kasim stand am Rand und sah mit gerunzelter Stirn bei diesem Treiben zu.

„Ich melde mich zurück zur Folter“, grüßte Kaleya.

„Hallo Brandstifter.“ Kasim würdigte sich keines Blickes.

„Wo ist Rin?“

„Das frag ich mich auch, er muss dieses Desaster beenden“, murmelte Kasim. Mit Blutüberströmten Gesicht wich Kims Gegner zurück und machte dem nächsten Unglücksraben Platz.

„Soll ich mal versuchen?“, bot Kaleya an. Überraschter hätte Kasim kaum aussehen können. „Ja schon gut, war eine dumme Idee.“ Er hatte ja Recht.

„Vielleicht aber auch nicht. Versuch es“, lenkte Kasim ein. Sie musste Kim nur einmal richtig erwischen. Es wäre sicher ganz einfach. Kim war so sehr mit ihrem aktuellen Gegner beschäftigt, dass es kein Problem sein sollte sie zu überrumpeln. Was sollte schon passieren? Ein gebrochener Arm, ein ausgeschlagener Zahn? Das war doch nichts!

„Ich habe es mir anders überlegt, wir warten lieber auf Rin.“

„Weichei“, brummte Kasim.

„Ich häng an meinem Leben. Warum ist sie eigentlich so durchgedreht?“

„Na deinetwegen.“ Kasims Lippen verzogen sich zu einem Freudlosen Grinsen. Ihretwegen?

„Meinetwegen?", fragte Kaleya. Warum sollte Kim ihretwegen so von der Rolle sein?

„Die Jungs dachten sie könnten Witze über euren Kampf reißen", erklärte Kasim. Ach, darum ging es hier! Na klar! Diese Idioten!

„Wie blöd kann man eigentlich sein?", murmelte Kaleya. Wollten sie so unbedingt sterben? „Kim! Soll ich dir helfen?"

„Auf deine Hilfe verzichte ich!", rief Kim zurück. Einen dumpfen Schlag später erhob sich ihr Gegner mit einer Platzwunde wieder.

„Komm schon, das sind Idioten! Als ob ich in einem echten Kampf eine Chance hätte!", sagte Kaleya mit erhobener Stimme.

„Hättest du nicht!", fauchte Kim.

„Dann sind wir uns ja einig. Jetzt lass die armen Männer in Frieden. Du zerlegst Hammars halbe Armee, wenn du so weiter machst!" Was vielleicht gar nicht so schlecht wäre. Kim hielt in ihrem Wahn inne und stieß ihren Gegner von sich der davon taumelte und unsanft zu Boden ging.

„Was machst du überhaupt hier? Solltest du nicht bei Silas sein?", fragte Kim sichtlich gereizt. Oder genervt? Vielleicht ja beides.

„Er soll irgendein dämliches Training mit den Neulingen machen. Ich wollte lieber zu Rin", erklärte Kaleya.

„Hm" Kim schien nicht wütend wegen der Antwort, glücklich war sie aber auch nicht. „Na gut. Ich glaube ich habe genug für Heute. Kasim? Was dagegen, wenn ich mir den Tag frei nehme?"

„Ganz im Gegenteil. Ich bin froh, wenn du nicht alle meine Jungs zum Arzt beförderst", brummte Kasim.

„Ich geh duschen", beschloss Kim. Sie wand sich um und durchquerte die Halle. Endlich trat Ruhe ein. Die anderen Krieger kümmerten sich um ihre verletzten Kameraden und jemand wischte das Blut von den blauen Matten.

„Tja sieht so aus als wäre das Training vorbei", stellte Kaleya fest. Was für ein Glück.

„Ich arbeite mit extrem impulsiven Menschen, das passiert hier häufiger." Kasim zuckte mit den Schultern. „Ich habe gehört du hast gestern Abend dein Zimmer abgefackelt."

„Das war nicht mein Zimmer. Ich wohne hier nicht", entgegnete Kaleya
bissig. Sie würde hier niemals wohnen.

„Aber du hast es abgefackelt." Kasim hob einen Finger als wollte er ihr
drohen. „Das nächste Mal mach es richtig und lass nichts als Asche zurück."

War das sein Ernst? Wollte er etwa wirklich, dass sie den Untergrund in
Schutt und Asche legte?

„Soll ich dich vorher warnen damit du noch rechtzeitig rauskommst?",
fragte Kaleya und versuchte es wie einen Scherz klingen zu lassen. Sicher machte er nur Spaß. Bitte lass es nur Spaß sein!

„Manchmal glaube ich es wäre besser, wenn ein Großteil der Leute hier
das Tageslicht nie wieder zu Gesicht bekommt", sagte Kasim. Um seine
Augen lag ein besorgter Zug. Er meinte es wirklich ernst.

„Wenn du gegen Hammar bist, warum bist du hier?", fragte Kaleya.

„Ich kann doch meine Schüler nicht allein lassen. Wer weiß was aus
ihnen werden würde, wenn ich sie nicht zur Vernunft erziehen würde."
Kasims Gesicht verfinsterte sich und er warf einen Blick in die Richtung
in die Kim verschwunden war. „Sie war ein so liebes Mädchen. Aber
Hammar hat sie zerstört."

*Vielleicht wäre es an der Zeit auch Kim von einer anderen Seite zu be-
trachten. Durch die Augen ihres Lehrers, eines Menschen, der miterlebt
hatte wie sie zu genau dem Monster geworden war, das so viele Menschen in ihr sahen. Womöglich wäre es Kaleya vergönnt gewesen diesen
Teil der Geschichte zu hören aber...*

„Raus hier verdammt! Raus!" Jemand stolperte aus der Tür durch die
Kim verschwunden war. Gefolgt von drei weiteren Personen. Es waren
alles Männer. Männer? In den Waschräumen der Frauen? Interessant.
Kaleya versuchte möglichst unauffällig näher an die Tür heran zu kommen, doch kaum hatte sie sich genähert hob einer der Männer den Blick.

„Ich frage mich ob du freundlicher wärst", überlegte Hammar. Er betrachtete sie kurz, dann glitt sein Blick wieder zu der verschlossenen
Tür.

„Zu dir? Nicht wirklich", entgegnete Kaleya. „Was hattet ihr da drin zu
suchen?" Einer der Männer drückte sein Ohr an die Tür als wollte er

lauschen. Seiner frustrierten Miene nach zu schließen hörte er aber
nichts.

„Ein kleiner Disput mit einer meiner weiblichen Untergebenen nichts
von Bedeutung und nichts was dich etwas angeht." Hammars Stimme
war sanft doch sein Gesicht verriet ihn. Etwas ärgerte ihn ganz gewaltig.

„Schon gut du musst es mir nicht sagen. Ich habe außerdem nicht vor
lange genug hier zu bleiben, um es herauszufinden", murmelte Kaleya.
Sie drehte sich um, wollte gehen. Hammars Lachen hielt sie zurück. Ein
Blick über die Schulter zeigte seine ehrliche Belustigung.

„Du glaubst doch nicht wirklich, dass du hier jemals wieder rauskommst. Oder etwa doch? Bist du wirklich so dumm?"

39. In die Arena

„Euch ist klar, dass das hier ein Mädchenklo ist?", erkundigte sich Kim möglichst scheinheilig. Nicht zu fassen, nicht mal hier konnte Hammar sie in Ruhe lassen! Und dann hatte er auch noch drei seiner Kampfhundchen dabei.

„Miss Duvessa! Lasst sie mit ihr reden!", rief Hammar. Er sprudelte über vor Begeisterung. Er griff nach ihrem Arm, wollte sie heranziehen, doch sie wich seiner Berührung aus.

„Mit wem soll ich reden?", fragte sie. Was sollte das Theater?

„Die liebe Stella hat sich hier eingeschlossen und will niemanden sehen", erklärte Hammar ganz langsam. Was sollte der Schwachsinn sie war doch kein Kind!

„Vielleicht solltet ihr sie dann einfach mal in Ruhe lassen." Die Ereignisse der letzten Tage stauten sich allmählich auf und brodelten ganz nahe unter der Oberfläche. Gelassenheit vortäuschen? Nicht heute! „Oder schickt doch ihn hier rein!" Sie deutet mit dem Kinn auf einen der Kämpfer. Er gehörte zu Silas Allkampftruppe. „Das ist doch ihr Lover oder nicht?"

„Er ist quasi schuld an unserer Misere", seufzte Hammar wehmütig. Kim runzelte die Stirn und betrachtete den jungen Mann der nervös und verstört schien.

„Okay, ich rede mit ihr. Aber ihr geht jetzt raus! Raus hier verdammt! Raus!", blaffte Kim die Männer an und schob sie nach draußen. Die Tür fiel hinter ihnen ins Schloss. Endlich war Ruhe. Nur ein leises ersticktes Schluchzen drang aus einer Verschlossenen Kabine.

„Stella?", fragte Kim sanft. Mit den Knöcheln klopfte sie vorsichtig an die Tür. „Sie sind weg! Du kannst aufmachen! Na, komm schon."

Das Schloss sprang auf und Kim öffnete vorsichtig die Tür. Stella hockte auf der geschlossenen Toilette und versteckte das Gesicht in den Händen. Aber nicht gut genug. Sie hatte geweint, die rot geränderten Augen und rosa Flecken auf ihren Wangen verrieten sie.

„Alles okay?", fragte Kim. Was machte sie eigentlich hier? Den Psychiater zu spielen! Wie dämlich! Sie kannte Stella doch kaum!

„Sehe ich so aus als wäre alles okay?", spie Stella ihr entgegen. Also fand sie es auch albern.

„Ich treffe nicht so oft heulende Frauen auf dem Klo. Ich fürchte du wirst mir helfen müssen", entgegnete Kim knapp. Wieso hatte sie sich dazu überreden lassen? Sie hätte einfach gehen sollen.

„Entschuldige. Du kannst ja nichts dafür." Stella rieb sich die Augen, stand auf und drückte sich an Kim vorbei, ging zu den Waschbecken, wusch sich das Gesicht.

„Was ist denn passiert?", wollte Kim wissen. Sie reichte ihr ein Handtuch, das über einer Halterung hing und Stella nahm es an, ohne auch nur das leiseste Anzeichen von Dank.

„Mir ist da etwas ziemlich blödes passiert", gestand Stella und lachte. Es klang hoch und hysterisch, überhaupt nicht gefasst oder belustigt. „Ich bin schwanger." Ihre letzten Worte gingen fast in ihrem Lachen unter. Kim war sicher sich verhört zu haben.

„Wie bitte?"

„Ja" Jetzt schien Stella wieder den Tränen nahe. „Dämlich, nicht wahr? Sich schwängern zu lassen… ich bin 25! Ich sollte es wirklich besser wissen." Sie wischte sich die neuen Tränen weg, was ihrem rot gefleckten Gesicht auch nicht zugutekam. Kim wich einen Schritt zurück. Oh man. Ein Glück, dass sie und Silas immer gut aufpassten.

„Welche Möglichkeiten bleiben dir?", fragte Kim vorsichtig. Kinder, das war nie ein Thema gewesen. Wer wollte schon in diesen Zeiten Kinder großziehen? Vor allem hier! Sie hatte einfach noch nie darüber nachgedacht.

„Nicht sehr viele. Ich bin bei den Spionen mein Freund ist beim Allkampf. Hammar hat Angeboten es als ein Experiment zu betrachten…" Stella zuckte vage mit den Schultern. Ja, das war eine verzwickte Situation. Schon schlimm genug wie Hammar mit ihnen während ihrer Jugend umgesprungen war. Gar nicht auszudenken was ein Kind zu erleiden hatte das von Geburt an hier war. „Du verstehst, dass ich das nicht tun kann", stellte Stella fest, Erleichterung brachte ihre Stimme zum Zittern. Ja, Kim verstand es sogar sehr gut.

„Was ist, wenn du es verweigerst?"

„Ich kann mich gegen das Kind entscheiden oder kämpfen", erklärte Stella. Ihrem Gesichtsausdruck nach zu schließen kam eine Abtreibung nicht in Frage. Andererseits wie hoch wären ihre Chancen, wenn sie tatsächlich kämpfen müsste? Womöglich gegen Kim kämpfen müsste…

„Was wirst du tun?", fragte Kim. Als ob das wirklich noch gesagt werden musste.

„Ich gehe in die Arena", antwortete Stella. Entweder war sie unheimlich mutig oder wahnsinnig dumm. Keiner überlebte die Arena.

Die Arena war für Leute gedacht, die den Untergrund hintergingen oder Befehle missachteten. Es wurde der Schein von Gerechtigkeit gewahrt indem man den Leuten Freiheit versprach, wenn sie gewannen, doch keiner gewann. Niemals. Die Krieger, die für Hammar kämpften, zählten unter den Rebellen zu den fähigsten Kämpfern, die es je gegeben hatte.

„Okay. Da draußen warten Hammar, dein Freund und zwei andere Krieger. Ich denke du solltest es ihnen selbst erklären", sagte Kim und seufzte. Stella nickte. Das war ihr wohl schon lange klar. Sie ging an Kim vorbei nach draußen und öffnete die Tür zur Halle. Hammar war längst nicht mehr allein mit seinen Kriegern, Kaleya stand bei ihnen. Ihr Blick huschte kurz zu Kim dann zu Stella. Sah sie es? Wenn ihre Augen wirklich so gut waren, nahm sie die kleinen Anzeichen dann wahr?

„Ich werde um meine Freiheit in der Arena kämpfen", erklärte Stella ruhig.

„Nein!", riefen Hammar und ihr Freund wie aus einem Mund.

„Stella bitte nicht! Das überstehst du nicht!", bettelte ihr Freund und schüttelte sie energisch an den Schultern. Wie recht er doch hatte.

„Dadurch hast du nichts gewonnen!"

„Aber ich habe es wenigstens versucht", entgegnete Stella und schob ihn von sich. Sie straffte die Schultern und reckte stolz das Kinn in die Luft.

„Aber", flehte Hammar.

„Kein aber", unterbrach Stella ihn. „Mein Entschluss steht fest."

Hammar machte eine finstere Miene. Dann fiel sein Blick auf Kim. „Lass dir das eine Lehre sein Miss Duvessa. Du wirst wegen Befangenheit dieses Mal nicht antreten. Informiere bitte die anderen, dass sie morgen kämpfen werden. Wir haben noch ein paar andere Verräter, die sich dem Tod stellen wollen." Damit wand Hammar sich ab und verließ die Halle. Die beiden Krieger führten Stella ab. Ihr Freund blieb zurück. Er war schrecklich blass und sah aus als könnte er jeden Augenblick in Tränen ausbrechen.

„Warum hast du sie nicht davon abgehalten?!", schrie er Kim wütend an und schlug mit der Faust gegen die Wand neben ihrem Kopf. Wollte er sie etwa bedrohen? Wie lächerlich.

„Es war ihre Entscheidung. Vielleicht hättest du nicht so blöd sein sollen sie zu schwängern!", warf Kim ihm vor. Ja es war dumm gewesen, dumm und leichtsinnig! Ihr würde das nie passieren. Ihr dürfte das nie passieren! Ein Kind, so ein süßes, kleines unschuldiges Wesen, eine perfekte Mischung zwischen Silas und ihr… Hammar würde sie ganz bestimmt nicht vor die gleiche Wahl stellen. Er würde sie vermutlich ans Bett fesseln und intravenös ernähren, nur damit er ein neues Spielzeug bekam. Aber darauf konnte er lange warten.

„Was bedeutet es, wenn man in die Arena muss?", fragte Kaleya. Sie stand wie versteinert da, betrachtete den weinenden Mann am Boden. Ihre Augen waren groß. Mit sowas hatte sie hier wohl nicht gerechnet. Ein Mann der weinte… lächerlich!

„Es bedeutet, dass man stirbt", antwortete Kim. Morgen würden viele Leute sterben, zur Belustigung der Menge und als Warnung für alle die auch nur daran dachten sich gegen Hammar zu wenden. Hatte er Recht? Wäre Kim womöglich befangen? Könnte sie nicht gegen Stella antreten, weil sie schwanger war, weil Kim es wusste? Die anderen würden nicht danach Fragen warum sie in der Arena war, sie würden einfach nur ihre Befehle ausführen. Kim stellte sich selten die Frage, was sie tun würde, wenn… Es machte keinen Sinn darüber nachzudenken. Die Dinge kamen manchmal einfach auf einen zu. Wenn man dann zu lange nachdachte verlor man in der Regel.

„Kam dir nie in den Sinn einfach abzuhauen?“, fragte Kaleya. Abhauen? Worauf wollte Kaleya hinaus? Sie gingen von der Trainingshalle durch die dunklen Gänge.

„Und wohin sollte ich deiner Meinung nach gehen?“, konterte Kim. Konnte Kaleya niemand anderen nerven?

„Einfach weg, an der Küste soll es ganz schön sein“, meinte Kaleya mit einem leichten Schulterzucken. Ein seltsamer Ausdruck lag auf ihrem Gesicht, fast so etwas wie Sorge gepaart mit einem Hauch von Hoffnung. Was willst du kleines Monster? Was?! „Ihr dürft also keine Kinder haben? Wäre es da nicht leichter Beziehungen ganz zu unterbinden?“

„Von den richtigen Leuten hätte Hammar sehr wohl gerne Nachwuchs. Nur wären die richtigen Leute niemals so dumm das zuzulassen“, entgegnete Kim. Dieses süße Kind, ein Junge womöglich, mit den schwarzen Haaren seines Vaters und ihren blauen Augen. Feuer und Wasser vereint. „Hammar kann sich seine Killerarmee ohne mich züchten“, fügte sie dann noch leise hinzu.

Sie hatten den Gefangenentrakt erreicht. Weiter konnte sie Kaleya nicht mitnehmen. Was wenn sie Seth sehen würde? Wenn schon ein einfacher Albtraum sie zum Zündeln anregte?

„Geh und nerv jemand anders, ich habe noch zu tun“, blaffte Kim sie an.

„Wo ist Silas?“, wollte Kaleya wissen.

„Keine Ahnung, ich bin nicht sein Wachhund! Geh ihn doch mal suchen!“ Die Tür fiel krachend hinter Kim ins Schloss. Miese kleine Göre! Alles war toll gewesen bis sie aufgetaucht war! Bis Hammar sie aufgespürt hatte. War das sein Plan gewesen? Wollte er einen Keil zwischen Kim und Silas drängen? Netter versuch alter Mann!

„Ah ich wusste, dass du wiederkommen würdest. Ist sie nicht herrlich durchschaubar kleiner Bruder?“, bemerkte Seth mit seiner samtweichen Stimme. Warum tat Silas sich das nur immer wieder an? Er sollte Seth einfach ihr überlassen dann wären sie dieses Scheusaal endlich los.

„Ich habe euer Schoßhündchen vor der Tür abgesetzt. Irgendjemand wird sie schon aufsammeln“, erklärte Kim. Es wurde einfach nicht besser. Silas und Seth so nah bei einander. Das konnte nicht gut gehen.

„Du bist in Sorge Kim. Warum?“, erkundigte sich Seth. Warum? Oh Seth! Konnte er es sich denn nicht denken?

„Bestimmt nicht deinetwegen“, knurrte Kim. „Wir gehen morgen in die Arena“, antwortete sie dann an Silas gewandt. Er würde antreten, im Gegensatz zu ihr.

„Wer wird mit uns Kämpfen?“ Silas löste seine Verschränkten Arme nicht, ließ nur den Blick kurz in ihre Richtung gleiten. Suchte nach ihrem Gesicht, suchte… „Was ist?“

„Ich werde dieses Mal nicht mitkämpfen“, sagte Kim leise. Suchte und verlor. Diesmal würde es keine Verbundenheit geben, kein heißer Moment nach dem Rausch, keine Gemeinschaft. Es wäre nur eine Pflicht. Eine lästige, unerfreuliche Pflicht. Und wüsste Silas warum Kim ausgeschlossen worden war… Was würde er dann tun? Würde es ihn überhaupt kümmern?

„Als ich das letzte Mal gezählt habe waren es nur acht Kandidaten“, bemerkte Silas. Das war allerdings richtig. Bis heute waren es nur acht gewesen. Für gewöhnlich wartete Hammar bis es zehn waren.

„Neun, heute kam eine Frau dazu“, berichtete Kim.

„Und zehn, wenn man unseren Gast dazu zählt“, fügte Hammar hinzu. Er stand so unvermittelt hinter Kim, sie hatte ihn gar nicht bemerkt. Wie lange lauschte er schon?

„Du entscheidest nicht darüber!“, knurrte Silas. Er trat zwischen Hammar und Seth, fast als wollte er seinen Bruder schützen. Unmöglich! „Es ist einzig und allein meine Wahl.“

„Gut so kleiner Bruder zeig‘s ihm!“ Seth grinste, genau wie Silas es tat.

„Halt die Klappe!“, schnauzten Silas und Hammar gleichzeitig.

„Ich dachte mir es wäre eine schöne Idee. Natürlich würde es das Finale werden und selbstverständlich wirst du gegen ihn antreten, gar keine Frage. Bedenke doch mal die Möglichkeiten!“, säuselte Hammar. Die Möglichkeiten? Seth vor einem Publikum in einem spektakulären Kampf zu besiegen? Ein Zeichen zu setzen? Ja, das war allerdings eine Akzeptable Lösung. Wäre da nicht…

„Und was soll ich Kaleya sagen?“, fragte Silas. Genau. Er traf es ganz ausgezeichnet. Die kleine Brandstifterin würde in ihrer blinden Wut über Seths Tod womöglich noch das gesamte Versteck ausräuchern! Das musste sorgfältig geplant sein.

„Sie braucht es nie zu erfahren. Lass sie nicht dabei zusehen. Warte ein paar Tage und erzähl ihr Seth wäre bei einem Einsatz umgekommen. Dann wird sie hierbleiben." Hammar zuckte mit den Schultern. Ach, darauf wollte er hinaus.

„Das ist tatsächlich ein ziemlich guter Plan", bemerkte Seth. Auch er schien überrascht von Hammars Gedankengang.

„Kaleya soll sich die Kämpfe ansehen und bevor wir Seth in die Arena bringen wird Kim sie zurück in die Tunnel begleiten", erklärte Hammar. Spinte der jetzt total?

„Das lasse ich mir doch nicht entgehen! Such ihr einen anderen Aufpasser! Ich bin es leid ständig den Babysitter zu spielen!", maulte Kim.

„Warum war mir das klar?" Hammar schüttelte den Kopf. Oh nein, er brauchte hier jetzt nicht den schockierten zu spielen!

„Ich pass auf sie auf! Aber wenn sie rechtzeitig zurück in die Tunnel soll muss das jemand anders erledigen", gab Kim, nicht ohne Hammar noch einen finsteren Blick zuzuwerfen, nach.

40. Mehr als mein Leben

Der erst Mord geschah schnell. Mord. Anders konnte man es nicht nennen. Oder? Hammar hatte es einen fairen Kampf genannt. Aber was war fair daran, wenn ein schmächtiger Teenager gegen eine Killermaschine wie Rin antrat? Im Jubel der Massen ging das Knacken seines brechenden Genicks ungehört unter. Wer wollte das aber auch schon hören? Wer wollte wissen wann der Mensch das Zeitliche segnete?

„Das ist krank! Warum tötet ihr sie nicht einfach? Warum dieses Theater?", knurrte Kaleya.

„Als Warnung an alle die ebenfalls vorhaben Hammar zu hintergehen." War das Kims Ernst? „Und zur Belustigung der Menge", fügte Kim schnell hinzu. Ein Lächeln stahl sich auf ihre Lippen. Belustigung? Ja für einen Killer war das bestimmt lustig.

„Hat schon mal jemand gewonnen?", fragte Kaleya. Vermutlich nicht. Ein Muskel in Kims Gesicht zuckte. Ihr Blick wurde eisig. „Also, ja?"

„Das ist lange her", murmelte Kim. Der Gedanke schien ihr unangenehm. Unten auf dem Platz wurde gerade die Leiche des Jungen weggeräumt und Rin setzte sich zu den anderen Kämpfern.

Die Arena befand sich Oberirdisch, die Zuschauer saßen auf Hölzernen Podesten die Kreisrund um den Kampfplatz aufgebaut waren. Die Bänke waren weitestgehend gefüllt. Die Kämpfe waren anscheinend ein heiß ersehntes Spektakel.

„Lebt er noch?", fragte Kaleya weiter.

„Wer?" Kim war mit ihren Gedanken weit weg gewesen. Woran hatte sie gedacht?

„Derjenige der Gewonnen hat damals!"

„Wer weiß. Er wurde gejagt, seine Verfolger hat man irgendwann an der Küste gefunden. Tod. Wenn er glück hatte ist er entkommen und so gut untergetaucht, dass man ihn nicht mehr gefunden hat", antwortete Kim monoton. Ihre Augen ruhten auf dem nächsten Gefangenen, der in die Arena geführt wurde.

„Aber hat man ihm nicht Freiheit versprochen wie den anderen auch?",
hackte Kaleya nach. Hammar hatte ihnen Freiheit versprochen, wenn
sie siegreich wären!

„Er hat die Arena in Freiheit verlassen und wäre in Freiheit gestorben."
Kim lehnte sich nach vorne, um den nächsten Kampf zu verfolgen. Der
Angeklagte, ein älterer Mann, wich vor seinem Gegner zurück. Der
Kämpfer gehört zu der Gruppe mit der Kim und Rin trainierten. Kaleya
erkannte ihn genau. Es war der mit der Narbe im Gesicht.

Sie starben, so oder so, jetzt war auch klar warum keiner von ihnen auch
nur versuchte zu kämpfen. Aber was, wenn jemand angeklagt wurde der
es mit ihnen aufnehmen konnte? Wenn zum Beispiel Silas oder Kim auf
der Verliererseite kämpfen müssten?

„Du bist normalerweise da unten, nicht wahr?", fragte Kaleya. Jeder angespannte Muskel in Kims Körper und wie ihre Augen den Bewegungen
des Kämpfers folgten ließen genau darauf schließen.

„Kannst du nicht einmal die Klappe halten?", knurrte Kim. Also stimmte
es. Sie kämpfte normalerweise mit den anderen. Warum dieses Mal
nicht?

Der Kämpfer hatte seinem Gegner ganz schön zugesetzt und es war nur
noch eine Frage der Zeit bis das Opfer seinen letzten Atemzug tun
würde. Ihn dermaßen zu Foltern, nur um den Jubel der Menge eine
kleine Weile länger genießen zu können… grausam, einfach grausam!

„Wie könnt ihr so etwas tun? Wie kann es euch Spaß machen?"

„Wenn das Leben grausam zu dir ist, dann begegne ihm mit Humor.
Sonst wirst du so enden wie dieser Narr dort unten", antwortete Kim.
Glaubte sie das wirklich? Wie schmerzhaft musste ein Leben sein, um
an sowas zu glauben?

„Den Kaiser, den ihr töten wolltet, Enrico, er hat schlimmes durchgemacht weißt du. Aber er ist immer wieder aufgestanden und hat das
Richtige getan. Er hat"

„Das Richtige, ist immer eine Frage der Sichtweise", unterbrach Kim sie
und erhob sich von ihrem Platz. Sie stützte die Hände auf das Hölzerne
Geländer, fast als wollte sie da hinunter in die Arena. Ihre Finger verkrampften sich. Ein paar Augenblick hielt der Kampf noch an. „Beende

es du Idiot." Kims Stimme glich einem Zischen. Und dann beendete der Idiot es. Der alte Mann war tot.

„Ich möchte gerne gehen", bat Kaleya.

„Ich nicht", entgegnete Kim. Sie drehte sich nicht mal um. Wollte sie wirklich noch mehr davon sehen?

„Was bringt es dir hier zu bleiben du wirst", begann Kaleya. Doch sie brach ab. Eine junge Frau, ein wenig älter als Kim und Kaleya selbst betrat hoch erhobenen Hauptes die Arena. Kims Kiefer spannte sich an. War es das? Hatte sie darauf gewartet? „Wer ist sie?"

„Warum interessiert dich das?", schnauzte Kim sie an.

„Tut es nicht, aber dich." Ja, eindeutig. Diese Frau war der Grund warum Kim nicht dort unten war. „Das ist die Schwangere, nicht wahr?"

„Sie heißt Stella", erklärte Kim. Ihre Stimme war gepresst. Ihre Anspannung nahm, soweit das möglich war, noch mehr zu. „Und heute wird sie sterben."

„Und keiner wird etwas dagegen unternehmen", flüsterte Kaleya. Dann fasste sie einen Entschluss.

Als sie auf dem Boden landete wirbelte Staub auf. Das Gefühl des Holzes unter ihren Fingern war noch nicht ganz verklungen da stand sie schon vor Hammar der den Losbeutel in Händen hielt. Ein Losbeutel wie albern. Sie zogen ihren Tod per Zufall.

„Stopp!", rief Kaleya. Ein Glück das Kim und sie so nah am Geschehen gesessen hatten. Apropos Kim, sie kam gerade an.

„Tut mir leid Hammar ich wollte sie aufhalten!", rief Kim.

„Ihr könnte sie doch nicht kämpfen lassen!", warf Kaleya ihnen vor. Das war absurd! Eine Schwangerschaft sollte Grund zur Freue sein und nicht zum Tode verurteilen. In was für einer kranken Welt lebten sie hier?

„Es war ihre freie Wahl", erklärte Hammar. Seine Stimme war ruhig, aber bestimmt.

„Ihre Wahl? Mit welchen Optionen? Silas ihr könnt doch keine Schwangere töten! Was wenn das Kim wäre?!", rief Kaleya. Die Krieger, die kaum fünf Meter entfernt warteten, wichen vor den Worten zurück als wären sie tollwütige Hunde. Sie hatten es nicht gewusst. Keiner von ihnen. Silas wechselte einen schnellen Blick mit Kim, sie schüttelte den

Kopf und er schwieg. Na gut, wenn sich sonst keiner hier wie ein Mensch verhalten wollte…

„Ich kämpfe für sie", sagte Kaleya mit erhobener Stimme. Stille setzte ein. In der ganzen Arena war es plötzlich mucks Mäuschen still. „Ich kämpfe für sie, gegen Silas! Das ist es doch was du willst Hammar. Oder etwa nicht?" Hammar atmete tief ein. In seinen dunklen Augen regte sich etwas. Düstere Begierde sprach aus ihnen, nur mühsam beherrscht durch ein höfliches Lächeln.

Ob Kaleya wirklich glaubte sie hätte eine Chance? Vermutlich setzte sie eher auf die brüchigen Bande die Silas und sie noch teilten. Aber sie hatte ja Recht. Hammar wollte genau das. Wollte wissen wie sein Kämpfer sich gegen einen Ebenbürtigen behaupten würde. Wollte sehen wie sich Bruder gegen Bruder wandte, oder in diesem Fall Cousin gegen Cousine.

„Kim, sei so freundlich und begleite Stella zu einem freien Platz. Bewache sie und gesetzt dem Fall das Kaleya gewinnen sollte, lass sie gehen", bestimmte Hammar schließlich.

„Ich werde nicht gegen sie kämpfen!", stieß Silas hervor. Also war er noch nicht ganz der Dunkelheit verfallen. Wie schön.

„Silas, junger Freund keine Sorge. Wir werden die Regeln etwas lockern. Der Kampf wird so schon spektakulär genug. Ich denke Ohnmacht reicht vollkommen. Keiner muss sterben", gab Hammar nach.

„Keiner außer sie, oder?", knurrte Kaleya. Sie traute Hammar nicht. Selbst wenn sie Silas schlagen sollte, die Frau, Stella, würde nicht überleben.

„Das bleibt abzuwarten", entgegnete Hammar und hob die Hand, bedeutete Kim mit einer eleganten Geste Stella fort zu führen. Sie gehorchte. Silas verließ die anderen Krieger und betrat die Arena. Leises aufgeregtes Geflüster erfüllte die Luft. Ja, Hammar hatte Recht. Das würde spektakulär werden.

„Das erinnert mich daran als wir Kinder waren. Dich auch?", fragte Kaleya.

„Ja, aber dieses Mal werde ich dich nicht schonen." Silas ging in Kampfhaltung. Es war wie ein Spiegel, der die Vergangenheit zeigte. Oh Ja, er hatte gut aufgepasst damals. Hinter ihm erschien Kim auf ihrem alten Platz, ohne Stella. Hatte sie sie schon getötet? Nein, das wäre nicht ihre Art. Ihr musste etwas an der Frau liegen sonst hätte Hammar sie nicht von den Kämpfen ausgeschlossen. Aber das musste ja bedeuten…

„Wieso grinst du so?", fragte Silas. Sein Gesicht war eine Maske aus Anspannung und Trotz, so wie früher.

„Deine Freundin weiß warum", antwortete Kaleya. Mit überraschungsweiten Augen drehte Silas sich zu Kim um und… Das war ihre Chance. Kaleya setzte tief an, nahm ihre ganze Kraft zusammen,

„Vorsicht!" Kims Schrei ging unter.

Silas drehte sich mitten in Kaleyas Schlag hinein, noch bevor er durchschaut hatte was gerade passiert war. Ein widerliches Knacken ertönte. Silas packte sie am Arm und schob sie von sich.

„Was sollte das?!", fragte er eindeutig perplex. Seine Augen waren immer noch geweitet. Er rieb sich das Kinn wo sie ihn getroffen hatte.

„Ich hatte vergessen wie weh das tut", jammerte Kaleya und schüttelte ihre Hand. Ihre Finger schmerzen jetzt schon und dass nur von diesem einen Schlag. Wie wollte sie den Kampf überstehen?

„Du hast vergessen… Ich fass es nicht war Seth denn völlig unfähig?", knurrte Silas.

„Hey! Rede nicht so über ihn! Ich habe doch getroffen oder etwa nicht?", schimpfte Kaleya.

„Getroffen? Das war peinlich!" Silas ging wieder in Stellung und diesmal folgte sie ihm. Na gut. Er wollte einen ernsten Kampf? Den sollte er haben!

Irgendwo im letzten Winkel ihres Gehirns hörte Kaleya den Jubel. Der donnernde Applaus war so fern wie ein leises Wispern. Ihre Sinne arbeiteten auf Hochtouren nur die Ohren hingen irgendwie hinterher. Silas setzte zum Schlag an, mit knapper Not wich sie ihm aus. Ihr Fuß glitt über den staubigen Boden, sie fand halt, drehte sich, riss das Bein in die Höhe und versetzte ihm einen Tritt in die Seite. Er blockte ihren Angriff ab, brachte sie zum Fallen, hätte sie fast erwischt. Sie ergriff seine Hand, zog sich aus dem Fall heraus in den Stand, verdrehte seinen

Arm. Er bewegte sich mit ihr, war plötzlich in ihrem Rücken und legte einen Arm um ihren Hals.

Luft! Keine Luft!

„Es reicht!", rief eine Stimme. Kaleyas Gehör war wieder da. Silas ließ sie los. Hustend und um Luft ringend ging sie zu Boden. Alles war ein bisschen verschwommen. Kein Applaus ertönte in der Arena. Der Rausch, dieser Schub, er war weg. Wie ausgelöscht.

Eine Hand erschien vor ihr. Sie war blass, schmal mit langen Fingern. Ein schwarzer Ärmel umfasste das Handgelenk und lenkte ihren Blick über einen wohl proportionierten Arm, zu einer starken aber zart geschwungenen Schulter, einen eleganten Hals hinauf zu einem markanten Kinn, über ein vertrautes Gesicht bis hin zu den glatten pechschwarzen Haaren.

„Seth?", keuchte Kaleya. Was war hier los?

„Es reicht Kaleya. Hörst du? Lass es gut sein." Seine Stimme war so weich, so sanft.

„Seth?!", wiederholte sie und versuchte ihrer Stimme mehr Kraft zu geben. War er es wirklich? Was machte er hier? Wie hatte er sie gefunden? Wusste er denn nicht, dass dies sein Tod war?

Ja? Wusste er denn nicht, dass dies der Moment war, der seinen Tod besiegeln würde?

„Alles wird gut ich bin ja da", sagte Seth ruhig. Er zog sie hoch und ganz kurz nur drückte er sie aus freien Stücken an sich. Mehr Trost würde sie nicht bekommen.

„Was machst du hier?", fragte Kaleya leise. Er durfte nicht hier sein. Was wenn Silas seine Drohung wahr machte?

„Dummes kleines Mädchen. Dachtest du wirklich ich würde dich einfach so aufgeben?", entgegnete Seth. Sein Ton war liebevoll. Er schob sie auf Armeslänge von sich, musterte sie anerkennend. „Du hast mich sehr stolz gemacht gerade. Ich dachte nicht, dass du so lange gegen Silas bestehen könntest." Wie albern. Schon allein der Gedanke er könnte eben zugesehen haben... Aber das würde ja bedeuten, dass er die ganze Zeit über hier war! Und Silas? Er hatte es gewusst! Wie sonst konnte er so ruhig bleiben!

313

„Du! Du wusstest es! Er war die ganze Zeit hier! Und du hast nicht ein Wort gesagt!“, schrie Kaleya ihn an. Verdammt noch mal! Sie war erschöpft, ja. Aber dafür würde es reichen!

„Kaleya nicht!“, rief Seth. Zu spät! Sie riss Silas von den Füßen, sie schlitterten über den Staubigen Boden und wirbelten eine Wolke aus Schmutz auf. Aus der Wolke heraus schoss ein Schatten auf sie zu. Kim!

„Du kleines Monster hast uns zum letzten Mal im Weg gestanden!“, fauchte Kim. Sie packte Kaleya und drückte sie zu Boden. Kim hatte sie sicher im Griff. Nein! Nein! Seth! Nein!

„Kleiner Bruder! Du wolltest mich? Hier bin ich!“, sagte Seth. Silas erhob sich, er war voller Staub und Schmutz.

„Sieh hin. Sieh ganz genau hin. Alles was Seth ihm antut, das tu ich auch dir an.“ Kims Worte waren ein leises Versprechen nahe an Kaleyas Ohr. Nein! Seth! Bitte nicht!

„Lass es uns nicht länger aufschieben Silas! Geben wir den Leuten was sie wollen!“, rief Seth mit erhobener Stimme.

Wie verwirrend das sein musste. So schlimm die Situation war und so sehr sie um den Ausgang fürchtete, dieser eine Satz blockierte Kaleyas ganzes Denken. So verwirrend.

Sie konnte die Zwillinge unterscheiden. Kim konnte die Zwillinge unterscheiden. Aber die anderen? Wie sie absolut zeitgleich die absolut selbe Haltung einnahmen. Seths Haare waren einen Hauch länger, die von Silas dafür mehr zerzaust. Seths Gesicht war schmaler, allgemein war er weniger Muskulös als Silas, doch dafür war Silas ein Stück kleiner. Und dennoch, konnten die Zuschauer da auf den Podesten diese feinen Unterschiede sehen? Wenn nicht mal sie es mehr konnte…

Silas Angriffe waren aggressiv und hatten nur ein Ziel. Töten. Seth dagegen ging subtiler vor. Schlag um Schlag blockte er ab, ohne Silas auch nur einmal zu verletzen. Wenigstens verlor Kims Drohung so an Kraft. Als Silas die Blockade seines Bruders das erste Mal durchbrach glaubte Kaleya noch es sei ein Trick. Seth würde ihn nah herankommen lassen und dann zurückschlagen und Kim würde… Kaleya konnte es nicht mit ansehen. Doch der Schmerz blieb aus.

Beim zweiten Mal hielt sie es für einen Fehler, ein Missgeschick, ein Versehen.

Doch beim dritten Mal… Seth würde hier sterben. Silas würde ihn töten und Seth hatte bisher nicht einmal zurückgeschlagen. Nicht ein einziges Mal.

„Seth nein!", wisperte Kaleya. Ihre Stimme war zu leise, um ihn zu erreichen. Die Massen tobten. Seth sollte Recht behalten, das war es was die Leute wirklich wollten. Keine Hinrichtung, einen Kampf. Sahen sie denn nicht, dass nur einer Kämpfte?

Silas beförderte Seth auf den Boden und kniete nun über ihm wie der Tod persönlich. Seth hob eine Hand. Eine Hand, die voller Blut war, genau wie sein Gesicht. Er legte sie an Silas Wange, hob den Kopf, berührte mit seiner Stirn die von Silas, flüsterte Worte die Kaleya nicht hörte und dann… Silas schrie auf. Er entriss sich Seths Griff, taumelte Rückwärts und stürzte zu Boden. Was war geschehen?

Auch Kim musste sich diese Frage stellen, denn sie lockerte für einen kurzen unbedachten Moment ihren Griff. Das war die Gelegenheit. Kaleya befreite sich, rappelte sich vom Boden auf und rannte zu Seth. Er war bei Bewusstsein, doch seine Augen wirkten müde und leer.

„Seth!", schrie Kaleya ihn an, hoffte auf irgendeine Reaktion.

„Verbrenn sie", murmelte Seth.

„Was?", fragte Kaleya. Seine Stimme war so schwach, sie verstand ihn kaum.

„Verbrenn sie!", sagte Seth nun lauter.

Ja, ja das würde sie tun. Wie hatte Kasim noch gesagt? Das nächste Mal mache es richtig. Und wie sie es richtig machen würde.

„Komm!", rief sie. Seth auf die Beine zu bekommen war gar nicht so leicht. Kim war bei Silas. Irgendwas stimmte mit seinem Gesicht nicht. Aber das gab ihnen Zeit. Sie erreichten den Arenarand und Kaleya legte eine Hand auf das Holz. Es war leicht, so leicht, denn sie war wütend und ängstlich und besorgt. Sie mussten hier raus und das Feuer gehorchte ihrem Willen. Es fraß ein Loch in die hölzernen Ränge und gab so den Weg nach draußen frei. Seth ging gebeugt und stütze sich auf Kaleya. Doch sie spürte es kaum. Sie wollte nur noch hier weg.

Noch etliche Minuten nachdem sie die Arena verlassen hatten hörte sie die Schmerzensschreie der verbrennenden Menschen. Niemand folgte ihnen. Sie waren frei.

Als sie etwa die Hälfte des Weges hinter sich gebracht hatten begann es zu regnen. Endlich. Die Regenzeit war angebrochen. Wie schön es in der Wüste jetzt sein musste. Wie sehr die Menschen dort sich freuen würden. Wie sehr Rico sich freuen würde.
Bald waren ihre Finger taub von der kalten Nässe und ihre Haare klebten ihr im Gesicht. Der Regen hatte auch seine Schattenseiten.
Seths Schritte verklangen. Er blieb zurück. Was war los?
„Seth?", fragte sie leise.
„Nur eine Minute, dann bis ich wieder fit", flüsterte er, doch seine Stimme verriet ihn. Silas hatte ihn ganz schön hart erwischt.
„Vielleicht solltest du dich setzen", schlug Kaleya vor. Sie hatte ihren Satz nicht mal beendet, da war er schon in sich zusammengesunken.
„Wieso hast du dich nicht gewehrt?" Es ließ sich nicht vermeiden, dass ihre Stimme vorwurfsvoll klang. Seth lächelte sie wehmütig an.
„Ich kann doch meinen kleinen Bruder nicht schlagen", antwortete er. Sein Lachen wandelte sich zu einem schmerzvollen Keuchen.
„Natürlich hättest du können! Du wolltest nicht! Warum?" Sie ging neben ihm auf die Knie und strich ihm sanft die Haare aus dem Gesicht. Sein schönes Gesicht, so entstellt.
„Ich konnte ihm noch nie wehtun. Silas ist mein wunder Punkt. Egal was ich getan habe, egal wofür er mich hassen mag, an ihm, an euch beiden, liegt mir mehr als an meinem Leben", flüsterte Seth. Dieses Geständnis, diese Worte… All der Zweifel den Silas in ihr geschürt hatte war wie weggewischt, ausgelöscht.
Seth war bereit gewesen alles zu geben. Für sie und für seinen Zwilling, auch wenn dieser nicht die leiseste Ahnung davon hatte. Sie wischte sich eine Träne aus dem Augenwinkel und kuschelte sich ganz nahe an Seth. Er legte behutsam einen Arm um sie und so aneinandergeschmiegt blieben sie eine Weile sitzen und lauschten dem Regen. Es war ihnen gleich, dass sie beide klatschnass waren und auch die Kälte störte Kaleya

nun nicht mehr. Sie konzentrierte sich nur auf Seths Herzschlag und seine Atmung. Solange sein Herz schlug und er weiter atmete war alles in Ordnung.

„Ich habe dich lieb", flüsterte sie. Seth lachte leise und drückte sie noch enger an sich.

„Ich dich auch", flüsterte er zurück.

41. Regen

Ein seltsames Geräusch durchdrang die Scheiben und Wände. Es war früher Morgen und die Sonne war noch nicht aufgegangen. Das Geräusch hielt an. Kleine Kiesel die gegen das Fenster schlugen. Der Boden unter Ricos Füßen war kühl als er aufstand. Draußen hing ein diesiger Schleier in der Luft, schwere Wolken zogen über den Himmel. Regen. Es Regnete!

„Endlich!"

Selten war er so schnell fertig im Bad und umgezogen. Regen! Der erste Regen seit er das Amt des Kaisers angetreten hatte. Sein Weg führte ihn die Treppe hinunter und durch die Eingangstür hinaus direkt in den strömenden Regen.

„Rico! Bist du wahnsinnig?" Die Wache an der Tür lachte.

„So wie immer!", antwortete Rico. Er hob die Hand und ging weiter die Straße entlang. Sollte Marek ihn doch suchen, wenn er wollte.

Haare, Kleidung, Haut, alles war binnen weniger Sekunden Nass. Auf den Straßen bildeten sich bereits Pfützen. Kaum Menschen waren zu sehen. Die meisten schliefen wohl noch nach der Feier. Keiner hielt ihn auf als er durch das Tor vor die Stadt trat. Die Sanddünen hatten sich in rutschige Hänge verwandelt, der Regen malte das Gesicht der Wüste jedes Mal völlig neu. Auf der Spitze der höchsten Düne angekommen blieb Rico stehen. Das Wasser überschwemmte den Sand wie ein Meer. Bald würde es sich zu Seen sammeln und weite Teile des Landes würden erblühen und für eine kurze Zeit wäre die Wüste nicht mehr lebensfeindlich, sondern ein Quell der Fruchtbarkeit und der Freude.

„Enrico!", rief jemand. Die Stimme war so lieblich und vertraut. Ihr Urheber war klein und rannte direkt auf ihn zu. Kara.

Sie warf sich auf ihn, schlang die kleinen Arme um seinen Hals. Sie zu halten, ihr nahe zu sein, ihre Wärme zu spüren, das tat so unendlich gut. Auch wenn seine Schulter einen beleidigten Schmerzimpuls durch seinen Körper jagte.

„Wo warst du?", fragte sie. Ihre Stimme klang erstickt, weil sie das Gesicht an seinem Hals verbarg. Warm tropfte der Regen auf seine Haut. Nein kein Regen, Tränen.

„Schhh ich bin ja da. Alles ist gut", flüsterte Rico. Armes Kind. Keiner hatte es ihr erklärt.

„Sie haben gesagt, dass du vielleicht nie wiederkommst!", warf Kara ihm vor. Sie hob den Kopf, um ihn streng anzusehen. Süße kleine Kara, hast du denn zu lächeln verlernt?

„Ich werde euch nie verlassen. Ich werde immer da sein um dich, deinen Vater und alle anderen zu beschützen", sagte Rico.

„Versprochen?", fragte Kara.

„Versprochen. So lange die Wüste besteht werde ich hier sein." Und das meinte er bitter ernst. Kara vergrub das Gesicht wieder an seiner Schulter. Gemeinsam blickten sie hinaus auf den Regen und die Wüste, die langsam zu einem Meer wurde.

„Das war dringend nötig", bemerkte eine weiter Stimme. Karas Vater blieb neben Rico stehen. Ein kurzer Blick, doch Yonas Augen streiften nur den Horizont.

„Ja, das war es", bestätigte Rico. Und nicht nur der Regen. Nicht nur der Regen.

Rico kehrte in den Palast zurück und stolperte direkt in Terra. Sie hatte ihn gesucht. Ihr Gesicht verriet sie.

„Rico wo warst du? Du bist ja klatschnass!"

„Ich habe nur dem Regen zugesehen", antwortete Rico. Es wurde wirklich Zeit, dass sie aufhörte jeden seiner Schritte zu überwachen.

„Du sollst doch vorsichtig sein! Was wenn du wieder Fieber bekommst! Maria sagte", begann Terra ihre Standpauke.

„Maria ist eine wundervolle Ärztin, doch sie wird mich ebenso wenig hier festhalten wie du", unterbrach Rico sie, bevor sie fahrt aufnehmen konnte. Warum mussten sie diese Unterhaltungen immer vor den Wachen führen. Die grinsten schon wieder so. Zeit das zu ändern. „Was steht heute auf dem Plan?"

„Nicht viel. Maya hat um ein Gespräch gebeten, ich habe es für heute
Mittag eingeplant ansonsten ist der Tag frei. Wir haben so auch alle
Hände voll zu tun mit den Vorbereitungen", berichtete Terra. Maya?
Wollte sie ihm etwa endlich die Geschichte erzählen?

„Vorbereitungen?", hackte Rico nach.

„Für die Einweihungsfeier! Der Kindergarten? Morgen kommen die ersten Kinder!" Ach ja, richtig. Der Kindergarten! Ja, jetzt ging es wirklich
aufwärts.

„In Ordnung. Lass uns Frühstücken", beschloss Rico. Überraschter hätte
Terra wohl kaum aussehen können. „Was? Du lässt mich doch eh nicht
in Ruhe." Sie gingen in den Speisesaal. Jannik saß bereits mit Kahn an
einem Tisch. Jannik, oh nein. Wieso war er noch hier? Es gab wirklich
kein Glück auf dieser Welt.

„Ich sagte doch so leicht entkommst du mir nicht", sagte Jannik und
grinste von einem Ohr zum anderen.

„Und ich dachte schon eine Entführung und schweres Fieber reichen,
aber du scheinst Hartnäckiger zu sein als meine Verletzung", entgegnete
Rico. Es brachte ja doch nichts. Irgendwann musste er sich Jannik ja
doch stellen. Irgendwann müsste er sich den Kaisern stellen. Allen Kaisern. Warum also nicht gleich?

„So schlimm kann die Verletzung ja nicht gewesen sein, du siehst wieder
fit aus und nass bist du auch", stellte Jannik fest. Rico strich sich die
tropfenden Haare aus der Stirn und musterte seine durchnässte Kleidung. Vielleicht hätte er sich vor dem Frühstück umziehen und abtrock-
nen sollen.

„Ich hatte ja auch tatkräftige Unterstützung bei der Heilung", erklärte
Rico. Besonders von einer verschrobenen Ärztin, einer gütigen Köchin
und einem eigensinnigen Kater. Tarek, wie Kalila ihn letztlich getauft
hatte.

Kalila. Sie und der Kater verbrachten viel Zeit bei dem Brunnen. Ihre
Gefolgsleute dagegen waren überall im Palast verteilt. Sie mischten sich
unter die Leute, machten sich nützlich. Die meisten konnte man äußerlich kaum von den anderen Wüstenbewohnern unterscheiden.

„Meine Tante wird sich aufregen, wenn ich ihr davon erzähle. Ich kann sie schon förmlich hören." Jannik fuhr sich mit einer Hand durch die Haare. „Sie ist auf deiner Seite weist du?"

„Ich hatte es gehofft", sagte Rico leise. Ahnte Jannik überhaupt wie gut diese Worte taten?

„Sie ist natürlich trotzdem besorgt. Sie sagt, immer wenn sie an dich denkt sieht sie mich vor sich. Ich glaube sie hielte nicht viel davon, wenn ich jetzt Kaiser werden würde", sagte Jannik lachend. Diese Sorge war wohl begründet. Aber waren Jannik und er sich wirklich so ähnlich? War es nicht vielmehr so dass sich zwei Menschen nicht mehr voneinander unterscheiden konnten? „Sie würde sich gerne selbst davon überzeugen, dass du das alles hinbekommst. Vielleicht solltest du sie mal einladen. Da würde sie sich sicher freuen", schlug Jannik vor. Sie einladen? Die Kaiserin? Zu einem Besuch? Hier her?

„Eigentlich gar keine schlechte Idee", sagte Terra und stützte die Ellbogen auf den Tisch auf. „Die anderen Kaiser wissen nicht was sie von der Gesamtsituation halten sollen und wir müssen unsere Bündnisse und Handelsverträge neu verhandeln. Wir sollten sie alle einladen."

„Das ist richtig", stimmte Kahn zu. „Das würde viele sicher beruhigen."

„Seit wann hast du eine Meinung zu dem Thema?", fragte Rico. Kahn mischte sich doch sonst nicht ein.

„Seit mir aufgefallen ist, dass ich absolut keine Ahnung habe wie das alles funktioniert. Wenn du stirbst hätte ich nicht den leisesten Schimmer was ich machen muss. Ich will vorbereitet sein."

„Ich erlöse dich mal von deinen Qualen. Ich werde nicht sterben. Das kann ich unserem Volk doch nicht antun", verkündete Rico. Sollte Kahn sich ruhig vorbereiten. Rico würde sein Möglichstes tun sowohl seinen Bruder als auch die Bewohner vor diesem Schicksaal zu bewahren.

Nach dem Frühstück verabschiedete Jannik sich, mit im Gepäck einen Brief an seine Tante. Rico hatte ihn eilig aufgesetzt. Hoffentlich reichte das und warf kein schlechtes Bild auf ihn. Der Besuch der Kaiserin in der Wüste war jetzt nur noch eine Frage der Zeit. Viel Zeit.

Am Mittag klopfte es leise an der Bürotür. Besser am Türrahmen. Maya streckte den Kopf herein.

„Hallo!", begrüßte sie ihn lächelnd.

„Maya, komm rein." Rico erhob sich vom Sofa, um sie zu begrüßen und fiel gleich wieder zurück. Sie Balancierte ein Tablett mit einer Schale darauf vor sich her. „Maria oder Terra?"

„Maria. Terra war schon geschockt genug das du zum Frühstück gekommen bist", erklärte Maya. Sie stellte das Tablett auf dem kleinen Tischchen ab und setzte sich in einen Sessel. „Einen Vorschlag zur Güte. Du isst und ich rede." Sie zwinkerte ihm zu. Sie wollte spielen? Na gut, dann würde er sich beugen.

„Fang an", forderte Rico. In der Schüssel war ein dampfender Eintopf, daneben lagen zwei Scheiben dunkles Brot und ein Löffel. Rico nahm den Löffel und aß.

„Nun gut. Ich kam mit 15 Jahren hier her. Ich begleitete eine gute Freundin, die einen jungen Mann aus der Stadt heiraten sollte, wenn sie volljährig war. Um ihr die Umstellung zu erleichtern schickten ihre Eltern mich mit. Ich war Küchenmädchen im Haushalt ihrer Familie gewesen und wir hatten uns schnell angefreundet. Hier angekommen stellte sich aber schon bald heraus, dass es nicht so toll war wie wir erwartet hatten. Der Mann, den sie heiraten sollte, war ein Arsch und das bekam sie auch deutlich zu spüren. Mich steckten sie in die Küche als Gehilfin", begann Maya ihre Geschichte. Eine leise Ahnung beschlich Rico. Das war der Anfang einer sehr tragischen Geschichte und sie führte ihn genau hier her.

„Sie hat sich in den kleinen Bruder ihres Verlobten verliebt und er sich in sie. Er war ein viel freundlicherer Mann als sein Bruder. Doch ihr zukünftiger Schwiegervater merkte es und zog die Vermählung vor. Mit 16 Jahren bekam sie ihr erstes Kind." Maya verschränkte die Finger in einander. Ihr Blick war einen Hauch traurig während sie von Ricos Mutter sprach. Sie musste ihr wirklich sehr nahegestanden haben.

„Zwei Jahre später bekam sie das zweite und nochmal zwei Jahre später wurde sie erneut schwanger, doch diesmal war alles anders. Der alte

Kaiser war gestorben, ihr Ehemann wurde der neue Kaiser und sein Bruder verließ mit der Hälfte des Heeres das Land. Als sie im zweiten Monat war kam sie zu mir und erzählte mir von ihrem kleinen Ausrutscher und dass sie sich nicht sicher war wer der Vater des Kindes sei." Maya lächelte vage.

Rico hatte aufgehört zu essen. Wie es seiner Mutter wohl dabei gegangen war? Die Unsicherheit, die Angst. Es blieb eine Weile ruhig. Rico hob den Blick, um zu sehen warum Maya nicht weiter spar. Sie sah ihn mit hochgezogener Augenbraue an.

„Schon gut", brummte er. Schließlich hatten sie eine Abmachung. Also tunkte er eine Scheibe Brot in die Brühe ehe er davon abbiss.

„Ich sagte ihr, dass sie es niemandem erzählen dürfe, keiner Menschenseele. Sie war sich der Gefahr sehr bewusst. Man würde sie und das Kind womöglich töten, also behielt sie es für sich. Doch als sie im Sechsten Monat war begannen Dinge zu geschehen, seltsame Dinge, die sie sich nicht erklären konnte. Es begann damit, dass egal wohin sie ging der Sand um ihre Füße wehte, auch bei absoluter Windstille. Schließlich ging es sogar so weit, dass der Sand sie auffing, wenn sie stolperte. Da waren wir uns sicher wer der Vater war und sie verschwand heimlich aus der Stadt, um ihn zu besuchen."

„Schon damals?", fragte Rico. Es hatte nie eine Zeit gegeben, in der der Sand sich nicht seinem Willen gebeugt hatte, aber er war doch nur ein Fötus gewesen! Ein ungeborenes Leben ohne Willen oder Ziel!

„Schon immer. So wie es immer sein wird. Wie es bei Tarek und Sierra war und wie es bei Dallas noch immer ist. Und es wird nie enden", sagte Maya.

„Wie ging es weiter?", drängte Rico sie weiter zu erzählen. Sie lachte ausgelassen.

„Ach du warst schon immer so herrlich ungeduldig aber auch ein sehr schwieriges Kind." Ihre Stimme wurde tiefer von längst vergessener Trauer. „Als man dich dem Kaiser brachte und mit dir den Leichnam meiner Freundin war er so fassungslos und geschockt das seine Hände zitterten. Dennoch wollte er dich sehen, dich halten. Ich glaube er hat Terra wohl geliebt, doch ein zweiter Sohn überstieg den Wert dieser

Liebe um Welten. Ich weiß nicht warum, vielleicht hatte er einen Schwächeanfall oder dergleichen, auf jeden Fall ließ er dich Fallen. Nicht absichtlich versteht sich und als der Sand dich auffing erkannte er den Verrat. Der Sand mochte dich vor Gewalt schützen können, doch nicht vor Vernachlässigung und so setzte er dich im Gebirge aus wo wir dich schließlich fanden", berichtete Maya.

„Wir?", hackte Rico nach. Wer könnte schon durch das Gebirge streifen? Und vor allem warum?

„Ein Soldat, zwei Küchenmägde, Kahn, Terra und ich. Wir haben deine Mutter dort begraben, und die Stelle mit Steinen markiert damit Terra und Kahn sie wiederfinden würden, wenn ihnen danach war. Terra verstand nicht was wir taten, sie war noch zu jung. Kahn war ganz still. Auf dem Rückweg trennte Terra sich von der Gruppe und kehrte weinend zurück. Sie konnte nicht aussprechen was sie gesehen hatte und zerrte an meinem Rock, also ging ich mit ihr." Maya senkte ihre Stimme zu einem flüstern. Rico wollte es nicht hören. Wollte nicht wissen wie die zwei Jahre alte Terra ein lebloses Baby fand, ihren Bruder, ihn. „Es war schrecklich, du hast dich nicht bewegt, warst ganz still und du hast mich angesehen und ich musste weinen. Ich brachte dich zurück und mit Hilfe der anderen Küchenhilfen gelang es mir irgendwie dich wieder aufzupäppeln, aber du hast noch nie sonderlich viel gegessen. Die ersten paar Tage dachte ich jedes Mal, jetzt stirb er bald. Doch immer, wenn ich die Hoffnung schon aufgeben wollte hast du einen kleinen Schritt nach vorne gemacht und das hat mir den nötigen Mut gegeben, um damit zum Kaiser zu gehen." Sie zögerte. Die Abmachung war schon lang vergessen. Selbst wenn er gewollt hätte, ihm war so schlecht er hätte nicht einen Bissen mehr hinunter bekommen. „Er hat mir erlaubt dich bei mir zu behalten, unter der Bedingung, dass du nie erfahren solltest wer du in Wahrheit warst. Ich willigte ein und ein paar Monate lief alles gut und nach Plan."

„Was ist passiert?", fragte Rico. An diesem Punkt der Geschichte war wohl etwas dazwischengekommen. Was? Was hatte ihn seiner glücklichen Kindheit beraubt?

„Dein Ehrgefühl ist passiert. Schon als Kleinkind hattest du sehr viel davon. Du konntest gerade so laufen, hast in der Küche herumgetollt. Es war schön. Nur der Koch war ein Mistkerl und einmal als er ein Küchenmädchen schlagen wollte hast du es gesehen. Du hast angefangen zu weinen und nur auf ihn gezeigt, da lag er schon begraben unter herabgebrochenem Sandstein, sein Schädel war zertrümmert. Ein Soldat hat es gesehen und dem Kaiser erzählt. Ich wusste, dass er dich als Druckmittel gegen Dallas verwendete, doch als er erfuhr was du getan hattest beschloss er dich auch als Waffe einzusetzen", berichtete Maya weiter.

Das war also der Auslöser gewesen. Alles hätte ganz anders laufen können, wenn doch nur… Ja, wenn was? Wenn er den Koch damals nicht getötet hätte? Irgendwann wäre sein Onkel sicher auch so auf die Idee gekommen wie nützlich Rico sein könnte. Es hätte doch keinen Unterschied gemacht. Nicht wirklich. Und wäre es wirklich besser so gewesen? War der Weg den er gegangen war nicht genau der der nötig gewesen war? Nötig um die Rebellion zu beenden. Nötig um das Volk zu beschützen. Nötig um Kaleya zu treffen.

All die Dinge, die geschehen waren, sie führten ihn zu ihr! Es sollte gar nicht anders sein. Hoffentlich kam sie zurück. Hoffentlich war sie nicht tot.

„Du vermisst sie, nicht wahr?", fragte Maya sanft. War das eine Gabe, die nur ihm verwehrt blieb? Dieser Blick, dieses Erkennen. Wie kam es das alle in Worte zu fassen vermochten wovon er sich noch nicht mal sicher war es zu fühlen!

„Ich weiß nicht, ist das vermissen? Ich weiß es nicht", flüsterte Rico.

„Ach Liebling natürlich! Ich sehe es dir doch an!", sagte Maya. Sie stand auf kam um den Tisch herum, nahm den Platz neben ihm ein. „Es ist gut so. Sie verändert etwas. Ich kann es nicht beschreiben, aber etwas ist anders." Ja etwas war anders, wenn sie da war. Sie veränderte die Art wie er die Dinge sah. Sie erfüllte Ruinen mit Leben, brachte in die dunkelsten Ecken Licht, erfüllte ihn mit Hoffnung wo er sie schon längst aufgegeben hatte. Sie verstand ihn, wenn er glaubte niemand könnte ihn verstehen, wenn er sich davor fürchtete ehrlich zu sich selbst zu sein.

War es das was er fühlte? War das der Grund warum er sie ständig in seinen Träumen traf? Warum er voller Erwartung einen Blick aus dem Fenster warf und dann enttäuscht war, weil sie nicht unten auf ihn wartete? Wie nannte man das noch gleich?

„Rico, bist du etwa verliebt?", fragte Maya.

„Verliebt? Ich doch nicht!", wehrte Rico ab.

Maya zog eine Augenbraue hoch und ohne ein weiteres Wort nahm sie das Tablett und ging.

Verliebt! Nein, das war es nicht!

Er holte den gläsernen Kater der nach wie vor auf seinem Schreibtisch stand und nahm ihn mit in sein Zimmer. Auf dem Nachttisch stellte er ihn ab. Jetzt konnte er sich fast vorstellen sie wäre bei ihm.

42. Augen auf

Über dem Bunker schwebte, wie eine dunkle Wolke, pure Traurigkeit. Keine Wache war weit und breit zu sehen. Auch auf den Gängen war alles leer. Keiner war hier. Hatte Pain etwa alle weggeschickt? Wie leichtsinnig von ihm. Sein Büro war leer und auch im Speisesaal war niemand.

Seth strebte ins Bett. Wie gut sie ihn verstand. Der Wunsch sich zu vergraben unter Kissen und Decken war beinahe übermächtig. Auch ohne Verletzungen.

Seth öffnete die Tür und erstarrte. An seinem Arm vorbei eröffnete sich ein seltsamer Anblick. Pain hatte eben etwas vom Boden aufheben wollen und war mitten in der Bewegung erstarrt. Was machte Pain in Seths Zimmer?

„Du hast aufgeräumt?", fragte Seth. Die Worte lösten den Bann der Pain gebunden hatte. Er durchquerte den Raum mit langen Schritten und umarmte Seth. Er umarmte Seth. Ausgerechnet den unnahbaren, kontaktscheuen Seth! Und der unnahbare, kontaktscheue Seth ließ es sich gefallen!

„Was ist hier los?", wollte Kaleya wissen. Als ob nicht schon genug passiert wäre! Genug der Enthüllungen! Es reichte! Konnte nicht eine Sache bleiben wie sie war? Eine Sache wenigstens?

Pain löste die Umarmung, dann herrschte Schweigen. Es dehnte sich aus bis ins Unendliche. Immer weiter und schwerer wurde es, bis es schon beinahe peinlich war.

„Du wolltest das Gespräch mit ihr führen", sagte Seth. Er drehte sich nicht mal um, warf ihr keinen Blick zu, kein Augenrollen das deutlich machte das Pain einfach nur überarbeitet und nicht mehr Herr seiner Sinne war. Nichts.

„Mit mir muss man kein Gespräch führen. Jetzt nicht mehr." Es war zu viel. Sie konnte das nicht. Nicht jetzt, nicht so! Nur eine verfluchte Sache! Eine wenigstens! „Gute Nacht." Früher Abend hin oder her, sie brauchte Ruhe. In ihrem Kopf hämmerte es. Silas, der gar nicht tot war. Seth, der sich weigerte zu kämpfen. Rico, der ständig in ihren Gedanken herumkreiste. Und jetzt auch noch Pain! Seth und Pain!

Wie lang das wohl schon ging? Das war doch unmöglich während ihrer kurzen Abwesenheit passiert! Man wurde doch nicht von heute auf morgen ein Paar! Aber vielleicht waren sie ja gar kein Paar. Vielleicht waren sie nur… Nein, das machte es auch nicht besser! Verdammt! Wieso hatten sie es ihr nicht gesagt? Sie hätte es doch verstanden! War ja nicht so als wäre es etwas völlig Neues für sie.

All die vielen späten Treffen der beiden. Seht der lange vor ihr zum Frühstück aufbrach. Die Trainingsstunden zu denen sie nicht eingeladen worden war. Alles heimliche Treffen. Es hätte auffallen müssen! Sie hätte es doch bemerken müssen!

Inzwischen hatte sie es irgendwie unter die Dusche geschafft. Es brachte doch nichts sich den Kopf darüber zu zerbrechen. Es änderte nichts. Oder?

Schmutziges Wasser sammelte sich im Abfluss und klarte langsam auf. Zum ersten Mal seit sie die Wüste unfreiwillig verlassen hatte fühlte sie sich wieder sauber.

Hm, … die Wüste… Sie musste wunderschön sein, jetzt wo der Regen gekommen war. Wie es Rico wohl ging? Sie hatte noch nichts gehört. Wie auch. Sie musste mit Pain reden. Irgendwann.

Das Bett war ordentlich gemacht, so wie immer. Sie schlief so selten darin. Es erschien seltsam groß und fremd. Oh Seth. Seine Verletzungen mussten schlimm sein. Ach, Pain würde sich bestimmt darum kümmern. Aber sie konnte ihn doch nicht allein lassen!

In frischen Klamotten, Klamotten, die passten wohlgemerkt, überquerte sie den Gang. Sollte sie klopfen? Sie klopfte sonst nie! Aber was, wenn… Nein, nicht so wie Seth ausgesehen hatte! Aber wenn doch? Nein! Seth und Pain hatten es bisher auch erfolgreich geschafft ihre Affäre zu verheimlichen dann konnte sie das auch weiterhin tun! Sie trat ein.

„Ich sagte doch sie kommt zurück", sagte Seth leise und sanft. Dieser miese, kleine Klugscheißer.

„Klappe! Gib mir die Salbe!", knurrte Kaleya.

Seth saß auf seinem Bett, auch er hatte geduscht. Oh je. Silas hatte ihn wirklich schlimm erwischt. Pain warf ihr ein Döschen zu. Die Salbe würde gegen die Schmerzen helfen und die Blutergüsse würden hoffentlich viel schneller abheilen.

Pain, der sich eben um Seths Rücken kümmerte hob den Blick. Seine Augen waren voller Kummer. Er musste Seth wirklich lieben, wenn ihm seine Verletzungen so nahe gingen. Okay, sie konnte sich zusammenreißen. Sie schaffte das! Pain musste nicht noch mehr leiden. Er hatte sich bestimmt schlimme Sorgen gemacht. Es war nicht fair ihn zu verurteilen. Für was denn auch? Dafür, dass er es ihr verschwiegen hatte? Blöde Situation!

„Es wäre leichter dich in dem Zeug zu baden", murrte Kaleya. Seths Oberkörper sah übel aus und sein Gesicht erst. Vorsichtig hob sie sein Kinn an und drehte seinen Kopf zur Seite. Über den Kieferknochen lag ein dunkler Schatten.

„Alles für dich mein Liebling." Scherzte er etwa mit ihr? Kein guter Tag für Witze!

„Ach jetzt ist es etwa meine Schuld? Wer war den so blöd in die Höhle des Löwen zu spazieren?", knurrte sie ihn an.

„Und wer war so blöd sich von dem Löwen gefangen nehmen zu lassen?", konterte Seth. Aha, er war also schon wieder in Höchstform. Dann konnten die Verletzungen ja nicht allzu schlimm sein.

„So oder so war ich blöd genug euch beide zu vermissen", murmelte Pain. Der ernst in seiner Miene war eine tiefe Grube, ein endloses Loch, ein…

Das Lachen kam so schnell über Kaleya wie ein Sturm. Ja! Sie war wieder zuhause.

Sie konnte sich nicht rühren. Vor ihr lag etwas und hinter ihr lag ebenfalls etwas. Ein schweres Gewicht, ein Arm, verhinderte jede Bewegung. Fahles Licht drang unter der Tür hindurch. Direkt vor sich erkannte sie Seths Umrisse. Doch der Arm der über ihr lag gehörte nicht zu ihm. Seine Finger waren mit denen der fremden Hand verschlungen. Ihre Augen gewöhnten sich an die Dunkelheit. Langsam ließen sich auch

Einzelheiten erkennen. Seth sah friedlich aus im Schlaf. Nur seine Verletzte Lippe störte das Bild.

Und die andere Person? Ach ja, Pain. Ein kleiner, sehr kleiner Winkel in Kaleyas Gehirn fragte sich ob sie sich daran stören sollte. Doch der Winkel verstummte als ein anderer Teil voller Begeisterung ausrief: „Seth wird immer hierbleiben! Er wird nicht fort gehen so wie Kai! Er wird bei Pain bleiben!" Rosige Aussichten. Nein, es störte sie nicht.

Es war viel zu heiß, doch sich aus dieser Lage zu befreien erschien unmöglich. Wie frustrierend!

„Psst!", zischte Seth. Er vergrub das Gesicht in den Kissen.

„Lass mich hier raus", wisperte Kaleya. Wenn sie leise genug war schaffte sie es vielleicht weg ohne Pain zu wecken.

„Geh doch einfach", murmelte Seth. Ja klar warum auch nicht. Einfach gehen. Wenn es doch nur so einfach wäre! Seth hätte wenigstens Pains Hand loslassen müssen.

„Du willst mich wohl verarschen!", zischte sie ihm zu. Er würdigte sich keines Blickes. Wie sinnlos sich zu beklagen, wenn man keine Beachtung bekam.

„Keiner hat verlangt, dass du dich hier rein quetschst", entgegnete Seth trocken, immer noch mit gesenkter Stimme.

„Keiner hat behauptet ich wäre freiwillig hier", konterte Kaleya. Der Ton wurde langsam bissiger.

„Kaleya bitte ich habe seit Tagen nicht mehr richtig geschlafen! Kannst du noch eine Stunde still liegen bleiben?", murmelte Pain. Verdammt, er war wach.

„Ihr müsst mich nur los lass, dann bin ich hier raus!", versprach Kaleya. Das jedenfalls war so gewiss wie der Sonnenaufgang.

„Lass sie schon gehen", meinte Seth und löste seinen Griff. Pain hob den Arm und Kaleya kroch unter der Decke hervor. Wie sie dort überhaupt gelandet war? Die Erinnerung an den letzten Abend war etwas verschwommen.

Es war früh am Morgen, vielleicht ließ sich ja in der Küche was Essbares auftreiben. Die Ereignisse des letzten Tages forderten ungeduldig Tribut. Sie ging den Flur entlang. Nur jede dritte Lampe spendete Licht.

Lachen drang aus dem Speisesaal. Edward! Also hatte Pain doch nicht alle weggeschickt, wie sie am Abend zuvor vermutet hatte.

Kaleya entdeckte Edward sofort. Er saß an einem Tisch, zusammen mit Kai und einer blonden Frau. Sie war hübsch und scheinbar war sie es die Edward zum Lachen brachte. Das allein kam selten genug vor. Doch eine Frau? Hier? Wer war sie? Das blasse, schmale Gesicht kam Kaleya irgendwie vertraut vor, wie aus einer flüchtigen Erinnerung. Stella!

„Darf ich den Witz auch hören?", fragte Kaleya. Alle Blicke schossen zu ihr herüber.

Als erstes war da Kai. Seine Augen sagten mehr als Worte es gekonnt hätten. Oh je, er hatte sich wirklich sorgen gemacht. Edward sprang auf, so dass sein Stuhl umkippte und scheppernd zu Boden ging. Er schloss sie in die Arme, hob sie hoch und wirbelte sie durch den Raum.

„Kaleya! Es geht dir gut! Wann bist du wiedergekommen? Wir hatten ehrlich Angst um dich! Pain ist schier durchgedreht! Wie geht's dir?", überhäufte Edward sie mit Fragen. Ein bisschen schwindelig von der heftigen Begrüßung konnte sie kaum aufrecht auf den Beinen stehen, geschweige denn Fragen beantworten.

„Darf ich bitte erst mal ankommen?"

„Wo ist Seth?", fragte Kai ruhig. Seine Stimme klang ein wenig rau so wie immer, doch Kaleya wagte zu behaupten, dass es mit an seiner Erleichterung und Freude lag. Seine platinblonden Haare standen wirr in alle Himmelsrichtungen. Vermutlich hatte auch er in letzter Zeit sehr schlecht geschlafen. Manchmal war es leicht zu vergessen, dass diese Jungs sich wirklich Sorgen machten.

„Seth ist auch hier, aber er muss sich ausruhen, er ist verletzt", erklärte Kaleya. Kai streckte eine Hand nach ihr aus und als sie ihre hineinlegte zog er sie auf den freien Stuhl neben sich.

„Verletzt? Seth? Wie ist das denn passiert?", wollte Edward wissen. Seine Augen waren groß vor Unglauben als er seinen Stuhl wieder hinstellte und darauf Platz nahm. Stella war ganz ruhig geworden und starrte auf ihre, auf dem Tisch gefalteten, Hände.

„Ach ich habe irgendwie Mist gebaut und er hat sich geopfert", gestand Kaleya mit einem Schulterzucken.

„Und wie genau hat er sich verletzt? Hat er sich einen Muskel gezerrt, oder was? Ich meine Seth verletzt sich doch nicht!", rief Edward.

Ja diese irrtümliche Annahme kursierte unter den Rebellen.

„Er hat ein paar blaue Flecke und Prellungen. Wir sind nicht unverwundbar", entgegnete Kaleya. Nein das waren sie wirklich nicht. Nur ziemlich gut.

„Wer war es?", fragte Kai.

„Wer?", hackte Kaleya nach.

„Na der Gegner. Wer war er?"

„Oh ähm also" Konnte sie das wirklich erzählen? Ging das nicht etwas zu weit? Schließlich sprachen die anderen auch fast nie über ihre Dämonen.

„Es war Silas' nicht wahr?", fragte Stella, ohne aufzublicken. Sie war wirklich eine kluge Frau. So schnell wie sie eins und eins zusammenzählte.

„Er lebt?", fragte Kai. Er sprach vorsichtig als hätte er ein verletztes Tier vor sich. Und war es nicht genau das was sie gerade war? Verletzt.

„Scheint so", murmelte Kaleya.

„Wer ist Silas?", fragte Edward.

„Wer ist Seth?", kam zeitgleich von Stella.

„Silas und Seth sind Zwillinge", erklärte Kaleya. Nicht nötig beiden einzeln zu antworten. Stella wurde bleich.

„Es gibt zwei von der Sorte?" Edward schien der Gedanken Unbehagen zu bereiten. Er verflocht die langen Finger in einander und kaute auf seiner Unterlippe.

„Wie bist du eigentlich hierhergekommen?", wand Kaleya sich an Stella. Ja! Was machte sie hier?

„Kim hat mich gehen lassen und gesagt ich solle hierherkommen", erklärte Stella. Sie zuckte mit den Schultern. Für sie war das Thema erledigt. „Danke, dass du dich geopfert hast."

„War nicht der Rede wert", winkte Kaleya ab. War es wirklich nicht.

„Stimmt, du musstest ja nicht richtig Kämpfen", erklang Seths Stimme. Kaleya drehte sich um. Seth lehnte im Türrahmen. Er sah immer noch erschöpft aus und hätte sein Gesicht ihn nicht verraten so tat seine gebeugte Haltung das übrige. Es hätte nie so weit kommen dürfen.

„Er sieht aus wie Silas!", rief Stella. Ihre Augen weiteten sich.

„Falsch, Silas sieht aus wie ich. Ich bin der ältere", korrigierte Seth. Das er darauf immer beharren musste! Seth kam langsam an ihren Tisch. Bei jedem Schritt verzog er das Gesicht, jeder Atemzug kam zitternd. „Und ich bin größer als er."

„Ich glaub es nicht du bist wirklich verletzt!", brach es plötzlich aus Edward heraus.

„Ja Edward ich habe dich auch vermisst. Schön mal wieder ein Unfähiges Gesicht zu sehen", entgegnete Seth. Jetzt ging das schon wieder los. Kaum waren sie fünf Minuten zusammen und schon machte Seth Edward fertig! Das musste noch im Keim erstick werden!

„Ich habe Hunger! Lasst uns was essen!", schlug Kaleya vor. Essen war eine tolle Ablenkung.

„Ja komm wir belegen ein paar Brote!", sagte Edward und schob seinen Stuhl zurück. Stella folgte ihm. Kai blieb zurück und Seth nahm sich Edwards Stuhl. Sollten er und Kai ruhig reden. Es würde ihm sicher guttun. Und Kaleya musste wohl oder übel bald mit Edward reden. Sicher hatte er viele Fragen. Aber sie hatte auch ein Paar. Fragen die nur Pain beantworten konnte.

Was war mir Rico? Ging es ihm gut? Was war passiert? War er wieder zuhause? Und die allerwichtigste… konnte sie wieder gehen? Sie sehnte sich ja so sehr. Nach der Wüste, der Sonne, dem Sand, nach… ja, nach ihm.

43. Es werde Krieg

Der Grund aus dem Kaleya und Seth nicht verfolgt worden waren war ausgesprochen simpel. Die Hölzernen Podeste hatten in Windeseile Feuer gefangen. Sie waren ausgedörrt von der langen Trockenperiode und boten nun das perfekte Futter für die Flammen. Und das Feuer unterschied nicht zwischen Holz und Kleidung und erst recht nicht zwischen Kleidung und Haut.

„Hilfe schnell!" Alle schrien durcheinander. Der Lärm war kaum auszuhalten. Rußflocken verschleierten die Sicht und auf die Ohren war kein Verlass mehr. Überall wurde gerufen. Jeder brauchte Hilfe. Kim drückte ihrem Patienten eine kalte Kompresse auf den Unterarm und folgte einem x-beliebigen Ruf zum nächsten Unglücksraben. Feuer war eine böse Sache. Keiner entkam ihm. Ein glück das sie noch keine Leiche gefunden hatten. Dafür aber genug Leute die dem Tod nur knapp entkommen waren.

„Hier nimm das. Geh nach unten. Die Ärzte sollen sich das genauer ansehen", befahl sie ihrer Patientin. Kim tränkte ein Handtuch mit kaltem Wasser und legte es über die verbrannte Haut im Gesicht der Frau. Sie nickte nur etwas benommen und ging.

„Ich fass es nicht, dass sie wirklich Menschen verletzt hat", erklang eine tiefe Stimme. Rin tauchte neben ihr auf, sein Arm war bereits verbunden worden, ansonsten ging es ihm gut. Zum Glück.

„Sie würde alles tun für Seth, dass ist ihr großes Problem", knurrte Kim. Sie hatten gewusst was für Schaden das kleine Monster anrichten konnte. Sie hätten es besser wissen müssen!

„Du würdest doch auch alles für Silas tun", erwiderte Rin.

„Stehst du jetzt auf ihrer Seite?", fauchte Kim ihn an. Ihr das Vorzuhalten! Ausgerechnet jetzt!

Der nächste Hilferuf führte sie zu einem Jungen, der noch in der Ausbildung war. Sein Bein war verbrannt, scheinbar hatte seine Hose Feuer gefangen. Er versuchte nicht zu Weinen doch die Schmerzen schüttelten ihn durch als wäre kein einziger Knochen mehr in seinem Körper.

„Ich stehe auf keiner Seite, aber du musst doch zugeben, dass du dasselbe tun würdest." Rin zuckte mit den Schultern als er ihr folgte.

„Ich würde die halbe Welt ertränken aber nicht vierdutzend Männer und Frauen abfackeln." Schlimm genug, dass sie immer noch nicht wusste was Seth mit Silas angestellt hatte. Ihr blieb ja nicht mal die Zeit sich angemessen zu Sorgen! Sie ertranken förmlich in Verletzten!

„Weil das auch so viel besser ist", bemerkte Rin. Der Hohn in seiner Stimme war so unüberhörbar wie unangebracht. Wieso musste er auch immer so schrecklich vernünftig sein?!

„Wo habe ich nur die Salbe", überlegte Kim. Irgendwo in den tiefen ihrer Tasche war noch eine volle Tube. Gut. Die Verbrennungen des Jungen erforderten mehr Aufmerksamkeit als nur ein kaltes Tuch.

„Hast du Kasim gesehen?", fragte Rin. Sorge klang aus seiner Stimme. Endlich ein Thema bei dem sie sich einig waren.

„Ja, ich habe ihn gleich runter geschickt. Sah ziemlich schlimm aus." Oh Kasim, hoffentlich ging es ihm gut.

„Warum ist er nicht abgehauen?", fragte Rin. „Er hätte es noch raus geschafft!"

„Er wollte uns helfen. Hat doch tatsächlich geglaubt er könnte irgendetwas gegen das Feuer unternehmen", erklärte Kim. Wenn Kasim starb dann war Kaleya fällig. Ach was, das war sie sowieso.

„Kim!", rief jemand vom anderen Ende der Arena.

„Was?" Sie hatte keine Zeit! Sie musste Verletzte versorgen! Silas sah sie über das Trümmerfeld hinweg an. Oder besser, an ihr vorbei. Sie mussten dringend herausfinden was Seth mit ihm gemacht hatte.

„Rin bring ihn hier bitte runter zu den Ärzten", bat Kim. Rin gehorchte, ohne nachzufragen. Er wusste wie ernst die Lage war, ahnte es wenigstens. Er hob den Jungen auf seine Arme. Der Junge schien es nicht mal zu merken.

Als Kim Silas erreichte ergriff sie seine Hand. Er zuckte kurz zurück, doch dann erkannte er sie. Ein milchiger Schleier lag über seinen Augen. Seit Seth das, was auch immer, mit ihm gemacht hatte war er beinahe blind. Zumindest schrie er nicht mehr. Vermutlich hatte der Schock sich etwas gelegt.

„Wie geht es dir?“, fragte Kim sanft. Sie mussten das dringend wieder hinbekommen. Wenn sie es nicht schafften, nun, dann wäre Silas‘ Leben vorbei. Wort wörtlich. Er wäre dann nicht mehr von Nutzen für Hammar, dann wäre er Freiwild.

„Die Schmerzen sind weg und alles wird langsam klarer. Ich versteh immer noch nicht wie er das gemacht hat“, murmelte Silas.

„Vielleicht eine Art Gift, als er dich Berührt hat“, überlegte Kim. Das war die einzige logische Erklärung. Und wenn es Gift war, dann gab es ein Gegenmittel.

„Nein das wäre nicht seine Art. Hör mal, lass uns reingehen, ich will ins Bett“, sagte Silas. Seine Stimme war leise und schwach.

„Ja gut, aber pass auf hier liegt überall Zeug rum.“

„Sie hat ganz schön gewütet was? Das müssen wir wohl noch aufräumen.“

„Wir? Oh nein! Ich suche dieses Monster und nehme sie an die Leine! Dann kann sie das machen!“, fauchte Kim.

„Bring meinen Bruder doch gleich mit, dann können sie auch noch das Tunnelsystem zerstören und die Hälfte unsere Leute töten, anstatt sie nur zu verletzen“, schlug Silas vor.

„Dein Galgenhumor passt mir jetzt gar nicht.“ Sie waren in großer Gefahr! War er sich dessen überhaupt nicht bewusst? Andererseits, so schnell würde Seth sich auch nicht erholen. Bevor diese Sache passiert war hatte Silas ganz klar die Oberhand gehabt. „Bevor du ins Bett gehst musst du unter die Dusche. Du bist voller Ruß und Asche“, beschloss Kim. Von dem Blut seines Bruders und dem Staub mal ganz zu schweigen.

„Dusche klingt gut. Hilfst du mir?“, fragte Silas mit einem Grinsen. Oh, dieser… Selbst wenn er verletzt war blieb er einfach unverbesserlich.

Gerade als sie den Eingang zu den Tunneln erreichten begann es zu Regnen. Endlich.

Es grenzte schon an ein Wunder, dass sie Silas bis in sein Zimmer, dort unter die Dusche und anschließend ins Bett bekam. Was auch immer Seth gemacht hatte, Silas war jetzt ungefähr so nützlich wie ein Kleinkind. Kim deckte ihn noch zu und küsste ihn vorsichtig auf die Stirn, da schlief er bereits. Sie würde jeden töten der dazu beigetragen hatte. Angefangen bei Kaleya und Seth.

Das Bett war verlockend doch, so gern sie seinem Ruf folgen wollte, sie hatte noch zu tun. Es gab so viele Verletzte, darauf war die Krankenstation nicht ausgelegt. Die brauchten sicher jede Hilfe, die sie bekommen konnten. Und außerdem war Kasim dort. Vielleicht war er ja wach, vielleicht konnte er mit ihr reden.

Auf der Krankenstation herrschte ein heilloses Durcheinander. Die Zimmer waren doppelt, manchmal sogar dreifach belegt und die Ärzte huschten hin und her.

„Na endlich!" rief einer und drückte Kim im Vorbeilaufen einen Stoffhaufen in die Arme. Arztkleidung. Sie hatten auf sie gewartet.

„Wo ist Kasim?", rief Kim in die Runde. Doch keiner antwortete ihr. Dann musste sie ihn wohl selbst suchen. Die angehenden Ärzte, die, die noch nicht fertig ausgebildet waren, behandelten die weniger schlimmen Fälle. Kasim war einer der ersten gewesen die heruntergekommen waren, also war er vermutlich in einem der hinteren Zimmer.

„Ich hatte mich schon gefragt wann du kommst. Wenn du Kasim übernimmst geh ich wieder vor zu den anderen", sagte der Arzt, der sich gerade über Kasim gebeugt hatte. Sein Name war Jan. Er war Anfang dreißig und behandelte öfters die Verletzten aus den Kampfbereichen. Fast die Hälfte seiner Arbeit verdankte er Kim.

„Ja ist gut", stimmte Kim zu. Es war besser, wenn ein erfahrener Arzt dort war. Und für sie war es besser mit Kasim allein zu sein. Das Zimmer war ebenfalls doppelt belegt, doch der andere Patient schlief tief und fest.

„Kim. Das du zu mir kommst. Ich dachte du wärst mit Silas beschäftigt", flüsterte Kasim. So schwach, seine Stimme klang so schwach. Das würde dieses Miststück büßen! Kim würde ihr jedes Haar einzeln ausreißen und ihr alle Knochen brechen!

„Er schläft. Wie geht es dir?", fragte sie und bemühte sich um einen ruhigen Ton. Seine Hand war unverletzt also schob sie vorsichtig ihre Finger zwischen seine. Er erwiderte den Händedruck leicht, ein gutes Zeichen.

„Jan hat mir ein Schmerzmittel gegeben, jetzt ist es besser."

„Okay, ich werde mir deine Verletzungen trotzdem ansehen müssen."

„Wirst du mich heilen?", fragte Kasim. Sein Blick war plötzlich ganz klar, selbst durch die Betäubung hindurch.

„Wenn du mich lässt", antwortete Kim. Sie würde alles für ihn tun.

„Ja, tu es." Dann war es also entschieden. Sie brauchte Wasser, Verbände, Salbe, Tücher, … Es dauerte eine Weile bis sie alles beisammen hatte. Als erstes nahm sie sich seinen Arm vor. Der Verband war schmutzig und schon durchgeblutet. Brandwunden waren einfach nur ekelhaft. Armer Kasim, das würde ein Weilchen dauern.

„Kim?", flüsterte eine leise Stimme. Eine sanfte Berührung an ihrer Schulter vertrieb den Traum um sie herum und verwandelte ihn in gnadenlose Wirklichkeit. Sie saß in einem unbequemen Stuhl und ihr Kopf ruhte auf einem Krankenbett, Kasims Krankenbett. Der schlief noch also war die Stimme von…

„Silas! Was machst du hier?", fragte Kim. Er sollte im Bett sein und sich ausruhen! Wie war er überhaupt hierhergekommen?

„Was auch immer es war" Silas fuhr sich mit einer Hand durch die Haare, strich sie sich aus den Augen. „es wird besser."

„Zeig mal." Vorsichtig nahm sie seinen Kopf, neigte ihn zur Lampe hin. Er blinzelte als das grelle Licht ihn traf. Der milchige Schleier war schwächer geworden. Es ließ nach. Aber von Gut waren sie noch weit entfernt.

„Und was ist deine Expertenmeinung?", fragte er mit einem Lächeln auf den Lippen.

„Das du ein Idiot bist. Wie viel siehst du?"

„Ich sehe das Kasim gut versorgt ist und ich sehe dich. Ich sehe, dass du müde bist und weil ich dieses Gefühl teile sehe ich dich und mich im

Bett. In zehn Minuten ungefähr.“ Okay, ihm ging es wohl tatsächlich wieder besser.

„Warum erst in zehn Minuten?“, wollte Kim wissen. Den Weg würden sie auch viel schneller schaffen.

„Weil ich Hunger habe und du auch etwas essen solltest.“ Hunger? Wenn das mal kein gutes Zeichen war! Solange Silas Hunger hatte konnte es nicht so schlimm um ihn stehen.

„Na gut. Lass uns gehen.“ Sie nahm ihm am Arm und führte ihn nach draußen in den Gang. „Was ist denn hier passiert?“

„Ich fürchte so gut sehe ich wohl doch noch nicht.“ Silas grinste etwas verlegen. Er musste wohl ein Regal angestoßen haben, dass seinen gesamten Inhalt auf den Flur erbrochen hatte. Da hatten die Arzthelfer sicher ihren lieben Spaß beim Aufräumen.

„Ich will wissen was Seth mit dir gemacht hat“, murmelte Kim.

„Ist das denn wichtig? Es wird besser“, versuche Silas sie zu beruhigen.

„Was, wenn es nur eine Vorübergehende Verbesserung ist? Silas! Denk doch mal nach! Das könnte dein Ende sein!“, rief Kim.

„Das kann alles sein nur eines ist es sicher nicht. Mein Ende.“ Ein grimmiger Ausdruck lag um seinen Mund. Er hatte einen Plan. Egal was es war, sie war dabei.

„Es ist Krieg“, sagte Kim.

„Oh ja! Da hast du völlig Recht! Es ist Krieg!“, stimmte Silas zu.

Wenn sie damals nur schon geahnt hätten wie Recht sie damit haben würden.

44. Am Boden

Einen Großteil des Tages verbrachte Kaleya damit Edward alles zu erklären. Ihre Vergangenheit war nie ein Thema gewesen, weil seine es auch nicht war aber die Entwicklungen der letzten Zeit verlangten nach Antworten. Er musste es wissen, musste wissen worauf er sich einließ. Sich mit Silas anzulegen und mit Kim, dass musste wohl überlegt sein. Edward wollte das vielleicht nicht und sie würde es ihm nicht verübeln. „Ach was, wer sind die schon. Ich stehe zu dir. Die sollten sich vor uns in Acht nehmen!“, rief Edward, nachdem Kaleya die Geschichte zu Ende erzählt hatte. Das klang bedeutend optimistischer als sein Gesichtsausdruck vermuten ließ. Es lag etwas in seinem Blick, etwas das Kaleya an ihm nicht kannte. Erkannte er womöglich Parallelen zu seiner eigenen Vergangenheit? Wegen Stella vielleicht?

„Du kannst ihr gut nachempfinden, nicht wahr?“, fragte sie sanft.

„Wem? Stella? Warum sollte ich?“, entgegnete Edward.

„Du solltest doch auch hingerichtet werden.“ Das zumindest hatte Pain ihr erzählt. Ob es tatsächlich der Wahrheit entsprach? Sie hatte es nie angezweifelt.

„Ja schon“, gab Edward nach. Er legte die Stirn in Falten. Dann wurde sein Gesicht ernst. „Ich spreche nicht gern darüber und das weißt du.“ Hatte sie ihn wütend gemacht? Bitte nicht!

„Es tut mir leid, ich wollte dich nicht verletzen. Ich werde mal nach Seth sehen“, murmelte Kaleya. Edward nickte noch kurz. Die Tür fiel hinter ihr ins Schloss.

In Pains Büro war niemand. Hier her hatten Seth, Kai und er sich nach dem Frühstück zurückgezogen und seitdem hatte sie keinen der drei mehr gesehen. Auch der Speisesaal war leer, die Reste vom Abendessen standen noch auf der Theke. Vermutlich hatte Kai sich in ein Gästezimmer zurückgezogen und Seth ruhte sich vielleicht noch etwas aus. An seiner Tür hielt sie inne. Sie würde doch jetzt nicht in irgendwas hineinplatzen? Bei seinen Verletzungen? Eher nicht. Außer vielleicht... Sie klopfte. Ein leises Lachen ertönte, doch es war kein ehrliches Lachen. Es war Seths Lachen, wenn er einem „Ich habe es dir ja gesagt!" überdrüssig geworden war. Die Luft war also rein.

„Ich darf nicht gegen ihn wetten, da steh ich immer als Verlierer da", sagte Pain statt einer Begrüßung und versuchte ein Lächeln, doch es verrutschte als er Kaleyas Miene bemerkte. „Ist alles okay?"

„Ich glaube Edward ist böse auf mich", nuschelte Kaleya.

„Und das ist alles?", fragte Seth und streckte vorsichtig einen Arm über den Kopf, wie um zu testen ob die Bewegung funktionierte. Dann ließ er den Kopf wieder in das Kissen sinken. Pain saß auf dem Boden, den Rücken an das Bett gelehnt. Seine Kleiderwahl war entschieden lockerer als sonst und seine Haare waren zerzaust.

Was hatte Kaleya sich den vorgestellt? Wilde Orgien? Was? Aber vielleicht war sie ja einfach noch zu jung, um zu verstehen was eine Beziehung wirklich ausmachte.

„Soll ich dir eine Liste schreiben?", maulte sie Seth an. Da gab es einiges das Aufgearbeitet werden musste. Angefangen bei Silas und wie es kam, dass Seth ihr nicht gesagt hatte das er noch lebte, über Rico der dauernd durch ihren Kopf geisterte, bis hin zu Pain und Seth. Und nicht zu vergessen, was hatte Seth mit Silas gemacht? Warum hatte Silas aufgehört zu Kämpfen?

„Nein danke. Auf das meiste davon will ich dir gar keine Antwort geben glaub ich", murmelte Seth und schloss die Augen. „Ich würde gern schlafen. Leistet mir jemand Gesellschaft?"

Gesellschaft leisten? Dann wollte sie mal nicht weiter stören. Kaleya drehte sich zur Tür.

„Er meint dich", sagte Pain und stand auf. Er legte ihr eine Hand auf die Schulter, gerade als sie gehen wollte. Sie? Aber warum sollte Seth wollen das sie… jetzt wo ihre Beziehung aufgeflogen war mussten sie doch nicht mehr so tun als ob!

„Was ist mit dir?", fragte Kaleya.

„Ach Liebes, ich schlafe schon seit vier Jahren ohne ihn, was machen da ein paar Tage?" Er lächelte. Vier Jahre? Das lief schon seit vier Jahren?! Nicht Monate! Jahre!

„Tage?", flüsterte Kaleya, nachdem sie verarbeitet hatte, dass die beiden sie schon seit Jahren belogen. Wusste er um was sie ihn bitten wollte? Ahnte er wonach sie sich sehnte?

„Wochen, Monate, Jahre, was auch immer", warf Seth ein. Er wand sich ein wenig als suche er nach einer gemütlichen Schlafposition. So normal, so unbedarft.

„Wir werden sehen", murmelte Pain und ging an ihr vorbei auf den Gang. „Ich muss noch ein paar Sachen erledigen. Ich habe meine Arbeit ganz schön schleifen lassen während ihr weg wart." Bemerkenswert wie gelassen er dieses Opfer auf sich nahm. Es musste ihm wirklich am Herzen liegen.

„Wenn du fertig bist, komm zurück", befahl Kaleya. Er hatte Recht, es wären nur noch Tage. Sie konnte nicht bleiben, nicht mehr.

„In Ordnung", sagte Pain. Er nickte ihr noch kurz zu, dann ging er. Sie schloss die Tür hinter ihm. Seth grinste sie an.

„Du bist verlegen, diesen Blick kenne ich ja gar nicht von dir", bemerkte Seth mit einem breiten Grinsen.

„Halt die Klappe", fauchte Kaleya. Dem ging es ja scheinbar schon wieder blendend.

„Ach Kaleya ich dachte es würde dich vielleicht interessieren, dass Enrico wohl behalten Zuhause angekommen ist", berichtete Pain. Er löste dabei nicht den Blick von den Unterlagen, die er eben studierte. Manche Dinge änderten sich wohl doch nicht. Pain hatte noch nie einfach nur Frühstücken können. Dabei war das Frühstück doch die wichtigste Mahlzeit am Tag! Na gut, jede Mahlzeit war wichtig! Doch schien Kaleya heute die einzige zu sein die so empfand.

Gut Seth war noch immer angeschlagen, aber das war doch kein Grund auf essen zu verzichten! Das war äußerst ungewöhnlich. Früher hatte er mehr Appetit gehabt.

„Wissen wir was Dallas von ihm wollte?", fragte Kaleya. Jetzt bloß nicht den Verdacht erwecken es würde sie kümmern. Seth würde es bestimmt nicht gutheißen, dass sie… Ja, was eigentlich? Er schenkte sich eben seine zweite Tasse Tee ein, ohne Zucker, seltsam, mehr als seltsam.

„Leider nicht. Ich wüsste wirklich zu gerne was Dallas dazu bewegt hat mit Hammar zusammen zu arbeiten", antwortete Pain. Er legte die Stirn in Falten und nippte an seinem Kaffee. Er verzog das Gesicht und warf einen Zuckerwürfel hinein. „Mir ist egal ob du dich gesünder ernähren willst, aber wenn du mir noch einmal einen ungesüßten Kaffee hinstellst befürchte ich muss ich dich mästen!", wand Pain sich drohend an Seth. Aha, dann wusste Pain also was hier abging. Jetzt nur nicht ablenken.

„Er hat mir vertraut, er hat einen Vertrag in Erwägung gezogen", berichtete Kaleya. Auch sie nahm einen Schluck von ihrem Tee. Igitt! Wollte der Idiot sie vergiften?! „Zucker!", kommandierte sie. Pain schob das Zuckerschälchen zu ihr herüber. Seth grinste von einem Ohr zum anderen.

„Man erzählt sich du hättest in seinem Bett geschlafen. Mit ihm oder ohne ihn?", fragte Seth. Oh Seth, wollte er das wirklich wissen?

„Du hast was getan?!", rief Pain und starrte sie unverwandt an. Seine Augen waren groß und sein Mund stand offen als hingen die nächsten Worte zwischen seinen Lippen fest.

„Ach tu nicht so überrascht!", murrte Kaleya. Als ob er sich sowas ähnliches nicht erhofft hätte! „Irgendwie musste ich doch zu Schlaf kommen!" Als ob das der einzige Grund gewesen wäre.

„Ich hoffe du bist dir im klarem darüber was da hätte passieren können", begann Pain sie zu belehren. Ihm schien der Gedanke nicht zu behagen. Seth hatte es inzwischen tatsächlich geschafft die erste Scheibe Brot zu essen. Kaleya hielt ihm den Korb hin. Zwei und Drei würden folgen. Doch Seth verzog nur genervt das Gesicht und trank seinen Tee.

„Du musst einen riesen Hunger haben!", brach es aus Kaleya heraus. Jetzt reichte es aber langsam! Das war doch nicht normal! Wann war alles so unheimlich schiefgelaufen? Sie brauchten Nahrung, das Feuer brauchte Nahrung! Es wurde so ungehalten, wenn es hungerte, kaum noch zu bändigen, unkontrollierbar!

Oh Seth, welche Geheimnisse verbirgst du hinter deiner ausdruckslosen Fassade?

Aber vielleicht, ja, was wenn… Das hatte sich ihr nie ganz erschlossen…

„Warum hast du das Feuer nicht benutzt?", fragte Kaleya.

„Wie bitte?", fragte Seth, so als hätte er sie nicht verstanden.

„Gegen Silas! Du hast gesagt du wolltest ihn nicht verletzen, das Feuer hätte ihn aufgehalten, ohne ihn zu verletzen. Wieso hast du es nicht genutzt?" Es musste doch eine Antwort für all das Geben! Irgendeine! Doch Seth schwieg. Sie sah zu Pain, der musterte Seth mit einem müden Blick, dann schüttelte er den Kopf. Er wusste Bescheid und er würde rein gar nichts dagegen unternehmen. Vermutlich konnte er es nicht mal.

Seth tat was er nun mal tat. Seine Motive verriet er selten. Aber früher hatte Kaleya immer bemerkt, wenn sich etwas änderte. War sie so abgestumpft, dass sie nicht mal mehr sah wie Seth sich selbst folterte? Wie lange konnte und wollte sie ihm dabei zusehen?

„Ich werde gehen. Ich begleite Kai und Stella zur Grenze und von dort aus gehe ich in die Wüste", verkündete Kaleya. Nein, wenn Seth sich selbst zerstören wollte dann konnte er das ohne sie tun.

„Sag mir, dass du dir das gut überlegt hast", bat Pain. In seinem Blick lag eine Sorge, die der eines Vaters gleichkam.

„Ja, mein Entschluss steht fest." Alle Sorge der Welt würde sie nicht aufhalten.

„Dann respektiere ich deine Entscheidung", sagte Pain. Er nickte und Kaleya stand auf.

„Komm nochmal vorbei bevor du gehst", rief Seth ihr noch nach. Natürlich. Sie konnte doch nicht gehen, ohne sich zu verabschieden.

Sie packte ihre Sachen. Kai würde sicher noch vor dem Mittagessen aufbrechen wollen. Der Regen würde den Weg hoffentlich erleichtern.

Sie fand Kai zusammen mit Stella in der Küche wo sie Proviant einpackten.

„Kaleya, willst du irgendwo hin?", fragte Kai und lächelte sie flüchtig an. Er würde zu seiner Einheit zurückkehren und Stelle konnte von dort aus weiter wohin auch immer sie gerne wollte.

„Ich begleite euch. Ich geh zurück", erklärte Kaleya. Mehr brauchte Kai nicht zu wissen. Er nickte einmal und schnitt noch ein paar Scheiben Brot ab.

„Wir brechen auf sobald wir hier fertig sind.“

„Ist gut ich brauch nicht lange.“ Nur noch schnell die letzte Pflicht erfüllen.

Im Büro war niemand mehr also war Seth vermutlich in seinem Zimmer. Als sie klopfte öffnete er die Tür, sein Oberkörper war nackt und seine Haare zerzaust. Auf dem Boden hinter ihm konnte sie Pains Schuhe und Hemd ausmachen, das zerknittert daneben lag. Also doch.

„Ich gehe“, sagte Kaleya.

„Ja, ist gut“, sagte Seth. Er zögerte, sein verhangener Blick und die geröteten Wangen sprachen allerdings Bände.

„Danke, du musst mich nicht umarmen. Tschüss Pain!“ Sie wollte das gar nicht so genau sehen. Schließlich war der eine sowas wie ihr Bruder und der andere… Nein, sie musste das wirklich nicht sehen.

„Schreib uns, wenn du angekommen bist!“, rief Pain.

„Ja mach ich“, versprach Kaleya. Sofern sie es nicht vergaß.

Die Wüste war ein einziges Matschloch. Verfluchter Regen! Es gab nichts woran man sich orientieren konnte! Von Minute zu Minute änderte sich das Bild. Eine Schlammlawine da, ein kleiner Regentümpel hier. Mal steckte man knöcheltief im Schlamm fest, dann stand man wieder plötzlich vor einem Abgrund, weil gerade als man den Hang hinunter gehen wollte der Boden vor einem wegbrach.

Eine Katastrophe!

Und noch etwas machte der Regen. Er durchdrang wie ein böser Eindringling Kleidung und benetzte die Haut. Warm war es längst nicht mehr. Alles war kalt und nass und matschig. Zu allem Überfluss bedeckten die dunklen Wolken den Himmel und verhinderten jedwede Orientierung. Keine Sonne, die die Richtung anzeigte, keine Sterne, denen man folgen konnte. Tag oder Nacht? Nicht voneinander zu unterscheiden.

Verfluchter Regen! Er war eine Erleichterung gewesen, zu Anfang, doch jetzt… Jetzt wünschte Kaleya sich nichts sehnlicher als dass er endlich aufhören möge. Sie war von oben bis unten verdreckt. Die Sachen konnte sie vermutlich alle wegschmeißen! Dazu ihre Schuhe und wenn sie jemals die Knoten aus den Haaren bekam dann grenzte das an ein Wunder! Blöd, blöd, blöd! Blöder Regen, blöde Wolken, blöder Sand! Alles blöd!

Wie lange sie schon unterwegs war? Wer wusste das schon? Einen Tag, zwei? Sie hatte keine Pause gemacht. Tag und Nacht unterschieden sich kaum voneinander. Seit Tagen hatte sie die Sonne nicht mehr gesehen. Wo war oben? Wo unten? Stimmte die Richtung noch? Hatte sie nicht exakt diesen Hügel schon einmal passiert? Wo war…

Kalt lief das Wasser ihren Nacken herunter. Wo war sie? Ach ja, die Wüste. Über sich konnte sie die Umrisse des Hanges ausmachen, den sie hinuntergestürzt war. Blöder Hang. Wie lange sie hier wohl schon lag. Ihr war kalt und jeder Muskel tat weh. Noch nie war eine Reise so lästig gewesen. Nein nicht lästig! So überaus tödlich!

Wenn sie den Weg nicht fände! Wenn ihr Proviant ausging bevor sie die Stadt erreichte! Wenn der Regen nicht aufhörte! Wenn…

Egal. Weiter! Immer weiter! Nicht aufgeben! Weitermachen! Dann hatte sie eine Chance! Wenn sie jetzt aufgab, dann war sie schon verloren!

Es fühlte sich an wie eine halbe Ewigkeit, aber vermutlich waren es nur ein paar Stunden da leuchtete auf einer Sandkuppe ein fahles Licht. Weitere kleine Flecken gesellten sich dazu, wurden mit der Zeit größer und verbanden sich schließlich zu einer überragenden Einheit an Wärme und Trost.

Es war die Sonne. Sie brach durch die Wolkendecke hindurch legte sich über die karge Matschlandschaft und verband sich mit den letzten Regentropfen zu einem Bogen, der alle Farben der Welt in sich barg.

Es war ein Geschenk. Ein Reisebegleiter der ganz besonderen Art. Ein Wegweiser. Sie war auf dem Richtigen Weg. Und die Stadt? Nun vielleicht erreichte sie ihre Mauern noch vor dem Sonnenuntergang.

45. Damit du mich warmhältst

Draußen auf dem Gang waren leise Schritte zu hören. Rico hob den Blick. Im Türrahmen erschien ein blonder Lockenkopf, kaum höher als der Schreibtisch, hinter dem er saß. Ja tatsächlich, hinter dem Schreibtisch. Schließlich musste er doch zumindest so tun als ob. Konnte ja keine ahnen, dass er die Belange des Volkes vom Sofa aus ebenso ernst nahm.

„Kara, solltest du nicht unten sein?", fragte Rico sanft. Die Einweihung des Kindergartens war in vollem Gange. Viel Geschrei und Gelächter, das war einfach nichts für ihn. Viel zu viel Trubel, zu viele neugierige Gesichter. Das kleine Mädchen grinste ihn frech an.

„Ich bin abgehauen!", rief sie. Nah sieh einer an, war das etwa Stolz in ihrem Blick? Wenn sie so weiter machte könnte sie später mal als Spion arbeiten. Nicht das Rico einen gebraucht hätte. Ohne auf eine Aufforderung zu warten kletterte sie auf seinen Schoß. Ihr kleiner Körper war warm und leicht. Ihre blonden Locken wippten bei jeder Bewegung auf und ab.

„Dass das aber nicht zur Gewohnheit wird", murmelte Rico. Er schob ihr ein Blatt hin und reichte ihr ein paar Stifte. Sie begann zu malen und mit dem Kind bei sich konnte er beinahe verdrängen wo er da gerade saß. Auch der Rat schien manchmal zu vergessen wer er war, dass er nicht sein Vater… nein stopp, nicht sein Onkel war. Andererseits, wie sein Vater war er auch nicht.

Erlass zur Weiterbildung der Lehrer, genehmigt.

Einführung der Ausbildungsprogramme Kräuterheilkunde und militärisches Sicherheitspersonal, beschlossen und abgestempelt. Wie amüsant, zwei alte Berufsgruppen zu neuem Leben erweckt die unterschiedlicher nicht sein konnten.

Haushalts und Kostenplan des Palastes… Was war da den schief gelaufen?!

Er verlagerte Karas Gewicht auf das andere Bein und betrachtete an ihrer Schulter vorbei die Notizen die Terra ihm hinterlassen hatte. „Unnötige Altlasten!" So konnte man es natürlich auch formulieren. Altlasten. Wie diplomatisch. Das kam gleich ganz oben auf den Tagesordnungspunkt der nächsten Sitzung. Diese Art das Volk auszubeuten lief schon viel zu lange. Die Kaiserfamilie sollte ebenso für ihren Bedarf zahlen wie alle anderen auch. Ihre Ausgaben lagen so hoch, dass alleine sollte der Wirtschaft auf die Sprünge helfen! Aber nicht solange die Begünstigungen in Kraft waren.

Kara malte unbedarft weiter an einer wunderschönen Blumenwiese. Sie musste sich ja nicht den Kopf darüber zermartern wie man ein ganzes Volk zusammenhielt das kurz vor dem Abgrund stand. Vielleicht sollten sie den Absprung wagen.

Vom Gang drangen Stimmen herein.

„Mach dir keine Sorgen, sie ist bestimmt hier", sagte ein Mann. Kahn sprach so wie er mit den Küchenmädchen sprach. Positiv am Kindergarten, die Familien wurden entlastet und die Kinder beschäftigt. Negativ am Kindergarten, er bot ein viel weiteres Jagdrevier für seinen sexsüchtigen Bruder.

„Ich fürchte sie suchen nach dir", flüsterte Rico Kara zu. Die kicherte und schmiegte sich enger an ihn. Wie herrlich erfrischend. So ein Kind machte die ganze Welt heller.

„Kara!", rief eine Frauenstimme. Die Betreuerin, die die ehrenvolle Aufgabe nach Kara zu suchen übernommen hatte, schlug die Hände vor den Mund. War sie überrascht, belustigt, entsetzt? Rico hätte es zu gern gewusst.

„Na bitte. Ich sagte doch sie würde hier sein", sagte Kahn und legte der Betreuerin eine Hand auf die Schulter, vielleicht etwas zu vertraulich, aber Rico war der letzte der darüber Urteilen konnte. Kara kletterte von seinem Schoß herunter und hielt ihm ihr Kunstwerk hin. Das würde einen Ehrenplatz in seinem Büro bekommen.

„Tschüss Rico!", rief sie noch über die Schulter, dann ging sie mit der Frau davon. Wie seltsam das Kara der einzige Mensch in dieser Stadt war, der ihn frei von allen Vorurteilen und völlig frei von Sorgen behandelte. Eine nette Abwechslung auch wenn er dafür eine ganze Wand voll Bildern in Kauf nehmen musste.

„Ich glaube das Kind liebt dich", sagte eine Stimme. Kahn? War er nicht mit der Betreuerin gegangen? Rico blickte von dem Bild auf.

„Ja, das glaube ich auch", bestätigte er.

„Man könnte fast glauben du wärst ihr großer Bruder, so wie sie an dir hängt", bemerkte Kahn und lachte leise.

„Sie will mich heiraten, wenn sie groß ist", berichtete Rico. Darüber zu scherzen war erschreckend leicht, denn es war so abwegig wie sonst nichts auf dieser Welt.

„Große Pläne, aber kannst du dich so lange zurückhalten?"

„Muss ja nicht jeder den halben Hofstaat vögeln", murmelte Rico. Mist! Hatte er das gerade wirklich gesagt? Kahn schien nicht weniger überrascht.

„Kleiner Bruder ich bin schockiert! Sowas aus deinem Mund, zum Glück ist das Kind weg." Er lachte laut und schallend. „Aber mal im Ernst, wenn deine kleine Schwester es gestattet, suche dir ein Mädchen in deinem Alter", riet Kahn.

„Das nächste Kleinkind in der Familie ist mit ziemlicher Sicherheit kein Geschwisterchen, sondern eine Nichte oder ein Neffe." Rico betrachtete seinen Bruder eingehend. Vielleicht war es an der Zeit das der Kronprinz sich band, lebenslänglich! Vielleicht konnte Rico so seine Angestellten vor schlimmerem bewahren. Kahn verwuschelte sich mit einer Hand die Haare.

„Ich glaube dafür habe ich noch etwas Zeit. Immer die gleiche Frau das ist einfach nichts für mich", meinte er dann ausweichend.

„Bedauerlich", murmelte Rico. Aber genau das hatte er erwartet. Kahn war vielleicht älter als er, aber erwachsener war er deswegen noch lange nicht.

„Was ist eigentlich mit dir Rico? Was ist mit deinem Mädchen?", fragte Kahn.

„Siehst du sie hier irgendwo?", erwiderte Rico. Sein Ton war wohl etwas zu scharf gewesen, denn Kahn hob abwehrend die Hände.

„Schon gut, ich wollte ja nur… ich meine, hast du irgendwas von ihr
gehört?"
„Nein", flüsterte Und diesmal brauchte er Kahn gar nicht, um seine eigene Stimmung zu deuten. „Vielleicht ist sie tot."

Am nächsten Morgen lichteten sich zum ersten Mal nach drei Tagen die
Wolken. Es hörte noch immer nicht auf zu regnen, doch das trübe Licht,
dass sich kaum von der Nacht unterschied, wurde stärker und wärmer.
An Ricos Stimmung änderte das nichts.
„Jungen in seinem Alter sind schrecklich. Sie glauben sie seien von der
Anerkennung anderer abhängig. Sieh dir Kahn an. Der ist der lebende
Beweis dafür", sagte Maria.
„Kahn kommt ganz nach seinem Vater. Das ist nicht vergleichbar", wie-
dersprach Maya.
„Das Problem ist denke ich weniger die fehlende Anerkennung, sondern
vielmehr, dass sie glauben sie hätten noch ewig Zeit. Noch Zeit genug,
um erwachsen zu sein, Zeit genug, um ernst zu sein, sie halten lieber an
ihrer Jugend fest", äußerte sich Kalila.
„Hätte ich doch nur an meiner Jugend festgehalten. Als ich so alt war
wie er habe ich bis zum Hals in Versuchsleichen gesteckt!", maulte Ma-
ria. Ausgelassenes Gelächter.
„Als ich so alt war wie er hatte ich schon zwei Kinder", berichtete Kaila.
„Was soll ich sagen, als ich so alt war wie er habe ich den Mutterersatz
für ihn gemacht", warf Maya ein.
„Wie war er so als Kind?", wollte Maria wissen. Diese neugierigen
Klatschtanten!
„Nun also er war", begann Maya.
„Euch ist klar, dass ich euch hören kann?", fragte Rico. Genug davon.
Wenn sie lästern wollten sollten sie das wo anders machen!
„Ach Enrico sei nicht so! Nirgendwo ist es so gemütlich wie hier!" Maria
umfasste mit einer Ausladenden Handbewegung die Sitzecke, ein-
schließlich des kleinen Tischchens, auf dem die drei Tratschtanten
dampfende Teetassen abgestellt hatten.

„Ach was!", platzte Rico genervt heraus. Wenn sie unbedingt sein Büro belagern mussten sollten sie doch! Aber arbeiten konnte man so nicht. Was hatte er nur getan! Als wenn Maya und Maria nicht schon schlimm genug gewesen wären! Jetzt schlug sich auch noch Kalila auf ihre Seite!

„Rico Liebling sollen wir gehen?", fragte Maya sanft. Oh Maya, unter diesen herrschsüchtigen Monstern war sie nach wie vor die Einfühlsamste.

„Nein, nein. Bleibt nur. Ich gehe. Aber wenn Terra fragt warum ich nicht fertig geworden bin müsst ihr dafür geradestehen." Das wäre strafe genug.

„Ach das Mädchen kümmert sich zu viel!", meinte Maria. Sie hatte Recht, aber dennoch legte sich niemand gern mit Terra an. Das hatte selbst sie schon begriffen.

„Versucht nicht mein ganzes Büro auseinander zu nehmen", bat Rico. Er packte die Unterlagen weg, an denen er gesessen hatte und verließ den Raum. Hinter ihm ging das Geplapper von neuem los.

Ein kurzer Blick in den Kindergarten, alles lief wie am Schnürchen, und schnell weg bevor Kara ihn bemerkte. Die Kleine hielt die Betreuerinnen ganz schön auf Trab.

Am Abend waren die Strahlen der Sonne so stark geworden, dass sie goldene Flecken auf den nassen Sand malte. Die Wüste erstrahlte im alten Glanz und schon bald würden Sonne und Wasser dafür sorgen, dass es überall keimte und spross.

Die Wachen am Tor schienen nicht überrascht ihn zu sehen.

„Haben sie dich endgültig vertrieben?", fragte einer der Soldaten einfühlsam. Rico seufzte.

„Ich gebe den Posten ab. Hat einer von euch Lust Kaiser zu sein?" Sie lachten. Sahen sie denn nicht wie Ernst ihm das war? „Gebt mir eine halbe Stunde Vorsprung, ich brauch mal ein bisschen Zeit für mich."

„Da ich Marek nirgends sehe könnte dein Wunsch wahr werden." Der Soldat lächelte. Vielleicht konnte er es ihm ja nachfühlen.

„Und ich dachte immer der Kaiser hat absolute Befehlsgewalt", murmelte Rico. So ein scheiß!

Sie lachten immer noch als er über den Marktplatz fort ging. Es herrschte noch immer geschäftiges Treiben auf den Straßen doch schon bald wären sie leer. Keiner wollte länger als unbedingt nötig in diesem Regen stehen. Über der Mauer ragte stolz ein Regenbogen auf. Wie lange der wohl schon da war?

„Rico. Ich hätte mit fast allem gerechnet, aber nicht mit dir", begrüßte ihn einer der Torwächter. Was denn? Durfte er nicht mal mehr in seiner Stadt nach dem Rechten sehen, ohne von allen Angestarrt zu werden? Der Soldat hob entschuldigend die Hände. „Hey immer mit der Ruhe. Ich wollte dich nicht ärgern."

„Hast du nicht. Entschuldige", murmelte Rico. Sie konnten ja wirklich am aller wenigsten für seine Laune.

„Sollen wir dich allein lassen?", fragte der Soldat. Rico nickte. Sie würden nicht ganz weg sein, das war ihm klar, aber sie verstanden sich ausgesprochen gut darauf sich unsichtbar zu machen. Die Soldaten zogen sich also zurück und für einen kurzen erholsamen Moment war Rico ganz allein.

Ein Schatten flitzte über den Sand, lenkte seinen Blick eine Düne hinauf, aber da war nichts. Zuerst war da nichts. Dann erhob sich etwas aus dem Sand. Erst war es nur ein Kopf, dann folgten schmale Schultern, ein zierlicher Körper und schließlich stand sie da ganz oben auf der Kuppe. Ihr Blick ruhte auf der Stadt, doch sie konnte unmöglich ausmachen wer dort am Tor stand. Sie machte einen Schritt auf die Stadt zu, der Boden unter ihren Füßen brach weg und sie schlitterte unkontrolliert den Hang hinunter.

„Scheiße!", brach es aus Rico hervor. Er rannte los. Hinter sich hörte er die schweren Schritte seiner Soldaten. Er erreichte sie als erstes. Sie lag mit dem Gesicht im nassen Sand, der Regen fiel unerbittlich auf sie nieder. Der Boden durchnässte seine bis dahin trockene Hose. Sie lag in seinen Armen, ihr Kopf sank gegen seine Schulter, ihre Augen waren seltsam verhangen und glasig.

„Rico?" Ihre Stimme war kaum mehr als ein Flüstern.

„Ja ich bin hier. Alles wird gut!" Wenn er sich doch nur selbst glauben könnte. „Kaleya! Kaleya bleib bei mir! Nicht einschlafen! Kaleya!" Er schüttelte sie, doch ihre Augen blieben geschlossen. Verdammt! Sie mussten so schnell wie möglich zurück in die Stadt. Ins Krankenhaus! Nein! Maria, zu Maria!

„Rico?", meldete sich eine Stimme hinter ihm zu Wort. Ach ja, die Soldaten. Kaleyas Körper war erschreckend leicht und keine Wärme strahlte von ihr ab. Sie war kalt wie der Regen selbst.

„Zum Palast. Sofort!", befahl Rico.

Es dauerte fast eine Stunde bis Maria und Maya die Tür zu seinem Schlafzimmer wieder öffneten. Kalila und der Kater hatten ihm auf dem Gang Gesellschaft geleistet. Jetzt schlich sich der Kater an Maria vorbei ins Zimmer. Maya legte eine Hand auf Ricos Unterarm und drückte sanft zu. Wollte sie ihm Trost spenden? Bedeutend tröstlicher wäre es, wenn Maria endlich die Güte besäße…

„Er sieht aus als würde er mich gleich erwürgen", bemerkte Maria.

„Bilde dir ja nicht ein er könnte das nicht", sagte Kalila und erhob sich ächzend vom Boden. „Ich habe gesehen was ich wollte. Spann ihn nicht länger so auf die Folter."

„Es geht ihr gut. Sie ist sehr erschöpft und ein wenig unterkühlt. Halte sie diese Nacht schön warm und morgen braucht sie ein anständiges Frühstück. Dann sollte sie ganz schnell wieder auf dem Damm sein", berichtete Maria. Die erlösenden Worte, endlich!

Maya ging mit Kalila fort, Maria blieb zurück.

„Wer ist dieses Mädchen für dich?", fragte die Ärztin mit einem sehr ernsten Gesichtsausdruck.

„Ist das wichtig?", fragte Rico. Sie hielt ihn von Kaleya fern. Das war das einzige das Zählte.

„Ich habe nur noch nie gesehen, dass du dich so sehr um einen anderen Menschen sorgst. Versteh mich nicht falsch, du kümmerst dich um all diese Menschen hier aber dieser Blick… Ich kenne diesen Blick Rico. Verlier dein Herz bitte nicht an die Falsche."

„Ist sie nicht." Er hielt ihrem prüfenden Blick stand und was auch immer sie sehen wollte sie schien es zu finden. Sie gab den Weg frei.

Schneller hatte er die wenigen Meter zu seinem Bett nie zurückgelegt.

Kaleya lag in eine Decke eingewickelt da, so reglos wie eine Leiche und mindestens ebenso blass. Was hatte sie sich nur dabei gedacht? Bei Regen durch die Wüste zu wandern! Das war Wahnsinn! Aber sie war hier. Sie war zurückgekehrt, zu ihm. Plötzlich kam der Boden bedrohlich nahe, er sank auf die Knie. Ihr Arm lag über der Decke. Maya und Maria hatten ihr eins seiner Hemden angezogen nachdem sie sie vom Schmutz befreit hatten. Seine Hand bewegte sich wie von selbst. Er musste sie berühren, um jeden Preis.

Ihre Hand war eiskalt, vorsichtig umschloss er sie und legte den Kopf daneben ab. Der Kater lag auf ihrer anderen Seite wie er es bei Rico getan hatte, den Kopf auf ihrer Schulter, den Wachsamen Blick starr auf die Tür gerichtet.

Eine unsichtbare Last fiel von Rico ab. Eine Last, von der er nicht mal gewusst hatte, dass sie auf ihm gelegen hatte. Erleichterung streckte sich in ihm aus, ergriff jede Zelle seines Körpers, drang bis in seinen Kopf vor und löste jeden Wiederstand. Er schlief ein.

Kühle Finger streichelten über sein Gesicht, fuhren ihm durch die Haare, weckten ihn aus tiefem Schlaf. Was war das denn? Er war doch kein Tier, das man streicheln konnte.

Seine Augen öffneten sich, um den Menschen auszumachen, der so unverfroren war, ihn zu wecken. Doch lange konnte er dem Störenfried nicht böse sein. Graue Augen, grau wie der Wüstensand bei Nacht, blickten ihm entgegen.

„Ich glaube nicht, dass der Boden sehr gemütlich ist", flüsterte Kaleya. Ihre Stimme! So leise, so schwach! Aber sie war hier! Das war alles was zählte!

„Ich wollte dich nicht stören. Du sahst so erschöpft aus", flüsterte Rico zurück.

„Hättest du mich doch nur gestört. Vielleicht wäre mir dann warm." Ein Schauer überlief sie und sie zog ihre Hand weg. Das war grausam. Sie so leiden zu sehen. Würde es in Zukunft immer so wehtun?

„Soll ich dich halten?", fragte er. Ihr Nicken war kaum sichtbar, ihre Augen waren schon wieder halb geschlossen. Blieb nur eines zu erledigen.

Rico stand auf. Der Kater sträubte sich als er ihn hochhob.
„Tut mir leid Kleiner. Nur für Erwachsene."
Der Kater blickte ihn an als wollte er sagen: „Ich bin älter als du und das weißt du ganz genau." Aber er blieb gehorsam vor der Tür sitzen als Rico sie schloss.

Epilog

3 Wochen später:

Ich möchte euch eine Geschichte erzählen. Sie mag euch seltsam erscheinen, doch ihr könnt mir vertrauen. Ich war dabei. Sie spielt am Rande der Wüste. Zu einer Zeit in der alles friedlich schien. Doch eben nur so schien.

„Ich verstehe es einfach nicht!", rief Salome.

„Was gibt es da nicht zu verstehen?", fragte Kaleya. Der Tee war warm und im Nachbarraum war das Lachen von Kindern zu hören.

„Er ist der Kaiser! Wieso machst du das hier?"

„Kann ich nicht mein eigenes Leben haben und trotzdem mit ihm zusammen sein?" Kaleyas Kollegin wollte oder konnte scheinbar nicht begreifen warum Kaleya sich freiwillig um diese Kinder kümmerte. Aber war das wirklich so abwegig? Kaleya musste auf eigenen Beinen stehen können und das bedeutete auch, arbeiten zu gehen und sein eigenes Geld zu verdienen.

„Ich weiß nicht. Wenn ich nicht arbeiten müsste ich glaube ich würde es nicht tun", sagte Salome. Sie war mit der Zeit zu einer echten Freundin geworden. Sie gehörte zu Kalilas Gefolge. Ihre Haut war noch dunkler als die der Wüstenbewohner.

„Das Leben ist schrecklich langweilig, wenn man nichts zu tun hat. Glaub mir das habe ich schon hinter mir. Und so aufregend ist ein Kaiser auch nicht." Ein Lächeln stahl sich auf Kaleyas Lippen.

Das Lachen der Kinder im Nebenraum erstarb.

„Wir haben zu oft über ihn gesprochen", flüsterte Salome. Ja die plötzliche Stille war ein deutliches Zeichen.

„Rico!" Karas Stimme klang hell durch den Raum.

„Ich geh ihn mal retten", murmelte Kaleya und ging zur Tür, doch im Rahmen blieb sie stehen. Der Anblick war einfach bezaubernd. Kara hing an Ricos Hals und ließ sich nicht abschütteln. Hilfesuchend ließ Rico seinen Blick durch den Raum wandern bis er an ihr hängen blieb. Es war zu spät. Das Grinsen ließ sich nicht länger unterdrücken.

Rico gab es auf das Mädchen absetzen zu wollen und fügte sich seinem Schicksaal. Er durchquerte den Raum mit langen Schritten und blieb genau vor Kaleya stehen.

„Amüsiere ich sie junge Dame?" Seine Stimme war warm und sanft.

„Mit Nichten der Herr, ich amüsiere mich über ihren Armschmuck." Jetzt konnte auch Rico das Grinsen nicht mehr unterdrücken.

„Kara lass mal schnell los ich muss hier was klarstellen", meinte Rico. Kara schmollte kurz, doch dann ließ sie sich endlich absetzen.

„Du gehörst mir!", erklärte sie noch mit streng erhobenem Finger dann wuselte sie davon.

„Oh vielleicht sollte ich mich nicht mit deiner zukünftigen Frau anlegen", bemerkte Kaleya lachend. Nicht das Kara tatsächlich eine Gefahr darstellte, doch der Witz war immer wieder gut.

„Leg dich ruhig mit ihr an." Rico beugte sich vor und küsste sie flüchtig. Dann nochmal, inniger diesmal. Leises Gekicher deutete darauf hin, dass sie von den Kindergartenkindern beobachtet wurden.

„Kaleya!", rief eine Kinderstimme. Jemand zupfe an ihrer Hose.

„Ja Kenan?" Fatihs Sohn hielt ihr ein bemaltes Blatt hin.

„Sieh mal was ich für dich gemalt habe!" Seine Wangen glühten vor Stolz. Darüber hatte er also den ganzen Morgen gebrütet. Das Bild zeigte eindeutig Kaleya, klar zu erkennen an der hellen Haut, und einen Mann. Einen Wüstenbewohner.

„Sind das wir?", fragte Rico und zog eine Augenbraue hoch.

„Dann wärst du ziemlich schlecht getroffen. Nein", sagte Kaleya grinsend. Wie sollte sie ihm das nur erklären? „Das ist Kenan, wenn er groß ist. Er will mich heiraten."

„Vielleicht können wir ja eine Doppelhochzeit arrangieren, wenn ich Kara dazu überreden kann, aber sie mag dich nicht also wird das vermutlich nichts", überlegte Rico laut und mit gerunzelter Stirn, als würde er ernsthaft darüber nachdenken.

„Oh dann muss es wohl eine gewöhnliche Hochzeit werden“, entgegnete Kaleya. Sie zuckte mit den Schultern. Das wäre auch nicht so tragisch. Dann mussten sie wenigstens nicht so lange warten.

„Mit ganz wenigen Gästen, oben in den Bergen“, flüsterte Rico. Er verstand, dann waren sie sich ja einig. Er küsste sie noch einmal. „Wann hast du Mittagspause?“

„In einer halben Stunde. Warum? Hast du etwa Pläne?“, fragte Kaleya mit einem scheinheiligen Grinsen.

„Nicht direkt Pläne, aber vorhin konnte ich mein Bett leise rufen hören. Es sehnt sich nach dir“, murmelte Rico.

„Dann wollen wir es doch nicht länger als unbedingt nötig warten lassen.“

Nein also das wäre ja wirklich eine Zumutung gewesen! Hallo! Konnten die sich denn nicht zusammenreißen? Immerhin waren Kinder anwesend! Aber ich kann euch beruhigen. Das letzte Wort in dieser Geschichte ist noch nicht gesprochen!